Vladimir Nabokov wird am 23. April 1899 in St. Petersburg geboren. Nach der Oktoberrevolution flieht die Familie nach England. 1919–1922 in Cambridge Studium der russischen und französischen Literatur. 1922–1937 in Berlin, erste Veröffentlichungen, meist unter dem Pseudonym W. Sirin. 1937–1940 nach der Flucht aus Nazideutschland in Südfrankreich und in Paris, seit 1940 in den USA. Lehrtätigkeit von 1948–1959 an der Cornell-Universität in Ithaca, New York. 1961–1977 wohnt Nabokov in einer Suite im Palace Hotel in Montreux. Er stirbt am 2. Juli 1977 in Lausanne.

Das Gesamtwerk Nabokovs erscheint im Rowohlt Verlag und im Rowohlt Taschenbuch Verlag.

Vladimir Nabokov

Der
neue Nachbar

Erzählungen
1925–1934

Deutsch von Jochen Neuberger,
Blanche Schwappach,
Rosemarie Tietze,
Thomas Urban und
Dieter E. Zimmer

Rowohlt Taschenbuch Verlag

Der Text folgt:
Vladimir Nabokov, Gesammelte Werke, Band 13, Erzählungen I,
herausgegeben von Dieter E. Zimmer

Veröffentlicht im
Rowohlt Taschenbuch Verlag GmbH,
Reinbek bei Hamburg, April 1999
Copyright © 1966, 1983, 1989, 1997 by
Rowohlt Verlag GmbH, Reinbek bei Hamburg
Copyright © 1989 by Article Third B Trust
under the Will of Vladimir Nabokov,
Easter Rain Copyright © 1997 by Dmitri Nabokov
Veröffentlicht im Einvernehmen mit
The Estate of Vladimir Nabokov
Alle deutschen Rechte vorbehalten
Umschlaggestaltung Beate Becker
Foto: Tony Stone, Keith Brofsky
Gesamtherstellung
Clausen & Bosse, Leck
Printed in Germany
ISBN 3 499 22542 5

Inhalt

Erzählungen 1925–1934
(in russischer Sprache)

Osterregen (1925)	7
Die Schlägerei (1925)	20
Tschorbs Rückkehr (1925)	31
Berlin, ein Stadtführer (1925)	45
Das Rasiermesser (1926)	55
Ein Märchen (1926)	61
Entsetzen (1926)	83
Der Mitreisende (1927)	95
Die Klingel (1927)	105
Ein Ehrenhandel (1927)	123
Eine Weihnachtserzählung (1928)	166
Pilgram (1930)	176
Kein guter Tag (1931)	197
Ein beschäftigter Mann (1931)	215
Terra incognita (1931)	235
Das Wiedersehen (1931)	249
Mund an Mund (1931)	264
Meldekraut oder Unglück (1932)	287
Musik (1932)	300
Vollkommenheit (1932)	310
Ein flotter Herr (1932)	330

Die Nadel der Admiralität (1933)	347
Der neue Nachbar (1933)	366
Der Kreis (1934)	383
Die Benachrichtigung (1934)	402
Eine russische Schönheit (1934)	412
L. I. Schigajew zum Gedenken (1934)	420

Erzählungen
1925 – 1934

(in russischer Sprache)

Osterregen

An jenem Tag hatte die alte und alleinstehende Schweizerin – Josephina Lwowna war sie in der russischen Familie genannt worden, bei der sie einst zwölf Jahre verbrachte – ein halbes Dutzend Eier gekauft, einen schwarzen Pinsel und zwei Purpurknöpfchen Wasserfarbe. An jenem Tag blühten die Apfelbäume, die Reklame des Lichtspieltheaters an der Ecke spiegelte sich, Beine zuoberst, in einer blanken Pfütze, und morgens waren die Berge jenseits des Genfer Sees gänzlich von seidigem Flor verhangen gewesen, ähnlich dem halb durchsichtigen Papier, das Radierungen in teuren Büchern bedeckt. Der Flor versprach einen heiteren Tag, aber die Sonne glitt nur kurz über die Dächer der schrägen Steinhäuschen und die tropfnassen Drähte der Spielzeugstraßenbahn, dann löste sie sich erneut in Nebelschwaden auf; es wurde ein stiller Tag, frühlingshaft bewölkt, gegen Abend jedoch blies von den Bergen ein schwerer, eisiger Wind, und Josephina, die auf dem Heimweg war, bekam einen solchen Hustenanfall, daß sie unter der Haustür taumelte, blaurot anlief und sich auf ihren stramm gewickelten Schirm stützte, der schmal war wie ein schwarzer Spazierstock.

Im Zimmer war es schon dunkel. Als sie die Lampe anzündete, fiel Licht auf ihre Hände, hagere, von glänzender Haut überzogene Hände mit Alterssommersprossen und weißen Fleckchen auf den Fingernägeln. Josephina breitete ihre Einkäufe auf dem Tisch aus, warf Mantel und Hut aufs Bett, goß Wasser in ein Glas, und nachdem sie das schwarzumrandete Pincenez aufgesetzt hatte, das ihre dunkelgrauen Augen streng werden ließ unter den dichten, am Nasensattel zusammengewachsenen Trauerbrauen, ging sie daran, die Eier anzumalen. Doch das Karminrot der Wasserfarbe wollte nicht haften, sie hätte wohl eine chemische Farbe kaufen sollen, hatte aber nicht zu fragen gewußt, hatte sich geniert, es zu erklären. Sie überlegte, ob sie nicht zu einem ihr bekannten Apotheker gehen sollte, zumal sie auch gleich Aspirin kaufen könnte. Ihr Körper war so schlapp, von der Hitze schmerzten die Augäpfel; nur still dasitzen, still nachdenken mochte sie. Heute war bei den Russen Karsamstag.

Seinerzeit hatten zerlumpte Gestalten auf dem Newskij-Prospekt besondere Zangen verkauft. Mit diesen Zangen ließen sich die Eier so gut packen und aus der dunkelblauen oder orangegelben heißen Flüssigkeit herausnehmen. Es gab dazu aber auch Holzlöffel, sie pochten leicht und satt gegen die dicken Wände der Gläser, in denen würzig die Farbflüssigkeit dampfte. Die Eier trockneten dann in großen Haufen – die roten bei den roten, die grünen bei den grünen. Auch anders noch wurden sie gefärbt: Man wickelte sie fest in einen Lappen, in dem eine Art Abziehbild lag, dem Musterstück einer Tapete gleich. Und wenn der Lakai nach dem Kochen den riesigen Topf aus der Küche zurückbrachte, war es so vergnüglich, die Fäden loszuwickeln und die gesprenkelten, marmorierten Eier aus den feuchten, warmen Lappen herauszunehmen; sanfter Dunst stieg von ihnen auf, kindlicher Geruch.

Merkwürdig war für die alte Schweizerin die Erinnerung, daß sie zeit ihres Lebens in Rußland Heimweh gehabt und an die Freunde zu Hause melancholische, wunderschöne lange Briefe geschrieben hatte, wie überflüssig sie sich immer vorkomme, wie unverstanden. Allmorgendlich war sie nach dem Frühstück mit ihrem Zögling Hélène im breiten, offenen Landauer spazierengefahren, vor sich den dicken Kutscherhintern, der einem blauen Riesenkürbis glich, und daneben den gebeugten Rücken des greisen Lakaien – mit Goldknöpfen, Kokarden. Und an russischen Wörtern kannte sie nichts weiter als «Kutscher», «tische-tische», «nitschewo»...

Sobald der Krieg begann, hatte sie Petersburg mit vager Erleichterung verlassen. Sie stellte sich vor, nun würde sie sich immerfort am Geplauder abendlicher Freunde delektieren, an der Gemütlichkeit ihres Heimatstädtchens. Doch es kam gerade umgekehrt; ihr wahres Leben – das heißt, jener Teil des Lebens, wenn der Mensch sich am heftigsten und tiefsten Dingen und Menschen anschließt – hatte dort in Rußland stattgefunden, das sie unbewußt liebgewonnen und begriffen hatte und wo jetzt weiß der Himmel was los war... Und morgen war das orthodoxe Osterfest.

Josephina Lwowna seufzte geräuschvoll, stand auf und machte das Vorsatzfenster besser zu. Sie sah auf die Uhr, eine schwarze Uhr an einem Nickelkettchen. Trotz allem, sie mußte etwas unternehmen mit diesen

Eiern. Sie waren als Geschenk für die Platonows bestimmt, ein älteres russisches Ehepaar, das sich kürzlich in Lausanne niedergelassen hatte, in diesem ihr vertrauten und fremden Städtchen, wo man schwer Luft bekam und wo die Häuser wie zufällig in der Gegend standen, krumm und schief entlang der steilen, verwinkelten Sträßchen.

Sie hing ihren Gedanken nach, dem Dröhnen in den Ohren lauschend, dann schreckte sie auf, goß ein Fläschchen lila Tinte in eine Blechdose und senkte vorsichtig ein Ei hinein.

Leise öffnete sich die Tür. Wie eine Maus huschte die Nachbarin, Mlle. Finard, herein, auch eine ehemalige Gouvernante – klein, hager, das gänzlich silbergraue Haar kurzgeschnitten, um die Schultern ein schwarzes, wie von Schmelz überzogenes Tuch. Als Josephina ihre Mäuseschrittchen hörte, deckte sie unbeholfen eine Zeitung über die Dose und die Eier, die auf Fließpapier trockneten.

«Was wollen Sie? Ich mag es nicht, wenn man so bei mir eintritt...»

Mlle. Finard schaute von der Seite auf Josephinas erregtes Gesicht, sagte nichts, war aber schrecklich gekränkt und verließ schweigend, mit demselben trippelnden Gang, das Zimmer.

Die Eier hatten jetzt eine giftig violette Farbe. Auf eines, das nicht gefärbt war, beschloß sie die Anfangsbuchstaben des Ostergrußes zu malen, wie das in Rußland immer gemacht wurde. Der erste Buchstabe, das X, gelang ihr gut, an den zweiten konnte sie sich jedoch beim besten Willen nicht recht erinnern, und statt eines

В kam zuletzt ein ungeschicktes, schiefes Я zustande. Als die Tinte ganz trocken war, wickelte sie die Eier in weiches Toilettenpapier und legte sie in ihre Ledertasche.

Doch was für eine quälende Schlappheit... Am liebsten hätte sie sich ins Bett gelegt, heißen Kaffee getrunken und die Beine ausgestreckt. Sie fröstelte, es stach ihr in den Augenlidern. Und als sie auf die Straße trat, drängte wieder das trockene Gekodder des Hustens die Kehle hoch. Draußen war es menschenleer, naßkalt und dunkel. Die Platonows wohnten ganz in der Nähe. Sie saßen am Teetisch, und der kahlköpfige, dünnbärtige Platonow, der ein Sergehemd mit schiefem Kragen trug, stopfte gelben Tabak in Hülsen, als Josephina Lwowna mit dem Schirmknauf gegen die Tür pochte und eintrat.

«Oh, guten Abend, Mademoiselle!»

Sie setzte sich zu ihnen und begann geschmacklos und wortreich davon zu reden, daß morgen das russische Osterfest sei. Stück für Stück zog sie die violetten Eier aus der Tasche. Platonow bemerkte das mit den lila Buchstaben X. Я., und er mußte lachen.

«Was sie da für jüdische Initialen drauffabriziert hat...»

Seine Gattin, eine korpulente Dame mit Kummerblick und gelbbrauner Perücke, lächelte flüchtig; sie bedankte sich gleichmütig, wobei sie die französischen Vokale langzog. Josephina begriff nicht, warum die beiden gelacht hatten. Ihr war heiß und traurig zumute. Wieder begann sie zu reden; sie spürte, daß sie nicht das Richtige sagte, konnte sich aber nicht bremsen.

«Ja, in diesen Zeiten gibt es in Rußland kein Osterfest ... Rußland ist arm. Oh, ich erinnere mich, wie sich alle auf den Straßen küßten. Und meine kleine Hélène war an diesem Tag wie ein Engel... Oh, ich weine nächtelang, wenn ich an Ihre wunderschöne Heimat denke...»

Den Platonows waren solche Gespräche immer unangenehm. Wie verarmte reiche Leute ihr Elend verbergen und noch stolzer, noch unzugänglicher werden, so unterhielten auch sie sich niemals mit Dritten über die verlorene Heimat, und Josephina glaubte deshalb insgeheim, sie liebten Rußland überhaupt nicht. Wenn sie sie besuchte, stellte sie sich gewöhnlich vor, sie müsse nur anfangen, mit Tränen in den Augen über dieses wunderschöne Rußland zu sprechen, plötzlich würden auch die Platonows in Tränen ausbrechen, ebenfalls Erinnerungen hervorkramen und erzählen, und so würden sie zu dritt die ganze Nacht sitzen, sich erinnern und weinen und sich gegenseitig die Hand drücken.

In Wirklichkeit kam es niemals dazu ... Platonows Bärtchen nickte höflich und teilnahmslos, während seine Frau nur darauf erpicht war zu erfahren, wo man möglichst billig Tee oder Seife ergattern konnte.

Platonow ging erneut daran, Papirossy zu stopfen; seine Frau verstaute sie gleichmäßig in Pappschachteln. Beide hatten damit gerechnet, sich noch hinlegen zu können, bevor sie sich zur Messe begaben, in die griechische Kirche gleich um die Ecke ... Am liebsten hätten sie geschwiegen, ihren Gedanken nachgehangen, allein durch Blicke gesprochen, durch ein besonderes, gleichsam zerstreutes Lächeln – über den auf der Krim umgekommenen Sohn, über österlichen Kleinkram, über die Hauskapelle auf der Potschtamtskaja; aber da mußte diese geschwätzige, sentimentale Alte mit ihren unruhigen dunkelgrauen Augen hereingeschneit kommen und seufzen, und sie würde sitzen bleiben bis zu dem Augenblick, da sie selbst aus dem Haus gingen.

Josephina verstummte. Sie wünschte inbrünstig, daß sie vielleicht zum Kirchgang eingeladen würde und anschließend zum Ostermahl. Sie wußte, daß die Platonows am Abend zuvor Kulitsche gebacken hatten, und obwohl sie natürlich nichts hätte essen können, sie fröstelte zu sehr, trotzdem – es wäre schön gewesen, warm und festtäglich.

Platonow knirschte mit den Zähnen, um ein Gähnen zu unterdrücken, und blickte verstohlen auf sein Handgelenk, auf das Zifferblatt unter dem Gitter. Josephina begriff, daß man sie nicht auffordern würde. Sie erhob sich.

«Sie brauchen ein wenig Ruhe, meine guten Freunde. Aber bevor ich gehe, möchte ich Ihnen noch sagen...»

Sie trat nahe zu Platonow, der sich ebenfalls erhoben hatte, und rief laut und mit Fehlern aus:

«Christus ist auferstanden!»

Dies war ihre letzte Hoffnung, eine Sturmflut heißer, süßer Tränen und österlicher Küsse hervorzulocken und eine Einladung zum gemeinsamen Ostermahl... Doch Platonow richtete lediglich die Schultern gerade und lachte ruhig.

«Na, sehen Sie, Mademoiselle, Sie sagen das wunderbar auf russisch...»

Als sie auf die Straße trat, brach sie in Schluchzen aus; das Taschentuch gegen die Augen gepreßt, ging sie leicht taumelnd, und der Seidenstock ihres Schirms pochte aufs Trottoir. Der Himmel war hoch und unruhig: ein trüber Mond, Wolkentürme wie Ruinen. Beim erleuchteten Lichtspieltheater spiegelten sich die ausgestellten Füße des krausköpfigen Chaplin in der Pfütze. Und als Josephina unter rauschenden, Tränen vergießenden Bäumen den See entlangging, der einer Nebelwand glich, da sah sie: Am Rand einer kleinen Mole leuchtete spärlich eine smaragdgrüne Laterne, und in die schwarze Schaluppe, die unten im Wasser schwappte, kletterte etwas Großes, Weißes ... Sie schaute trotz der Tränen genauer hin: Ein riesiger alter Schwan hatte sich aufgeplustert, schlug mit dem Flügel und wälzte sich, plump wie eine Gans, mühsam über die Bordkante; die Schaluppe geriet ins Schaukeln, und grüne Kreise strömten über das schwarze, ölige Wasser, das in Nebel überging.

Josephina überlegte, ob sie nicht doch in die Kirche gehen sollte. Aber in Petersburg war sie nur in der Backsteinkirche der Reformierten am Ende der Morskaja gewesen, und nun hatte sie Hemmungen, ein orthodoxes Gotteshaus zu betreten, sie wußte nicht, wann sie sich bekreuzigen, wie sie die Finger zusammenlegen mußte, sie hätte sich einen Verweis zuziehen können. Durchdringender Schüttelfrost hielt sie gepackt. In ihrem Kopf vermengten sich das Rascheln und Klatschen des Laubs, die schwarzen Wolken – und die Ostererinnerungen, die Berge vielfarbiger Eier, der bräunliche Glanz der Isaaks-Kathedrale ... Umnebelt, betäubt, schleppte sie sich irgendwie nach Hause und stieg die Treppe hoch, wobei ihre Schulter gegen die Wand stieß; dann zog sie sich aus – schwankend, mit den Zähnen ganze Trommelwirbel klappernd – und fiel entkräftet, mit seligem, verwundertem Lächeln, ins Bett. Fieberwahn, stürmisch und mächtig wie wogender Glockenklang, ergriff von ihr Besitz. Die Berge vielfarbiger Eier zerstoben mit einem runden Klacken; durchs Fenster herein brach – sei es die Sonne, sei es ein Hammel aus Butter mit goldenen Hörnern, wuchs immer mehr und erfüllte das ganze Zimmer mit heißem Gelb. Die Eier aber rollten hinauf und hinab über glänzende Brettchen, klackten gegeneinander, die Schale riß – und auf dem Eiweiß waren himbeerrote Schlieren...

So phantasierte sie die ganze Nacht, und erst morgens trat die noch gekränkte Mlle. Finard zu ihr ins Zimmer – und stöhnte auf vor Schreck, rannte den Doktor holen.

«Eine kruppöse Lungenentzündung, Mademoiselle.»

Durch die Fieberwellen blitzten die Tapetenblumen, das Silberhaar der Alten, die ruhigen Augen des Doktors – blitzten auf und verschwammen, und erneut wurde ihr Herz von einem erregten Glückstosen erfaßt, märchenhaft blau strahlte der Himmel, wie ein gigantisches gefärbtes Ei, es dröhnten die Glocken, und jemand trat ins Zimmer, der aussah – sei es wie Platonow, sei es wie Hélènes Vater, und kaum hereingekommen, faltete er eine Zeitung auseinander, legte sie auf den Tisch, setzte sich selbst in einiger Entfernung hin und blickte bald auf Josephina, bald auf die weißen Blätter, und das mit bedeutsamem, bescheidenem, leicht verschmitztem Lächeln. Und Josephina wußte, daß dort in der Zeitung eine wunderbare Botschaft stand, aber sie konnte die schwarze Überschrift, die russischen Buchstaben einfach nicht entziffern – der Besucher dagegen lächelte unentwegt und blickte bedeutsam, und es kam ihr vor, als würde er ihr jetzt gleich das Geheimnis eröffnen, das Glück bestätigen, das sie vorausahnte – doch langsam löste der Mann sich auf, zog die schwarze Wolke der Besinnungslosigkeit herauf...

Dann wurden die Fieberträume erneut bunt, rollte der Landauer über die Uferstraße, Hélène schleckte mit einem Holzlöffel heiße, grellbunte Farbe, breit glitzerte die Newa, und Zar Peter sprang plötzlich vom ehernen Pferd, das beide Hufe aufs Mal zu Boden senkte; er trat zu Josephina, ein Lächeln auf dem stürmischen, grünen Gesicht, umfaßte sie – und küßte sie auf die eine Wange, dann die andere, seine Lippen waren sanft und warm, und als er zum dritten Mal ihre Wange berührte, schlug sie mit einem Glücksstöhnen um sich, breitete die Arme aus – und wurde mit einem Mal ruhig.

Am sechsten Krankheitstag, frühmorgens nach der Krisis, kam Josephina Lwowna zu sich. Vor dem Fenster schimmerte hell ein weißer Himmel, senkrecht fiel der Regen, rauschte und gluckste in den Dachrinnen. Ein nasser Zweig reckte sich quer über die Fensterscheibe, und das Blatt ganz am Ende erzitterte ständig unter den Regenschlägen, es neigte sich, ließ von der grünen Spitze einen großen Tropfen fallen und erzitterte von neuem, und von neuem rollte ein feuchter

Strahl darüber, hing ein langer, lichter Ohrschmuck herab – und fiel...

Josephina kam es vor, als flösse ihr Regenkühle durch die Adern, sie konnte den Blick nicht losreißen von dem strömenden Himmel – und der wogende, hingebungsvolle Regen war so angenehm, so rührend erzitterte das Blatt, daß sie am liebsten gelacht hätte, Lachen erfüllte sie, war aber noch tonlos, überschwemmte den Körper, kitzelte den Gaumen – gleich würde es herausplatzen...

Links in der Zimmerecke scharrte etwas und stöhnte. Bebend von dem in ihr wachsenden Lachen, lenkte sie den Blick vom Fenster weg und wandte das Gesicht. Auf dem Boden lag bäuchlings die Alte in ihrem schwarzen Tuch, die kurzgeschnittenen silbernen Haare wippten ärgerlich, sie rutschte umher und streckte die Hand unter den Schrank, wohin das Wollknäuel gerollt war. Ein schwarzer Faden kroch unterm Schrank vor zum Stuhl, wo Stricknadeln und ein unfertiger Strumpf lagen.

Beim Anblick des schwarzen Rückens von Mlle. Finard, der rutschenden Beine und der Knopfstiefeletten ließ Josephina das Lachen aus sich herausbrechen, sie schüttelte sich, gurrend und keuchend, unter ihrem Federbett, da sie fühlte, daß sie auferstanden war, daß sie zurückgekehrt war von weit her, aus dem Nebel des Glücks, der Wunder und der österlichen Herrlichkeit.

Die Schlägerei

Immer wenn die Sonne dazu einlud, verließ ich morgens Berlin, um schwimmen zu gehen. An der Endstation der Straßenbahn saßen auf einer grünen Bank die Fahrer, stämmige Kerle in riesigen, klobigen Stiefeln, ruhten sich aus, genossen das Rauchen, und von Zeit zu Zeit rieben sie sich die mächtigen, Metallgeruch verströmenden Hände, während sie zusahen, wie ein Mann in nasser Lederschürze längs der nahen Gleise blühende Zaunrosen bewässerte; das Wasser entströmte dem glitzernden Schlauch als ein biegsamer, silbriger Fächer, der bald das Sonnenlicht durchflog, bald weich über die bebenden Sträucher hinschwenkte. Mein zusammengerolltes Handtuch unter den Arm geklemmt, ging ich an ihnen vorbei schnell auf den Rand des Waldes zu. Die dicht stehenden, schlanken Kiefernstämme dort, rissig und braun unten, fleischfarben weiter oben, waren mit Schattenbruchstücken besprenkelt, und auf dem kränklichen Gras darunter lagen verstreut Fetzen aus Zeitungspapier und Fetzen aus Sonnenlicht, die einander zu ergänzen schienen. Plötzlich teilte die Sonne fröhlich die Bäume, und ich ging die silbrigen Wellen aus Sand entlang zum See hinunter, wo die Stimmen von Badenden hervorbrachen und verstummten und dunkle Köpfe zu sehen waren, die über die glatte leuchtende Fläche glitten. Bäuchlings oder rücklings lagen überall auf dem abfallenden Ufer Leiber mit jeder möglichen Nuance von Bräune; manche hatten noch einen rötlichen Ausschlag auf den Schulterblättern, andere leuchteten wie Kupfer oder hatten die Farbe von starkem Milchkaffee. Dann zog ich mein Hemd aus, und sofort überhäufte mich die Sonne mit blinder Zärtlichkeit.

Und jeden Morgen, pünktlich um neun Uhr, erschien neben mir derselbe Mann. Er war ein o-beiniger, älterer Deutscher in halbmilitärisch geschnittener Hose und Jacke mit einer großen Glatze, die die Sonne zu rotem Glanz poliert hatte. Er hatte einen Schirm von der Farbe eines alten Raben und ein säuberlich geschnürtes Bündel bei sich, das sich unverzüglich in eine graue Wolldecke, ein Badetuch und einen Stoß Zeitungen auflöste. Er breitete die Decke sorgfältig auf dem Sand aus, entkleidete sich bis auf die Badehose, die er vorsorglich unter der Hose getragen hatte, machte es sich auf der Decke so bequem wie möglich, rückte den Schirm so über seinem Kopf zurecht, daß nur sein Gesicht im Schatten blieb, und fing an, sich mit seinen Zeitungen zu beschäftigen. Ich beobachtete ihn aus den Augenwinkeln, bemerkte den dunklen, wolligen, wie gekämmt aussehenden Bewuchs an seinen kräftigen krummen Beinen und den prallen Bauch mit dem tiefen Nabelloch, das wie ein Auge gen Himmel starrte, und vergnügte mich mit dem Versuch zu erraten, wer dieser fromme Sonnenanbeter sein mochte.

Wir rekelten uns stundenlang im Sand. Eine sich ständig verändernde Karawane von Sommerwolken glitt vorbei – kamelförmige Wolken, zeltförmige Wolken. Die Sonne versuchte sich zwischen sie zu schieben, doch sie streiften mit ihren blendenden Rändern über sie hinweg, die Luft verdüsterte sich, dann reifte die Sonne wieder heran, aber es war das gegenüberliegende Ufer, das zuerst beschienen wurde – wir blieben weiterhin im gleichmäßigen, farblosen Schatten, während sich drüben das warme Licht schon ausgebreitet hatte. Die Schatten der Kiefern erwachten auf dem Sand wieder zum Leben; kleine, nackte, aus Sonnenlicht modellierte Gestalten flackerten auf; und plötzlich weitete sich wie ein riesiges, glückliches Oberlicht der Glanz, um auch unsere Seite zu überfluten. Dann sprang ich auf, und der graue Sand versengte sanft meine Sohlen, als ich auf das Wasser zurannte, das ich geräuschvoll mit meinem Körper zerteilte. Wie schön es war, hinterher in der glühenden Sonne zu trocknen und zu fühlen, wie ihre verstohlenen Lippen gierig die auf dem Körper zurückgebliebenen Perlen tranken!

Mein Deutscher klappt seinen Schirm mit einem Schlag zu und geht mit verhalten zitternden krummen Waden seinerseits zum Wasser hinunter, wo er zunächst nach Art älterer Badegäste den Kopf benetzt und dann mit ausladenden Bewegungen losschwimmt. Ein Bonbonverkäufer geht am Seeufer entlang und ruft seine Waren aus. Zwei andere Händler in Badeanzügen eilen mit einem Kübel voll saurer Gurken vorbei, und meine Nachbarn in der Sonne, derbe, aber hervorragend gebaute Burschen, machen kunstvoll die markigen Rufe der Verkäufer nach. Ein nacktes kleines Kind, das von dem nassen Sand, der an ihm klebt, ganz schwarz ist, watschelt an mir vorbei, und sein weicher, kleiner Schniepel hüpft drollig zwischen den drallen, unbeholfenen Beinchen auf und ab. Nahe dabei sitzt halb ausgezogen seine Mutter, eine attraktive junge Frau; sie kämmt ihr langes dunkles Haar aus und hält dabei die Haarnadeln zwischen den Zähnen. Weiter weg, am äußersten Rand des Waldes spielen sonnengebräunte junge Leute ein schwieriges Ballspiel, bei dem sie ihren Fußball mit einer Bewegung, in der die unsterbliche Geste des Diskuswerfers wiederauflebt, mit einer Hand von sich schleudern; und jetzt bringt eine Brise mit attischem Rauschen die Kiefern in Wallung, und ich träume, daß unsere ganze Welt wie jener große, feste Ball in wundersamem Bogen zurück in den Griff eines nackten heidnischen Gottes geflogen ist. Inzwischen kommt hoch über den Kiefern mit einem äolischen Ausruf ein Flugzeug geflogen, und einer der dunkelhäutigen Sportler unterbricht das Spiel, um in den Himmel zu starren, wo zwei blaue Flügel mit verzücktem dädalischem Brummen auf die Sonne zurasen.

Ich möchte all das meinem Nachbarn erzählen, wenn er schwer atmend, die ungleichmäßigen Zähne bleckend aus dem Wasser kommt und sich wieder in den Sand legt, aber mein deutscher Wortschatz ist zu klein. Er versteht mich nicht, antwortet aber trotzdem mit einem Lächeln, das seine ganze Gestalt miteinbezieht, den glänzend kahlen Fleck auf dem Kopf, das schwarze Dickicht des Schnurrbarts, den rundlichen Bauch, in dessen Mitte ein wolliger Pfad hinabführt.

Sein Beruf enthüllte sich mir nach einiger Zeit durch reinen Zufall. Einmal, in der Dämmerung, als der Autolärm gedämpfter wurde und den kleinen Hügeln aus Orangen auf den Karren der Straßenhändler in der blauen Luft südländischer Glanz zuteil wurde, schlenderte ich zufällig durch ein weit entferntes Stadtviertel und schaute in eine Kneipe hinein, um den abendlichen Durst zu stillen, der Stadtstreichern so vertraut ist. Mein fideler Deutscher stand hinter dem glänzenden Schanktisch, ließ einen breiten gelben Strahl aus dem Zapfhahn herausspritzen, strich den Schaum mit einem kleinen hölzernen Spachtel ab und ließ ihn sich verschwenderisch über den Rand ergießen. Am einen Ende des Tresens lehnte ein riesengroßer, wuchtiger Lastwagenfahrer mit einem gewaltigen grauen Schnurrbart, beobachtete den Zapfhahn und lauschte dem Bier, das zischte wie Pferdeharn. Der Wirt hob die Augen, grinste ein freundliches Grinsen, schenkte mir ein Bier ein und warf meine Münze mit einem Klimpern in eine Schublade. Neben ihm wusch ein junges, blondes Mädchen mit spitzen, rosaroten Ellbogen und einem karierten Kleid flink die Gläser und trocknete sie mit einem quietschenden Tuch ab. Am selben Abend erfuhr ich, daß sie seine Tochter war und Emma hieß, sowie daß sein Nachname Krause war. Ich setzte mich in eine Ecke und fing gemächlich an, schluckweise das helle, weißmähnige Bier mit seinem leicht metallischen Nachgeschmack zu trinken. Die Kneipe war von der üblichen Art – ein paar Werbeplakate für Getränke, einige Hirschgeweihe und eine tiefe, dunkle Decke, die mit Papierfähnchen geschmückt war, den Überbleibseln irgendeines Festes. Hinter dem Tresen glitzerten Flaschen auf den Regalen, und weiter oben tickte volltönend eine altmodische, zeltförmige Kuckucksuhr. Ein gußeiserner Ofen schleppte sein aus Ringen bestehendes Rohr an der Wand entlang und faltete es dann in die fähnchenbunte Höhe. Das schmutzige Weiß der Bierdeckel hob sich von den kahlen, robusten Tischen ab. An einem der Tische würfelten ein schläfriger Mann mit appetitlichen Speckfalten am Nacken und ein verdrießlicher Kerl mit weißen Zähnen – ein Setzer oder Elektriker, nach seinem Aussehen zu urteilen. Alles war ruhig und friedlich. Gemächlich fuhr die Uhr fort, kleine, trockene Zeitabschnitte abzubrechen. Emma klirrte mit den Gläsern und warf immer wieder rasche Blicke in die Ecke, wo sich in einem schmalen Spiegel, der durch den goldenen Schriftzug einer Reklame halbiert war, das scharfe Profil des Elektrikers und seine erhobene Hand spiegelten, die den schwarzen Becher mit den Würfeln hochhielt.

Am nächsten Morgen ging ich wieder an den stämmigen Straßenbahnfahrern vorbei, vorbei an dem Fächer aus sprühendem Wasser, in dem für einen Augenblick ein prächtiger Regenbogen schwebte, und fand mich aufs neue an dem sonnenbeschienenen Ufer, wo Krause schon lag. Er steckte das verschwitzte Gesicht unter dem Schirm hervor und fing an zu reden – über das Wasser, über die Hitze. Ich legte mich hin, kniff die Augen zu, um die Sonne auszuschließen, und als ich sie wieder aufmachte, war alles um mich herum hellblau. Plötzlich fuhr zwischen den Kiefern der sonnengefleckten Uferstraße ein kleiner Lastwagen vor, dem ein Polizist auf einem Fahrrad folgte. Im Innern des Lastwagens warf sich ein kleiner eingefangener Hund verzweifelt jaulend hin und her. Krause erhob sich und rief so laut er konnte: «Achtung! Hundefänger!» Sofort übernahm jemand den Ruf, und dann ging er von Kehle zu Kehle, beschrieb eine Kurve um den kreisrunden See, ließ den Hundefänger weit hinter sich, und die vorgewarnten Hundebesitzer liefen zu ihren Hunden, legten ihnen hastig Maulkörbe an und nahmen sie an die Leine. Krause hörte mit Freude, wie die hallend wiederholten Rufe sich entfernten, und sagte mit einem gutmütigen Zwinkern: «Da, das ist der letzte, den er kriegt.»

Ich begann, seine Kneipe ziemlich oft aufzusuchen. Emma gefiel mir sehr – ihre bloßen Ellbogen, das kleine, vogelartige Gesicht, die leeren, zärtlichen Augen. Was ich aber am meisten mochte, war die Art, wie sie ihren Geliebten anblickte, den Elektriker, wenn er träge am Tresen lehnte. Ich sah ihn von der Seite – die haßerfüllte, boshafte Falte neben dem Mund, das glühende, wolfähnliche Auge, die blauen Stoppeln auf der eingefallenen, lange nicht rasierten Wange. Sie sah ihn mit solcher Besorgnis und solcher Liebe an, während er mit ihr sprach und sie dabei mit seinen unnachgiebigen Blicken durchbohrte, und sie nickte, die blassen Lippen halb geöffnet, derart vertrauensvoll, daß mir in meiner Ecke ein seliges Gefühl von Freude und Wohlbehagen kam, ganz als hätte Gott mir die Unsterblichkeit meiner Seele bestätigt oder ein Genie meine Bücher gepriesen. Ich prägte auch die von Bierschaum nasse Hand des Elektrikers meiner Erinnerung ein; den großen Daumen jener Hand, wie er den Bierkrug festhielt; den riesigen schwarzen Nagel mit einem Riß in der Mitte.

Als ich zum letzten Mal dort war, war es, soweit ich

mich erinnere, ein schwüler Abend, und ein Gewitter lag in der Luft. Dann begann der Wind heftig zu stürmen, und auf dem Platz rannten Leute zu den Treppen der U-Bahn; draußen im aschfahlen Dunkel riß der Sturm an ihrer Kleidung wie auf dem Gemälde *Die Zerstörung von Pompeji*. Es war heiß in der matt erleuchteten kleinen Kneipe; der Wirt hatte den Kragen aufgeknöpft und aß düster in Gesellschaft zweier Ladenbesitzer sein Abendbrot. Es wurde spät, und der Regen trommelte gegen die Fensterscheiben, als der Elektriker erschien. Er war klitschnaß und ausgekühlt und murmelte verärgert etwas, als er sah, daß Emma nicht hinterm Tresen war. Krause schwieg und mampfte eine steingraue Wurst.

Ich spürte, daß gleich etwas Außergewöhnliches geschehen würde. Ich hatte eine Menge getrunken, und meine Seele – mein gieriges, scharfsichtiges inneres Selbst – ersehnte ein Drama. Alles fing ganz einfach an. Der Elektriker ging zum Tresen, goß sich beiläufig aus einer flachen Flasche ein Glas Weinbrand ein, kippte ihn hinunter, wischte sich mit dem Handgelenk den Mund, tippte sich an die Mütze und ging auf die Tür zu. Krause legte Messer und Gabel überkreuz auf den Teller nieder und sagte laut: «Warte! Das macht zwanzig Pfennig!»

Der Elektriker sah zurück, die Hand schon auf der Türklinke. «Ich dachte, ich wäre hier zu Hause.»

«Du willst nicht bezahlen?» fragte Krause.

Hinter dem Tresen trat plötzlich Emma unter der Uhr hervor, sah ihren Vater an, dann ihren Geliebten und erstarrte. Über ihr sprang der Kuckuck aus seinem kleinen Häuschen heraus, rief kuckuck und verschwand wieder.

«Laßt mich in Ruhe!» sagte der Elektriker langsam und ging hinaus.

Daraufhin stürzte Krause mit verblüffender Behendigkeit hinter ihm her und riß die Tür auf.

Ich trank den Rest meines Biers, lief auch hinaus und spürte einen feuchten Windstoß wohltuend über mein Gesicht fegen.

Sie standen einander gegenüber auf dem schwarzen, glänzend nassen Bürgersteig, und beide brüllten. Ich konnte im Crescendo dieses tosenden Tohuwabohus nicht alle Worte verstehen, aber jedenfalls wurde ein Wort laufend deutlich wiederholt: *zwanzig, zwanzig, zwanzig*. Mehrere Leute waren schon stehengeblieben, um sich den Streit anzusehen – ich war selber davon gefesselt, von den Reflexen der Straßenlaterne auf den verzerrten Gesichtern, von der straffen Sehne in Krauses bloßem Nacken; aus irgendeinem Grund rief er Erinnerungen an eine prächtige Rauferei wach, die ich früher einmal in einer Hafenspelunke mit einem käferschwarzen Italiener hatte, in deren Verlauf meine Hand irgendwie in seinen Mund geraten war und ich wie wild versucht hatte, die nasse Innenhaut seiner Wange zu quetschen und aufzureißen.

Der Elektriker und Krause brüllten immer lauter. Emma schlüpfte an mir vorbei, blieb stehen, ohne sich näher heranzuwagen, und schrie nur verzweifelt: «Otto! Vater! Otto! Vater!» Und auf jeden ihrer Schreie lief ein verhaltenes, erwartungsvolles Geschnatter durch die kleine Menge.

Ungeduldig gingen die beiden Männer zu den dumpfen Klatschgeräuschen des Faustkampfs über. Der Elektriker schlug schweigend zu, während Krause bei jedem Stoß ein kurzes Ächzen von sich gab. Des dünnen Ottos Rücken beugte sich; etwas dunkles Blut begann ihm aus einem Nasenloch zu tröpfeln. Plötzlich versuchte er, die schwere Hand zu packen, die auf sein Gesicht eintrommelte, schaffte es aber nicht, taumelte und schlug mit dem Gesicht nach unten auf den Bürgersteig. Leute liefen zu ihm und verdeckten mir die Sicht.

Mir fiel ein, daß ich meinen Hut auf dem Tisch liegengelassen hatte, und ich ging zurück in die Kneipe. Drinnen schien es seltsam hell und ruhig. Emma saß an einem Ecktisch, ihr Kopf lag auf einem ausgestreckten Arm. Ich ging zu ihr hinüber und strich ihr übers Haar. Sie hob das tränenüberströmte Gesicht und ließ den Kopf wieder sinken. Behutsam küßte ich den feinen Scheitel in ihrem nach Küche riechenden Haar, fand den Hut und ging hinaus.

Auf der Straße war immer noch eine Menschenmenge versammelt. Schwer atmend, wie er es immer tat, wenn er aus dem See kam, klärte Krause einen Polizisten auf.

Weder weiß ich noch möchte ich wissen, wer in dieser Sache Unrecht hatte und wer Recht. Man hätte der Geschichte eine andere Wendung geben können, so daß sie teilnahmsvoll beschriebe, wie eines Mädchens Glück um einer Kupfermünze willen zunichte gemacht worden war, wie Emma die ganze Nacht über weinte und wie sie, nachdem sie gegen Morgen eingeschlafen war, in ihren Träumen noch einmal das wilde Gesicht ihres

Vaters sah, der auf ihren Geliebten eintrommelte. Oder vielleicht kommt es überhaupt nicht auf Schmerz oder Freude des Menschen an, sondern vielmehr darauf, wie Licht und Schatten auf einem lebenden Körper spielen oder wie sich Bagatellen an diesem bestimmten Tag, in diesem bestimmten Augenblick auf einzigartige und unnachahmliche Weise harmonisch versammeln.

Tschorbs Rückkehr

Es war spät, als die Kellers aus der Oper kamen. In jener friedlichen deutschen Stadt, wo selbst die Luft ein wenig glanzlos wirkte und eine Reihe schräger kleiner Wellen das Spiegelbild der Kathedrale über sieben Jahrhunderte lang sacht bemäntelt hatte, war Wagner eine gemächliche Angelegenheit, mit einem Genuß dargeboten, als sollte man mit Musik übersättigt werden. Nach der Oper nahm Keller seine Frau mit in ein elegantes, für seinen Weißwein berühmtes Nachtlokal. So wurde es nach ein Uhr nachts, bis ihr Wagen mit frivol eingeschalteter Innenbeleuchtung durch verödete Straßen fuhr, um sie vor dem Eisenzaun ihrer kleinen, aber würdigen Villa abzusetzen. Keller, ein untersetzter, alter Deutscher, der ganz wie Ohm Krüger aussah, war als erster draußen auf dem Bürgersteig, über den im grauen Schein der Straßenlaterne die verschlungenen Schatten von Blättern huschten. Einen Augenblick lang fiel das Licht auf seine gestärkte Hemdbrust und auf die Glasperlentröpfchen, die das Kleid seiner Frau säumten, während sie ein stämmiges Bein freimachte und ihrerseits aus dem Auto kletterte. Das Hausmädchen kam ihnen in der Diele entgegen und teilte ihnen in verängstigtem Flüsterton mit, selber von der Wucht der Nachricht immer noch mitgerissen, daß Tschorb dagewesen sei. Frau Kellers rundliches Gesicht, dessen unverderbliche Frische irgendwie zu ihrer Herkunft aus der russischen Kaufmannsklasse paßte, erbebte und rötete sich vor Aufregung.

«Er hat gesagt, daß sie krank ist?»

Das Hausmädchen flüsterte noch rascher. Keller strich sich mit der fetten Handfläche über seine grauen Haarborsten, und das Stirnrunzeln eines alten Mannes überschattete sein großes, etwas affenhaftes Gesicht mit der langen Oberlippe und den tiefen Falten.

«Ich denke gar nicht dran, bis morgen zu warten», murmelte Frau Keller und schüttelte den Kopf, während sie sich auf der Stelle schwerfällig im Kreis drehte, um das Ende des Schleiers zu erhaschen, der ihre kastanienbraune Perücke bedeckte. «Wir gehen jetzt gleich hin. O Gott o Gott! Kein Wunder, daß wir einen Monat lang keine Post gekriegt haben.»

Keller öffnete seinen Klapphut mit einem Schlag und sagte in seinem genauen, leicht kehligen Russisch:

«Der Mann ist wahnsinnig. Wenn sie krank ist, wie kann er es dann wagen, sie noch einmal in dieses elende Hotel zu schleppen?»

Doch irrten sie natürlich, wenn sie meinten, ihre Tochter sei krank. Tschorb hatte es dem Hausmädchen nur erzählt, weil es sich leichter sagen ließ. In Wahrheit war er allein aus dem Ausland zurückgekehrt, und erst jetzt wurde ihm klar, daß er wohl oder übel zu erklären hätte, wie seine Frau ums Leben gekommen war und warum er seinen Schwiegereltern nichts davon geschrieben hatte. Das alles war sehr schwierig. Wie sollte er erklären, daß er seine Trauer ganz für sich selber behalten wollte, ohne sie mit einer fremden Substanz zu trüben und mit einer anderen Seele zu teilen? Ihr Tod erschien ihm als ein höchst rares, fast beispielloses Vorkommnis; nichts, so schien es ihm, konnte reiner sein als solch ein Tod, verursacht von einem Schlag eben jenes elektrischen Stroms, der das allerreinste und hellste Licht ergab, wenn er in Glasgefäße gefüllt wurde.

Seit jenem Frühlingstag, als sie auf der weißen Landstraße ein Dutzend Kilometer vor Nizza lachend den geladenen Draht eines vom Sturm umgeworfenen Mastes berührt hatte, hatte Tschorbs ganze Welt aufgehört, wie eine Welt zu klingen: Sofort hatte sie sich zurückgezogen, und selbst der tote Körper, den er in seinen Armen zum nächsten Dorf trug, erschien ihm als etwas Fremdes und Überflüssiges.

In Nizza, wo sie begraben werden mußte, versuchte der unangenehme und schwindsüchtige Geistliche vergebens, ihm Einzelheiten zu entlocken: Tschorb reagierte nur mit einem matten Lächeln. Tagelang saß er auf dem Kiesstrand, nahm Steinchen in die hohle Hand und ließ sie von der einen in die andere rieseln; und plötzlich dann reiste er, ohne auf die Bestattung zu warten, nach Deutschland zurück.

In umgekehrter Reihenfolge kam er durch all die Orte, die sie auf der Hochzeitsreise zusammen besucht hatten. In der Schweiz, wo sie den Winter verbracht hatten und wo nun die Apfelblüte zu Ende ging, erkannte er nichts wieder als die Hotels. Im Schwarzwald, durch den sie im Herbst davor gewandert waren, behinderte die Kühle des Frühlings die Erinnerung nicht. Und wie er am südlichen Strand versucht hatte, jenen besonderen runden schwarzen Kiesel mit dem ebenmäßigen kleinen weißen Gürtel wiederzufinden, den sie ihm am Vorabend ihres letzten Spaziergangs zufällig gezeigt hatte, tat er jetzt sein Bestes, all die Wegmarken wieder ausfindig zu machen, die ihr Ausrufezeichen trugen: das spezielle Profil eines Felsens, ein Bauernhaus unter einer Schicht silbergrauer Schindeln, eine schwarze Tanne und einen Fußsteg über einen weißen Bach sowie etwas, das man für eine Art prophetischer Vorwegnahme halten mochte: die strahlenförmige Fläche eines Spinnennetzes zwischen zwei Telegraphendrähten, die wie mit Perlen von Tautropfen besetzt waren. Sie begleitete ihn: Ihre Stiefeletten schritten geschwind aus, und ihre Hände waren immer in Bewegung, um ein Blatt von einem Strauch zu rupfen oder im Vorbeigehen eine Mauer zu streicheln – kleine, lachende Hände, die keine Pause kannten. Er sah ihr kleines Gesicht mit den dichten, dunklen Sommersprossen und ihre weiten Augen, deren blaßgrüne Farbe die von Glasscherben war, welche die Meereswellen glattgeleckt haben. Wenn es ihm gelänge, so dachte er, all die Kleinigkeiten zu versammeln, deren sie gemeinsam gewahr geworden waren – wenn er auf diese Weise die nahe Vergangenheit wiederschuf –, dann würde ihr Gesicht unsterblich werden und sie für alle Zeiten ersetzen. Die Nächte indessen waren unerträglich. Die Nacht durchdrang ihre widervernünftige Anwesenheit mit plötzlichem Schrecken. Er schlief kaum in den drei Wochen seines Trecks – und stieg nun, von Müdigkeit benommen, an jenem Bahnhof aus, von dem sie im letzten Herbst aus jener stillen

Stadt aufgebrochen waren, wo er sie kennengelernt und geheiratet hatte.

Es war etwa acht Uhr abends. Hinter den Häusern hob sich der Münsterturm in gestochener Schwärze von einem goldroten Sonnenuntergangsstreifen ab. Auf dem Bahnhofsvorplatz wartete eine Reihe der nämlichen altersschwachen Droschken. Derselbe Zeitungsverkäufer ließ seinen hohlen Abenddämmerungsruf hören. Derselbe schwarze Pudel mit teilnahmslosen Augen hob soeben sein dünnes Hinterbein an einer Litfaßsäule, direkt gegen die purpurrote Schrift eines Anschlags, der *Parsifal* ankündigte.

Tschorbs Gepäck bestand aus einem Hand- und einem großen, gelbbraunen Kabinenkoffer. Eine Droschke fuhr ihn durch die Stadt. Der Kutscher schlenkerte lässig mit den Zügeln, während er den großen Koffer mit einer Hand festhielt. Tschorb mußte daran denken, daß sie, die er nie beim Namen nannte, gerne Droschke gefahren war.

An der Ecke des städtischen Opernhauses befand sich in einer Gasse ein dreistöckiges Hotel der verrufenen Sorte, dessen Zimmer wochen- oder stundenweise vermietet wurden. Sein schwarzer Anstrich war in geographischen Mustern abgeblättert; lumpige Spitzengardinen verhüllten seine trüben Fenster; nie war seine unauffällige Eingangstür verschlossen. Ein bleicher, aber kecker Hoteldiener führte Tschorb einen krummen, nach Feuchtigkeit und gekochtem Kohl riechenden Korridor entlang in ein Zimmer, welches Tschorb – an dem Bild einer rosigen *baigneuse* in einem goldenen Rahmen über dem Bett – als jenes wiedererkannte, in dem er und seine Frau ihre erste gemeinsame Nacht verbracht hatten. Alles hatte sie damals amüsiert – der dicke Mann in Hemdsärmeln, der sich mitten im Gang erbrach, der Umstand, daß sie zufällig ausgerechnet auf ein so gräßliches Hotel verfallen waren, und die Gegenwart eines berückenden blonden Haars im Waschbecken; doch am spaßigsten fand sie, wie sie aus ihrem Elternhaus geflohen waren. Kaum aus der Kirche zurück, lief sie in ihr Zimmer hinauf, um sich umzuziehen, während sich unten die Gäste zum Essen versammelten. In einem Frack aus derbem Tuch und mit einem schlaffen Lächeln in seinem affenhaften Gesicht klopfte ihr Vater dem einen oder anderen Mann auf die Schulter und kredenzte eigenhändig kleine Gläser mit Weinbrand. Ihre Mutter führte ihre engsten Freundinnen währenddessen in Zweiergruppen in das Schlafzimmer, das für das junge Paar bestimmt war: Liebevoll und im Flüsterton deutete sie auf das gewaltige Federbett, die orangenen Blüten, die beiden Paare nagelneuer Schlafzimmerpantoffeln – große karierte und winzige rote mit Pompons –, die sie auf dem Bettvorleger aufgereiht hatte, dessen Frakturinschrift «Zusammen bis ins Grab» lautete. Bald drängte sich alles zu den *hors d'œuvres* – und nach kürzester Beratung entflohen Tschorb und seine Frau durch die Hintertür und tauchten erst am nächsten Morgen wieder auf, eine halbe Stunde vor Abgang ihres D-Zugs, um ihr Gepäck abzuholen. Frau Keller hatte die ganze Nacht über geschluchzt; ihr Mann, dem Tschorb (ein armer russischer Emigrant und Literat) immer verdächtig gewesen war, hatte die Wahl seiner Tochter, die Kosten der alkoholischen Getränke, die machtlose Polizei verflucht. Als die Tschorbs abgereist waren, war der alte Mann mehrmals in jene Gasse an der Oper gegangen, um sich das Hotel anzusehen, und jenes schwarze, blinde Haus war für ihn ein Gegenstand des Ekels und der Verlockung geworden, wie die Erinnerung an ein Verbrechen.

Während der Koffer gebracht wurde, starrte Tschorb auf den rosigen Farbdruck. Die Tür war kaum wieder zu, da beugte er sich über den Koffer und schloß ihn auf. Hinter einem Fetzen loser Tapete in der Zimmerecke machte eine Maus ein raschelndes Geräusch und rannte dann los wie ein Spielzeug auf Rädern. Tschorb drehte sich erschreckt um. Die Glühbirne, die an einer Schnur von der Decke hing, schwang überaus sacht hin und her, und der Schatten der Schnur glitt über die grüne Couch und brach an ihrem Rand ab. Auf dieser Couch hatte er in der Hochzeitsnacht geschlafen. Sie hatte in dem richtigen Bett gelegen, und man hatte sie mit dem gleichmäßigen Rhythmus eines Kindes atmen hören können. In jener Nacht hatte er sie einmal geküßt – auf die Mulde der Kehle –, und mehr Liebe hatte nicht stattgefunden.

Die Maus machte sich schon wieder zu schaffen. Es gibt leise Geräusche, die beängstigender sind als Kanonendonner. Tschorb überließ den Koffer sich selber und ging einige Male im Zimmer auf und ab. Ein Nachtfalter stieß an die Lampe und ließ sie erklirren. Tschorb riß die Tür auf und ging hinaus.

Auf dem Weg nach unten erst wurde ihm klar, wie müde er war, und in der Gasse machte ihn das verschwommene Blau der Mainacht schwindlig. Als er in die Allee einbog, ging er schneller. Ein Platz. Ein steinerner Herzog. Die schwarzen Massen des Stadtparks. Die Kastanien blühten gerade. Damals war es Herbst gewesen. Am Abend vor der Hochzeit hatte er mit ihr einen langen Spaziergang gemacht. Wie wohl tat der erdige, feuchte, irgendwie violette Geruch der dürren Blätter, die den Bürgersteig übersäten! An solchen bezaubernden, bedeckten Tagen war der Himmel ein stumpfes Weiß, und die kleine, Zweige spiegelnde Pfütze in der Mitte der schwarzen Fahrbahn glich einer unvollständig entwickelten Photographie. Das milde und reglose Laub sich verfärbender Bäume trennte die Villen aus grauem Stein, und vor dem Haus der Kellers hatten die Blätter einer welkenden Pappel den Farbton durchsichtiger Weinbeeren angenommen. Auch ein paar Birken sah man hinter dem Gitter der Gartenpforte; einige ihrer Stämme waren dicht in Efeu gewickelt, und nachdrücklich ließ Tschorb sie wissen, daß Efeu in Rußland nie an Birken wuchs, und sie bemerkte, daß die rotbraunen Sprenkelungen auf seinen winzigen Blättern sie an die zarten Rostflecken auf gebügeltem Leinen erinnerten. Eichen und Kastanien säumten den Bürgersteig; hin und wieder löste sich ein Blatt, um wie ein Stück Einwickelpapier quer über die Straße zu fliegen. Sie versuchte es im Flug zu fangen, mit Hilfe einer Kinderschippe, die sie neben einem Haufen rosaroter Ziegel fand, dort, wo gerade Straßenarbeiten im Gange waren. Ein Stück weiter stieß der Schornstein eines Bauarbeiterwagens graublauen Rauch aus, der schräg wegtrieb und sich zwischen den Zweigen verlor – und eine Hand in die Hüfte gestemmt, beobachtete ein Bauarbeiter, der gerade Pause machte, die junge Dame, die leicht wie ein welkes Blatt mit der kleinen Schippe in der Hand umhertanzte. Den Rücken ein wenig gebeugt, ging Tschorb hinter ihr her – und es kam ihm vor, als sei jener Geruch, der Geruch welken Laubs, der Geruch des Glückes selbst.

Jetzt erkannte er die Straße kaum wieder, so angefüllt war sie mit der nächtlichen Üppigkeit der Kastanienbäume. Vor ihm leuchtete eine Straßenlaterne; vor dem Glas hing ein Zweig herab, und an seinem Ende wirkten einige vom Licht gesättigte Blätter nahezu durchscheinend. Er trat näher heran. Der Schatten der Gartenpforte kam ihm mit verzerrten Karos vom Bürgersteig entgegengeschossen, so daß sich seine Füße in ihm verfingen. Jenseits der Pforte und am Ende eines undeutlichen Kieswegs ragte die Fassade eines vertrauten Hauses empor, das abgesehen von dem Licht in einem geöffneten Fenster dunkel war. In jenen bernsteinfarbenen Tiefen war das Hausmädchen eben dabei, mit einem ausgreifenden Schwung ihrer Arme ein schneeweißes Laken über ein Bett zu breiten. Laut und knapp rief Tschorb ihr etwas zu. Eine Hand hatte er noch an der Gartenpforte, und das tauige Gefühl des Eisens in seiner Handfläche behielt er am deutlichsten im Gedächtnis.

Das Hausmädchen kam schon zu ihm heraus. Wie sie Frau Keller später berichten sollte, fiel ihr als allererstes der Umstand auf, daß Tschorb stumm auf dem Gehsteig stehenblieb, obwohl sie die kleine Tür sofort aufgeschlossen hatte. «Er hatte keinen Hut auf», erzählte sie, «und das Licht der Straßenlaterne fiel auf seine

Stirn, und auf der Stirn stand ihm der Schweiß, und das Haar klebte ihm in der Stirn. Ich hab ihm gesagt, daß die Herrschaften im Theater sind. Ich hab ihn gefragt, warum er allein war. Seine Augen flammten, ich bekam es mit dem Schrecken, als ich sie so sah, und er schien sich eine ganze Weile schon nicht mehr rasiert zu haben. Er sagte leise: ‹Sagen Sie ihnen, daß sie krank ist.› Ich fragte ihn: ‹Wo wohnen Sie?› Er sagte: ‹Wieder da wie neulich›, und fügte dann hinzu: ‹Das ist egal. Ich komme morgen früh wieder vorbei.› Ich sagte, er solle doch warten – aber er gab keine Antwort und ging weg.»

So reiste Tschorb zurück bis an die Quelle seiner Erinnerungen, eine quälende und doch beseligende Prüfung, die sich nun ihrem Ende näherte. Es blieb nur noch eine Nacht, die in jenem ersten Zimmer ihrer Ehe verbracht werden mußte, und morgen wäre die Prüfung bestanden und ihr Bild vollkommen gemacht.

Doch als er nun zurück zum Hotel ging, durch die Allee, wo im blauen Dunkel auf allen Bänken schattige Gestalten saßen, wurde es Tschorb plötzlich klar, daß er trotz seiner Müdigkeit in jenem Zimmer mit seiner nackten Glühbirne und seinen wispernden Schlupflöchern nicht allein würde schlafen können. Er kam zum Platz und trottete die Hauptstraße entlang weiter – und wußte mit einem Mal, was zu tun war. Seine Suche aber währte lange: Es war dies eine ruhige und keusche Stadt, und die geheime Nebenstraße, wo man Liebe kaufen konnte, war Tschorb unbekannt. Erst nach einer Stunde hilflosen Umherwanderns, die seine Ohren sausen und seine Füße brennen machte, fand er den Weg in jene kleine Gasse – und sprach auf der Stelle das erste Mädchen an, das ihm ein Zeichen machte.

«Die Nacht», sagte Tschorb mit zusammengebissenen Zähnen.

Das Mädchen legte den Kopf schräg, ließ die Handtasche hin und her schwingen und antwortete: «Fünfundzwanzig.»

Er nickte. Erst als er sie viel später beiläufig angesehen hatte, stellte Tschorb gleichgültig fest, daß sie recht hübsch war, obwohl ziemlich verschlissen, und kurzes blondes Haar hatte.

Sie war mit anderen Freiern schon mehrmals in jenem Hotel gewesen, und der fahle Hoteldiener mit der scharfen Nase, der ihnen entgegengehüpft kam, als sie die Treppe hinaufgingen, zwinkerte ihr freundschaftlich zu. Während Tschorb und sie den Gang entlanggingen, hörten sie hinter einer Tür ein Bett rhythmisch und gewichtig knarren, als werde ein Stamm zersägt. Ein paar Türen weiter kam aus einem anderen Zimmer das gleiche monotone Geknarr, und als sie vorbeigingen, sah sich das Mädchen mit einem Ausdruck kalter Koketterie nach Tschorb um.

Schweigend ließ er sie in sein Zimmer eintreten – und schickte sich in einer tiefen Vorahnung des Schlafs unverzüglich an, den Kragen vom Kragenknopf zu reißen. Das Mädchen trat dicht an ihn heran:

«Und wie wär's mit einem kleinen Geschenk?» schlug sie lächelnd vor.

Geistesabwesend, wie im Traum betrachtete Tschorb sie, als er langsam begriff, was sie meinte.

Nach der Entgegennahme der Geldscheine verstaute

sie sie sorgsam in ihrer Handtasche, stieß einen kleinen Seufzer aus und lehnte sich noch einmal an ihn.

«Soll ich mich ausziehen?» fragte sie und schüttelte ihr kurzes Haar.

«Ja, gehen Sie schlafen», murmelte Tschorb. «Morgen früh gebe ich Ihnen noch etwas dazu.»

Das Mädchen begann sich hastig die Bluse aufzuknöpfen und blickte aus dem Augenwinkel zu ihm herüber, leicht irritiert von seiner Zerstreutheit und Düsterkeit. Er zog sich rasch und gleichgültig aus, legte sich ins Bett und drehte sich zur Wand.

«Der hat ausgefallene Wünsche», mutmaßte das Mädchen vage. Mit langsamen Händen faltete sie ihr Hemd und legte es auf einen Stuhl. Tschorb schlief bereits fest.

Das Mädchen wanderte im Zimmer umher. Sie bemerkte, daß der Koffer am Fenster leicht aufstand; sie hockte sich hin, und so gelang es ihr, einen Blick unter den Deckel zu werfen. Blinzelnd, einen bloßen Arm vorstreckend, betastete sie ein Kleid, einen Strumpf, Seidenfetzen – alles aufs Geratewohl hineingestopft und so hübsch duftend, daß es sie traurig machte.

Dann richtete sie sich auf, gähnte, kratzte sich am Schenkel, und nackt, wie sie war, aber noch in Strümpfen, zog sie den Fenstervorhang auf. Der Fensterflügel hinter dem Vorhang stand offen, und in der samtenen Tiefe konnte man eine Ecke des Opernhauses erkennen, die schwarze Schulter eines steinernen Orpheus, die sich vom Blau der Nacht abhob, und eine Lichterreihe an der undeutlichen Fassade, die schräg ins Dunkel entschwand. Dort unten, in weiter Ferne, kamen

Schwärme winzigkleiner dunkler Silhouetten aus hellen Türöffnungen auf die halbkreisförmigen Schichten beleuchteter Freitreppen heraus, an die Automobile mit strahlenden Scheinwerfern und glatten glänzenden Dächern heranglitten. Erst als der Aufbruch vorbei und die Helligkeit fort war, machte das Mädchen den Vorhang wieder zu. Sie löschte das Licht und legte sich neben Tschorb. Kurz vor dem Einschlafen fiel ihr ein, daß sie schon ein- oder zweimal in diesem Zimmer gewesen sein mußte: Das rosa Bild an der Wand kam ihr bekannt vor.

Ihr Schlaf dauerte keine Stunde: Es weckte sie ein unheimliches, tiefes Heulen. Tschorb schrie. Er war kurz nach Mitternacht aufgewacht, hatte sich auf die Seite gedreht und seine Frau neben sich liegen sehen. Er schrie furchterregend, wie mit der Kraft seiner Eingeweide. Das weiße Frauengespenst sprang aus dem Bett. Als sie zitternd Licht machte, saß Tschorb mit dem Rücken zur Wand zwischen den zerwühlten Betttüchern, und durch seine gespreizten Finger hindurch war ein Auge zu sehen, in dem das Feuer des Wahnsinns brannte. Langsam zog er die Hand vom Gesicht fort, langsam erkannte er das Mädchen. Unter verängstigtem Murmeln zog sie hastig ihr Hemd wieder an.

Und Tschorb seufzte erleichtert, denn es wurde ihm klar, daß die Qual zu Ende war. Er ging zur grünen Couch hinüber, setzte sich, umklammerte seine behaarten Schienbeine und musterte die Nutte mit einem Lächeln ohne Bedeutung. Es vermehrte ihren Schrecken; sie wandte sich ab, verhakte eine letzte Öse, schnürte ihre Stiefel, machte sich daran, den Hut aufzusetzen.

In diesem Augenblick hörte man auf dem Gang Stimmen und Schritte. Die Stimme des Hausdieners wiederholte trauervoll: «Aber meine Herrschaften, es ist eine Dame bei ihm.» Und eine zornige, kehlige Stimme behauptete immer wieder: «Ich sage Ihnen doch, daß das meine Tochter ist.»

Die Schritte hielten vor der Tür. Es klopfte.

Das Mädchen griff sich ihre Tasche vom Tisch und riß entschlossen die Tür auf. Vor ihr stand ein erstaunter alter Herr mit einem glanzlosen Zylinder und einem glänzenden Perlenknopf im gestärkten Hemd. Über die Schulter spähte ihm das tränenverschmierte Gesicht einer fülligen Dame mit einem Schleier über dem Haar. Hinter ihnen reckte sich der kleine, blasse Hoteldiener auf Zehenspitzen, riß die Augen weit auf und gestikulierte einladend. Das Mädchen verstand sein Zeichen und schoß hinaus in den Gang, an dem Alten vorbei, der mit dem gleichen ratlosen Blick den Kopf nach ihr wandte und dann mit seiner Gefährtin über die Schwelle trat. Die Tür schloß sich. Das Mädchen und der Hausdiener blieben auf dem Korridor. Sie wechselten einen furchtsamen Blick und senkten lauschend die Köpfe. Aber drinnen war alles still. Es schien unglaublich, daß sich drei Personen in dem Zimmer befinden sollten. Kein einziges Geräusch war zu hören.

«Sie sagen nichts», flüsterte der Hausdiener und legte den Finger an die Lippen.

Berlin, ein Stadtführer

Vormittags war ich im Zoo, jetzt gehe ich mit meinem Freund und ständigen Zechgenossen in eine Kneipe. Ihr himmelblaues Schild trägt in Weiß die Aufschrift «Löwenbräu» und dazu das Portrait eines Löwen mit blinzelndem Auge und einem Seidel Bier. Wir setzen uns, und ich erzähle meinem Freund von Röhren, Straßenbahnen und anderen hochwichtigen Dingen.

1 Die Röhren

Vor dem Haus, wo ich wohne, liegt an der Kante des Bürgersteigs eine riesige schwarze Röhre. Etwa einen halben Meter daneben liegt in einer Reihe mit ihr eine zweite, dann eine dritte, eine vierte: die eisernen Eingeweide der Straße, noch arbeitslos, noch nicht in den Boden tief unter dem Asphalt versenkt. An den ersten Tagen, nachdem sie mit hohlem Gedröhn von den Lastwagen abgeladen worden waren, liefen kleine Jungen auf ihnen hin und her und krochen auf allen vieren durch diese runden Tunnel, doch eine Woche später spielte schon niemand mehr darauf, und statt dessen fiel dichter Schnee; und wenn ich jetzt im flachen, grauen Licht des Morgens ausgehe und vorsichtig das tückische Eis mit der dicken Gummikappe meines Stockes abtaste, liegt oben auf jeder der schwarzen Röhren ein gleichmäßiger Streifen Neuschnee, während die Lichtreflexe einer noch immer erleuchteten Straßenbahn wie hell orangefarbenes Wetterleuchten an der Innenseite jener Röhrenöffnung hinaufhuschen, die der Schienenkurve am nächsten ist. Heute hat jemand mit dem Finger «Otto» in den Streifen jungfräulichen Schnees geschrieben, und mir schien, dieser Name mit seinen beiden O's, die das sanfte Konsonantenpaar flankieren, passe wunderbar zu der stillen Schneeschicht auf jener Röhre mit ihren beiden Öffnungen und ihrem verschwiegenen Tunnel.

2 Die Straßenbahn

Die Straßenbahn wird in etwa zwanzig Jahren verschwinden, wie die Pferdebahn verschwunden ist. Für mein Gefühl hat sie schon jetzt etwas Überlebtes, eine Art altmodischen Charme. Alles an ihr ist ein wenig ungefüge und klapprig, und wenn sie eine Kurve etwas zu schnell nimmt und die Stromstange vom Fahrdraht springt und der Schaffner oder sogar einer der Fahrgäste sich am Heck des Triebwagens herauslehnt, nach oben späht und an der Schnur ruckelt, bis die Rolle wieder Kontakt hat, dann denke ich jedes Mal daran, wie auch dem Kutscher in früheren Zeiten manchmal die Peitsche aus der Hand gefallen sein muß und wie er dann sein Vierergespann zügelte, den Burschen in langschößiger Livree, der neben ihm auf dem Bock saß, zurückschickte, sie aufzuheben, und durchdringend ins Horn blies, während seine Kutsche über das Kopfsteinpflaster eines Dorfes holperte.

Der Schaffner, der die Fahrscheine ausgibt, hat sehr eigenartige Hände. Sie arbeiten so flink wie die eines Pianisten, aber sie sind nicht schlaff und schweißig und haben auch keine weichen Nägel, sondern sind so rauh, daß einen eine Art moralisches Unbehagen überkommt, wenn man ihm Kleingeld in die Hand schüttet und dabei die Haut berührt, der ein derber Chitinpanzer gewachsen zu sein scheint. Trotz ihrer Derbheit und der dicken Finger sind es überaus rührige und tüchtige Hände. Neugierig verfolge ich, wie er mit dem breiten schwarzen Fingernagel den Fahrschein festklemmt und ihn an zwei Stellen knipst, in der Ledertasche wühlt, Wechselgeld herausfischt, die Tasche sofort wieder zuklappt und an der Klingelleine zieht oder mit einer Daumenbewegung den Schieber an der Vordertür aufdrückt, um auch den Leuten auf der vorderen Plattform Fahrscheine zu geben. Und die ganze Zeit über schaukelt der Wagen, die Fahrgäste im Gang greifen hoch nach den Halteriemen und schwanken hin und her – doch er läßt kein einziges Geldstück fallen, keinen einzigen vom Block abgerissenen Fahrschein. In diesen Wintertagen ist die untere Hälfte der Vordertür mit grünem Tuch verhängt, die Fenster sind mit Frost beschlagen, an jeder Haltestelle drängen sich verkäufliche Weihnachtsbäume an der Bordsteinkante, die Füße der Fahrgäste sind fühllos vor Kälte, und manchmal stecken die Hände des Schaffners in einem grauwollenen Fausthandschuh. An der Endstation koppelt sich der Triebwagen los, fährt auf ein Nebengleis, passiert den zurückgebliebenen Anhänger und nähert sich ihm dann von hinten. Es hat etwas von der Ergebenheit eines Weibchens, wie die Anhängerin wartet, daß der männliche vordere Wagen unter Funkengeknister herangerollt kommt und sich ankuppelt: Und ich erinnere mich (ohne die biologische Metapher), wie achtzehn Jahre zuvor in Petersburg die Pferde ausgepannt und um den dickbäuchigen blauen Trambahnwagen herumgeführt wurden.

Die Pferdestraßenbahn ist verschwunden, die Elektrische wird verschwinden, und ein exzentrischer Berliner Schriftsteller in den zwanziger Jahren des einundzwanzigsten Jahrhunderts, der unsere Zeit schildern möchte, wird in ein historisches Technikmuseum gehen und dort einen hundertjährigen, gelben, klobigen Straßenbahnwagen mit altmodisch geschwungenen Sitzen ausfindig machen und in einem historischen Trachtenmuseum eine schwarze Schaffneruniform mit blanken Knöpfen. Dann wird er nach Hause gehen und eine Beschreibung der Straßen Berlins in vergangenen Zeiten zusammenstellen. Alles, jede Einzelheit wird dann Wert und Bedeutung haben: die Schaffnertasche, die Reklame über dem Fenster, die besondere Schüttelbewegung, die sich unsere Urenkel vielleicht dazudenken werden – alles wird geadelt und gerechtfertigt sein durch sein Alter.

Ich meine, daß eben hierin der Sinn schöpferischer Literatur besteht: alltägliche Dinge so zu schildern, wie sie sich in den wohlmeinenden Spiegeln künftiger

Zeiten darbieten werden; in den Dingen unserer Umwelt jene duftige Zartheit aufzuspüren, die erst unsere Nachkommen erkennen und zu schätzen wissen werden, in den fernen Tagen, wenn jede Bagatelle unseres platten Alltagslebens von vornherein erlesen und festlich wirken wird: den Tagen, da jemand, der sich das gewöhnlichste heutige Jackett überzieht, für den elegantesten Kostümball passend ausstaffiert sein wird.

3 Straßenarbeiten

Hier sind Beispiele der verschiedenartigen Arbeiten, die ich von der überfüllten Straßenbahn aus beobachte, in der mir mit Sicherheit irgendeine mitleidige Frau ihren Fensterplatz abtritt – und mich dabei nicht zu genau anzusehen versucht.

An einer Kreuzung ist das Straßenpflaster längs der Schienen aufgerissen; im Wechsel schlagen vier Arbeiter mit Vorschlaghämmern auf einen Eisenpfahl ein; der erste trifft, und schon senkt sich der zweite Hammer mit weitem, akkuratem Schwung; der zweite Hammer saust nieder und erhebt sich wieder gen Himmel, während der dritte und dann der vierte in rhythmischer Folge zuschlagen. Ich lausche ihrem geruhsamen Klang, wie vier sich wiederholenden Noten eines eisernen Glockenspiels.

Ein Bäckerjunge mit weißer Mütze kommt auf seinem Lastendreirad vorbeigeflitzt; so ein mehlbestäubter Bursche hat etwas Engelhaftes. Ein Lieferwagen rasselt vorüber, auf dem Dach Kästen, in denen Reihen smaragdgrüner, leerer, aus den Kneipen abgeholter Flaschen blinken. Auf einer Karre gleitet geheimnisvoll eine lange, schwarze Lärche dahin. Der Baum liegt flach auf dem Wagen; sacht bebt seine Spitze, während seine von derbem Sackleinen umwickelten erdigen Wurzeln an seinem Ende einen gewaltigen, beigefarbenen, bombenförmigen Ballen bilden. Ein Postfahrer hat die Öffnung eines Sackes unter einen kobaltblauen Briefkasten geschoben, befestigt ihn von unten, und heimlich, unsichtbar leert sich der Kasten mit gemächlichem Geraschel, und der Postfahrer klappt den viereckigen Rachen des nunmehr voll und schwer gewordenen Beutels zu. Doch vielleicht am schönsten sind die chromgelben Tierkörper mit rosa Flecken und Arabesken, die auf einem Lastwagen gestapelt sind und die der Mann mit der Schürze und der Lederkapuze mit ihrem langen Nackenschutz Körper für Körper auf den Rücken wuchtet und vornübergebeugt über den Bürgersteig in den roten Laden des Fleischers schleppt.

4 Eden

Jede große Stadt hat ihr eigenes Eden, von Menschen geschaffen.

Wenn Kirchen uns vom Evangelium erzählen, so erinnern uns die Zoos an den feierlichen und zarten Anfang des Alten Testaments. Schade nur, daß dieses künstliche Eden ganz hinter Gittern liegt, obwohl mich ohne die Gitter allerdings der erstbeste Dingo anfallen würde. Trotzdem ist es schon ein Eden, soweit der Mensch es wiederzuerschaffen vermag, und mit gutem Grund heißt das große Hotel gegenüber dem Berliner Zoo nach jenem Garten.

Im Winter, wenn man die tropischen Tiere versteckt hat, empfehle ich einen Besuch im Haus der Amphibien, Insekten und Fische. In dem halbdunklen Saal ähneln die Reihen erleuchteter gläserner Schaukästen den Bullaugen, durch die Kapitän Nemo aus seinem Unterseeboot auf die Meeresgeschöpfe schaute, die sich zwischen den Ruinen von Atlantis dahinwanden. Hinter dem Glas gleiten in hellen Nischen Fische mit glänzenden Flossen, atmen Seeblumen, und auf einem Stück Sand liegt ein lebendiger, hochroter, fünfzackiger Stern. Daher also stammt das berüchtigte Emblem – vom Grunde des Ozeans, aus der Düsternis der versunkenen Atlantica, die vor langen Zeiten allerlei Umwälzungen durchmachte, als sie mit aktuellen Utopien und anderen Dümmlichkeiten herumpfuschte, die noch uns zu Krüppeln machen.

Und versäumen Sie ja nicht, bei der Fütterung der Riesenschildkröten zuzusehen. Diese schwergewichtigen uralten Hornkuppeln stammen von den Galapagos-Inseln. Mit greisenhafter Behutsamkeit kommen ein runzliger, flacher Kopf und zwei völlig nutzlose Füße unter dem fast zwei Zentner schweren Panzer hervor. Und mit ihrer dicken, schwammartigen Zunge, die irgendwie an die eines kakologischen Kretins erinnert, der schlapp seine monströse Sprache erbricht, steckt die Schildkröte den Kopf in einen

Haufen nassen Gemüses und mampft achtlos dessen Blätter.

Doch diese Kuppel über ihr – ach, diese Kuppel, diese alterslose, polierte, matte Bronze, diese prachtvolle Bürde der Zeit...

5 Die Kneipe

«Das ist ein mieser Stadtführer», sagt mürrisch mein ständiger Trinkgenosse. «Es interessiert doch keinen Menschen, daß du die Straßenbahn nimmst und ins Berliner Aquarium fährst.»

Die Kneipe, in der wir beide sitzen, besteht aus zwei Räumen, einem großen und einem etwas kleineren. Ein Billardtisch befindet sich in der Mitte des größeren; in den Ecken stehen ein paar Tische: Gegenüber vom Eingang ist die Theke, und hinter ihr sind Regale mit Flaschen. Zwischen den Fenstern hängen Zeitungen und Illustrierte, in kurze Holzstäbe geklemmt, wie Papierfahnen an der Wand. Ganz hinten ist ein breiter Durchgang, durch den man ein vollgestelltes kleines Zimmer mit einer grünen Couch unter einem Spiegel sieht, aus dem ein ovaler Tisch mit karierter Wachstuchdecke herausfällt und seine feste Position vor der Couch einnimmt. Jenes Zimmer gehört zu der bescheidenen kleinen Wohnung des Gastwirts. Dort sitzt seine Frau mit welken Zügen und großem Busen und füttert ein blondes Kind mit Suppe.

«Das interessiert doch keinen», wiederholt mein Freund mit kummervollem Gähnen. «Was sollen schon

Straßenbahnen und Schildkröten? Und das alles ist sowieso einfach langweilig. Eine langweilige fremde Stadt, und teuer ist es hier auch noch...»

Von unserem Platz an der Theke aus kann man die Couch, den Spiegel und den Tisch im Hintergrund jenseits des Durchgangs sehr deutlich sehen. Die Frau räumt gerade den Tisch ab. Auf die Ellbogen gestützt, mustert das Kind aufmerksam eine an ihren nutzlosen Halter geklemmte Illustrierte.

«Was gibt's denn da bloß zu sehen?» fragt mein Begleiter und dreht sich seufzend auf dem unter ihm laut knarrenden Stuhl langsam um.

Dort unter dem Spiegel sitzt immer noch das Kind allein. Doch jetzt blickt es zu uns herüber. Von seinem Platz aus kann es die Kneipe sehen – das grüne Eiland des Billardtischs, den Elfenbeinball, den es nicht berühren darf, den metallischen Glanz der Theke, zwei dicke Lastwagenfahrer an dem einen Tisch und uns beide an dem andern. Es hat sich längst an diese Szene gewöhnt, ihre Nähe macht ihm nichts aus. Eines jedoch weiß ich. Was immer im Leben ihm auch zustoßen wird, immer wird es sich an das Bild erinnern, das es aus dem kleinen Zimmer, wo es seine Suppe bekam, in seiner Kindheit Tag für Tag sah. Immer wird es sich an den Billardtisch erinnern und an den abendlichen Gast, der seine Jacke abgelegt hatte und den spitzen weißen Ellbogen nach hinten streckte, wenn er mit seiner Queue auf die Kugel zielte, und an den blaugrauen Zigarrenqualm, den Stimmenlärm, meinen leeren rechten Ärmel und mein narbenbedecktes Gesicht und an den Vater hinter der Theke, der mir jetzt ein Bier zapft.

«Ich begreife nicht, was du da siehst», sagt mein Freund und wendet sich mir wieder zu.

Ja was auch! Wie kann ich ihm begreiflich machen, daß ich jemandes künftige Erinnerungen geschaut habe?

Das Rasiermesser

Nicht ohne Grund hatten sie ihn beim Regiment «Rasiermeser» genannt. Das Gesicht dieses Mannes war *en face* nicht vorhanden. Wenn seine Bekannten an ihn dachten, konnten sie sich nur sein Profil vorstellen – und dieses Profil war großartig: die Nase spitz wie der Winkel eines Zeichendreiecks, kräftig wie ein Ellbogen das Kinn, dazu lange, weiche Wimpern, wie nur sehr halsstarrige und grausame Menschen sie haben. Sein richtiger Name war Iwanow.

Der ihm ehedem verpaßte Spitzname bewies seltsame Hellsicht. Es kommt ja öfter vor, daß ein Mensch namens Stein ein herausragender Mineraloge wird. Und als Hauptmann Iwanow nach einer epischen Flucht und allerlei öden Strapazen in Berlin gelandet war, gab er sich genau damit ab, worauf sein früherer Spitzname anspielte – mit dem Barbierhandwerk.

Er arbeitete in einem kleinen, doch reinlichen Friseursalon, wo mit Haareschneiden und Rasieren noch zwei weitere Gesellen beschäftigt waren, die dem «russischen Hauptmann» fröhlichen Respekt entgegenbrachten; außerdem gab es noch den Inhaber, einen sauertöpfischen Dickwanst, der unter silbrigem Geratter die Kurbel an der Kasse drehte, sowie eine anämische, durchsichtige Maniküre, die von der Berührung der zahllosen, immer gleich zu fünft auf dem Samtkissen vor ihr hingebreiteten menschlichen Finger verwelkt zu sein schien. Iwanow versah seine Arbeit vorzüglich, ein wenig hinderlich war nur, daß er schlecht Deutsch sprach. Allerdings hatte er bald begriffen, wie er verfahren mußte, nämlich nach dem einen Satz ein fragendes «Nicht?» einschieben, nach dem nächsten ein fragendes «Was?», dann wieder ein «Nicht?» und abwechselnd so weiter. Und obwohl er erst in Berlin Haareschneiden gelernt hatte, hatte er erstaunlicherweise dieselben Angewohnheiten wie die russischen Haarscherer, die ja bekanntlich mit der Schere dauernd ins Leere schnippen – sie schnippen, zielen, kappen eine Haarsträhne, noch eine, und wieder klappern sie blitzschnell, als könnten sie sich nicht bremsen, mit der Schere in der Luft. Seine Kollegen respektierten ihn eben wegen dieses rasanten Geklappers.

Schere und Rasiermesser sind zweifellos kalte Waffen, und dieses beständige Beben des Metalls tat Iwanows kriegerischem Herzen offenbar wohl. Von Natur war er nachtragend und keineswegs dumm. Sein großes, edles, prächtiges Vaterland war von einem abgeschmackten Narren schöner Worte wegen zugrunde gerichtet worden – das konnte Iwanow nicht verzeihen. Wie eine straff gespannte Feder zog sich in seinem Herzen bisweilen die Rache zusammen.

An einem sehr heißen, graublauen Sommermorgen hatten beide Kollegen Iwanows, da zu solcher Zeit fast keine Kunden kamen, sich eine Stunde freigenommen, während der Inhaber, halbtot vor Hitze und lange herangereiftem Verlangen, die bleiche, zu allem bereite

Maniküre schweigend ins Hinterzimmer entführt hatte. Im lichten Friseursalon alleingeblieben, sah Iwanow die Zeitungen durch, dann steckte er sich eine Zigarette an, trat, ganz in Weiß, unter die Tür und betrachtete die Passanten. Menschen huschten vorüber, begleitet von ihren blauen Schatten, die sich am Rand des Gehsteigs brachen und furchtlos unter die blitzenden Räder der Automobile glitten, welche auf dem heißen Asphalt bandförmige Spuren hinterließen, den Schnurornamenten von Schlangen gleich. Plötzlich kam vom Trottoir, direkt auf den weißen Iwanow zu, ein stämmiger, untersetzter Herr im schwarzen Anzug, der eine Melone auf dem Kopf hatte und unterm Arm eine schwarze Aktenmappe. Iwanow blinzelte gegen die Sonne, trat beiseite und ließ ihn in den Friseursalon.

Von allen Spiegeln gleichzeitig wurde der Eingetretene widergespiegelt – sein Profil, sein Halbprofil, dann die wächserne Glatze, mit der die schwarze Melone sich hochreckte, um an den Haken gehängt zu werden. Und als der Herr sein Gesicht den Spiegeln zuwandte, die über Marmoraufsätzen mit golden und grün schillernden Flakons blinkten, da hatte Iwanow augenblicklich dieses bewegliche, schwammige Gesicht mit den stechenden Äuglein und dem dicken, angeborenen Pickel am rechten Nasenflügel wiedererkannt.

Der Herr setzte sich schweigend vor einen Spiegel, nuschelte etwas und klopfte mit seinem kurzen Finger an die ungepflegte Wange, was bedeutete: rasieren. Iwanow, vor Bestürzung wie benebelt, umhüllte ihn mit einem Laken, schlug im Porzellanschälchen lauwarmen Schaum, pinselte dem Herrn die Wange, das runde

Kinn und die Oberlippe, sparte vorsichtig den Pickel aus und massierte mit dem Zeigefinger den Schaum ein – all das mechanisch, so erschüttert war er, diesem Menschen erneut begegnet zu sein.

Jetzt bedeckte eine weiße, lockere Schaummaske das Gesicht des Herrn bis zu den Augen, die Augen aber waren klein und blitzten wie die Flimmerrädchen eines Uhrwerks. Iwanow klappte das Rasiermesser auf, und als er es am Riemen zu wetzen begann, erholte er sich plötzlich von seiner Bestürzung und spürte nun, daß dieser Mensch in seiner Macht war.

Und über die wächserne Glatze gebeugt, führte er die blaue Klinge des Rasiermessers an die Seifenschaummaske heran und sagte sehr leise:

«Meine Verehrung, Genosse! Sie kommen direkt aus der Heimat? Nein, bitte sich nicht zu bewegen, sonst könnte ich Sie schon jetzt schneiden.»

Die Flimmerrädchen rotierten rascher, blickten auf Iwanows scharfes Profil und blieben stehen.

Iwanow entfernte mit der stumpfen Seite der Klinge eine überflüssige Schaumflocke und fuhr fort:

«Ich erinnere mich sehr gut an Sie, Genosse... Ihren Namen auszusprechen wäre mir unangenehm, Sie verzeihen. Ich erinnere mich, wie Sie mich verhörten, es war in Charkow, vor rund sechs Jahren. Ich erinnere mich auch an Ihre Unterschrift, mein Bester... Doch wie Sie sehen – ich bin am Leben.»

Darauf geschah folgendes: Die Äuglein flackerten heftig, und plötzlich schlossen sie sich fest. Der Mann preßte sie zu, wie jener Wilde, der meint, mit geschlossenen Augen sei er unsichtbar.

Iwanow zog sanft das Rasiermesser über die knisternde, kalte Wange.

«Wir sind vollkommen allein, Genosse. Verstehen Sie? Das Rasiermesser braucht bloß auszurutschen – und schon gibt es viel Blut. Hier, da pulsiert die Schläfenschlagader. Viel Blut, sehr viel sogar. Aber vorher möchte ich Ihr Gesicht anständig rasieren, und außerdem möchte ich Ihnen einiges erzählen.»

Iwanow hob vorsichtig, mit zwei Fingern, das fleischige Nasenende und rasierte nun genauso sanft die Fläche über der Lippe.

«Die Sache ist nämlich die, Genosse, daß ich mich an alles erinnere, hervorragend erinnere, und möchte, daß auch Sie sich erinnern...»

Und mit leiser Stimme begann Iwanow zu erzählen, wobei er ohne Hast das unbewegliche, zurückgelehnte Gesicht rasierte. Und diese Erzählung war anscheinend sehr schrecklich, denn bisweilen hielt seine Hand inne, und er neigte sich ganz dicht über den Herrn, der im weißen Leichenhemd des Lakens dasaß wie ein Toter, die wulstigen Lider fest geschlossen.

«Das wäre alles!» Iwanow seufzte. «Das wäre die ganze Geschichte. Was glauben Sie, wie ließe sich das alles sühnen? Womit vergleicht man gewöhnlich einen scharfen Säbel? Und bedenken Sie noch: Wir sind allein, vollkommen allein.»

Iwanow führte die Klinge von unten nach oben über den straff gespannten Hals. «Verstorbene werden immer rasiert», fuhr er fort. «Auch zum Tod Verurteilte werden rasiert. Und jetzt rasiere ich Sie. Sie verstehen, was gleich kommt?»

Der Mann saß, ohne sich zu rühren, ohne die Augen zu öffnen. Jetzt war die Seifenmaske von seinem Gesicht herunter, nur an den Backenknochen und bei den Ohren hingen noch Schaumreste. Das angespannte, augenlose, volle Gesicht war so bleich, daß Iwanow schon der Gedanke kam, ob ihn wohl der Schlag getroffen habe, doch als er ihm das Rasiermesser mit der flachen Seite an den Hals legte, zuckte der Mann am ganzen Leib. Die Augen öffnete er allerdings nicht.

Iwanow wischte ihm hastig das Gesicht ab und schwappte Puder aus dem Zerstäuber darüber.

«Sie haben Ihr Fett», sagte er ruhig. «Ich empfinde Genugtuung, Sie können gehen.»

Mit geringschätziger Hast riß er ihm das Laken von den Schultern. Der Mann blieb sitzen.

«Steh auf, Trottel!» schrie Iwanow und zerrte ihn am Ärmel hoch. Die Augen fest geschlossen, stand der andere starr in der Mitte des Salons. Iwanow stülpte ihm die Melone auf den Kopf, schob die Mappe unter seinen Arm und drehte ihn um zur Tür. Erst da setzte der Mann sich in Bewegung, sein Gesicht mit den geschlossenen Augen huschte über alle Spiegel, wie ein Automat schritt er durch die Tür, die Iwanow offenhielt, und mit demselben mechanischen Gang, die Mappe unter den ausgestreckten, steifen Arm gepreßt und aus Augen wie die griechischer Statuen in den Sonnenglast der Straße blickend – ging er fort.

Ein Märchen

1

Phantasie, der Taumel, die Verzückung der Phantasie! Erwin kannte sich da bestens aus. In der Straßenbahn saß er immer rechts, um dem Bürgersteig näher zu sein. Zweimal täglich schaute Erwin in der Straßenbahn, die er zum Büro und zurück nahm, zum Fenster hinaus und stellte sich einen Harem zusammen. Welch ein Glückspilz Erwin doch war, in solch einer entgegenkommenden, solch einer märchenhaften deutschen Stadt zu wohnen!

Morgens, auf dem Wege zur Arbeit, erledigte er den einen Bürgersteig und am späten Nachmittag, auf dem Heimweg, den anderen. Erst war der eine, dann der andere in wollüstigen Sonnenschein getaucht, denn auch die Sonne ging in jene Richtung und kam dann zurück. Man berücksichtige, daß Erwin, krankhaft schüchtern, nur einmal im Leben, angespornt vom Spott gemeiner Gefährten, eine Frau angesprochen hatte, und die hatte ruhig geantwortet: «Sie sollten sich schämen. Lassen Sie mich in Frieden.» Danach hatte er Gespräche mit fremden jungen Damen gemieden. Zum Ausgleich musterte Erwin, von der Straße durch das Fensterglas getrennt, eine schwarze Aktentasche an die Rippen gepreßt, mit einer abgestoßenen Nadelstreifenhose angetan und ein Bein unter den gegenüberliegenden Platz gestreckt (sofern dieser frei war), die vorübergehenden Mädchen kühn und frei und biß sich dann plötzlich in die Unterlippe: Das bedeutete die Rekrutierung einer neuen Konkubine; woraufhin er sie sozusagen beiseite stellte und sein rascher, wie eine Kompaßnadel hin- und herspringender Blick sich bereits die nächste suchte. Jene Schönheiten waren weit weg von ihm, und darum trübte ihm keine grämliche Schüchternheit den Genuß der freien Wahl. Wenn jedoch zufällig ein Mädchen ihm gegenüber Platz nahm und ein gewisses Stechen ihm verriet, daß sie hübsch war, dann zog er seine Beine mit allen Zeichen einer Schroffheit ein, die für sein Alter durchaus untypisch war – und konnte sich nicht überwinden, sie in Augenschein zu nehmen: Sein Stirnbein – ja, da, über den Augenbrauen – tat geradezu weh vor Schüchternheit, so als umschlösse ein Eisenhelm seine Schläfen und hinderte ihn, die Augen zu heben; und welche Erleichterung war es, wenn sie aufstand und zum Ausgang ging. Mit gespielter lässiger Zerstreutheit sah er dann ihrem sich entfernenden Rücken nach – ja, schamlos sah Erwin hinter ihr drein –, verschlang ihren liebreizenden Nacken und ihre seidenbestrumpften Waden und verleibte sie seinem fabulösen Harem also doch noch ein! Aufs neue ward das Bein gestreckt, aufs neue strich der helle Bürgersteig am Fenster vorbei, und die bleiche, an der Spitze merklich niedergedrückte Nase straßenwärts gerichtet, sammelte Erwin aufs neue seine Sklavenmädchen. Und das ist Phantasie, der Taumel, die Verzückung der Phantasie!

2

Eines frivolen Samstagabends im Mai saß Erwin an einem Tisch auf dem Bürgersteig. Er beobachtete die flanierende Menge des Boulevards und biß sich dann und wann mit einem raschen Schneidezahn in die Lippe. Der ganze Himmel war rosa durchfärbt, und die Straßenlaternen und Ladenschilder glühten in der sich verdichtenden Dämmerung in einer Art unirdischen Lichts. Ein anämisches, jedoch hübsches Mädchen verhökerte den ersten Flieder. Passend sang das Cafégrammophon dazu die Blumenarie aus *Faust*.

Eine hochgewachsene Dame mittleren Alters, die ein anthrazitfarbenes Schneiderkostüm trug und schwer, aber nicht ohne Anmut die Hüften schwang, suchte sich zwischen den Cafétischen den Weg. Es war keiner mehr frei. Schließlich legte sie eine in einem glänzenden schwarzen Handschuh steckende Hand auf die Lehne des leeren Stuhls Erwin gegenüber.

«Darf ich?» fragten ihre jedes Lächelns baren Augen unter dem kurzen Schleier ihres Samthutes hervor.

«Ja, gewiß doch», antwortete Erwin, erhob sich leicht und verbeugte sich. Solche massiv gebauten Weiber mit dick eingepuderten, irgendwie maskulinen Kinnbacken jagten ihm keinen Schrecken ein.

Mit entschlossenem Plumps kam ihre übergroße Handtasche auf dem Tisch zu stehen. Sie bestellte eine Tasse Kaffee und ein Stück Apfeltorte. Ihre tiefe Stimme war ein wenig heiser, aber angenehm.

Der riesige Himmel, der von einem stumpfen Rosa durchtränkt war, wurde dunkler. Eine Elektrische kreischte vorbei und überschwemmte den Asphalt mit den glitzernden Tränen ihrer Lichter. Und schöne Frauen in kurzen Röcken schritten vorüber. Erwins Blick folgte ihnen.

«Ich will die da», dachte er und zwickte sich die Unterlippe. «Und die da auch.»

«Das wird sich machen lassen, denke ich», sagte sein Gegenüber in dem gleichen ruhigen, rauhen Ton, mit dem sie den Kellner angesprochen hatte.

Erwin wäre fast vom Stuhl gefallen. Die Dame sah ihn aufmerksam an, während sie einen Handschuh abzog, um sich über den Kaffee herzumachen. Ihre geschminkten Augen leuchteten kalt und hart wie protzige falsche Edelsteine. Unter ihnen befanden sich geschwollene dunkle Tränensäcke, und – eine Seltenheit bei Frauen, selbst älteren Frauen – aus ihren katzenartig geformten Nasenlöchern sprossen Haare. Der abgestreifte Handschuh entblößte eine große, faltige Hand mit langen, konvexen, schönen Fingernägeln.

«Sie brauchen sich nicht zu wundern», sagte sie mit sarkastischem Lächeln. Sie unterdrückte ein Gähnen und fügte hinzu: «Ich bin nämlich der Teufel.»

Der scheue, naive Erwin hielt dies für eine Redensart, doch die Dame fuhr mit gesenkter Stimme folgendermaßen fort:

«Wer sich mich mit Hörnern und dickem Schwanz vorstellt, liegt schief. Nur ein einziges Mal bin ich einem byzantinischen Schwachkopf in dieser Gestalt erschienen, und ich habe wirklich keine Ahnung, warum die so verdammt erfolgreich war. Ich komme alle zwei Jahrhunderte drei oder vier Mal auf die Welt.

In den siebziger Jahren des vorigen Jahrhunderts, vor etwa fünfzig Jahren, wurde ich mit pittoresken Ehren und viel Blutvergießen auf einem Hügel über einem Haufen afrikanischer Dörfer beigesetzt, deren Herrscher ich gewesen war. Meine Amtszeit dort war eine Erholungspause nach den härteren Verkörperungen davor. Jetzt bin ich eine deutschbürtige Frau, deren letzter Ehemann – ich hatte alles in allem drei, glaube ich – französischer Herkunft war, ein Professor Monde. In den letzten Jahren habe ich mehrere junge Männer in den Selbstmord getrieben, einen bekannten Künstler dazu angestiftet, das Bild der Westminster-Abtei auf der Pfundnote zu kopieren und zu vervielfältigen, einen tugendhaften Familienvater veranlaßt... Aber es gibt wirklich keinen Grund zu prahlen. Es war ein ziemlich banaler Avatara, und ich bin ihn leid.»

Sie schlang ihr Tortenstück hinunter, und Erwin murmelte etwas und langte nach seinem Hut, der unter den Tisch gefallen war.

«Nicht doch, gehen Sie noch nicht», sagte Frau Monde und winkte gleichzeitig den Kellner heran. «Ich mache Ihnen ein Angebot. Ich biete Ihnen einen Harem. Und wenn Sie noch an meiner Macht zweifeln... Sehen Sie den Alten mit der Schildpattbrille da, der gerade über die Straße geht? Wir wollen ihn mal von einer Straßenbahn anfahren lassen.»

Erwin blickte verständnislos drein und wandte sich zur Straße um. Als der Alte zu den Schienen kam, holte er ein Taschentuch hervor und wollte sich gerade hineinschneuzen. Im selben Augenblick zuckte wie ein Blitz eine quietschende Straßenbahn vorüber. Von beiden Straßenseiten her stürzten Leute zu den Schienen. Der alte Herr saß auf dem Asphalt, und seine Brille und das Taschentuch waren weg. Jemand half ihm auf die Beine. Er stand da, schüttelte einfältig den Kopf, strich mit den Handflächen über die Mantelärmel und wackelte mit einem Bein, um dessen Zustand zu prüfen.

«Ich habe ‹anfahren› gesagt, nicht ‹überfahren›, obwohl ich auch das hätte sagen können», bemerkte Frau Monde kühl, während sie eine dicke Zigarette in eine Emaillespitze schraubte. «Das wäre jedenfalls ein Beispiel.»

Sie blies zwei graue Rauchfahnen aus ihren Nüstern und fixierte Erwin mit ihren harten, hellen Augen aufs neue.

«Sie haben mir gleich gefallen. Diese Schüchternheit, diese kühne Phantasie. Sie haben mich an einen unschuldigen, obwohl höchst begabten jungen Mönch in der Toskana erinnert, dessen Bekanntschaft ich einst gemacht habe. Das heute ist meine vorletzte Nacht. Eine Frau zu sein, hat seine Vorteile, aber eine alternde Frau zu sein, das ist die Hölle, wenn Sie mir den Ausdruck nachsehen. Außerdem habe ich kürzlich ein solches Unheil angerichtet – Sie können das bald in allen Zeitungen nachlesen –, daß ich besser aus diesem Leben scheide. Ich habe vor, nächsten Montag anderswo wiedergeboren zu werden. Die sibirische Schlampe, die ich mir ausgesucht habe, wird Mutter eines mirakulösen, monströsen Mannes sein.»

«Aha», sagte Erwin.

«Also, mein lieber Junge», fuhr Frau Monde fort und putzte das zweite Kuchenstück weg, «bevor ich mich auf den Weg mache, möchte ich noch ein bißchen harmloses Amüsement. Mein Vorschlag ist also der. Morgen zwischen Mittag und Mitternacht können Sie sich mit Ihrer gewohnten Methode» (mit derbem Humor saugte Frau Monde schmatzend die Unterlippe ein) «alle Mädchen aussuchen, die Sie wollen. Bevor ich gehe, bringe ich sie zusammen und stelle sie Ihnen zur beliebigen Verfügung. Sie behalten sie, bis Sie alle durchhaben. Wie gefällt Ihnen das, *amico?*»

Erwin senkte die Augen und sagte leise: «Wenn das alles stimmt, wäre es ein großes Glück.»

«Also gut», sagte sie und leckte die Schlagsahnereste vom Löffel, «in Ordnung. Eine Bedingung aber muß ich stellen. Nein, es ist nicht die, an die Sie jetzt denken. Wie gesagt, meine nächste Inkarnation habe ich schon arrangiert. *Ihre* Seele brauche ich nicht. Die Bedingung ist die: Die Summe Ihrer Erwählten zwischen Mittag und Mitternacht muß eine ungerade Zahl ergeben. Darauf kommt es an, und daran ist nicht zu deuteln. Sonst kann ich Ihnen nicht dienen.»

Erwin räusperte sich und fragte fast flüsternd:

«Aber... wie weiß ich Bescheid? Angenommen, ich habe mir eine ausgesucht... was dann?»

«Nichts», sagte Frau Monde. «Ihr Gefühl, Ihr Wunsch sind schon Befehl. Damit Sie jedoch sicher sein können, daß der Handel gilt, lasse ich Ihnen jedes Mal ein Zeichen zukommen – ein Lächeln, das nicht unbedingt für Sie bestimmt sein muß, ein zufälliges Wort in der Menge, einen plötzlichen Farbfleck – so was. Machen Sie sich keine Sorgen, Sie werden es schon wissen.»

«Und... und...», murmelte Erwin und scharrte unter dem Tisch mit den Füßen, «...wo soll das ganze... äh... stattfinden? Ich habe ja nur ein winziges Zimmer.»

«Auch darüber müssen Sie sich keine Sorgen machen», sagte Frau Monde, und ihr Korsett knarrte beim Aufstehen. «Jetzt ist es Zeit, daß Sie nach Hause gehen. Kann nicht schaden, wenn Sie sich richtig ausschlafen. Ich bringe Sie.»

Als im offenen Taxi der dunkle Wind zwischen dem Sternenhimmel und dem glänzenden Asphalt vorbeiströmte, fühlte sich der arme Erwin ungeheuer beschwingt. Frau Monde saß aufrecht da, ihre übereinandergeschlagenen Beine bildeten einen spitzen Winkel, und die Lichter der Stadt funkelten in ihren Edelsteinaugen.

«Hier wären Sie», sagte sie und tippte Erwin auf die Schulter. *«Au revoir.»*

3

Was für Träume einem ein Glas Bockbier mit einem Schuß Cognac doch bescheren kann. So sann Erwin, als er am nächsten Morgen erwachte – er war bestimmt betrunken gewesen und das Gespräch mit dieser komischen Kruke Einbildung. Oft kommt es in Märchen zu dieser rhetorischen Wende, und wie in Märchen wurde unserm jungen Mann alsbald klar, daß er sich irrte.

Er verließ das Haus gerade, als die Kirchenuhr die beschwerliche Aufgabe in Angriff genommen hatte,

Mittag zu schlagen. Aufgeregt stimmten Sonntagsglocken ein, und in dem kleinen Park nahe seinem Haus zauste eine helle Brise an dem persischen Flieder um die öffentliche Toilette. Tauben ließen sich auf einem alten steinernen Herzog nieder oder watschelten auf dem Rand der Sandkiste entlang, wo kleine Kinder, die Flanellhintern in die Höhe gereckt, mit Spielzeugschaufeln buddelten und mit Holzeisenbahnen spielten. Die glänzenden Blätter der Linden bewegten sich im Wind; ihre Pik-As-Schatten zitterten auf dem Kiesweg und kletterten in luftigem Schwarm die Hosenbeine und Röcke der Spaziergänger hoch, jagten nach oben und zerstreuten sich über Schultern und Gesichter, und dann glitt der ganze Schwarm wieder auf den Erdboden nieder, wo er leise bebend auf den nächsten Fußgänger lauerte. In dieser abwechslungsreichen Umgebung bemerkte Erwin ein Mädchen in weißem Kleid, das sich hingekauert hatte, um mit zwei Fingern einen fetten, zottigen jungen Hund mit Warzen auf dem Bauch zu kraulen. Die Neigung seines Kopfes entblößte seinen Nacken, offenbarte die Welle seiner Wirbel, den blonden Bewuchs, die zarte Mulde zwischen seinen Schulterblättern, und die durchs Laub scheinende Sonne fand feurige Strähnen in seinem Kastanienhaar. Immer noch mit dem Hund spielend, erhob sie sich halb aus ihrer Kauerstellung und klatschte über ihm in die Hände. Das fette kleine Tier wälzte sich auf dem Kies herum, lief ein paar Meter weit und fiel auf die Seite. Erwin setzte sich auf eine Bank und warf einen schüchternen und begierigen Blick auf ihr Gesicht.

Er sah sie so deutlich, mit einer so durchbohrenden

und vollkommenen Kraft der Wahrnehmung, daß es schien, auch Jahre vorhergehenden vertrauten Umgangs hätten ihm nichts Neues über ihre Züge verraten. Ihre bläßlichen Lippen zuckten, als wiederholten sie jede kleine, leise Bewegung des Hündchens; ihre Wimpern schlugen so hell, daß sie wie das Licht ihrer strahlenden Augen wirkten; doch am bezauberndsten war die Rundung ihrer Wange, jetzt im Halbprofil; natürlich war jene sich senkende Linie nicht mit Worten zu beschreiben. Sie rannte los, man sah ihre hübschen Beine, und der Hund rollte wie ein Wollknäuel hinter ihr her. Im plötzlichen Bewußtsein seiner wunderbaren Macht hielt Erwin den Atem an und wartete auf das versprochene Zeichen. In diesem Augenblick wandte das Mädchen im Lauf den Kopf und lächelte kurz dem drallen, kleinen Geschöpf zu, das kaum mithalten konnte.

«Nummer eins», sagte Erwin mit ungewohnter Selbstzufriedenheit und erhob sich von der Bank.

In den knalligen, rötlich-gelben Schuhen, die er nur sonntags trug, folgte er dem Kiespfad mit scharrenden Schritten. Er verließ die Oase des winzigen Parks und ging zum Amadeus-Damm hinüber. Schweiften seine Augen? Aber ja. Doch vielleicht weil das Mädchen in Weiß irgendwie mehr einen sonnigen Abdruck als einen erinnerten Eindruck hinterlassen hatte, hinderte ihn ein tanzender blinder Fleck, sich das nächste Liebchen auszugucken. Bald jedoch löste sich der Fleck auf, und neben einer verglasten Säule mit dem Straßenbahnfahrplan bemerkte unser Freund zwei junge Damen – Schwestern oder gar Zwillinge, nach ihrer auffallenden

Ähnlichkeit zu schließen –, die mit lebhafter und widerhallender Stimme über die Fahrtstrecke berieten. Beide waren sie klein und schlank, trugen schwarze Seide und hatten kesse Augen und geschminkte Lippen.

«Das ist genau die Straßenbahn, die du nehmen mußt», sagte eine von ihnen immer wieder.

«Beide bitte», verlangte Erwin rasch.

«Ja, natürlich», antwortete die andere auf die Worte ihrer Schwester.

Erwin ging weiter den Boulevard entlang. Er kannte alle die schicken Straßen, wo es die besten Möglichkeiten gab.

«Drei», sprach er zu sich selber. «Ungerade Zahl. So weit so gut. Und wenn jetzt schon Mitternacht wäre...»

Mit schlenkernder Handtasche kam sie die Treppe des Leilla hinunter, eines der besten Hotels am Ort. Ihr großer Begleiter mit blauen Wangen verlangsamte den Schritt, um sich eine Zigarre anzustecken. Die Dame war reizend, trug keinen Hut und hatte einen Bubikopf mit einer Tolle über der Stirn, die ihr das Aussehen eines jungen Schauspielers in einer Mädchenrolle gab. Als sie nunmehr dicht neben unserem lächerlichen Rivalen vorüberging, bemerkte Erwin gleichzeitig die karmesinrote Papierrose im Revers ihrer Jacke und die Reklame auf dem Plakat: einen Türken mit blondem Schnauzer und in großen Lettern das Wort «Ja!», unter dem in kleineren Buchstaben stand: «Ich rauche nur die Rose des Orients.»

Das machte vier, durch zwei teilbar, und Erwin war begierig, unverzüglich den Hokuspokus der ungeraden

Zahl wiederherzustellen. In einer schmalen Nebenstraße des Boulevards war ein billiges Restaurant, das er sonntags manchmal aufsuchte, wenn er die Kost seiner Zimmerwirtin satt hatte. Unter den Mädchen, die ihm irgendwann einmal aufgefallen waren, war ein Frauenzimmer gewesen, das in diesem Lokal bediente. Er trat ein und bestellte sein Lieblingsgericht: Blutwurst und Sauerkraut. Sein Tisch war neben dem Telephon. Ein Mann mit Melone wählte eine Nummer und begann so gieperig zu hecheln wie ein Jagdhund, der einen Hasen geschnuppert hat. Erwins Blick wanderte zum Tresen hinüber – und da stand das Mädchen, das er drei- oder viermal gesehen hatte. Auf eine schlampige, sommersprossige Art war sie schön, wenn es eine schlampig rötliche Schönheit gibt. Als sie die bloßen Arme hob, um die gespülten Humpen abzustellen, sah er die roten Büschel ihrer Achselhöhlen.

«In Ordnung, in Ordnung!» bellte der Mann in den Trichter.

Mit einem durch einen Rülpser angereicherten Seufzer der Erleichterung verließ Erwin die Gaststätte. Er fühlte sich schwer und eines Mittagsschlafs bedürftig. Die Wahrheit zu sagen, zwickten die neuen Schuhe wie Krabben. Das Wetter war umgeschlagen. Die Luft war schwül. Große Wolkenbäusche schwollen und bedrängten einander am heißen Himmel. Die Straßen wurden immer leerer. Man fühlte, wie sich die Häuser bis zum Rand mit sonntagnachmittäglichem Schnarchen füllten. Erwin stieg in eine Elektrische.

Die Straßenbahn fuhr an. Erwin wandte sein bleiches, schweißglänzendes Gesicht zum Fenster, aber keine Mädchen gingen jetzt dort spazieren. Als er den Fahrschein löste, bemerkte er auf der anderen Seite des Mittelgangs eine Frau, die ihm den Rücken zukehrte. Sie hatte einen schwarzen Samthut auf und trug einen leichten Rock mit einem Muster aus ineinander verschlungenen Chrysanthemen vor einem halb durchsichtigen malvenfarbenen Hintergrund, durch den die Schulterträger ihres Unterrocks zu sehen waren. Die statuenhafte Masse der Dame machte Erwin auf ihr Gesicht neugierig. Als sich ihr schwarzer Hut in Bewegung setzte und wie ein Schiff zu drehen begann, sah er erst wie üblich weg, nahm in gespielter Zerstreutheit einen gegenüber sitzenden Jugendlichen in Augenschein, dann die eigenen Fingernägel, dann einen rotbäckigen kleinen Alten, der hinten im Wagen döste, und nachdem er solchermaßen eine Ausgangsbasis geschaffen hatte, die eine weitere Umschau rechtfertigte, richtete Erwin den beiläufigen Blick auf die Dame, die nunmehr in seine Richtung sah. Es war Frau Monde. Ihr volles, nicht mehr junges Gesicht wies rote Hitzeflecken auf, ihre männlichen Augenbrauen sträubten sich über den bohrenden Prismenaugen, ein leicht sardonisches Lächeln hob die Winkel ihrer zusammengekniffenen Lippen.

«Guten Tag», sagte sie mit ihrer leisen, rauhen Stimme. «Setzen Sie sich zu mir herüber. Jetzt können wir ein bißchen plaudern. Wie läuft die Sache denn so?»

«Nur fünf», erwiderte Erwin verlegen.

«Na fein. Eine ungerade Zahl. Ich würde Ihnen raten, es dabei zu belassen. Und um Mitternacht – ach ja, das habe ich Ihnen noch gar nicht gesagt – um Mitternacht kommen sie in die Hoffmann-Straße. Sie wissen doch, wo die ist? Suchen Sie die Hausnummer zwischen Zwölf und Vierzehn. Das freie Grundstück dort wird von einer Villa mit einem ummauerten Garten ersetzt. Die Mädchen Ihrer Wahl werden Sie auf Kissen und Teppichen erwarten. Ich nehme Sie an der Gartentür in Empfang – aber selbstverständlich», fügte sie mit feinem Lächeln hinzu, «störe ich nicht. Können Sie sich die Adresse merken? Vor der Tür steht eine nagelneue Straßenlaterne.»

«Eins noch», sagte Erwin und nahm all seinen Mut zusammen. «Zuerst sollen sie angezogen sein... Ich meine, lassen Sie sie genau so aussehen wie in dem Moment, als ich sie mir ausgesucht habe... und lassen Sie sie fröhlich und liebevoll sein.»

«Aber natürlich», entgegnete sie, «alles wird genau, wie Sie es sich wünschen, ob Sie es mir nun sagen oder nicht. Sonst hätte es sich auch nicht gelohnt, sich auf die ganze Chose einzulassen, *n'est-ce pas?* Aber gestehen Sie ruhig, mein lieber Junge – Sie waren drauf und dran, mich in Ihren Harem aufzunehmen. Nein, nein, keine Angst, ich mache nur Spaß. Sie müssen hier raus. Sehr klug, Schluß zu machen. Fünf sind gut. Auf Wiedersehen gleich nach Mitternacht, haha.»

4

Als er in sein Zimmer kam, zog Erwin die Schuhe aus und streckte sich aufs Bett. Gegen Abend wachte er auf. Dem Grammophon eines Nachbarn entströmte mit voller Lautstärke ein honigsüßer Tenor: *«Ei wont to bi heppi...»*

Erwin begann zu rekapitulieren: «Nummer eins, die Jungfrau in Weiß, die ist von allen die naivste. Vielleicht war ich da etwas voreilig. Na ja, schadet nichts. Dann die Zwillinge an der Glassäule. Fröhliche, angemalte junge Dinger. Mit denen macht es bestimmt Spaß. Dann Nummer vier, Leilla die Rose, die fast wie ein Junge aussieht. Das ist vielleicht die beste. Und schließlich die Füchsin in der Bierkneipe. Auch nicht übel. Aber nur fünf. Nicht gerade viele.»

Er lag eine Weile auf dem Bauch, hielt die Hände hinterm Kopf verschränkt und lauschte dem Tenor, der immer wieder glücklich zu sein begehrte:

«Fünf. Nein, das ist absurd. Zu dumm, daß es nicht Montagmorgen ist: diese drei Verkäuferinnen neulich... und überhaupt gibt es so viele Schöne, die darauf warten, daß einer sie findet! Und im letzten Augenblick könnte ich immer noch eine Nutte dazunehmen.»

Erwin zog seine gewöhnlichen Schuhe an, bürstete die Haare und eilte auf die Straße.

Bis neun hatte er zwei weitere beisammen. Eine von ihnen hatte er in einem Café bemerkt, wo er sich ein Butterbrot und zwei Schluck Genever genehmigt hatte. Sie redete in einer undurchdringlichen Sprache – Polnisch oder Russisch – sehr lebhaft auf ihren Begleiter ein, zeinen Ausländer, der sich den Bart kraulte, hatte leicht schräge, graue Augen, eine sich beim Lachen kräuselnde dünne Adlernase, und ihre eleganten Beine waren bis zu den Knien zu sehen. Während Erwin ihre schnellen Gebärden verfolgte, die unbekümmerte Art, wie sie über dem ganzen Tisch ihre Zigarettenasche abklopfte, ging wie ein Fenster plötzlich ein deutsches Wort in ihrem slawischen Redestrom auf, und dieses zufällige Wort («offenbar») war offenbar das Zeichen. Das andere Mädchen auf der Liste, Nummer sieben, tauchte am chinesischen Eingang zu einem kleinen Vergnügungspark auf. Sie trug eine scharlachrote Bluse mit einem hellgrünen Rock, und ihr Hals schwoll von lustvollem Quietschen, während sie ein paar übermütige junge Lümmel abwehrte, die sie an den Hüften zu packen und zum Mitkommen zu bewegen suchten.

«Ich will ja, ich will ja!» rief sie schließlich und wurde schleunigst weggeführt.

Bunte Lampions schmückten den Rummelplatz. Ein schlittenartiges Gefährt mit kreischenden Insassen rutschte einen gewundenen Kanal hinab, verschwand in den winkligen Arkaden mittelalterlicher Szenerie und tauchte mit neuem Geheul hinab in einen neuen Abgrund. In einer Bude saßen auf vier Fahrradsätteln (Räder gab es nicht, nur die Rahmen, Pedale und Lenkstangen) vier Mädchen in Trikothemden und Turnhosen – eine rote, eine blaue, eine grüne, eine gelbe –, und ihre nackten Beine strampelten wie wild. Über ihnen hing ein Ziffernblatt, auf dem sich vier Zeiger bewegten, rot, blau, grün und gelb. Erst führte die Blaue, dann überholte die Grüne sie. Daneben stand ein Mann mit einer Trillerpfeife und sammelte die Münzen einiger Einfaltspinsel ein, die Wetten abschließen wollten. Erwin starrte diese herrlichen Beine an, die fast bis zur Leistengegend nackt waren und mit leidenschaftlicher Kraft in die Pedalen traten.

«Die können bestimmt großartig tanzen», dachte er, «ich könnte alle vier gebrauchen.»

Die Zeiger versammelten sich folgsam zu einem Bündel und kamen zum Stillstand.

«Totes Rennen!» rief der Mann mit der Pfeife. «Ein sensationelles Finish!»

Erwin leerte ein Glas Limonade, sah auf die Uhr und ging zum Ausgang.

«Elf Uhr und elf Frauen. Das wird reichen, denke ich.»

Er kniff die Augen zusammen, während er sich das bevorstehende Vergnügen vorstellte. Er war froh, daß er daran gedacht hatte, sich saubere Unterwäsche anzuziehen.

«Wie schlau Frau Monde das ausgedrückt hat», überlegte Erwin lächelnd. «Natürlich wird sie spionieren, und warum auch nicht? Das ist dann die Würze.»

Er ging weiter, sah zu Boden, schüttelte belustigt den Kopf und blickte nur selten hoch zu den Straßennamen. Die Hoffmann-Straße, das wußte er, war ziemlich weit, doch es blieb ihm ja noch eine Stunde, also mußte er sich auch nicht beeilen. Wie in der Nacht zuvor wimmelte der Himmel wieder von Sternen, und der Asphalt glänzte wie eine glatte Wasserfläche, sog die magischen Lichter der Stadt auf und streckte sie in die Länge. Er kam an einem großen Kino vorbei, dessen strahlende Lichter den Bürgersteig überfluteten, und an der nächsten Straßenecke veranlaßte ihn ein kurzes kindliches Lachen, die Augen zu heben.

Vor sich sah er einen hochgewachsenen älteren Mann im Abendanzug, und an seiner Seite ging ein kleines Mädchen – ein etwa vierzehnjähriges Kind in einem tief ausgeschnittenen schwarzen Cocktailkleid. Von Photos her war der ältere Mann stadtbekannt. Es war ein berühmter Dichter, ein seniler Schwan, der ganz allein in einem entfernten Vorort wohnte. Er schritt mit einer Art gewichtiger Anmut aus; sein Haar, das die Farbe schmutziger Watte hatte, fiel unter seinem Filzhut hervor und reichte ihm über die Ohren. Ein Kragenknopf im Dreieck seines gestärkten Hemds blitzte im Schein einer Straßenlaterne auf, und seine lange, knochige Nase warf einen Schattenkeil auf die eine Seite seines dünnlippigen Munds. Im nämlichen bebenden Augenblick fiel Erwins Blick auf das Gesicht des Kindes, das an der Seite des alten Dichters trippelte; ihr Gesicht hatte etwas Seltsames, seltsam war der flatterhafte Blick ihrer viel zu glänzenden Augen, und wäre sie nicht solch ein kleines Mädchen gewesen – zweifellos die Enkelin des Alten –, dann hätte man geradezu meinen können, sie hätte etwas Rouge auf ihre Lippen getan. Sie ging mit ganz, ganz leicht wiegenden Hüften, ihre Beine bewegten sich dicht aneinander, mit klingender Stimme stellte sie ihrem Begleiter eine Frage – und obwohl Erwin im Geist keinen Befehl erteilte, wußte er doch, daß sein rascher geheimer Wunsch Gehör gefunden hatte.

«Aber natürlich, natürlich», erwiderte der Alte begütigend und beugte sich zu dem Kind.

Sie gingen vorüber. Erwin erhaschte eine Parfumwolke. Er sah sich um und ging dann weiter.

«He, Vorsicht», murmelte er plötzlich, als ihm bewußt wurde, daß das nunmehr zwölf machte – eine gerade Zahl: «Ich muß noch eine auftreiben... und zwar in einer halben Stunde.» Es ärgerte ihn ein wenig, daß er weitersuchen mußte, aber gleichzeitig kam es ihm auch gelegen, daß er noch eine Chance haben sollte.

«Ich lese unterwegs eine auf», dachte er, eine Spur aufkommender Panik beschwichtigend. «Bestimmt finde ich eine!»

«Vielleicht ist das dann die beste von allen», bemerkte er laut, während er in die glänzende Nacht spähte.

Und ein paar Minuten später verspürte er diese köstliche Kontraktion – dieses Kribbeln im Sonnengeflecht. Vor ihm ging raschen und leichten Schritts eine Frau. Er sah sie nur von hinten und hätte nicht begründen können, warum ihn so stark danach verlangte, eben *sie* zu überholen und ihr ins Gesicht zu sehen. Man könnte natürlich zufällige Worte finden, um ihre Haltung, die Bewegung ihrer Schultern, die Silhouette ihres Hutes zu beschreiben – doch wozu? Etwas jenseits der sichtbaren Konturen, eine Art besonderer Atmosphäre, eine ätherische Erregung lockten Erwin weiter und weiter. Er ging schnell und konnte sie doch nicht einholen; vor ihm flackerten die feuchten Reflexe der Lichter; sie schritt stetig aus, und wenn ihr schwarzer Schatten in die Aura einer Straßenlaterne kam, schoß er in die Höhe, strich über eine Mauer, bog um deren Ecke und verschwand.

«Meine Güte, ich muß doch ihr Gesicht sehen», murmelte Erwin. «Und die Zeit vergeht im Flug.»

Doch dann vergaß er die Zeit. Diese seltsame stille nächtliche Jagd berauschte ihn. Schließlich überholte er sie und ging weit vor ihr her, hatte indessen nicht den Mut, sich umzudrehen und sie anzusehen, sondern ging nur langsamer, woraufhin sie so schnell an ihm vorbeiging, daß er keine Zeit hatte, die Augen zu heben. Wieder ging er zehn Schritte hinter ihr, und ohne ihr Gesicht zu kennen, wußte er inzwischen, daß sie sein Hauptgewinn war.

Straßen glühten farbig auf, verloren sich wieder im Dunkel, leuchteten von neuem; ein Platz mußte überquert werden, ein Raum massiver Schwärze, und mit einem kurzen Klappern ihrer hochhackigen Schuhe trat die Frau wieder auf einen Bürgersteig, und Erwin immer hinter ihr drein, verwirrt, körperlos, schwindelig von den dunstigen Lichtern, der feuchten Nacht, der Jagd.

Was reizte ihn? Nicht ihr Gang, nicht ihre Figur, sondern etwas anderes, behexend und überwältigend, so als sei ein spannungsgeladenes Flimmern um sie her: bloße Phantasie vielleicht, der Taumel, die Verzückung der Phantasie, oder vielleicht war es auch das, was mit einem einzigen göttlichen Schlag das gesamte Leben eines Mannes ändert – Erwin wußte es nicht, er eilte ihr nur nach über Asphalt und Stein, die in der schillernden Nacht ebenfalls unkörperlich schienen.

Dann schlossen sich Bäume der Jagd an, Frühlingslinden: Wispernd zogen sie auf beiden Seiten dahin, über ihm, um ihn her; die kleinen, schwarzen Herzen ihrer Schatten vermengten sich am Fuße jeder Laterne, und ihr zartes, klebriges Aroma machte ihm Mut.

Wieder kam Erwin ihr näher. Ein Schritt noch, und er wäre auf gleicher Höhe. Sie blieb plötzlich vor einer eisernen Pforte stehen und angelte die Schlüssel aus der Handtasche. Vor lauter Schwung wäre Erwin fast in sie hineingelaufen. Sie wandte ihm das Gesicht zu, und im Licht der Laterne, das durch das smaragdgrüne Laub fiel, erkannte er das Mädchen, das an jenem Morgen mit einem wolligen schwarzen Hund auf einem Kiesweg gespielt hatte, und auf der Stelle erinnerte er sich, auf der Stelle erfaßte er ihren ganzen Zauber, ihre zarte Wärme, ihr unbezahlbares Leuchten.

Er stand da und starrte sie mit einem elenden Lächeln an.

«Sie sollten sich schämen», sagte sie ruhig. «Lassen Sie mich in Frieden.»

Die kleine Pforte ging auf und fiel krachend ins Schloß. Erwin blieb unter den verstummten Linden stehen. Er sah sich um und wußte nicht, in welche Richtung er gehen sollte. Ein paar Schritte entfernt sah er zwei blendende Blasen: ein Auto, das am Bordstein hielt. Er ging hin und tippte dem reglosen, puppenhaften Fahrer auf die Schulter.

«Können Sie mir sagen, welche Straße das hier ist? Ich habe mich verlaufen.»

«Hoffmann-Straße», sagte die Chauffeurspuppe trocken.

Und dann erklang aus dem Fonds des Wagens eine vertraute, rauhe, leise Stimme.

«n'Abend. Ich bin's.»

Erwin lehnte sich mit einer Hand auf die Autotür und gab lahm etwas zur Antwort.

«Ich langweile mich zu Tode», sagte die Stimme, «ich warte hier auf meinen Freund. Er bringt das Gift. Er und ich sterben im Morgengrauen. Wie geht's Ihnen denn so?»

«Gerade Zahl», sagte Erwin und fuhr mit dem Finger die staubige Tür entlang.

«Ja, weiß ich», antwortete Frau Monde ruhig. «Nummer dreizehn hat sich als Nummer eins entpuppt. Sie haben die Sache verpatzt.»

«Schade», sagte Erwin.

«Schade», echote sie und gähnte.

Erwin verbeugte sich, küßte ihren großen, schwarzen Handschuh, der mit fünf gespreizten Fingern ausgestopft war, und wendete sich hüstelnd ins Dunkel. Er ging mit schwerem Schritt, seine Beine taten weh, und es bedrückte ihn der Gedanke, daß morgen Montag war und ihm das Aufstehen schwerfallen würde.

Entsetzen

Ich möchte davon sprechen, was mir bisweilen zustieß: Nachdem ich den ersten Teil der Nacht an meinem Schreibtisch verbracht hatte – jenen Teil, da die Nacht sich mühsam den Berg hinaufschleppt –, tauchte ich regelmäßig dann aus der Trance meiner Arbeit auf, wenn die Nacht den Gipfel erreicht hatte und auf dem Grat hin- und herschwankte, bereit, ins trübe Licht der Dämmerung hinabzurollen; ich stand dann von meinem Stuhl auf, fühlte mich durchfroren und völlig ausgelaugt, machte das Licht in meinem Schlafzimmer an und sah mich plötzlich selber im Spiegel. Gewöhnlich ging es dann folgendermaßen weiter: Während der Zeit, in der ich in meine Arbeit vertieft gewesen war, hatte ich mich mir selber entfremdet, ein Gefühl sehr ähnlich dem, das man empfindet, wenn man nach Jahren der Trennung einen nahen Freund wiedertrifft: Ein paar leere, hellsichtige, aber gefühlstaube Augenblicke lang sieht man ihn in ganz anderem Licht, obwohl einem klar ist, daß der Frost dieser geheimnisvollen Anästhesie sich augenblicklich verlieren wird und daß die Person, die man vor sich hat, aufleben, vor Wärme glühen, ihren angestammten Platz einnehmen und wieder so vertraut werden wird, daß es einem selbst unter Einsatz seines Willens nicht möglich ist, sich jenes flüchtige

Gefühl des Fremdseins zurückzurufen. Genau so stand ich da, betrachtete mein Spiegelbild im Glas, und es gelang mir nicht, es als meines zu erkennen. Und je schärfer ich mein Gesicht musterte – diese fremden Augen ohne ein Blinzeln darin, diese Spur winziger Härchen auf der Kinnlade, diesen Schatten längs der Nase – und je eindringlicher ich mir zuredete: «Das bin ich, das ist Soundso», um so weniger wurde klar, *warum* das «ich» sein sollte, und um so schwieriger fand ich es, das Gesicht im Spiegel mit diesem «Ich» verschmelzen zu lassen, dessen Identität ich nicht zu fassen bekam. Wenn ich von meinen seltsamen Empfindungen erzählte, so bemerkten die Leute zu Recht, daß der Pfad, den ich eingeschlagen hatte, ins Tollhaus führe. In der Tat hatte ich ein- oder zweimal spät nachts so lange mein Spiegelbild angestarrt, daß mich ein Gruseln überkam und ich schleunigst das Licht löschte. Am nächsten Morgen jedoch, als ich mich rasierte, wäre es mir nicht eingefallen, die Wirklichkeit meines Abbildes in Frage zu stellen.

Noch etwas: Urplötzlich überfiel mich nachts im Bett der Gedanke, daß ich sterblich war. Was dann in meinem Geist vorging, war durchaus zu vergleichen mit dem, was sich in einem riesigen Theater abspielt, wenn das Licht ausgeht, jemand schrill aufschreit in der schnellschwingenden Dunkelheit, andere Stimmen einfallen, ein blinder Sturm entsteht und der schwarze Donner der Panik anwächst – bis plötzlich die Lichter wieder angehen und die Aufführung, als sei nichts geschehen, fortgesetzt wird. So rang meine Seele einen Augenblick nach Atem, während ich mit weit offenen

Augen auf dem Rücken liegend mit aller Macht versuchte, der Angst Herr zu werden, den Tod zu rationalisieren, mich mit ihm auf Alltagsbasis zu arrangieren, ohne Zuflucht zu nehmen bei irgendeinem Glauben oder einer Philosophie. Zu guter Letzt sagt man sich, der Tod sei ja noch fern, es bleibe noch genug Zeit, alles zu ergründen, und weiß doch, daß man es nie tun wird, und wieder erhebt sich im Dunkel ein Kreischen von den billigsten Sitzen her, wo warme, lebendige Gedanken über liebgewordene, irdische Nichtigkeiten in Panik geraten waren – und flaut augenblicklich ab, wenn man sich im Bett umdreht oder über etwas anderes nachzudenken beginnt.

Ich nehme an, daß diese Empfindungen – die Bestürzung vor dem Spiegel in der Nacht oder die aufschießende Angst beim Vorgeschmack des Todes – vielen vertraut sind, und wenn ich mich bei ihnen aufhalte, so nur deshalb, weil sich in ihnen ein Partikelchen jenes äußersten Entsetzens findet, das mir noch bevorstehen sollte. Äußerstes Entsetzen, spezifisches Entsetzen – ich taste nach dem genauen Begriff, aber mein Vorrat an Konfektionsvokabeln, die ich vergeblich ausprobiere, enthält keine einzige, die passen könnte.

Ich führte ein glückliches Leben. Ich hatte eine Geliebte. Ich erinnere mich genau an die Qual unserer ersten Trennung. Ich war geschäftlich im Ausland unterwegs, und bei meiner Rückkehr holte sie mich vom Bahnhof ab. Ich sah sie auf dem Bahnsteig stehen, der gleichsam in einem Käfig aus lohfarbenem Sonnenlicht dalag, von dem ein staubiger Kegel eben durch die Glaskuppel des Bahnhofs eingesickert war. Ihr Gesicht bewegte sich im Rhythmus der langsam vorbeigleitenden Zugfenster vor und zurück, bis sie zu einem Halt kamen. Bei ihr fühlte ich mich immer entspannt und ruhig. Nur einmal... und hier fühle ich wieder, welch ein unbeholfenes Instrument die menschliche Sprache ist. Und doch, ich werde eine Erklärung versuchen. Dabei ist es so ein Unsinn, etwas so Ephemeres: Wir waren allein in ihrem Zimmer, ich schreibe, während sie einen Seidenstrumpf stopft, den sie stramm über den Rücken eines Holzlöffels gespannt hat, ihr Kopf ist tief geneigt; ein Ohr von durchsichtigem Rosa ist halb verdeckt unter einer Strähne blonden Haares, die kleinen Perlen, die sie am Hals trägt, sind rührend in ihrem Glanz, und ihre zarte Wange scheint wegen der angelegentlich gespitzten Lippen eingesunken. Auf einmal, ohne jeden Grund, ergreift mich ein Entsetzen über ihre Anwesenheit. Das ist weitaus entsetzlicher als die Tatsache, daß mein Verstand ihre Identität in der staubigen Sonne des Bahnhofs den Bruchteil einer Sekunde lang nicht erkannte. Ich entsetze mich darüber, daß sich eine andere Person mit mir im Zimmer befindet; ich entsetze mich schon über den schieren Gedanken an eine *andere Person*. Kein Wunder, daß Irre ihre Verwandten nicht erkennen. Aber sie hebt den Kopf, alle ihre Züge nehmen teil an dem Lächeln, das sie mir zuwirft – und das Entsetzen, das ich noch einen Augenblick zuvor verspürt hatte, ist spurlos verschwunden. Lassen Sie mich wiederholen: Das passierte nur ein einziges Mal, und ich nahm es hin als ein albernes Spiel meiner Nerven und vergaß, daß ich in einsamen Nächten vor einem einsamen Spiegel etwas ganz Ähnliches durchgemacht hatte.

Nahezu drei Jahre lang war sie meine Geliebte. Ich weiß, daß viele unser Verhältnis nicht verstehen konnten. Sie fanden keine Erklärung auf die Frage, was wohl an diesem naiven Geschöpf dran war, das die Zuneigung eines Dichters zu wecken und zu erhalten vermochte, aber, guter Gott, wie liebte ich ihre anspruchslose Schönheit, Fröhlichkeit, Freundlichkeit, das vogelgleiche Flattern ihrer Seele. Und gerade ihre sanfte Einfachheit war es, die mir Sicherheit gab: Für sie war alles auf der Welt von alltäglicher Klarheit, und es hatte sogar den Anschein, als ob sie wüßte, was wir nach dem Tod zu erwarten hatten, so daß es keinen Anlaß gab, über dieses Thema zu sprechen. Gegen Ende unseres dritten Jahres zusammen war ich erneut gezwungen zu verreisen, diesmal für längere Zeit. Am Vorabend meiner Abreise besuchten wir die Oper. Sie setzte sich einen Augenblick auf das karmesinrote kleine Sofa im düsteren, recht geheimnisvollen Vorraum unserer Loge, um ihre riesigen, grauen Schneestiefel auszuziehen, aus denen sie mit meiner Hilfe ihre schlanken, seidenbestrumpften Beine befreite – wobei ich an jene zarten Nachtfalter dachte, die aus unförmigen, zotteligen Kokons schlüpfen. Wir gingen nach vorne zur Brüstung unserer Loge und waren in bester Stimmung, als wir uns über den rosigen Abgrund beugten, während wir darauf warteten, daß der Vorhang sich hebe, eine solide alte Leinwand mit fahlgoldenen Dekorationen, die Szenen aus verschiedenen Opern darstellten – Ruslan im Spitzhelm, Lenskij in seinem Übermantel. Beinahe hätte sie mit ihren bloßen Ellenbogen ihr kleines Perlmuttopernglas von der plüschenen Brüstung gestoßen.

Dann, als das Publikum Platz genommen hatte und das Orchester Atem holte, um loszuschmettern, passierte etwas: Das Licht ging aus in dem riesigen rosa Theater, und es senkte sich solch eine dichte Dunkelheit auf uns nieder, daß ich glaubte, ich sei blind geworden. In dieser Dunkelheit begann sich alles auf einmal zu bewegen, ein Schauer der Panik erhob sich und ging über in das Schreien von Frauen, und weil Männerstimmen laut Ruhe forderten, wurden die Schreie immer tumultuarischer. Ich lachte und begann, mit ihr zu sprechen, merkte aber dann, daß sie mein Handgelenk umklammerte und, ohne ein Wort herauszubringen, an meiner Manschette zerrte. Als das Licht wieder das Haus füllte, sah ich, daß sie bleich war und die Zähne zusammengebissen hatte. Ich half ihr, aus der Loge herauszukommen. Sie schüttelte den Kopf und schalt sich selber mit mißbilligendem Lächeln für ihre kindische Angst – brach aber dann in Tränen aus und bat, nach Hause gebracht zu werden. Erst im geschlossenen Wagen gewann sie ihre Fassung wieder, preßte ihr zerknülltes Taschentuch auf ihre schwimmenden hellen Augen und sagte dann, wie traurig sie sei, daß ich morgen wegfahre, und wie falsch es gewesen wäre, den letzten gemeinsamen Abend in der Oper unter lauter fremden Leuten zu verbringen.

Zwölf Stunden später befand ich mich in einem Zugabteil und schaute durch die Fenster auf den verschleierten Winterhimmel, das entzündete kleine Auge der Sonne, die mit dem Zug mithielt, auf die weißen schneebedeckten Felder, die sich immer aufs neue wie ein riesiger Fächer aus Schwanendaun öffneten. In der fremden Stadt, wo ich am nächsten Tag ankam, sollte ich dann meine Begegnung mit der höchsten Form des Entsetzens haben.

Ich muß vorausschicken, daß ich drei Nächte hintereinander schlecht und in der vierten überhaupt nicht schlief. In den vergangenen Jahren hatte ich mich der Einsamkeit entwöhnt, und jetzt lösten diese einsamen Nächte eine heftige, anhaltende Beklemmung bei mir aus. In der ersten Nacht sah ich im Traum mein Mädchen: Sonnenlicht durchflutete ihr Zimmer, sie saß auf einem Bett, hatte nur ein Spitzennachthemd an und lachte und lachte und konnte nicht aufhören zu lachen. Aus schierem Zufall fiel mir dieser Traum ein paar Stunden später wieder ein, als ich an einem Wäschegeschäft vorbeiging, und da begriff ich plötzlich, daß all das, was in meinem Traum so fröhlich gewirkt hatte – ihre Spitzen, ihr zurückgeworfener Kopf, ihr Lachen – jetzt in wachem Zustand angsterregend war. Doch warum dieser Traum voll spitzenbesetztem Lachen so unangenehm, so schrecklich war, konnte ich mir nicht erklären. Ich hatte eine Menge Dinge zu erledigen, ich rauchte eine Menge, und die ganze Zeit über sagte mir ein Gefühl, daß ich mich äußerst zusammennehmen müsse. Wenn ich mich in meinem Hotelzimmer aufs Zubettgehen vorbereitete, pfiff und summte ich mit Vorbedacht vor mich hin, fuhr aber beim geringsten Geräusch, wenn etwa mein Jackett von der Stuhllehne geglitten und zu Boden geplumpst war, wie ein ängstliches Kind zusammen.

Am fünften Tag, nach einer schlechten Nacht, nahm ich mir die Zeit für einen Bummel. Ich wünschte, der

Teil meiner Geschichte, zu dem ich jetzt komme, könnte kursiv gedruckt werden. Nein, noch nicht einmal Kursivschrift würde reichen: Ich bräuchte eine neu- und einzigartige Schrifttype. Die Schlaflosigkeit hatte ein ungewöhnlich aufnahmebereites Vakuum in meinem Geist hinterlassen. Mein Kopf schien aus Glas, und ein leichter Krampf in meiner Wade hatte ebenfalls diese glasige Beschaffenheit. Sobald ich aus dem Hotel trat... Ja, jetzt habe ich, scheint mir, die passenden Worte gefunden. Ich beeile mich, sie niederzuschreiben, bevor sie sich wieder verflüchtigen. Als ich auf die Straße trat, sah ich plötzlich die Welt so, wie sie *wirklich* ist. Sehen Sie, wir finden Trost darin, uns zu sagen, daß es die Welt ohne uns nicht geben könne, daß es sie nur insofern gebe, als es uns gibt, insofern, als wir sie uns vorstellen können. Der Tod, der unendliche Raum, Galaxien, all das flößt Angst ein, eben weil es die Grenzen unserer Wahrnehmung übersteigt. Nun – an diesem schrecklichen Tag, als ich nach einer verheerenden schlaflosen Nacht das Zentrum einer vom Zufall gewählten Stadt betrat und Häuser, Bäume, Automobile, Menschen sah, lehnte mein Geist es plötzlich ab, sie als «Häuser», «Bäume» und so weiter zu akzeptieren – als etwas, das mit dem gewöhnlichen menschlichen Dasein zu tun hat. Meine Verbindung zur Welt brach zusammen, ich war auf mich, die Welt auf *sich* zurückgeworfen, und *diese* Welt war ohne Sinn. Ich sah das eigentliche Wesen der Dinge. Ich betrachtete die Häuser, und sie hatten ihre herkömmliche Bedeutung verloren – das heißt, alles, woran wir denken, wenn wir ein Haus sehen, an einen bestimmten Baustil, die Beschaffenheit der Zimmer, häßliches Haus, bequemes Haus –, alles das war verdunstet und hatte nichts zurückgelassen als eine absurde Hülse, so wie nur ein absurder Klang bleibt, wenn man ein Wort, auch das gewöhnlichste, ausreichend lange wiederholt, ohne auf seine Bedeutung zu achten: Haus, Haosss, Hhaosss. Mit Bäumen, mit Menschen war es ähnlich. Ich begriff den Horror eines menschlichen Gesichts. Anatomie, Unterschiede des Geschlechts, Vorstellungen wie «Beine», «Arme», «Kleider» – all das galt nichts mehr, und was ich vor mir hatte, war ein *Etwas* – also kein Geschöpf, denn das ist ja auch ein menschlicher Begriff, sondern ein Etwas, das sich vorbeibewegte. Vergeblich suchte ich Herr zu werden über mein Entsetzen, indem ich mich erinnerte, wie ich einst als Kind beim Aufwachen meine noch schläfrigen Augen hob, während mein Hinterkopf fest auf mein flaches Kissen gepreßt war, und ein unbegreifliches Gesicht sah, das sich über das Kopfende des Bettes neigte, ohne Nase, mit einem Husarenschnauzer unmittelbar unter seinen Tintenfischaugen und mit Zähnen in seiner Stirn. Mit einem Schrei setzte ich mich auf, und auf der Stelle wurden aus dem Schnurrbart Augenbrauen, und das ganze Gesicht verwandelte sich in das meiner Mutter, das ich ungewohnterweise zuerst verkehrtherum zu sehen bekommen hatte.

Und auch jetzt versuchte ich mich im Geiste aufzusetzen, damit die sichtbare Welt wieder ihre alltägliche Haltung einnähme – aber ich schaffte es nicht. Im Gegenteil: Je näher ich mir die Leute ansah, desto absurder wurde ihr Anblick. Überwältigt von Entsetzen suchte ich Zuflucht bei einer fundamentalen Idee, einem Backstein, mit dem, besser als mit dem cartesianischen, ich den Wiederaufbau der einfachen, natürlichen, gewohnten Welt, wie wir sie kennen, hätte beginnen können. Zu diesem Zeitpunkt ruhte ich mich, glaube ich, schon auf einer Bank in einer öffentlichen Anlage aus. Eine genaue Erinnerung an meine Handlungen habe ich nicht. Genauso wenig wie der Mann, der auf dem Gehsteig mit einer Herzattacke zusammenbricht, sich einen Pfifferling um Passanten, die Sonne, die Schönheit einer alten Kathedrale schert und nur ein Bedürfnis hat: zu atmen, so hatte auch ich nur ein einziges Verlangen: nicht verrückt zu werden. Ich bin überzeugt, daß niemand jemals die Welt so sah, wie ich sie in jenen Augenblicken sah, in ihrer ganzen entsetzlichen Nacktheit, ihrer ganzen entsetzlichen Sinnlosigkeit. In meiner Nähe schnüffelte ein Hund im Schnee herum. Meine Anstrengungen, zu erkennen, was «Hund» bedeute, waren qualvoll, und weil ich ihn die ganze Zeit über angestarrt hatte, kroch er zutraulich auf mich zu, und ich fühlte mich so angeekelt, daß ich von der Bank aufstand und ging. In diesen Momenten erreichte mein Entsetzen seinen Höhepunkt. Ich gab den Kampf auf. Ich war nicht länger Mensch, sondern ein nacktes Auge, ein richtungsloser Blick, der in einer absurden Welt umherschweift. Schon beim Anblick eines menschlichen Gesichtes hätte ich am liebsten aufgeschrien.

Wenig später fand ich mich am Eingang meines Hotels wieder. Jemand trat auf mich zu, nannte mich beim Namen und drückte einen gefalteten Papierstreifen in meine schlaffe Hand. Mechanisch entfaltete ich ihn, und mit einmal verschwand mein Entsetzen. Alles um mich herum wurde erneut gewöhnlich und unaufdringlich, das Hotel, die wechselnden Spiegelungen im Glas der Drehtür, das vertraute Gesicht des Hotelpagen, der mir das Telegramm ausgehändigt hatte. Ich stand nun mitten in der weiträumigen Empfangshalle. Ein Herr mit Pfeife und karierter Kappe streifte mich im Vorbeigehen und entschuldigte sich gemessen. Ich fühlte Verwunderung und einen heftigen, unerträglichen, aber durchaus menschlichen Schmerz. In dem Telegramm stand, daß sie im Sterben liege.

Während ich zurückreiste, während ich an ihrem Bett saß, kam mir nicht ein einziges Mal der Gedanke, den Sinn von Sein und Nichtsein zu analysieren, und Gedanken daran entsetzten mich auch nicht länger. Die Frau, die ich mehr als alles auf der Welt liebte, lag im Sterben. Das war alles, was ich sah oder fühlte.

Sie erkannte mich nicht, als ich mit meinem Knie gegen die Seite ihres Bettes stieß. Sie lag mit riesigen Kissen aufgestützt unter riesigen Decken und war selber so klein. Ihr Haar war aus der Stirn zurückgekämmt und enthüllte die feine Narbe auf ihrer Schläfe, die gewöhnlich von einer über sie gebürsteten Strähne verdeckt war. Sie erkannte nicht, daß ich vor ihr stand, aber das flüchtige Lächeln, das ein- oder zweimal ihre Mundwinkel hob, deutete an, daß sie mich in ihrem friedlichen Delirium, in ihren Todesphantasien sah – so daß ich zweimal gegenwärtig war: Ich selber, den sie nicht sah, und mein Doppelgänger, der unsichtbar war für mich. Und dann blieb ich allein: Mein Doppelgänger starb mit ihr.

Ihr Tod rettete mich vor dem Irrsinn. Einfacher

menschlicher Kummer erfüllte mein Leben so vollständig, daß es keinen Platz für andere Gefühle mehr gab. Aber die Zeit vergeht, und das Bild dieser Frau in meinem Innern wird immer vollkommener, immer lebloser. Die Einzelheiten der Vergangenheit, die lebendigen kleinen Erinnerungen, welken unmerklich dahin, verlöschen eine nach der anderen, auch zu zweit und zu dritt, so wie Lichter verlöschen, eins hier, eins dort in den Fenstern eines Hauses, wo Menschen zur Ruhe gehen. Und ich, ich weiß, daß mein Geist verdammt ist, daß das Entsetzen, das ich einmal durchlebte, die hilflose Lebensangst mich irgendwann wieder einholen wird und daß es dann eine Rettung nicht mehr gibt.

Der Mitreisende

«Ja, das Leben ist begabter als wir», sagte der Schriftsteller und klopfte mit dem Pappmundstück seiner russischen Zigarette auf den Deckel seiner Dose. «Die Verwicklungen, die sich das Leben hin und wieder ausdenkt! Wie sollen wir mit dieser Göttin konkurrieren? Ihre Werke sind nicht zu übersetzen, nicht wiederzugeben!»

«Copyright beim Autor», schlug der Kritiker vor und lächelte; er war ein bescheidener, kurzsichtiger Mann mit schlanken, ruhelosen Fingern.

«Unsere letzte Zuflucht ist somit das Mogeln», fuhr der Schriftsteller fort und warf geistesabwesend ein Streichholz in das leere Weinglas des Kritikers. «Uns bleibt nichts anderes übrig, als mit ihren Schöpfungen so umzugehen wie ein Filmregisseur mit einem berühmten Roman. Aufgabe des Regisseurs ist es, Dienstmädchen an Samstagabenden vor der Langeweile zu retten; deshalb ändert er den Roman, bis ihn kein Mensch wiedererkennt, zerstückelt ihn, kehrt das Innerste nach außen, wirft Hunderte von Episoden hinaus, führt neue Figuren und Ereignisse ein, die er selber erfunden hat – und all das mit dem erklärten Ziel, einen unterhaltsamen Film abzuliefern, in dem am Anfang die Tugend bestraft wird und am Ende das Laster, einen

Film, der innerhalb seiner eigenen Konventionen völlig natürlich ist und insbesondere mit einem unerwarteten, aber alles aufs schönste lösenden Ausgang aufwartet. Ebenso ändern wir, die Schriftsteller, die Themen des Lebens, bis sie unserer Vorliebe für eine Art konventioneller Harmonie, eine Art künstlerischer Prägnanz entgegenkommen. Unsere faden Plagiate würzen wir mit Kunststückchen eigener Machart. Wir glauben, die Hervorbringungen des Lebens seien ausschweifend, zu unausgeglichen, der Genius des Lebens zu unreinlich. In der Absicht, unseren Lesern nicht zuviel zuzumuten, schneiden wir aus den ungestutzten Romanen des Lebens unsere sauberen Geschichten für den Gebrauch von Schulkindern heraus. Erlauben Sie, daß ich Ihnen in diesem Zusammenhang das folgende Erlebnis schildere.

Ich reise in einem Schnellzugschlafwagen. Ich liebe es, mich in solch einem rollenden Quartier einzurichten – das kühle Bettleinen, das langsame Vorbeiziehen der Abschied nehmenden Bahnhofslichter, wenn sie sich hinter der schwarzen Fensterscheibe in Bewegung setzen. Ich erinnere mich, wie froh ich war, daß das Bett über dem meinen nicht belegt war. Ich zog mich aus und legte mich mit unter dem Kopf gefalteten Händen auf den Rücken, und die Leichtigkeit der knappen Standarddecke war nach den plustrigen Hotelfederbetten eine Wohltat. Nach einigem Sinnieren über etwas, das hier nicht interessiert – ich schlug mich mit einer Erzählung über das Leben von Eisenbahnputzfrauen herum –, machte ich das Licht aus und schlief bald ein. Und nun lassen Sie mich an dieser Stelle einen Kunstgriff benützen, der mit trübseliger Häufigkeit in jenen Geschichten auftaucht, zu denen meine zu gehören verspricht. Da wäre er also wieder – dieser alte Trick, den Sie kennen werden: ‹Mitten in der Nacht wachte ich plötzlich auf.› Was folgt, ist jedoch weniger abgestanden. Ich wachte auf und sah einen Fuß.»

«Verzeihen Sie, einen was?» unterbrach der bescheidene Kritiker, beugte sich vor und hob einen Finger.

«Ich sah einen Fuß», wiederholte der Schriftsteller. «Im Abteil brannte jetzt Licht. Der Zug hielt in einem Bahnhof. Es war der Fuß eines Mannes, ein Fuß von erheblicher Größe, in einem groben Socken, durch den sich ein bläulicher Zehennagel gearbeitet hatte. Er stand fest auf dem Tritt der Bettleiter, nicht weit entfernt von meinem Gesicht, und sein Besitzer, der durch das Dach, das das Bett über mir bildete, verborgen war, war eben dabei, sich mit einer letzten Anstrengung über den Bettrand zu hieven. Ich hatte ausreichend Zeit, diesen Fuß in seinem grauen, schwarzkarierten Socken und einen Teil des Beins zu begutachten: das violette V des Sockenhalters an einer strammen Wade und die Härchen, die häßlich durch das Gewebe der langen Unterhose staken. Alles in allem war es ein höchst abstoßendes Glied. Während ich noch schaute, spannte es sich, der hartnäckige große Zeh bewegte sich ein- oder zweimal; und schließlich stieß sich der Fuß kräftig ab und entschwand außer Sicht. Von oben kamen Grunz- und Schnüffellaute, die einen zu dem Schluß brachten, daß der Mann kurz vor dem Einschlafen war. Das Licht ging aus, und ein paar Augenblicke später ruckte der Zug an.

Ich weiß nicht, wie ich es Ihnen erklären soll, aber dieses Körperglied quälte und bedrückte mich. Ein nicht unterzukriegendes, vielfarbiges Reptil. Es störte mich, daß alles, was ich von dem Mann kannte, dieses bösartig aussehende Bein war. Seine Gestalt, sein Gesicht bekam ich nie zu sehen. Sein Bett, das eine niedrige, dunkle Decke über mir bildete, schien tiefer gekommen zu sein; ich spürte beinahe sein Gewicht. Wie sehr ich auch versuchte, mir das Aussehen meines nächtlichen Reisegefährten vorzustellen, alles, was mir vor das innere Auge kam, war dieser auffällige Zehennagel, dessen Perlmuttglanz durch ein Loch in der Wolle des Sockens schimmerte. Es mag seltsam erscheinen, daß mich derartige Lappalien beschäftigen sollten, aber beschäftigt sich andererseits nicht gerade jeder Schriftsteller mit Lappalien? Einschlafen jedenfalls konnte ich nicht. Ich horchte und horchte – hatte mein unbekannter Reisegefährte zu schnarchen begonnen? Es schien mir, daß er nicht schnarchte, sondern stöhnte. Man weiß, daß das nächtliche Rattern von Zugrädern Gehörhalluzinationen hervorruft, doch wurde ich den Eindruck nicht los, daß von da oben recht ungewöhnliche Geräusche kamen. Ich stützte mich auf einen Ellenbogen. Die Geräusche wurden deutlicher. Der Mann im oberen Bett schluchzte.»

«Wie, was?» unterbrach der Kritiker. «Er schluchzte? Verstehe. Verzeihen Sie – ich hatte nicht ganz mitgekriegt, was Sie sagten.» Und der Kritiker ließ seine Hände wieder in den Schoß fallen, neigte seinen Kopf auf eine Seite und hörte dem Erzähler weiter zu.

«Ja, er schluchzte, und sein Schluchzen war gräßlich.

Er erstickte fast daran; er stieß seinen Atem so geräuschvoll aus, als hätte er in einem Zug einen Liter Wasser getrunken, dann folgten rasch aufeinander Weinkrämpfe bei geschlossenem Mund – die fürchterliche Parodie eines Gegackers –, und wieder holte er tief Luft, und wieder stieß er sie – jetzt mit geöffnetem Mund – in kurzen Schluchzern aus – wenn die Huhu-Laute nicht trogen. Und all dies vor dem schwankenden Hintergrund hämmernder Räder, die überdies so etwas wie einen rollenden Treppenaufgang bildeten, den seine Schluchzer hinauf- und hinabstiegen. Ich lag bewegungslos und horchte – und fühlte nebenbei, daß mein Gesicht im Dunkel schrecklich blöde aussehen mußte, denn es ist immer peinlich, einen Unbekannten schluchzen zu hören. Und wissen Sie, dadurch, daß wir ein Zweibettabteil in demselben unbeteiligt dahinsausenden Zug teilten, war ich auswegslos an ihn gekettet. Er hörte nicht auf zu weinen; man war dieser fürchterlichen, qualvollen Schluchzerei ausgeliefert: Wir beide, ich, der Lauscher, unten, und er, der Weinende, darüber – wir rasten seitwärts mit achtzig Stundenkilometern in die Ferne der Nacht, und nur ein Zugunglück hätte die unfreiwillige Verbindung zwischen uns sprengen können.

Nach einer Weile hörte er anscheinend auf zu weinen, kaum aber war ich am Einschlafen, als sein Seufzen wieder zunahm, und es kam mir so vor, als ob ich unverständliche Wörter hörte, die er zwischen krampfhaften Seufzern in einer Art bauchtiefer Grabesstimme ausstieß. Dann verstummte er wieder, schnüffelte nur ein wenig, und ich lag mit offenen Augen und sah in meiner Vorstellung seinen ekligen Fuß in der karierten Socke.

Irgendwie gelang es mir einzuschlafen. Und um halb sechs öffnete der Schaffner mit einem Ruck die Tür, um mich zu wecken. Ich setzte mich auf in meinem Bett und kleidete mich eilig an, wobei mein Kopf alle paar Sekunden gegen die Kante des oberen Bettes stieß. Bevor ich mit meinem Gepäck hinaus auf den Gang trat, wandte ich mich um und warf einen Blick auf das obere Bett, aber der Mann hatte mir den Rücken zugedreht und sich die Decke über den Kopf gezogen. Es war heller Morgen im Gang, die Sonne war gerade aufgegangen, der frische, blaue Schatten des Zuges flog über das Gras, über die Büsche, glitt in Schlangenlinien Abhänge empor, huschte über die Stämme flirrender Birken hin – und mitten in einem Feld leuchtete blendend ein ovaler kleiner Teich auf, verengte sich und schmolz zu einem silbernen Schlitz zusammen, und mit hurtigem Geratter eilte ein Bauernhaus vorbei, ein Stück Straße fegte unter einer Schranke hin – und wieder machte einen die flirrende, sonnengesprenkelte Palisade unzähliger Birken ganz schwindelig.

Die einzigen anderen Personen im Gang waren zwei Frauen mit verschlafenen, nachlässig zurechtgemachten Gesichtern und ein kleiner älterer Herr mit Wildlederhandschuhen und Reisemütze. Ich hasse es, früh aufstehen zu müssen: Der hinreißendste Sonnenaufgang kann die Stunden köstlichen Morgenschlafes nicht aufwiegen; und deshalb beschränkte ich mich auf ein verdrießliches Nicken, als mich der alte Herr fragte, ob ich auch in... ausstiege. Er nannte eine größere

Stadt, wo wir in zehn oder fünfzehn Minuten ankommen sollten.

Die Birken zerstreuten sich mit einem Mal, ein halbes Dutzend Häuser ergoß sich einen Hang hinunter, und einige von ihnen wären in ihrer Hast fast vom Zug überfahren worden; dann stolzierte eine riesige purpurrote Fabrik mit blitzenden Fensterscheiben vorbei; irgend jemandes Schokolade rief uns von einem Zehn-Meter-Plakat her einen Gruß zu; eine andere Fabrik folgte mit ihren hellen Fenstern und ihren Schloten; kurz, es passierte, was eben so passiert, wenn man sich einer Stadt nähert. Plötzlich aber bremste zu unserer Überraschung der Zug krampfartig und stoppte an einem verlassenen Haltepunkt, wo ein Schnellzug seine Zeit eigentlich nicht vertrödeln sollte. Ich fand es außerdem überraschend, daß draußen auf dem Bahnsteig mehrere Polizisten standen. Ich ließ das Fenster herunter und lehnte mich hinaus. ‹Schließen Sie bitte das Fenster›, sagte einer von ihnen höflich. Die Fahrgäste im Korridor zeigten einige Aufregung. Ein Schaffner kam vorbei, und ich fragte, was los sei. ‹Es ist ein Verbrecher im Zug›, antwortete er kurz und erklärte, daß in der Stadt, in der wir mitten in der Nacht gehalten hatten, am Vorabend ein Mord geschehen war: Ein betrogener Ehemann hatte seine Frau und ihren Liebhaber erschossen. Die Damen stießen ein ‹Ach› aus, der alte Herr schüttelte den Kopf. Zwei Polizisten und ein rotbackiger, stämmiger Detektiv mit Bowler, der wie ein Buchmacher aussah, kamen in den Gang. Man bat mich, in mein Abteil zurückzugehen. Die Polizisten blieben im Gang, während der Detektiv von einem Abteil zum anderen ging. Ich zeigte ihm meinen Paß. Seine rötlichbraunen Augen glitten über mein Gesicht; er gab mir meinen Paß zurück. Wir standen, er und ich, in diesem engen Coupé, auf dessen oberem Bett eine dunkle Gestalt in ihrem Deckenkokon schlief. ‹Sie können gehen›, sagte der Detektiv und streckte seinen Arm in die Dunkelheit. ‹Ihren Ausweis, bitte!› Der Mann in seiner Decke schnarchte weiter. Als ich zaudernd in der Tür stand, hörte ich noch immer das Schnarchen, in dem ich die zischenden Echos seines nächtlichen Schluchzens zu vernehmen glaubte. ‹Bitte aufwachen!› sagte der Detektiv mit erhobener Stimme; und mit einem berufsmäßigen Ruck zog er im Nacken des Schläfers am Deckensaum. Der Mann rührte sich wohl, schnarchte aber weiter. Der Detektiv rüttelte ihn an der Schulter. Das alles war ziemlich widerwärtig. Ich wandte mich ab und starrte auf das Fenster auf der anderen Seite des Gangs, sah aber in Wirklichkeit nichts, weil ich mit meinem ganzen Wesen auf das hörte, was im Abteil vor sich ging.

Und stellen Sie sich vor, ich hörte absolut nichts Außergewöhnliches. Der Mann im oberen Bett murmelte verschlafen etwas vor sich hin, der Detektiv forderte mit klarer Stimme seinen Paß, dankte ihm mit klarer Stimme, kam heraus und betrat ein anderes Abteil. Das ist alles. Aber bedenken Sie doch nur, wie schön es gewesen wäre – aus der Sicht des Schriftstellers natürlich –, wenn der weinende Reisende mit seinem widerlichen Fuß sich als Mörder entpuppt hätte, wie schön sich seine Tränen in der Nacht hätten erklären lassen, und, was noch mehr zählt, wie schön all das in den Rahmen meiner nächtlichen Reise, den Rahmen einer Kurzgeschichte gepaßt hätte. Doch es hat den Anschein, als ob der Plan des Schöpfers, der Plan des Lebens, in diesen wie in allen anderen Fällen hundertmal schöner war.»

Der Schriftsteller seufzte, schwieg und zog an seiner Zigarette, die schon lange ausgegangen, ganz zerkaut und speicheldurchnäßt war. Der Kritiker sah ihn mit gütigen Augen an.

«Geben Sie zu», nahm der Schriftsteller das Gespräch wieder auf, «daß Sie von dem Augenblick an, wo ich die Polizei und den unplanmäßigen Halt erwähnte, sicher waren, daß es sich bei meinem schluchzenden Reisegefährten um einen Verbrecher handelte?»

«Ich kenne Ihre Manier», sagte der Kritiker, berührte seinen Gesprächspartner mit den Fingern an der Schulter und zog mit einer Geste, die typisch war für ihn, seine Hand augenblicklich wieder zurück. «Wenn Sie eine Kriminalgeschichte schrieben, stellte sich der Täter nicht als die Person heraus, die von keiner Figur verdächtigt wird, sondern als die Person, die alle in der Geschichte von Anfang an verdächtigen, und damit wäre der erfahrene Leser hinters Licht geführt, der sich an Lösungen gewöhnt hat, die *nicht* auf der Hand liegen. Ich bin mir sehr wohl im klaren, daß Sie den Eindruck des Unerwarteten vorzugsweise mit Hilfe des natürlichsten Ausgangs erzielen; aber lassen Sie sich von Ihrer eigenen Methode nicht allzusehr hinreißen. Vieles im Leben geschieht aus Zufall, vieles ist außergewöhnlich. Dem Wort ist das erhabene Recht zuteil geworden, das Zufällige zu überhöhen und aus dem Außergewöhnlichen etwas zu machen, das nicht den

Anschein eines Zufallsereignisses hat. Aus unserem Fall, einem Fall, den der Zufall prägt, hätten Sie eine abgerundete Geschichte machen können, wenn Sie aus Ihrem Reisegefährten einen Mörder gemacht hätten.»

Der Schriftsteller seufzte wieder.

«Ja, ja, darauf bin ich auch gekommen. Ich hätte ein paar Details hinzufügen können. Ich hätte auf die leidenschaftliche Liebe angespielt, die er für seine Frau empfand. Alle möglichen Erfindungen kommen in Frage. Das Elend ist, daß wir im dunkeln tappen – vielleicht hatte das Leben etwas ganz anderes im Sinn, etwas Feineres, etwas Tieferes. Das Elend ist, daß ich nie erfahren habe und nie erfahren werde, warum der Mitreisende weinte.»

«Ich würde gern Fürsprache einlegen für das *Wort*», sagte sanft der Kritiker. «Als der Schriftsteller, der Sie sind, wären Sie schließlich schon auf eine brillante Lösung verfallen: Die Person in Ihrer Geschichte hätte vielleicht geweint, weil sie auf dem Bahnhof die Brieftasche verloren hatte. Ich habe mal jemand gekannt, ein ausgewachsenes Mannsbild von martialischer Erscheinung, der weinte, oder vielmehr heulte, wenn er Zahnweh hatte. Nein, danke, nichts mehr – schenken Sie mir nichts mehr ein. Genug, es ist wirklich genug!»

Die Klingel

Sieben Jahre waren vergangen, seit er und sie in St. Petersburg Abschied voneinander genommen hatten. Mein Gott, was war das für ein Gedränge gewesen im Nikolajewskij-Bahnhof! Steh nicht so nahe dran – der Zug fährt gleich ab. Nun also, es ist soweit, auf Wiedersehen, meine Allerliebste... Sie ging neben dem Zug her, groß, schlank, in einem Regenmantel und mit einem schwarzweißen Schal um den Hals, und ein langsamer Strom trug sie nach hinten davon. Er nahm als Rekrut der Roten Armee widerwillig und verwirrt am Bürgerkrieg teil. In einer wunderschönen Nacht lief er unter dem ekstatischen Gezirpe der Steppengrillen zu den Weißen über. Ein Jahr später, 1920, nicht lange, bevor er Rußland verließ, traf er auf der steilen, steinigen Tschainaja-Straße in Jalta zufällig seinen Onkel, einen Rechtsanwalt aus Moskau. Ja doch, es gebe Nachricht – zwei Briefe. Sie wolle nach Deutschland ausreisen und habe schon einen Paß. Gut siehst du aus, junger Mann. Und schließlich ließ ihn Rußland los – eine Trennung auf immer, wie einige meinten. Rußland hatte ihn lange festgehalten; nach und nach hatte es ihn von Norden nach Süden verschlagen, und Rußland wollte nicht von ihm ablassen, wurden doch Twer, Charkow, Belgorod und zahlreiche interessante kleine Dörfer genommen, aber es war alles umsonst. Es hielt für ihn eine letzte große Versuchung, ein letztes Geschenk parat – die Krim –, aber ändern konnte jetzt auch das nichts mehr. Er ging. Und an Bord des Schiffes machte er die Bekanntschaft eines jungen Engländers, der ein lustiger Bursche und sportlich war und sich auf dem Weg nach Afrika befand.

Nikolaj ging nach Afrika und Italien und aus irgendwelchen Gründen auf die Kanarischen Inseln und dann aufs neue nach Afrika, wo er eine Weile in der Fremdenlegion Dienst tat. Zunächst dachte er oft an sie, dann selten, dann öfter und öfter. Ihr zweiter Mann, der deutsche Industrielle Kind, war während des Krieges gestorben. Er hatte Grundbesitz gehabt in Berlin, und Nikolaj nahm an, daß sie dort kaum hungern werde. Aber wie schnell die Zeit verging! Verblüffend! ... Waren wirklich schon sieben Jahre vorbei?

In diesen sieben Jahren war er härter, rauher geworden, hatte einen Zeigefinger verloren und zwei Sprachen gelernt – Italienisch und Englisch. Dank der glatten, ländlichen Bräune, die sein Gesicht bedeckte, waren die Farbe seiner Augen heller und ihr Ausdruck freimütiger geworden. Er rauchte Pfeife. Sein Gang, schon immer von jener Bestimmtheit, die kurzbeinigen Menschen eigen ist, hatte nun einen bemerkenswerten Rhythmus gewonnen. Eins an ihm aber hatte sich überhaupt nicht geändert: sein Lachen, begleitet von einem Scherz und einem Zwinkern.

Er amüsierte sich köstlich und lachte stillvergnügt und seinen Kopf schüttelnd in sich hinein, bis er endlich beschloß, alles stehen und liegen zu lassen und in bequemen Etappen nach Berlin zu reisen. Einmal, an einem Zeitungskiosk irgendwo in Italien, fiel ihm eine in Berlin herausgegebene russische Emigrantenzeitung in die Augen. Er schrieb an die Zeitung und gab eine Anzeige unter «Persönliches» auf: Der-und-der sucht die-und-die... Er bekam keine Antwort. Auf einem Abstecher nach Korsika traf er einen Landsmann, den alten Journalisten Gruschewskij, der nach Berlin wollte. Stellen Sie Nachforschungen für mich an. Vielleicht finden Sie sie. Sagen Sie ihr, ich sei am Leben, es gehe mir gut... Aber auch diese Quelle lieferte keine Nachrichten. Jetzt war es höchste Zeit, Berlin im Sturm zu nehmen. Dort, an Ort und Stelle, würde sich die Suche leichter anlassen. Er hatte jede Menge Schwierigkeiten, ein Visum für Deutschland zu erhalten, und sein Geld wurde knapp. Nun ja, irgendwie würde er schon hinkommen...

So war es denn auch. In Trenchcoat und karierter Mütze, gedrungen und breitschultrig, eine Pfeife zwischen den Zähnen und einen ramponierten Koffer in der gesunden Hand trat er auf den Platz vor dem Bahnhof. Dort blieb er stehen, um eine große, juwelenglitzernde Reklame zu bewundern, die sich Zentimeter auf Zentimeter durch das Dunkel fraß, dann verschwand, um an anderer Stelle neu zu beginnen. Er verbrachte eine schlechte Nacht in einem stickigen Zimmer eines billigen Hotels und dachte darüber nach, wie er die Suche beginnen sollte. Das Adressenbüro, die Redaktion der russischsprachigen Zeitung... Sieben Jahre. Sie muß wirklich alt geworden sein. Es war nicht recht von ihm, daß er so lange gewartet hatte; er hätte früher kommen können. Aber ach, all diese Jahre, dieses herrliche Herumbummeln in der Welt, diese zwielichtigen, schlechtbezahlten Jobs, Chancen, die ergriffen und verpaßt wurden, die erregende Freiheit, die Freiheit, von der er in seiner Kindheit geträumt hatte! ... Es war reinster Jack London ... Und hier nun schon wieder: Eine neue Stadt, ein verdächtig juckendes Federbett und das Kreischen einer späten Straßenbahn. Er tastete nach seinen Streichhölzern und stopfte mit der gewohnheitsmäßigen Bewegung seines Zeigefingerstumpfes Tabak in den Pfeifenkopf.

Wenn man reist wie er, vergißt man die Namen der Zeit; sie werden von Ortsnamen verdrängt. Am Morgen, als Nikolaj mit der Absicht, zur Polizeiwache zu gehen, aufbrach, waren die Schutzgitter an allen Geschäften herabgelassen. Es war, verdammt noch mal, Sonntag. Damit hatten sich das Adressenbüro und die Zeitung erledigt. Außerdem war es Herbst: windiges Wetter, Astern in den Grünanlagen, ein Himmel von solidem Weiß, gelbe Bäume, gelbe Straßenbahnen, das nasale Hupen verschnupfter Taxis. Ein Schauder der Erregung überkam ihn beim Gedanken, daß er in der gleichen Stadt war wie sie. Eine Fünfzig-Pfennig-Münze verhalf ihm zu einem Glas Portwein in einer Taxifahrerkneipe, und der Wein auf leeren Magen hatte eine angenehme Wirkung. Hier und dort russische Gesprächsfetzen auf der Straße: «... *Skolko ras ja tebe goworila* (... wie oft habe ich dir schon gesagt).» Und wieder, nachdem mehrere Einheimische vorübergegangen waren: «... Er ist bereit, sie mir zu verkaufen, aber offen gestanden, ich...» Er kicherte vor Aufregung und rauchte seine Pfeife viel schneller als sonst: «... Schien vorbei zu sein, aber jetzt liegt Grischa damit...» Er überlegte, ob er nicht auf die nächsten russischen Passanten zugehen und sehr höflich fragen sollte: «Kennen Sie vielleicht zufällig Olga Kind, geborene Gräfin Karskij?» Es müßten sich doch in diesem Stückchen Provinzrußland, das es hierher verschlagen hat, eigentlich alle kennen.

Es war schon Abend, es begann zu dämmern, und ein schönes, mandarinenfarbenes Licht hatte die Fensterreihen eines riesigen Kaufhauses gefüllt, als Nikolaj neben einer Eingangstür ein kleines, weißes Schild mit der Aufschrift «I. S. Weiner, Zahnarzt. Aus Petrograd» bemerkte. Und siedendheiß fiel ihm wieder ein: Dieser gute Freund hier ist ziemlich faul und muß raus. Im Fenster, direkt vor dem Foltersitz, zeigten eingelassene Glasphotographien Schweizer Landschaften... Das Fenster ging auf die Mojka-Straße hinaus. Spülen bitte. Und Dr. Weiner, ein dicker, gemütlicher, weißbekittelter alter Mann mit scharfsichtiger Brille, legte klirrend seine Instrumente zurecht. Sie ging zu ihm zur Behandlung, und seine Vettern ebenso, und, wenn sie aus irgendwelchen Gründen miteinander stritten, sagten sie sogar zueinander: «Willst du vielleicht einen Weiner?» (das heißt: eins aufs Maul). Nikolaj zögerte vor der Tür, da ihm einfiel, daß Sonntag war. Er überlegte noch einmal und läutete trotzdem. Es summte im Schloß, und die Tür gab nach. Er stieg eine Treppe hoch. Ein Dienstmädchen öffnete die Tür. «Nein, der Doktor hat heute keine Sprechstunde.» – «Meine Zähne sind in Ordnung», wandte Nikolaj in sehr schlechtem Deutsch ein.

«Dr. Weiner ist ein alter Bekannter von mir. Ich heiße Galatow – ich bin sicher, daß er sich an mich erinnert...» – «Ich werde es ausrichten», sagte das Mädchen.

Einen Augenblick später trat ein Mann in mittleren Jahren in Samtjacke mit Schnurbesatz in die Diele. Er hatte eine karottenrote Gesichtsfarbe und machte einen ungemein freundlichen Eindruck. Nach herzlicher Begrüßung sagte er auf russisch: «Ich erinnere mich aber nicht an Sie – es muß sich um einen Irrtum handeln.» Nikolaj sah ihn an und entschuldigte sich: «Ich fürchte, ja. Ich erinnere mich auch nicht an Sie. Ich kam in der Erwartung, den Dr. Weiner zu finden, der vor der Revolution in der Mojka-Straße in Petersburg wohnte, habe aber den falschen erwischt. Tut mir leid.»

«Das muß ein Namensvetter von mir sein. Ein gewöhnlicher Namensvetter. Ich habe in der Sagorodnij-Allee gewohnt.»

«Wir sind immer alle zu ihm gegangen», erklärte Nikolaj, «und da habe ich halt gedacht... Sehen Sie, ich suche eine bestimmte Dame, eine Madame Kind, das ist der Name ihres zweiten Mannes...»

Weiner biß sich auf die Lippen, blickte mit gespanntem Ausdruck beiseite und wandte sich dann wieder an ihn: «Warten Sie... Ich glaube, ich erinnere mich... Ich glaube, ich erinnere mich an eine Madame Kind, die vor kurzem zu mir kam und ebenfalls meinte... Das werden wir gleich haben. Seien Sie so nett und kommen Sie mit in meine Praxis.»

Die Praxis blieb restlos verschwommen vor Nikolajs

Augen, die er nicht von Weiners makelloser Glatze nahm, während dieser sich über den Terminkalender beugte.

«Das werden wir gleich haben», wiederholte er und fuhr mit seinen Fingern über die Seiten. «Das werden wir gleich haben. Das werden wir... Hier ist es ja. Frau Kind. Goldfüllung und noch irgendwas – was, sehe ich nicht, da ist ein Klecks.»

«Und wie ist der Vor- und der Vatersname?» fragte Nikolaj, näherte sich dem Tisch und hätte beinahe einen Aschenbecher mit seinem Ärmel hinuntergeworfen.

«Das steht auch hier. Olga Kirillowna.»

«Stimmt», sagte Nikolaj mit einem Seufzer der Erleichterung.

«Die Adresse ist Plannerstraße 59, bei Babb», sagte Weiner, schnalzte mit den Lippen und schrieb die Adresse auf einen Zettel: «Zwei Straßen weiter. Bitte schön. Ich freue mich, daß ich Ihnen helfen konnte. Ist sie eine Verwandte von Ihnen?»

«Meine Mutter», antwortete Nikolaj.

Nachdem er das Haus des Zahnarztes verlassen hatte, setzte er seinen Weg mit beschleunigtem Schritt fort. Daß er sie so leicht gefunden hatte, verblüffte ihn wie ein Kartenkunststück. Es war ihm auf seiner Reise nach Berlin kein einziges Mal in den Sinn gekommen, daß sie schon lange tot oder in eine andere Stadt umgezogen sein konnte, aber das Kunststück war gelungen. Weiner hatte sich als ein anderer Weiner herausgestellt – aber das Schicksal hatte Mittel und Wege gefunden. Herrliche Stadt, herrlicher Regen (der perlige, herbstliche Nieselregen schien im Fallen zu flüstern, und die Straßen waren dunkel). Wie würde sie ihn begrüßen – zärtlich? Traurig? Oder ganz ruhig. Sie hatte ihn als Kind keineswegs verwöhnt. Ich verbiete dir, durch das Wohnzimmer zu rennen, wenn ich Klavier spiele. Als er größer wurde, fühlte er immer häufiger, daß sie nicht viel mit ihm anfangen konnte. Jetzt versuchte er, sich ihr Gesicht vorzustellen, aber seine Gedanken weigerten sich hartnäckig, Farbe anzunehmen, und es wollte ihm einfach nicht gelingen, das, was seinem Geist vorschwebte, in ein lebendiges, sichtbares Bild zu überführen: ihre große, dünne Gestalt, an der alles so lose gefügt zu sein schien; ihr dunkles Haar mit den grauen Strähnen an den Schläfen; ihren großen, bleichen Mund; den alten Regenmantel, den sie trug, als er sie zum letzten Mal sah; und den müden, bitteren Ausdruck einer alternden Frau, der immer auf ihrem Gesicht zu liegen schien – sogar schon vor dem Tod seines Vaters, des Admirals Galatow, der sich kurz vor der Revolution erschossen hatte. Nummer 51. Noch acht Häuser.

Plötzlich merkte er, daß er unerträglich, unanständig verwirrt war, viel mehr als beispielsweise damals, als er seinen schweißüberströmten Körper gegen die Flanken eines Felsblocks preßte und auf einen näherkommenden Wirbelwind zielte, eine weiße Vogelscheuche auf einem prächtigen Araberhengst. Er hielt kurz vor Nummer 59 an, nahm seine Pfeife und einen Tabakbeutel aus Gummi heraus; stopfte sie langsam und mit Sorgfalt, ohne ein Krümelchen zu verlieren; strich ein Hölzchen an, hätschelte die Flamme, zog, sah, wie das Glutkügelchen anschwoll, atmete einen Mundvoll süßlichen, die

Zunge beißenden Rauchs ein, stieß ihn sorgfältig aus und ging festen, gemessenen Schritts auf das Haus los.

Die Treppen waren so dunkel, daß er ein paarmal stolperte. Als er in der undurchdringlichen Dunkelheit den zweiten Absatz erreichte, zündete er ein Streichholz an und erkannte ein goldglitzerndes Namensschild. Falscher Name. Erst viel weiter oben fand er den seltsamen Namen «Babb». Das Flämmchen versengte ihm die Finger und ging aus. Mein Gott, wie mein Herz klopft... Er tastete im Dunkeln nach der Klingel und läutete. Dann nahm er die Pfeife aus den Zähnen, begann zu warten und spürte, wie ihm ein gequältes Lächeln den Mund verzog.

Dann hörte er, wie ein Schloß, ein Riegel ein zweifaches hallendes Geräusch machten, und die Tür öffnete sich, als würde sie von einem heftigen Wind aufgerissen. In der Diele war es ebenso dunkel wie auf der Treppe, und aus diesem Dunkel löste sich eine vibrierende, freudige Stimme. «Das Licht geht nicht im ganzen Haus – *eto uushas*, es ist schrecklich» – und Nikolaj erkannte dieses lange emphatische «u» sofort und stellte auf dessen Grundlage bis hin zu den winzigsten Zügen die Person wieder her, die noch immer von der Dunkelheit verborgen in der Tür stand.

«Kann man wohl sagen, also ich sehe nichts», sagte er lachend und ging auf sie zu.

Ihr Schrei klang so erschrocken, als ob eine harte Hand sie geschlagen hätte. Im Dunkeln fand er ihre Arme, ihre Schultern und stieß gegen etwas (vermutlich den Schirmständer). «Nein, nein, das ist nicht möglich...», wiederholte sie und wich zurück.

«Bleib stehen, Mutter, bleib eine Minute ruhig stehen», sagte er und stieß wieder gegen etwas (dieses Mal war es die halbgeöffnete Wohnungstür, die mit großem Knall zufiel).

«Das kann nicht sein... Nicky, Nick...»

Er küßte sie aufs Geratewohl auf die Wangen, auf das Haar, überallhin, ohne im Dunkeln etwas zu erkennen, aber er sah sie mit einem inneren Auge und erkannte alles an ihr von Kopf bis Fuß wieder, und nur eines an ihr hatte sich verändert (und selbst diese Neuigkeit rief gegen alles Erwarten seine früheste Kindheit zurück, als sie Klavier zu spielen pflegte): der kräftige, elegante Geruch ihres Parfums – als ob es diese dazwischenliegenden Jahre nicht gegeben hätte, die Jahre seiner Jugend und ihrer Witwenschaft, als sie kein Parfum mehr trug und voll Gram dahinwelkte – es schien, als wäre nichts von all dem geschehen und als wäre er vom fernen Exil direkt in seine Kindheit zurückgekehrt... «Du bist es, du bist da. Du bist wirklich da», plapperte sie, und ihre weichen Lippen berührten ihn. «So ist es gut... So sollte es sein...»

«Gibt's denn kein Licht irgendwo?» fragte Nikolaj fröhlich.

Sie öffnete eine Zwischentür und sagte aufgeregt: «Doch, doch, komm rein. Ich habe ein paar Kerzen angezündet.»

«Nun laß dich mal sehen», sagte er, trat in die flackernde Aura des Kerzenlichts und starrte gierig auf seine Mutter. Ihr Haar war zu einem sehr hellen Strohblond gebleicht.

«Nun, kennst du mich nicht mehr?» fragte sie, holte

nervös Luft und fügte dann eilig hinzu: «Starr mich doch nicht so an. Los erzähle, erzähle alles! Wie braungebrannt du bist... meine Güte! Alles will ich hören!»

Dieser blonde Knoten... Und ihr Gesicht war mit schauderhafter Sorgfalt zurechtgemacht. Die feuchte Spur einer Träne hatte sich jedoch durch die rosarote Farbe gefressen, und ihre mascaraüberladenen Wimpern waren naß, der Puder auf ihren Nasenflügeln hatte sich violett verfärbt. Sie trug ein glitzerndes blaues hochgeschlossenes Kleid. Und alles an ihr war unvertraut, ruhelos und ängstigend.

«Du erwartest wahrscheinlich Besuch, Mutter», stellte Nikolaj fest, wußte nicht genau, was er als nächstes sagen sollte und warf energisch seinen Mantel ab.

Sie wich vor ihm zum Tisch zurück, wo Gedecke auflagen und Kristall im Halbdunkel glitzerte. Dann trat sie wieder auf ihn zu und warf mechanisch im verschatteten Spiegel einen Blick auf sich.

«So viele Jahre sind vergangen... meine Güte! Ich traue meinen Augen nicht. O ja, ich habe Freunde eingeladen. Ich sage ab. Ich rufe gleich an. Irgendwas werde ich machen. Ich muß ihnen absagen... O Gott...»

Sie schmiegte sich an ihn und betastete ihn, um herauszufinden, ob er wirklich sei.

«Beruhige dich, Mutter, was ist los mit dir – du übertreibst. Setzen wir uns irgendwo. *Comment vas-tu?* Wie springt das Leben mit dir um?»... Und als ob er aus irgendeinem Grunde ihre Antworten auf seine Fragen fürchte, begann er, von sich selber zu erzählen, in jener flotten klaren Art, die ihm eigen war, schmauchte seine

Pfeife und versuchte, sein Erstaunen in Wörtern und Rauch zu ertränken. Wie sich herausstellte, hatte sie seine Annonce doch gesehen, hatte sich mit dem alten Journalisten in Verbindung gesetzt und war drauf und dran gewesen, Nikolaj zu schreiben – immer drauf und dran... Jetzt, da er ihr vom Make-up verschandeltes Gesicht und ihr künstlich erblondetes Haar gesehen hatte, fand er, daß auch ihre Stimme nicht mehr so wie früher war. Und als er, ohne ein einziges Mal innezuhalten, seine Erlebnisse erzählte, sah er sich in dem halberleuchteten, zuckenden Zimmer mit seiner fürchterlichen spießigen Einrichtung um – sah die Spielzeugkatze auf dem Kaminsims, den zimperlichen Wandschirm, hinter dem der Fuß des Bettes hervorlugte, das Bild des flötespielenden Großen Friedrich, das bücherlose Regal mit den kleinen Vasen, in denen Lichtreflexe wie Quecksilber auf und ab tanzten... Und als er seine Augen umherwandern ließ, sah er nun auch näher, was er vorhin nur im Vorbeigehen bemerkt hatte: den Tisch – einen für zwei Personen gedeckten Tisch, mit Likören, einer Flasche Asti, zwei hohen Weingläsern und einer enormen rosa Torte, die ein Kranz noch nicht entzündeter Kerzen schmückte. «... Natürlich sprang ich sofort aus meinem Zelt, und was, glaubst du, war es? Komm, rate!»

Sie schien aus einer Trance aufzuwachen und warf ihm einen verschreckten Blick zu (sie lag zurückgelehnt neben ihm auf dem Sofa, hatte die Hände gegen die Schläfen gepreßt, und ihre pfirsichfarbenen Strümpfe hatten einen vertrauten Glanz).

«Hörst du nicht zu, Mutter?»

«Doch, doch, ich...»

Und jetzt bemerkte er noch etwas: Sie war seltsam geistesabwesend, als höre sie nicht auf das, was er sagte, sondern auf etwas Verhängnisvolles, das sich von ferne näherte, drohend und unabwendbar. Er fuhr mit seiner lustigen Erzählung fort, hielt aber dann wieder inne und fragte: «Diese Torte – für wen ist die bestimmt? Sieht sehr lecker aus.»

Seine Mutter antwortete mit einem nervösen Lächeln: «Ach, das ist ein kleiner Scherz. Ich habe dir ja erzählt, daß ich Besuch erwarte.»

«Sie erinnert mich sehr an Petersburg», sagte Nikolaj. «Weißt du noch, wie du dich einmal verzählt und eine Kerze vergessen hast? Ich wurde zehn, aber es gab nur neun Kerzen. *Tu escamotas* meinen Geburtstag. Ich habe mir die Augen ausgeheult. Und wie viele sind hier drauf?»

«Ach, das ist doch gleich», rief sie und stand auf, beinahe als ob sie ihm den Blick auf den Tisch verstellen wollte. «Warum sagst du mir denn nicht statt dessen, wieviel Uhr es ist. Ich muß anrufen und das Fest absagen... Ich muß etwas tun!»

«Viertel nach sieben», sagte Nikolaj.

«*Trop tard, trop tard!*» Ihre Stimme wurde wieder lauter. «Nun gut. Jetzt kommt es nicht mehr drauf an...»

Beide schwiegen. Sie setzte sich wieder. Nikolaj versuchte sich dazu zu zwingen, sie in die Arme zu nehmen, sich an sie zu schmiegen, zu fragen: «Hör mal, Mutter, was ist mit dir? Los, raus damit.» Er warf noch einmal einen Blick auf den glänzenden Tisch und zählte die Kerzen, die auf der Torte im Kreise standen. Fünfundzwanzig! Und er war schon achtundzwanzig...

«Bitte, untersuche mein Zimmer nicht so!» sagte seine Mutter. «Du siehst aus wie ein richtiger Detektiv! Es ist ein schreckliches Loch. Ich würde gerne umziehen, aber ich habe das Haus verkauft, das mir Kind hinterlassen hat.» Plötzlich hielt sie hörbar den Atem an. «Was war das? Hast du dieses Geräusch gemacht?»

«Ja», antwortete Nikolaj. «Ich klopfe meine Pfeife aus. Aber sag, du hast doch noch genug Geld? Du kommst doch noch einigermaßen hin?»

Sie beschäftigte sich ausführlich damit, eine Schleife an ihrem Ärmel zurechtzuzupfen, und sagte, ohne ihn anzusehen: «Doch... Natürlich. Er hat mir ein paar ausländische Aktien, ein Krankenhaus und ein altes Gefängnis vermacht. Ein Gefängnis!... Aber ich muß dich leider warnen, daß es zum Leben nur eben reicht. Hör um Gottes willen auf, mit der Pfeife herumzuklopfen. Ich muß dich leider warnen, daß ich... Daß ich... Oh, du verstehst schon, Nick – es würde mir schwerfallen, dich zu unterstützen.»

«Aber wovon redest du denn nur, Mutter?» rief Nikolaj (und in diesem Augenblick strahlte wie eine dumme Sonne, die hinter einer dummen Wolke hervortritt, die elektrische Deckenleuchte auf). «Jetzt können wir die Kerzen ausblasen; es kam mir vor, als hockten wir im Mostaga-Mausoleum herum. Weißt du, ich habe noch etwas Bargeld, und jedenfalls bin ich gerne so frei wie ein Vogel in der Luft... Komm, setz dich – hör auf, im Zimmer herumzurennen.»

Groß, schlank, leuchtend blau blieb sie vor ihm stehen, und jetzt, bei vollem Licht, sah er erst, wie sehr sie gealtert war, wie beharrlich die Falten auf ihren Wangen und ihrer Stirn durch das Make-up durchschienen. Und dieses fürchterlich gebleichte Haar!...

«Du bist einfach so hereingeplatzt», sagte sie und warf sich die Lippen beißend einen Blick auf eine kleine Uhr, die auf einem Bord stand. «Wie ein Blitz aus heiterem Himmel... Sie geht vor. Nein, sie steht. Ich habe jemand eingeladen für heute abend, und da kommst du. Eine verrückte Situation...»

«Unsinn, Mutter. Die kommen, sehen, daß dein Sohn da ist, und machen sich bald wieder davon. Und bevor der Abend zu Ende ist, gehen du und ich in ein Konzert und essen dann irgendwo zu Abend... Ich habe mal eine afrikanische Show gesehen – das war vielleicht was! Stell dir vor, fünfzig Neger und ein ziemlich großer, so groß wie, sagen wir...»

Die Türklingel in der Diele schrillte laut. Olga Kirillowna, die sich auf die Armlehne eines Stuhles gehockt hatte, fuhr zusammen und richtete sich auf.

«Warte, ich mache auf», sagte Nikolaj und erhob sich.

Sie hielt ihn am Ärmel fest. In ihrem Gesicht zuckte es. Die Klingel verstummte. Der Besucher wartete.

«Das müssen deine Gäste sein», sagte Nikolaj. «Deine fünfundzwanzig Gäste. Wir müssen sie hereinlassen.»

Seine Mutter schüttelte brüsk den Kopf und hörte weiter angespannt hinaus.

«Das ist nicht recht...», begann Nikolaj.

Sie zerrte ihn am Ärmel und flüsterte: «Untersteh dich. Ich will nicht, daß... Untersteh dich...»

Wieder läutete die Klingel, fordernd und gereizt diesmal. Und sie läutete lange.

«Laß mich gehen», sagte Nikolaj. «Das ist doch albern. Wenn jemand läutet, hat man die Tür zu öffnen. Wovor hast du denn Angst?»

«Untersteh dich... Hörst du?» wiederholte sie und drückte krampfhaft seine Hand. «Ich flehe dich an... Nicky, Nicky, Nicky!... Tu's nicht!»

Die Klingel verstummte. Statt dessen war heftiges Klopfen zu hören, anscheinend vom Knauf eines kräftigen Spazierstockes.

Nikolaj ging entschlossen auf die Diele zu. Aber bevor er sie erreichte, hatte ihn seine Mutter an den Schultern gepackt und versuchte mit aller Kraft, ihn zurückzuzerren, wobei sie unablässig flüsterte: «Untersteh dich... Untersteh dich... Um Gottes willen!...»

Wieder läutete es, kurz und verärgert.

«Es ist deine Sache», sagte Nikolaj und lachte. Er stopfte die Hände in seine Taschen und durchmaß die Länge des Zimmers. Das ist ein richtiger Alptraum, dachte er und kicherte wieder.

Das Läuten hatte aufgehört. Alles war ruhig. Offenbar hatte der Klingler die Nase voll und war gegangen. Nikolaj trat an den Tisch, betrachtete die festliche Torte mit ihrem glänzenden Zuckerguß und den fünfundzwanzig Kerzen und die beiden Weingläser. Daneben lag, als wollte sie sich im Schatten der Flasche verstecken, eine kleine weiße Pappschachtel. Er nahm sie und öffnete den Deckel. Sie enthielt ein brandneues, ziemlich geschmackloses Zigarettenetui aus Silber.

«Das wär's wohl», sagte Nikolaj.

Seine Mutter, die halb zurückgelehnt auf der Couch lag und ihr Gesicht in ein Kissen vergraben hatte, wurde von Schluchzen gerüttelt. In früheren Jahren hatte er sie auch schon weinen sehen, aber da hatte sie ganz anders geweint: Bei Tisch zum Beispiel hatte sie geweint, ohne das Gesicht abzuwenden, sich geräuschvoll geschneuzt und geredet, geredet, geredet; jetzt aber weinte sie so mädchenhaft, lag so völlig hingegeben da... und es war etwas so Anmutiges an der Biegung ihrer Wirbelsäule und an der Art, wie ihr Fuß in seinem Samtpantöffelchen den Boden berührte... Man hätte beinahe glauben können, daß es eine junge, blonde Frau war, die da weinte... Und ihr zerknülltes Taschentuch lag auf dem Teppich, wie es in dieser hübschen Szene nicht anders sein konnte.

Nikolaj gab einen russischen Knurrlaut von sich *(krjak)* und setzte sich auf den Rand ihrer Couch. Er *krjakte* wieder. Seine Mutter sprach, immer noch ihr Gesicht verbergend, in das Kissen hinein: «Ach, warum konntest du denn nicht früher kommen... Nur ein einziges Jahr... Ein Jahr!...»

«Ich weiß nicht», sagte Nikolaj.

«Jetzt ist alles vorbei», schluchzte sie und schüttelte ihr helles Haar. «Alles vorbei. Im Mai werde ich fünfzig. Erwachsener Sohn besucht alte Mutter. Und warum mußtest du gerade in diesem Augenblick kommen... heute abend!»

Nikolaj zog seinen Mantel an (den er europäischer

Sitte entgegen einfach in eine Ecke geworfen hatte), zog die Mütze aus der Tasche und setzte sich wieder neben sie.

«Morgen früh ziehe ich weiter», sagte er und streichelte die leuchtende blaue Seide auf der Schulter seiner Mutter. «Mich drängt's jetzt nach Norden, nach Norwegen vielleicht... oder hinaus auf See mit einem Walfänger. Ich werde dir auch schreiben. In einem Jahr oder zweien sehen wir uns wieder, dann bleib ich vielleicht auch länger. Nimm mir meine Wanderlust nicht übel!»

Rasch umarmte sie ihn und preßte eine nasse Wange an seinen Hals. Dann drückte sie ihm die Hand und schrie plötzlich verwundert auf.

«Den hat eine Kugel weggerissen», lachte Nikolaj. «Auf Wiedersehen, meine Liebe.»

Sie befühlte den glatten Stumpf seines Fingers und küßte ihn behutsam. Dann legte sie den Arm um ihren Sohn und ging mit ihm zur Tür.

«Bitte, schreibe oft... Warum lachst du? Der ganze Puder ist wohl weg von meinem Gesicht?»

Und kaum hatte sich die Tür hinter ihm geschlossen, da flog sie schon mit raschelndem blauem Kleid zum Telephon.

Ein Ehrenhandel

1

Der verfluchte Tag, an dem Anton Petrowitsch Bergs Bekanntschaft gemacht hatte, existierte nur in der Theorie, denn das Gedächtnis hatte seinerzeit kein Datumsetikett daran befestigt, und seine Identifizierung war nun nicht mehr möglich. Jedenfalls war es im vorigen Winter gewesen, um Weihnachten 1926. Berg hatte sich aus dem Nichtsein erhoben, hatte sich verbeugt und war wieder zurückgesunken – in einen Sessel und nicht in sein früheres Nichtsein. Es war bei den Kurdjumows gewesen, die in der Sankt-Markus-Straße wohnten, weit ab vom Schuß, ich glaube im Stadtteil Moabit. Die Kurdjumows waren die armen Schlucker geblieben, zu denen die Revolution sie gemacht hatte, während Anton Petrowitsch und Berg, obwohl auch sie Emigranten, seitdem wieder zu etwas Geld gekommen waren. Wenn jetzt im Schaufenster eines Herrenausstatters ein Dutzend ähnlicher, leuchtend rauchiger Krawatten – etwa in der Tönung einer Wolke bei Sonnenuntergang – zusammen mit einem Dutzend Taschentücher in exakt den gleichen Farben erschienen, kaufte sich Anton Petrowitsch beides, modische Krawatte wie modisches Taschentuch, und hatte dann jeden Morgen auf dem Weg zur Bank das Vergnügen, der gleichen Krawatte und dem gleichen Taschentuch bei ein paar anderen Herren zu begegnen, die wie er ins Büro eilten. Einmal hatte er mit Berg geschäftlich zu tun gehabt; Berg war unentbehrlich, rief ihn fünfmal am Tag an, begann ihn in seiner Wohnung zu besuchen und erzählte endlose Witze – o Gott ja, wie gerne erzählte er Witze. Bei seinem ersten Besuch meinte Tanja, Anton Petrowitschs Frau, er sehe aus wie ein Engländer und sei sehr witzig. «Tag, Anton!» brüllte Berg, stieß (nach russischem Brauch) mit gespreizten Fingern auf Antons Hand herab und schüttelte sie kraftvoll. Berg hatte breite Schultern, war gut gebaut, glatt rasiert und verglich sich selber gern mit einem athletischen Engel. Einmal zeigte er Anton Petrowitsch ein kleines, altes, schwarzes Notizbuch. Die Seiten waren über und über mit Kreuzen bedeckt, genau fünfhundertdreiundzwanzig. «Bürgerkrieg auf der Krim – ein Andenken», sagte Berg mit leichtem Lächeln und setzte kühl hinzu: «Ich hab natürlich nur die Roten gezählt, die ich auf der Stelle getötet habe.» Daß Berg früher bei der Kavallerie gewesen war und unter General Denikin gekämpft hatte, erfüllte Anton Petrowitsch mit Neid, und er konnte es nicht leiden, wenn Berg in Tanjas Gegenwart von Spähtruppunternehmen und mitternächtlichen Attacken erzählte. Anton Petrowitsch selber hatte kurze Beine, war recht rundlich und trug ein Monokel, das in seinen Mußestunden, wenn es nicht in der Augenhöhle klemmte, an einem schmalen, schwarzen Band herabbaumelte und wie ein dümmliches Auge auf dem Bauch glänzte, wenn Anton Petrowitsch es sich in seinem Sessel bequem machte. Ein vor zwei Jahren aufgeschnittener Furunkel hatte auf seiner linken Wange eine Narbe hinterlassen. Diese Narbe, sein borstiger, gestutzter Schnauzbart und seine fette russische Nase zuckten angespannt, wenn Anton Petrowitsch das Monokel an seinen Ort schraubte. «Schneid keine Gesichter», sagte Berg dann, «du findest ja doch kein häßlicheres.»

In ihren Gläsern kräuselte sich über dem Tee leichter Dampf; auf einem Teller ließ ein halbzerdrücktes Schokoladeneclair seine cremigen Eingeweide herausquellen; die bloßen Ellenbogen auf den Tisch gestützt und das Kinn auf die verschränkten Finger gelehnt, schaute Tanja dem schwebenden Rauch ihrer Zigarette nach, und Berg versuchte sie zu überzeugen, daß sie ihr Haar unbedingt kürzer tragen müsse, daß die Frauen seit Urzeiten ihre Haare kurz trügen, daß die Venus von Milo kurzes Haar gehabt habe, indes Anton Petrowitsch hitzig und umständlich widersprach und Tanja nur die Achseln zuckte und mit dem Fingernagel die Asche von der Zigarette schnippte.

Und dann nahm alles das ein Ende. Gegen Ende Juli fuhr Anton Petrowitsch eines Mittwochs geschäftlich nach Kassel und schickte von dort aus seiner Frau ein Telegramm, daß er Freitag zurück wäre. Am Freitag stellte er fest, daß er mindestens noch eine Woche bleiben müsse, und schickte ein zweites Telegramm hinterher. Am Tag darauf jedoch platzte das Geschäft, und ohne sich die Mühe zu machen, ein weiteres Mal zu telegraphieren, fuhr Anton Petrowitsch nach Berlin zurück. Müde und unzufrieden mit seiner Reise kam er gegen zehn an. Von der Straße aus sah er, daß die

Schlafzimmerfenster in seiner Wohnung erleuchtet waren und ihm so die tröstliche Nachricht zukommen ließen, seine Frau sei zu Hause. Er stieg hinauf in den fünften Stock, schloß mit drei Schlüsselumdrehungen die dreifach verschlossene Tür auf und trat ein. Im Flur hörte er aus dem Badezimmer das gleichmäßige Geräusch laufenden Wassers. «Rosig und feucht», dachte Anton Petrowitsch in liebevoller Erwartung und trug seinen Koffer ins Schlafzimmer. Im Schlafzimmer stand Berg vor dem Schrankspiegel und band sich einen Schlips um.

Mechanisch stellte Anton Petrowitsch seinen kleinen Koffer auf den Fußboden, ohne Berg aus den Augen zu lassen, der sein ungerührtes Gesicht nach oben reckte, das bunte Schlipsende nach hinten warf und dann durch den Knoten zog. «Reg dich vor allen Dingen nicht auf», sagte Berg und zurrte den Knoten sorgfältig fest. «Bitte reg dich nicht auf. Ganz ruhig bleiben.»

Ich muß was tun, dachte Anton Petrowitsch, aber was? Er spürte ein Zittern in den Beinen, er spürte die Beine nicht mehr – nur noch dieses kalte, schmerzhafte Zittern. Schnell etwas tun... Er begann einen Handschuh abzustreifen. Der Handschuh war neu und saß straff. Anton Petrowitsch zuckte immer wieder mit dem Kopf und murmelte mechanisch: «Sofort gehen Sie. Das ist ja schrecklich. Gehen Sie...»

«Ich gehe ja schon, Anton, ich gehe ja schon», sagte Berg und zog eckig die Schultern hoch, während er ohne Hast ins Jackett schlüpfte.

«Wenn ich ihn schlage, schlägt er zurück», fuhr es Anton Petrowitsch durch den Kopf. Mit einem letzten

Ruck zog er den Handschuh ab und schleuderte ihn ungeschickt in Bergs Richtung. Der Handschuh klatschte an die Wand und fiel in den Wasserkrug auf der Waschkommode.

«Gut gezielt», sagte Berg.

Er nahm Stock und Hut und ging an Anton Petrowitsch vorbei zur Wohnungstür. «Du wirst mich jedenfalls hinauslassen müssen», sagte er. «Die Haustür unten ist abgeschlossen.»

Kaum noch gewahr, was er tat, folgte ihm Anton Petrowitsch. Auf der Treppe begann Berg, der vor ihm ging, plötzlich zu lachen. «Entschuldige», sagte er, ohne den Kopf umzuwenden, «aber das ist schon sehr komisch – erst rausgeschmissen zu werden und dann noch soviel Umstände zu machen.» Auf dem nächsten Absatz lachte er noch einmal und beschleunigte den Schritt. Auch Anton Petrowitsch ging schneller. Diese gräßliche Eile war ungehörig... Berg ließ ihn absichtlich die Treppe hinabhüpfen. Was für eine Qual... Dritter Stock... zweiter... Wann ist diese Treppe bloß zu Ende? Wie im Flug nahm Berg die restlichen Stufen und klopfte leise mit dem Spazierstock, während er unten auf Anton Petrowitsch wartete. Anton Petrowitsch atmete schwer und hatte Mühe, den tanzenden Schlüssel ins zitternde Schloß zu stecken. Endlich ging es auf.

«Versuch mich nicht zu hassen», sagte Berg vom Bürgersteig aus. «Versetz dich an meine Stelle.»

Anton Petrowitsch knallte die Tür zu. Von Anfang an hatte er das wachsende Bedürfnis gehabt, irgendeine Tür zuzuknallen. Das Geräusch gellte ihm in den Ohren. Erst jetzt, als er wieder die Treppe hinaufstieg, wurde ihm klar, daß sein Gesicht naß war von Tränen. Im Flur hörte er wieder das Wasser rauschen. Sie wartete wohl, daß aus dem Lauen Heißes würde. Aber über dem Rauschen war jetzt Tanjas Stimme zu hören. Sie sang laut im Badezimmer.

Mit einem sonderbaren Gefühl der Erleichterung kehrte Anton Petrowitsch ins Schlafzimmer zurück. Jetzt sah er, was er zuvor nicht bemerkt hatte – daß beide Betten zerwühlt waren und ein rosa Nachthemd auf dem seiner Frau lag. Ihr neues Abendkleid und ein Paar Seidenstrümpfe waren auf dem Sofa ausgebreitet – offenbar hatte sie mit Berg tanzen gehen wollen. Anton Petrowitsch nahm seinen teuren Füllfederhalter aus der Brusttasche. Ich könnte es nicht ertragen, Dich zu sehen. Ich wüßte nicht, was ich täte, wenn ich Dich sähe. Er schrieb im Stehen, ungeschickt über die Frisierkommode gebeugt. Eine große Träne trübte sein Monokel... Die Buchstaben verschwammen... Bitte geh. Ich lasse Dir etwas Geld da. Morgen spreche ich mit Natascha. Übernachte heute bei ihr oder in einem Hotel – nur bleib bitte nicht hier. Er beendete den Brief und stellte ihn vor den Spiegel, an eine Stelle, wo sie ihn mit Sicherheit bemerken würde. Daneben legte er einen Hundertmarkschein. Und als er durch den Flur kam, hörte er seine Frau im Badezimmer wieder singen. Eine zigeunerhafte Stimme hatte sie, eine bezaubernde Stimme... Glück, eine Sommernacht, eine Gitarre... In jener Nacht hatte sie auf einem Kissen mitten auf dem Fußboden gesungen und dabei die lächelnden Augen zusammengekniffen... Er hatte ihr gerade den Heiratsantrag gemacht... Ja, Glück, eine Sommer-

nacht, ein Nachtfalter, der gegen die Decke stieß, «jetzt geb ich dir meine Seele hin, ohn End ist meine Liebe...»
«Wie entsetzlich, wie entsetzlich!» wiederholte er sich, als er die Straße entlangging. Es war eine sehr milde Nacht mit einem Schwarm von Sternen. Wohin er ging, war egal. Inzwischen hatte sie das Badezimmer sicher verlassen und den Brief gefunden. Anton Petrowitsch zuckte zusammen, als ihm der Handschuh einfiel. Ein nagelneuer Handschuh, der in einem randvollen Krug schwamm. Die Vorstellung dieses braunen Unglücksklumpens entlockte ihm einen Ausruf, der einen Passanten zusammenfahren ließ. Er sah die dunklen Gestalten riesiger Pappeln um einen Platz und dachte: «Hier wohnt irgendwo Mitjuschin.» Anton Petrowitsch rief ihn aus einer Kneipe an, die sich wie im Traum vor ihm auftat und wie das Rücklicht eines Zuges in der Ferne verlor. Mitjuschin ließ ihn herein, war jedoch betrunken und bemerkte sein aschgraues Gesicht zunächst nicht. Jemand, den Anton Petrowitsch nicht kannte, saß in dem kleinen, düsteren Zimmer, und auf der Couch lag eine schwarzhaarige Dame in rotem Kleid, hatte dem Tisch den Rücken zugekehrt und schlief augenscheinlich. Anton Petrowitsch war mitten in eine Geburtstagsfeier geraten, begriff jedoch weder jetzt noch später, ob sie Mitjuschin, der schönen Schläferin oder dem Unbekannten galt (der sich als ein Deutschrusse mit dem seltsamen Namen Gnuschke entpuppte). Mit strahlendem rosigem Gesicht stellte Mitjuschin ihn Gnuschke vor, wies mit einem Nicken auf den Rücken der schlafenden Dame und sagte beiläufig: «Adelaida Albertowna, ich möchte Ihnen einen guten Freund von mir vorstellen.»

Die Dame regte sich nicht; Mitjuschin jedoch zeigte sich nicht im mindesten verwundert, als habe er auch nie erwartet, daß sie aufwache. Alles dies wirkte ein wenig bizarr und alptraumhaft – die leere Wodkaflasche, der eine Rose im Hals steckte, das Schachbrett, auf dem eine krause Partie im Gange war, die schlafende Dame, der betrunkene, aber ganz friedliche Gnuschke...

«Trink was», sagte Mitjuschin und hob plötzlich die Augenbraue. «Was hast du, Anton Petrowitsch? Du siehst ja ganz krank aus.»

«Ja, Sie müssen unbedingt was trinken», sagte Gnuschke mit imbeziler Ernsthaftigkeit; er war ein Mann mit sehr langem Gesicht und sehr hohem Kragen, und er ähnelte einem Dackel.

Anton Petrowitsch stürzte eine halbe Tasse Wodka hinunter und setzte sich.

«Jetzt erzählst du uns, was los ist», sagte Mitjuschin. «Vor Heinrich mußt du dich nicht genieren – er ist der anständigste Mensch von der Welt. Ich bin dran, Heinrich, und ich warne dich, wenn du danach meinen Läufer schlägst, dann bist du in drei Zügen matt. Also heraus mit der Sprache, Anton Petrowitsch.»

«Das wollen wir erst mal sehen», sagte Gnuschke und entblößte beim Ausstrecken des Armes eine große, gestärkte Manschette. «Du hast den Bauern auf h5 vergessen.»

«Du bist selber eine Hafünf», sagte Mitjuschin. «Jetzt erzählt uns Anton Petrowitsch seine Geschichte.»

Anton Petrowitsch trank noch etwas Wodka, und das Zimmer begann sich zu drehen. Das gleitende Schachbrett schien drauf und dran, mit den Flaschen zu kollidieren; die Flaschen rutschten mitsamt dem Tisch auf die Couch zu; die Couch mit der geheimnisvollen Adelaida Albertowna rückte zum Fenster hin; und auch das Fenster setzte sich in Bewegung. Dieses verdammte Hin und Her hatte irgendwie mit Berg zu tun und mußte ein Ende haben – mußte auf der Stelle beendet werden, zertrampelt, zerfetzt, vernichtet...

«Ich möchte dich zum Sekundanten», begann Anton Petrowitsch und merkte, daß der Satz sonderbar verstümmelt klang, konnte dem aber nicht abhelfen.

«Wie meinst du, Sekundant?» fragte Mitjuschin geistesabwesend und schielte auf das Schachbrett hinab, über dem mit gierig behenden Fingern Gnuschkes Hand hing.

«Nun hör mir doch mal zu», rief Anton Petrowitsch mit gequälter Stimme. «Hör doch zu! Schluß mit der Trinkerei. Es ist ernst, sehr ernst.»

Mitjuschin starrte ihn mit glänzenden blauen Augen an. «Die Partie ist zu Ende, Heinrich», sagte er, ohne Gnuschke anzusehen. «Es scheint sich um was Ernstes zu handeln.»

«Ich habe vor, mich zu duellieren», flüsterte Anton Petrowitsch und bemühte sich, den Tisch, der immer wieder davonschwamm, durch bloße optische Kraft festzuhalten. «Ich will jemand umbringen. Er heißt Berg – du hast ihn vielleicht bei mir einmal kennengelernt. Die Gründe möchte ich lieber nicht auseinandersetzen...»

«Deinem Sekundanten kannst du alles anvertrauen», unterbrach ihn Mitjuschin blasiert.

«Verzeihung, daß ich mich einmische», sagte Gnuschke und hob den Zeigefinger. «Denken Sie daran, daß geschrieben steht: ‹Du sollst nicht töten!›»

«Der Mann heißt Berg», sagte Anton Petrowitsch. «Ich glaube, du kennst ihn. Und jetzt brauche ich zwei Sekundanten.»

«Ein Duell», sagte Gnuschke.

Mitjuschin stieß ihn mit dem Ellbogen an. «Red nicht dazwischen, Heinrich.»

«Und das ist alles», schloß Anton Petrowitsch flüsternd und befingerte mit gesenktem Blick sein völlig überflüssiges Monokel.

Schweigen. Die Dame auf der Couch schnarchte gemütlich. Auf der Straße fuhr hupend ein Auto vorbei.

«Ich bin betrunken, und Heinrich ist es auch», murmelte Mitjuschin, «aber anscheinend ist etwas sehr Ernstes passiert.» Er kaute an seinem Handknöchel und schaute zu Gnuschke hinüber. «Was meinst du, Heinrich?» Gnuschke seufzte.

«Morgen geht ihr beide zu ihm», sagte Anton Petrowitsch. «Den Ort aussuchen und so weiter. Er hat mir seine Karte nicht dagelassen. Eigentlich hätte er mir seine Karte geben müssen. Ich habe den Handschuh nach ihm geworfen.»

«Sie handeln wie ein edler und tapferer Mann», sagte Gnuschke mit zunehmendem Feuer. «Durch einen seltsamen Zufall ist mir diese Materie nicht ganz fremd. Ein Cousin von mir ist auch bei einem Duell ums Leben gekommen.»

«Warum ‹auch›?» fragte sich Anton Petrowitsch gequält. «Sollte das ein Omen sein?»

Mitjuschin nahm einen Schluck aus der Tasse und sagte forsch:

«Als Freund kann ich nicht nein sagen. Morgen früh gehn wir zu Herrn Berg.»

«Was die deutschen Gesetze anbelangt», sagte Gnuschke, «wenn Sie ihn töten, wandern Sie für einige Jahre ins Kittchen; wenn Sie jedoch selber getötet werden, läßt man Sie in Ruhe.»

«Alles das habe ich in Erwägung gezogen», sagte Anton Petrowitsch feierlich.

Dann kam aufs neue jenes schöne, teure Instrument zum Vorschein, der schimmernde schwarze Füller mit seiner zarten, goldenen Feder, der in normalen Zeiten wie ein samtener Zauberstab übers Papier glitt; jetzt aber zitterte Anton Petrowitschs Hand, und der Tisch stampfte wie das Deck eines Schiffes im Sturm... Auf einem Bogen Briefpapier, den Mitjuschin hervorholte, schrieb Anton Petrowitsch eine Herausforderung zum Zweikampf nieder, nannte Berg darin dreimal einen Schuft und schloß mit dem lahmen Satz: «Einer von uns muß sterben.»

Als er fertig war, brach er in Tränen aus, und Gnuschke schnalzte mit der Zunge und wischte dem armen Kerl mit einem großen, rotkarierten Taschentuch das Gesicht ab, während Mitjuschin immer wieder aufs Schachbrett zeigte und gewichtig wiederholte: «Den erledigst du wie diesen König da – matt in drei Zügen, und damit hat sich's.» Anton Petrowitsch seufzte, versuchte Gnuschkes freundliche Hände fortzuschieben und wiederholte in kindlichem Ton: «Ich hab sie so lieb gehabt, so lieb gehabt!»

Und ein neuer, trauriger Tag dämmerte herauf.

«Um neun seid ihr also bei ihm», sagte Anton Petrowitsch und erhob sich wankend vom Stuhl.

«Um neun sind wir bei ihm», echote Gnuschke.

«Da können wir jetzt noch fünf Stunden schlafen», sagte Mitjuschin.

Anton Petrowitsch glättete seinen Hut, bis er wieder Fasson annahm (er hatte die ganze Zeit über drauf gesessen), griff nach Mitjuschins Hand, hielt sie einen Augenblick, hob sie und drückte sie an die Wange.

«Aber nicht doch», murmelte Mitjuschin und wandte sich wie zuvor an die schlafende Dame: «Unser Freund geht, Adelaida Albertowna.»

Diesmal regte sie sich, wachte jählings auf und drehte sich schwerfällig um. Sie hatte ein volles, vom Schlaf faltig gewordenes Gesicht mit schrägen, übermäßig geschminkten Augen. «Ihr hört jetzt besser mit dem Trinken auf», sagte sie ruhig und drehte sich wieder zur Wand.

An der Straßenecke fand Anton Petrowitsch ein verschlafenes Taxi, das ihn mit geisterhafter Geschwindigkeit durch die Einöde der blaugrauen Stadt trug und vor seinem Haus wieder einschlief. Im Flur begegnete er Elsbeth, dem Dienstmädchen, die ihn offenen Munds böse ansah, als wolle sie etwas sagen; jedoch besann sie sich eines anderen und schlurfte in ihren Filzpantoffeln durch den Korridor davon.

«Warten Sie», sagte Anton Petrowitsch. «Ist meine Frau weg?»

«Eine Schande ist das», sagte das Dienstmädchen mit großem Nachdruck. «Das ist ein Irrenhaus hier. Mitten in der Nacht Koffer schleppen, alles auf den Kopf stellen...»

«Ich habe gefragt, ob meine Frau weg ist», rief Anton Petrowitsch mit hoher Stimme.

«Ja», antwortete Elsbeth mürrisch.

Anton Petrowitsch ging ins Wohnzimmer. Er beschloß, dort zu schlafen. Das Schlafzimmer kam natürlich nicht in Frage. Er machte Licht, legte sich aufs Sofa und deckte sich mit seinem Mantel zu. Etwas störte ihn an seinem linken Handgelenk. Ach so – meine Uhr. Er nahm sie ab, zog sie auf und dachte gleichzeitig: «Erstaunlich, wie dieser Mann die Fassung behält – er vergißt nicht einmal, die Uhr aufzuziehen.» Und da er immer noch betrunken war, begannen ihn sofort riesige rhythmische Wogen emporzuheben und herabzulassen, auf und ab, auf und ab, und es wurde ihm sehr übel. Er setzte sich auf... den großen Kupferaschenbecher... schnell. Seine Eingeweide entleerten sich mit einem solchen Schwall, daß er in der Leistengegend einen stechenden Schmerz verspürte... und es verfehlte alles den Aschenbecher. Er schlief auf der Stelle ein. Ein Fuß mit schwarzem Schuh und grauer Gamasche hing vom Sofa herab, und das Licht (das zu löschen er ganz vergessen hatte) verlieh seiner schweißnassen Stirn einen fahlen Glanz.

2

Mitjuschin war ein Radaubruder und ein Säufer. Schon beim allergeringsten Anlaß konnte er wer weiß was anstellen. Ein richtiger Draufgänger. Man muß auch daran denken, daß von einem seiner Freunde das Gerücht ging, er habe, nur um die Post zu ärgern, brennende Streichhölzer in Briefkästen geworfen. Sein Spitzname war Knutschi. Vielleicht handelte es sich um Gnuschke. Eigentlich hatte ja Anton Petrowitsch nur bei Mitjuschin übernachten wollen. Dann war plötzlich ohne jeden Grund vom Duellieren die Rede gewesen... Das schon, Berg mußte sterben; nur hätte man sich die Sache erst einmal reiflich überlegen sollen, und wenn schon Sekundanten bestimmt werden mußten, dann wenigstens respektierliche Männer. So hatte das Ganze eine absurde, ungebührliche Wende genommen. Alles war absurd und ungebührlich gewesen – vom Handschuh bis zum Aschenbecher. Jetzt aber war da natürlich nichts mehr zu machen – er mußte den Kelch leeren...

Er tastete unter dem Sofa umher, wo seine Uhr gelandet war. Elf. Mitjuschin und Gnuschke sind schon bei Berg gewesen. Plötzlich tauchte ein angenehmer Gedanke zwischen den anderen auf, schob sie auseinander und verschwand dann wieder. Was war das doch gleich gewesen? Ach natürlich. Gestern waren sie betrunken gewesen, und er ebenfalls. Sie hatten bestimmt verschlafen, waren dann zur Besinnung gekommen und überzeugt gewesen, daß er Unfug geredet hatte; doch der angenehme Gedanke huschte vorüber und entschwand. Es blieb sich gleich – die Sache hatte nun einmal ihren Anfang genommen, und er würde wiederholen müssen, was er gestern gesagt hatte. Immerhin war es seltsam, daß sie noch nicht da waren. Ein Duell. Welch eindrucksvolles Wort, «Duell»! Ich duelliere mich. Feindliche Begegnung. Zweikampf. Duell. «Duell» hört sich am besten an. Er stand auf und bemerkte, daß seine Hose fürchterlich zerknautscht war. Der Aschbecher war weg. Elsbeth mußte hereingekommen sein, als er schlief. Wie peinlich. Ich muß nachschauen, wie es im Schlafzimmer aussieht. Seine Frau vergessen. Sie existierte nicht mehr. Hatte nie existiert. Alles das war vorbei. Anton Petrowitsch holte tief Atem und öffnete die Schlafzimmertür. Das Dienstmädchen war dabei, eine zerknitterte Zeitung in den Papierkorb zu stopfen.

«Bringen Sie mir bitte Kaffee», sagte er und ging zur Frisierkommode hinüber. Dort lag ein Briefumschlag. Sein Name; Tanjas Handschrift. Daneben durcheinander seine Haarbürste, sein Kamm, sein Rasierpinsel und ein häßlicher, steifer Handschuh. Anton Petrowitsch öffnete den Umschlag. Die hundert Mark und weiter nichts. Er wendete sie hin und her, da er nicht wußte, was er damit anfangen sollte.

«Elsbeth...»

Mit mißtrauischem Blick kam das Dienstmädchen herbei.

«Hier, nehmen Sie. Sie hatten gestern abend so viele Umstände, und dann all die andern Unannehmlichkeiten... Doch, nehmen Sie schon.»

«Hundert Mark?» flüsterte das Dienstmädchen und

wurde plötzlich puterrot. Weiß der Himmel, was ihr durch den Kopf ging, jedenfalls knallte sie den Papierkorb auf den Fußboden und rief: «Nein! Mich können Sie nicht kaufen, ich bin eine anständige Frau. Na warten Sie, ich erzähle allen, daß Sie mich kaufen wollten. Nein! Ein Irrenhaus ist das...» Und sie ging hinaus und warf die Tür zu.

«Was hat sie? Meine Güte, was hat sie bloß?» murmelte Anton Petrowitsch verwirrt, ging rasch zur Tür und brüllte der Frau nach: «Machen Sie, daß Sie wegkommen, und zwar sofort!»

«Das ist der dritte Mensch, den ich hinauswerfe», dachte er und zitterte am ganzen Leib. «Und jetzt bringt mir keiner mehr Kaffee.»

Es dauerte lange, bis er sich gewaschen und umgezogen hatte; dann setzte er sich ins Café gegenüber und hielt immer wieder Ausschau, ob Mitjuschin und Gnuschke nicht doch kämen. Er hatte in der Stadt eine Menge zu tun, aber mit Geschäftlichem konnte man ihm jetzt nicht kommen. Duell. Ein ruhmreiches Wort.

Am Nachmittag kam Natascha, Tanjas Schwester. Sie war so aufgeregt, daß sie kaum sprechen konnte. Anton Petrowitsch ging auf und ab und gab den Möbeln Klapse. Tanja war mitten in der Nacht in der Wohnung ihrer Schwester erschienen, in einem furchtbaren Zustand, es war unvorstellbar. Plötzlich kam es Anton Petrowitsch seltsam vor, daß er Natascha duzte. Schließlich war er mit ihrer Schwester nicht mehr verheiratet.

«Unter bestimmten Bedingungen kriegt sie jeden Monat eine bestimmte Summe», sagte er, bemüht, aus seiner Stimme den Ton aufsteigender Hysterie herauszuhalten.

«Es geht nicht ums Geld», antwortete Natascha, die vor ihm saß und ein glänzend bestrumpftes Bein hin und her schwang. «Es geht darum, daß das alles ein fürchterlicher Schlamassel ist.»

«Danke, daß du gekommen bist», sagte Anton Petrowitsch, «wir können ein andermal plaudern, aber jetzt habe ich viel zu tun.» Als er sie zur Tür brachte, bemerkte er beiläufig (wenigstens hoffte er, daß es beiläufig klang): «Ich duelliere mich mit ihm.» Nataschas Lippen zitterten; sie küßte ihn rasch auf die Wange und ging. Wie seltsam, daß sie ihn nicht anflehte, sich nicht zu duellieren. Sie hätte ihn auf jeden Fall anflehen müssen, sich nicht zu duellieren. Heutzutage duellierte sich doch kein Mensch mehr. Sie benutzte das gleiche Parfum wie... Wie wer? Nein, nein, er ist nie verheiratet gewesen.

Noch etwas später, so um sieben, kamen Mitjuschin und Gnuschke. Sie sahen finster aus. Gnuschke verneigte sich reserviert und überreichte Anton Petrowitsch einen versiegelten Geschäftsumschlag. Er öffnete ihn. Der Brief begann: «Habe Ihre äußerst dumme und äußerst grobe Nachricht erhalten...» Anton Petrowitsch fiel das Monokel herab, und er klemmte es wieder in die Augenhöhle. «Sie tun mir leid, aber bei dieser Ihrer Einstellung bleibt mir keine Wahl, und ich muß Ihre Herausforderung annehmen. Ihre Sekundanten sind ziemlich mies. Berg.»

Anton Petrowitschs Kehle wurde unangenehm trocken, und in den Beinen verspürte er wieder jenes lächerliche Zittern.

«Setzt euch, setzt euch doch», sagte er und setzte sich selber zuerst. Gnuschke sank in einen Sessel, riß sich zusammen und setzte sich auf die Kante.

«Das ist ein richtiger Flegel», sagte Mitjuschin mit Gefühl. «Stell dir vor, er hat die ganze Zeit gelacht, so daß ich ihn fast geohrfeigt hätte.»

Gnuschke räusperte sich und sagte: «Ich kann Ihnen nur eins raten: Zielen Sie gut, denn er tut es bestimmt auch.»

Vor Anton Petrowitschs Auge erschien eine Notizbuchseite voller Kreuze: das Diagramm eines Friedhofs.

«Das ist ein ganz gefährlicher Kerl», sagte Gnuschke, lehnte sich in den Sessel zurück, versank abermals darin und wand sich abermals heraus.

«Wer erstattet Bericht, Heinrich, du oder ich?» fragte Mitjuschin, der auf einer Zigarette kaute, während er mit dem Daumen an seinem Feuerzeug riß.

«Das machst besser du», sagte Gnuschke.

«Wir hatten einen sehr anstrengenden Tag», hob Mitjuschin an und glotzte mit seinen babyblauen Augen zu Anton Petrowitsch hinüber. «Punkt halb neun also sind Heinrich, der immer noch stockbesoffen war, und ich...»

«Ich protestiere», sagte Gnuschke.

«...zu Herrn Berg gegangen. Er war gerade beim Kaffeetrinken. Als erstes haben wir ihm dein Briefchen überreicht. Er hat es gelesen. Und was hat er dann gemacht, Heinrich? Ja, er platzte los. Wir haben gewartet, bis er mit dem Lachen fertig war, und dann erkundigte sich Heinrich nach seinen Plänen.»

«Nein, nicht seinen Plänen, sondern wie er zu reagieren gedächte», berichtigte ihn Gnuschke.

«... also zu reagieren. Darauf antwortete Herr Berg, daß er mit dem Duell einverstanden sei und Pistolen wähle. Wir haben alle Bedingungen gleich ausgemacht: Die Duellanten stehen sich in zwanzig Schritt Entfernung gegenüber. Geschossen wird auf Kommando. Wenn nach dem ersten Schußwechsel noch keiner tot ist, geht das Duell weiter. Und so fort. War noch was, Heinrich?»

«Wenn keine richtigen Duellpistolen beschafft werden können, werden Brownings genommen», sagte Gnuschke.

«Brownings. Als das ausgehandelt war, fragten wir Herrn Berg, wie wir uns mit seinen Sekundanten in Verbindung setzen können. Er ging raus und telephonierte. Dann schrieb er den Brief, den du da vor dir hast. Übrigens hat er die ganze Zeit über Witze gemacht. Als nächstes sind wir in ein Café gezogen, um seine beiden Kumpel kennenzulernen. Ich habe Gnuschke eine Nelke für sein Knopfloch gekauft. An dieser Nelke haben sie uns erkannt. Sie stellten sich vor, und, der langen Rede kurzer Sinn, alles geht klar. Sie heißen Marx und Engels.»

«Das stimmt nicht ganz», warf Gnuschke ein. «Es sind Markow und Oberst Archangelskij.»

«Egal», sagte Mitjuschin und fuhr fort: «Jetzt beginnt der gemütliche Teil. Wir sind mit diesen Mackern rausgefahren, um eine geeignete Stelle ausfindig zu machen. Weißdorf kennst du doch, gleich hinter Wannsee. Da ist es. Wir sind eine Weile im Wald spazierengegangen und haben eine Lichtung gefunden, wo diese Macker mit ihren Mädchen neulich ein Picknick veranstaltet hatten, wie sich herausstellte. Es ist eine kleine Lichtung, und drumherum ist nichts als Wald. Kurz, der ideale Ort – obwohl ihr natürlich nicht so ein großartiges Bergpanorama habt wie Lermontow bei seinem tödlichen Rencontre. Guck mal, wie meine Stiefel aussehen – ganz weiß von Staub.»

«Meine auch», sagte Gnuschke. «Ich muß schon sagen, das war eine ziemliche Strapaze, dieser Ausflug.»

Es folgte eine Pause.

«Heiß heute», sagte Mitjuschin. «Noch heißer als gestern.»

«Bedeutend heißer», sagte Gnuschke.

Mit übertriebener Gründlichkeit begann Mitjuschin seine Zigarette im Aschenbecher auszudrücken. Schweigen. Anton Petrowitsch schlug das Herz in der Kehle. Er versuchte es hinunterzuschlucken, doch es klopfte nur noch heftiger. Wann sollte das Duell stattfinden? Morgen? Warum sagten sie es ihm nicht? Vielleicht übermorgen? Übermorgen wäre besser...

Mitjuschin und Gnuschke blickten sich an und standen auf.

«Wir holen dich dann morgen früh um halb sieben ab», sagte Mitjuschin. «Es hätte keinen Zweck, früher zu fahren. Da wäre sowieso noch kein Schwein da.»

Anton Petrowitsch erhob sich ebenfalls. Was hatte er jetzt zu tun? Ihnen danken?

«Tja, dann also vielen Dank, meine Herren... Vielen Dank, meine Herren... Dann ist ja alles abgemacht. Alles klar also.»

Die beiden verneigten sich.

«Wir müssen noch einen Arzt und die Pistolen auftreiben», sagte Gnuschke.

Im Flur faßte Anton Petrowitsch Mitjuschin am Arm und murmelte: «Weißt du, es hört sich furchtbar albern an, aber du mußt wissen, ich kann eigentlich gar nicht schießen, sozusagen, ich meine, ich kann schon, aber ich habe überhaupt keine Übung.»

«Hm», sagte Mitjuschin, «das ist Pech. Heute ist Sonntag, sonst hättest du noch ein paar Stunden nehmen können. Das ist wirklich Pech.»

«Oberst Archangelskij gibt Privatunterricht im Schießen», setzte Gnuschke hinzu.

«Ja», sagte Mitjuschin. «Sehr schlau, oder? Aber was können wir da machen, Anton Petrowitsch? Ach weißt du was – Anfängern lacht das Glück. Vertrau auf den Herrgott und drück einfach ab.»

Sie gingen. Es wurde dunkel. Niemand hatte die Jalousien heruntergelassen. Im Küchenbüffet mußte noch etwas Käse und Knäckebrot sein. Die Zimmer lagen verlassen und regungslos da, als hätten die Möbel zwar einmal geatmet und sich bewegt, wären aber nun gestorben. Ein wütiger Zahnarzt aus Pappe, der sich über einen verschreckten Papp-Patienten beugt – so kurz war es erst her, daß er das gesehen hatte, an einem blauen, grünen, violetten, rubinroten Abend, als auf dem Rummelplatz das Feuerwerk sprühte. Berg hatte lange gezielt, das Luftgewehr hatte Popp gemacht, die Kugel das Ziel getroffen, eine Feder war gelöst worden, und der Papp-Zahnarzt hatte einen riesigen Zahn mit vier Wurzeln gezogen. Tanja hatte geklatscht, Anton

Petrowitsch gelächelt, Berg noch einmal geschossen, und rasselnd hatten sich die Pappscheiben gedreht, waren die Tonröhrchen eine nach der anderen zersprungen, und der auf einem schlanken Wasserstrahl tanzende Pingpongball war verschwunden. Wie schrecklich... Und am schrecklichsten war, daß Tanja damals im Scherz gesagt hatte: «Das stelle ich mir nicht sehr lustig vor, sich mit Ihnen zu duellieren.» Zwanzig Schritt. Anton Petrowitsch ging von der Tür bis ans Fenster und zählte dabei die Schritte. Elf. Er klemmte das Monokel vors Auge und suchte die Entfernung abzuschätzen. Zwei solche Zimmer. Wenn es ihm doch nur gelänge, Berg gleich beim ersten Schuß außer Gefecht zu setzen. Aber er hatte keine Ahnung, wie man mit dem Ding zielte. Er mußte ja danebenschießen. Hier, dieser Brieföffner zum Beispiel. Nein, der Briefbeschwerer da geht besser. Man muß ihn so halten und dann zielen. Oder vielleicht so, oben am Kinn – so scheint's leichter zu sein. Und in diesem Augenblick, als er den Briefbeschwerer in der Form eines Papageis vor sich hielt und hin und her wendete, wurde Anton Petrowitsch klar, daß er sterben würde.

Gegen zehn beschloß er, zu Bett zu gehen. Das Schlafzimmer jedoch war tabu. Mit großer Mühe fand er in der Kommode etwas saubere Bettwäsche, bezog das Kopfkissen neu und breitete ein Laken über die Ledercouch im Wohnzimmer. Beim Ausziehen dachte er: «Zum letzten Mal im Leben gehe ich zu Bett.» – «Unsinn», piepste ein kleiner Teil seiner Seele, der nämliche, der ihn veranlaßt hatte, den Handschuh zu werfen, die Tür zuzuknallen und Berg einen Schuft zu nennen.

«Unsinn!» sagte Anton Petrowitsch mit dünner Stimme und hatte sofort das Gefühl, daß es nicht richtig war, so etwas zu sagen. Wenn ich denke, mir passiert nichts, dann gerade passiert das Schlimmste. Im Leben kommt es immer umgekehrt. Es wäre vielleicht gut, vor dem Schlafen noch etwas zu lesen – zum letzten Mal.

«Schon wieder», stöhnte er innerlich. «Warum zum letzten Mal? Ich bin in einer schrecklichen Verfassung. Ich muß mich in die Gewalt kriegen. Wenn es doch irgendein Vorzeichen gäbe. Karten?»

Auf einem Wandtischchen fand er ein Spiel Karten und nahm die oberste auf, eine Karo-Drei. Beim Kartenlegen, was bedeutet da eine Karo-Drei? Keine Ahnung. Dann zog er erst eine Karo-Dame, dann eine Kreuz-Acht, dann das Pik-As. O weh! Das ist nichts Gutes. Pik-As – ich glaube, das bedeutet Tod. Aber das ist schließlich Blödsinn, abergläubischer Blödsinn... Mitternacht. Fünf nach. Morgen ist heute geworden. Heute habe ich ein Duell.

Vergebens suchte er sich zu beruhigen. Es geschahen ja seltsame Dinge: Das Buch, das er in der Hand hielt und das von irgendeinem deutschen Schriftsteller stammte, hieß *Der Zauberberg* – da war der Berg schon wieder; er nahm sich vor, bis drei zu zählen, und wenn bei drei eine Straßenbahn vorbeikäme, dann müßte er sterben – die Straßenbahn hielt sich daran und kam. Und dann tat Anton Petrowitsch das Schlimmste, was ein Mann in seiner Lage tun konnte: Er beschloß, sich klarzumachen, was der Tod eigentlich bedeute. Als er eine Minute darüber nachgegrübelt hatte, verlor alles seinen Sinn. Er bekam keine Luft mehr. Stand auf, ging im Zimmer hin und her, blickte durchs Fenster zum reinen, schrecklichen Nachthimmel hinauf. «Ich muß mein Testament machen», dachte Anton Petrowitsch. Doch ein Testament machen hieß sozusagen mit dem Feuer spielen; es hieß, im Kolumbarium den Inhalt der eigenen Urne in Augenschein zu nehmen. «Das beste ist, ich schlafe ein bißchen», sagte er laut. Doch sobald er die Lider schloß, erschien vor ihm Bergs grinsendes Gesicht und kniff zielgerichtet ein Auge zu. Er knipste das Licht wieder an, versuchte zu lesen, rauchte, obschon er das sonst nur selten tat. Triviale Erinnerungen huschten vorüber – eine Spielzeugpistole, ein Parkweg und dergleichen –, und sofort unterbrach er seine Erinnerungen mit dem Gedanken, daß Sterbenden immer belanglose Einzelheiten aus ihrem Leben durch den Kopf gehen. Dann schreckte ihn das Gegenteil: Es wurde ihm klar, daß er gar nicht an Tanja dachte, daß er von einer sonderbaren Droge betäubt war, die ihn für ihre Abwesenheit unempfindlich machte. Sie war mein Leben, und sie ist fort, dachte er. Ohne es zu merken, habe ich schon vom Leben Abschied genommen, und jetzt ist mir alles gleich, denn ich werde sterben müssen... Inzwischen begann die Nacht zu weichen.

Gegen vier schlurfte er ins Eßzimmer und trank ein Glas Selters. Ein Spiegel, an dem er vorbeikam, spiegelte seinen gestreiften Pyjama und sein schütter werdendes, strähniges Haar. «Ich werde aussehen wie mein eigener Geist», dachte er. «Aber wie finde ich etwas Schlaf? Wie?»

Er wickelte sich in einen Morgenmantel, denn er bemerkte, daß ihm die Zähne klapperten, und setzte sich in einen Sessel, der in der Mitte des dämmrigen Zimmers stand, welches langsam zu sich kam. Wie wird sich das alles abspielen? Ich muß mich dezent, aber elegant anziehen. Den Smoking? Nein, das wäre Schwachsinn. Also einen schwarzen Anzug... und, klar, eine schwarze Krawatte. Den neuen schwarzen Anzug. Doch wenn es nun eine Wunde gibt, zum Beispiel eine Schulterwunde... Dann wäre der Anzug hinüber... Das Blut, das Loch, und obendrein schneiden sie vielleicht auch noch den Ärmel ab. Unsinn, nichts dergleichen wird geschehen. Ich muß meinen neuen schwarzen Anzug tragen. Und wenn das Duell losgeht, schlage ich den Jackettkragen hoch – das ist so üblich, glaube ich, damit das Weiß des Hemds nicht so leuchtet oder einfach weil es frühmorgens so feucht ist. So haben sie's neulich im Film auch gemacht. Dann muß ich absolut ruhig bleiben und mit allen höflich und beherrscht sprechen. Danke, ich habe schon geschossen. Jetzt sind Sie an der Reihe. Wenn Sie diese Zigarette da nicht aus dem Mund nehmen, schieße ich nicht. Ich bin bereit weiterzumachen. «Danke, ich habe schon gelacht» – das sagt man, wenn jemand einen schalen Witz erzählt... Wenn man sich doch nur alle Einzelheiten vorstellen könnte! Sie – er, Mitjuschin und Gnuschke – kämen in einem Wagen, ließen den an der Chaussee stehen und gingen zu Fuß in den Wald. Berg und seine Sekundanten wären sicher schon da und warteten, in Büchern tun sie das immer. Die Frage war jetzt: Grüßt man seinen Gegner? Was macht Onegin in der Oper? Den Hut aus der Ferne leicht lüften, das wäre vielleicht genau das Richtige. Dann begännen sie wahrscheinlich, die Entfernung abzumessen und die Pistolen zu laden. Was täte er in der Zwischenzeit? Ja, natürlich – er stellte irgendwo in der Nähe einen Fuß auf einen Baumstumpf und wartete in lockerer Haltung ab. Aber was, wenn Berg ebenfalls mit dem Fuß auf einem Baumstumpf dastünde? Berg wäre dazu imstande... mich nachzuäffen, um mich in Verlegenheit zu bringen. Eine andere Möglichkeit wäre, mich an einen Baumstamm zu lehnen oder einfach ins Gras zu setzen. Einer (in einer Geschichte von Puschkin?) aß Kirschen aus einer Papiertüte. Naja, aber dann müßte man die Tüte zum Ort des Duells mitbringen – das wirkte albern. Ach was, kommt Zeit, kommt Rat. Würdevoll und ungezwungen. Dann stellten wir uns auf. Zwanzig Schritt auseinander. Das wäre der Augenblick, den Kragen hochzuschlagen. Er nähme die Pistole, so. Oberst Engel schwenkte ein Taschentuch und zählte bis drei. Und dann plötzlich geschähe etwas Entsetzliches, etwas Absurdes – etwas ganz und gar Unvorstellbares, und wenn man auch nächtelang endlos darüber nachgrübelte, wenn man auch irgendwo in der Türkei hundert Jahre alt würde... Reisen, im Café sitzen, das war alles so angenehm... Was fühlt man, wenn einen eine Kugel zwischen die Rippen oder in die Stirn trifft? Schmerz? Übelkeit? Oder gibt es nur einen Knall, und dann totales Dunkel? Der Tenor Sobimow ist einmal so realistisch hingestürzt, daß seine Pistole ins Orchester flog. Und was, wenn er statt dessen eine schreckliche Wunde bekäme – ein Auge oder die Leistengegend? Nein, Berg würde ihn auf der Stelle töten. Ich habe natürlich nur die gezählt, die auf der Stelle tot waren. Noch ein Kreuz im kleinen, schwarzen Notizbuch. Nicht auszudenken...

Die Uhr im Eßzimmer schlug fünf. Fröstelnd und den Morgenmantel eng um sich gezogen, erhob sich Anton Petrowitsch unter größter Mühe, blieb gedankenversunken stehen und stampfte plötzlich mit dem Fuß auf, so wie Ludwig XVI. es getan hatte, als man ihm sagte, es ist Zeit, Euer Majestät, zum Richtplatz zu gehen. Da war nichts zu machen. Stampfte mit dem weichen, plumpen Fuß. Die Hinrichtung war unvermeidlich. Zeit zum Rasieren, Waschen, Anziehen. Makellos saubere Unterwäsche und den neuen schwarzen Anzug. Als er die Opalknöpfe in die Manschetten einsetzte, ging ihm durch den Kopf, daß Opal der Stein des Schicksals wäre und das Hemd schon in zwei, drei Stunden über und über blutig. Wo das Loch wohl wäre? Er strich über die glänzenden Haare, die an seinem fetten, warmen Brustkorb hinabparadierten, und verspürte eine solche Angst, daß er die Augen mit der Hand bedeckte. Es hatte etwas ergreifend Unabhängiges, wie sich alles in ihm jetzt bewegte – wie das Herz schlug, die Lungen sich blähten, das Blut kreiste, die Gedärme sich zusammenzogen –, und er, er führte dieses zarte, wehrlose Wesen in seinem Inneren, das so blind, so vertrauensvoll dahinlebte, zur Schlachtbank... Geschlachtet werden! Er langte nach seinem Lieblingshemd, öffnete einen Knopf und tauchte grunzend kopfüber in die kalte, weiße Finsternis des Leinens, das ihn umhüllte. Die Socken, die Krawatte. Unbeholfen putzte er mit einem Wildlederlappen die Schuhe. Bei der Suche nach einem sauberen Taschentuch fiel ihm ein Lippenstift in die Hände. Im Spiegel warf er einen Blick auf sein schrecklich bleiches Gesicht und strich sich mit dem karminroten Ding versuchsweise über die Wange. Zuerst sah er noch schlimmer aus als vorher. Er befeuchtete den Finger mit Spucke, rieb an der Wange und bedauerte, daß er nie genau aufgepaßt hatte, wie Frauen sich schminken. Schließlich teilte sich seinen Wangen ein leichtes Ziegelrot mit, und er kam zu dem Schluß, daß es ganz echt wirke. «Jetzt bin ich fertig», sagte er, zum Spiegel gewandt; dann kam ein quälendes Gähnen, und der Spiegel löste sich in Tränen auf. Er parfümierte schnell sein Taschentuch, verteilte Papiere, Taschentuch, Schlüssel und Füllfederhalter auf verschiedene Taschen und schlüpfte in die schwarze Schlinge seines Monokels. Schade, daß ich kein Paar gute Handschuhe besitze. Ich hatte ein schönes, neues Paar, aber der linke ist Witwer. Der Nachteil, der mit Duellen verbunden ist. Er setzte sich an den Schreibtisch, legte die Ellbogen darauf und begann zu warten, bald aus dem Fenster, bald zum Reisewecker in seinem aufklappbaren schwarzen Lederetui hin sehend.

Es war ein schöner Morgen. In der hohen Linde unter dem Fenster zwitscherten die Spatzen wie verrückt. Ein blaßblauer Samtschatten lag über der Straße, und hier und da funkelte silbrig ein Dach. Anton Petrowitsch fror und hatte unerträgliche Kopfschmerzen. Ein Schluck Cognac wäre jetzt eine Wohltat. Keiner im Haus. Das Haus bereits verlassen; der Hausherr ging für immer. Ach, Unsinn. Wir sind die Ruhe selbst. Gleich klingelt es. Sie hätten schon vor drei Minuten hier sein müssen. Vielleicht kommen sie gar nicht? Was für ein herrlicher

Sommermorgen... Wer ist in Rußland als letzter bei einem Duell ums Leben gekommen? Ein Baron Manteuffel, vor zwanzig Jahren. Nein, sie kommen nicht. Gut. Er würde noch eine halbe Stunde warten und dann zu Bett gehen – das Schlafzimmer verlor an Schrecken und wurde geradezu anziehend. Anton Petrowitsch öffnete den Mund weit und schickte sich an, einen gewaltigen Gähnklumpen hinauszuquetschen – er spürte das Knirschen in den Ohren, die Schwellung unterm Gaumen –, da klingelte es gellend. Anton Petrowitsch schluckte das unvollendete Gähnen krampfhaft hinunter, ging in den Flur, schloß die Tür auf, und Mitjuschin und Gnuschke komplimentierten sich über die Schwelle.

«Es ist soweit», sagte Mitjuschin und musterte Anton Petrowitsch aufmerksam. Er trug seinen üblichen pistazienfarbenen Schlips, aber Gnuschke hatte einen alten Gehrock angezogen.

«Ja, ich bin fertig», sagte Anton Petrowitsch. «Ich bin gleich wieder da...»

Er ließ sie im Flur stehen, lief ins Schlafzimmer und begann sich, um Zeit zu gewinnen, sofort die Hände zu waschen, indessen er sich immer wieder fragte: «Was geschieht hier? Mein Gott, was geschieht hier bloß?» Noch vor fünf Minuten hatte Hoffnung bestanden – es hätte ein Erdbeben geben, Berg hätte einen Herzschlag bekommen, das Schicksal hätte intervenieren können, Einhalt gebieten, ihn erretten.

«Beeil dich, Anton Petrowitsch», rief Mitjuschin aus dem Flur. Schnell trocknete er sich die Hände und ging hinaus.

«Ja doch, ich bin fertig, gehen wir.»

«Wir müssen den Zug nehmen», sagte Mitjuschin, als sie draußen waren. «Denn wenn wir um diese Zeit mit der Taxe mitten in den Wald fahren, könnte das verdächtig wirken, und dann ruft der Fahrer vielleicht die Polizei. Anton Petrowitsch, bitte verlier nicht die Nerven.»

«Ach wo – Albernheit», erwiderte Anton Petrowitsch mit hilflosem Lächeln.

Gnuschke, der bisher geschwiegen hatte, schneuzte sich laut die Nase und sagte geschäftsmäßig:

«Den Arzt bringt unser Gegner mit. Duellpistolen konnten wir nicht auftreiben. Unsere Kollegen haben aber zwei völlig gleiche Brownings besorgt.»

Im Taxi zum Bahnhof setzten sie sich folgendermaßen: Anton Petrowitsch und Mitjuschin auf den Rücksitz und Gnuschke mit eingezogenen Beinen ihnen gegenüber auf den Klappsitz. Wieder überkam Anton Petrowitsch ein nervöser Gähnkrampf. Jenes rachsüchtige Gähnen, das er vorhin unterdrückt hatte. Immer wieder kam jener krampfige Klumpen, so daß seine Augen tränten. Mitjuschin und Gnuschke sahen sehr feierlich aus, schienen jedoch gleichzeitig mit sich selber höchst zufrieden. Anton Petrowitsch biß die Zähne zusammen und gähnte nur durch die Nasenlöcher. Dann sagte er unvermittelt: «Ich habe ausgezeichnet geschlafen.» Er überlegte, was er noch sagen könne...

«Schon ziemlich viele Menschen unterwegs», sagte er und setzte hinzu: «Obwohl es noch so früh ist.» Mitjuschin und Gnuschke schwiegen. Noch ein Gähnkrampf. O Gott...

Bald waren sie am Bahnhof. Anton Petrowitsch kam es vor, als wäre er noch nie so schnell gefahren. Gnuschke löste die Fahrkarten und hielt sie im Vorausgehen wie einen Fächer. Plötzlich drehte er sich nach Mitjuschin um und räusperte sich vielsagend. Am Erfrischungskiosk stand Berg. Er kramte gerade in der Hosentasche nach Kleingeld, indem er mit der Linken tief hineinfaßte und die Tasche dabei mit der Rechten festhielt, so wie Engländer auf Karikaturen es machen. In der Hand förderte er ein Geldstück zutage, reichte es der Verkäuferin und sagte dabei etwas, worüber sie lachen mußte. Auch Berg lachte. Er stand mit leicht gespreizten Beinen. Er trug einen grauen Flanellanzug.

«Wir machen besser einen Bogen um den Kiosk», sagte Mitjuschin. «Es wäre peinlich, direkt an ihm vorbeizugehen.»

Eine sonderbare Benommenheit kam über Anton Petrowitsch. Ohne zu wissen, was er tat, stieg er in den Zug, setzte sich ans Fenster, nahm den Hut ab, setzte ihn wieder auf. Erst als der Zug anruckte und sich in Bewegung setzte, nahm sein Gehirn die Arbeit wieder auf, und in diesem Moment ergriff jenes Gefühl von ihm Besitz, das man zuweilen in Träumen hat, wenn man in einem Zug aus dem Nichts ins Nichts rast und plötzlich merkt, daß man nur Unterhosen anhat.

«Sie sind im nächsten Wagen», sagte Mitjuschin und holte ein Zigarettenetui hervor. «Warum um Himmels willen gähnst du dauernd, Anton Petrowitsch? Man kriegt ja eine Gänsehaut.»

«Ich gähne morgens immer», antwortete Anton Petrowitsch mechanisch.

Kiefern, Kiefern, Kiefern. Ein sandiger Abhang. Mehr Kiefern. Ein so herrlicher Morgen...

«Dieser Gehrock wirkt nicht sehr vorteilhaft, Heinrich», sagte Mitjuschin. «Ganz ohne Frage – um offen zu sein –, er ist nicht das Gelbe vom Ei.»

«Das ist meine Sache», sagte Gnuschke.

Wunderschön, diese Kiefern. Und jetzt das Glitzern eines Gewässers. Aufs neue Wald. Wie rührend die Welt, wie zerbrechlich... Wenn ich nur das Gähnen vermeiden könnte... die Kiefer tun schon weh. Wenn man das Gähnen unterdrückt, beginnen die Augen zu tränen. Er saß mit dem Gesicht zum Fenster und lauschte, wie die Räder rhythmisch ratterten: «Abattoir... abattoir... abattoir...»

«Wenn ich Ihnen einen Rat geben darf», sagte Gnuschke. «Schießen Sie sofort. Ich rate Ihnen, auf die Körpermitte zu zielen – Ihre Chance ist dann größer.»

«Alles nur eine Frage des Glücks», sagte Mitjuschin. «Wenn du ihn triffst, fein, und wenn nicht, mach dir nur keine Sorgen – er könnte ja auch danebenschießen. Ein Duell geht erst nach dem ersten Schußwechsel so richtig los. Dann wird es sozusagen erst interessant.»

Ein Bahnhof. Kurzer Aufenthalt. Warum folterten sie ihn so? Unausdenkbar, heute zu sterben. Was, wenn ich in Ohnmacht fiele? Da müßte man schon ein guter Schauspieler sein... Was kann ich versuchen? Was soll ich tun? So ein herrlicher Morgen...

«Anton Petrowitsch, entschuldige die Frage», sagte Mitjuschin, «aber es ist wichtig. Hast du uns nichts anzuvertrauen? Ich meine Papiere. Vielleicht einen Brief oder ein Testament? Das macht man doch immer so.»

Anton Petrowitsch schüttelte den Kopf.

«Schade», sagte Mitjuschin. «Man kann nie wissen. Zum Beispiel Heinrich und ich – wir haben uns schon drauf eingerichtet, daß wir eine Weile im Gefängnis zubringen. Hast du deine Angelegenheiten in Ordnung gebracht?»

Anton Petrowitsch nickte. Sprechen konnte er nicht mehr. Das einzige Mittel, nicht zu schreien, war, den Blick auf die vorüberfliegenden Kiefern zu heften.

«Wir müssen gleich aussteigen», sagte Gnuschke und stand auf. Mitjuschin stand ebenfalls auf. Mit zusammengebissenen Zähnen wollte auch Anton Petrowitsch aufstehen, aber ein Rucken des Zugs warf ihn auf seinen Platz zurück.

«Da wären wir», sagte Gnuschke.

Jetzt erst gelang es Anton Petrowitsch, sich von seinem Platz zu lösen. Er drückte das Monokel in die Augenhöhle und stieg vorsichtig auf den Bahnsteig. Die Sonne hieß ihn warm willkommen.

«Sie sind hinter uns», sagte Gnuschke. Anton Petrowitsch fühlte, wie seinem Rücken ein Buckel wuchs. Nein, das ist nicht auszudenken, ich muß aufwachen.

Sie ließen den Bahnhof hinter sich und folgten der Chaussee, vorbei an winzigen Backsteinhäusern mit Petunien in den Fenstern. An der Kreuzung der Landstraße und eines weichen, weißen Wegs, der in den Wald führte, befand sich ein Wirtshaus. Anton Petrowitsch blieb jäh stehen.

«Ich habe schrecklichen Durst», murmelte er. «Ich würde gern einen Schluck trinken.»

«Tja, wär gar nicht schlecht», sagte Mitjuschin.

Gnuschke sah sich um und sagte: «Sie sind von der Chaussee in den Wald abgebogen.»

«Das geht ganz fix», sagte Mitjuschin.

Die drei betraten das Gasthaus. Eine dicke Frau wischte gerade den Tresen mit einem Lappen sauber. Sie sah sie mürrisch an und zapfte jedem ein Seidel Bier.

Anton Petrowitsch schluckte, verschluckte sich leicht und sagte: «Entschuldigt mich einen Moment.»

«Mach schnell», sagte Mitjuschin und stellte seinen Krug auf die Theke zurück.

Anton Petrowitsch bog in den Gang, folgte dem Pfeil, der zu Männern, Menschen, Menschenwesen wies, ging an der Toilette vorbei, vorbei auch an der Küche, erschrak, als ihm eine Katze vor die Füße schoß, ging schneller, erreichte das Ende des Ganges, stieß eine Tür auf, und ein Schwall Sonnenschein überschüttete sein Gesicht. Er fand sich in einem kleinen, grünen Hof, wo Hühner umhertuckten und ein Junge in ausgeblichener Badehose auf einem Baumstamm saß. Anton Petrowitsch lief an ihm vorbei, vorbei an einigen Holunderbüschen, ein paar Holzstufen hinab und in weitere Sträucher hinein, dann glitt er plötzlich aus, denn der Boden senkte sich. Zweige peitschten ihm ins Gesicht, und tauchend und rutschend schob er sie unbeholfen zur Seite; der dicht mit Holunder bewachsene Hang wurde immer steiler. Schließlich geriet seine ungestüme Abwärtsbewegung außer Kontrolle. Er rutschte auf verspannten, gespreizten Beinen hinunter und wehrte dabei die elastischen Zweige ab. Dann umarmte er in vollem Tempo einen unerwarteten Baum und rutschte schräg weiter. Das Gebüsch lichtete sich. Vor ihm war ein hoher Zaun. Er sah ein Schlupfloch, raschelte durch die Brennesseln und fand sich in einem Kiefernwald, wo neben einer Baracke zwischen den Stämmen schattenfleckige Wäsche aufgehängt war. Mit unveränderter Zielstrebigkeit durchquerte er das Kieferngehölz und merkte bald, daß er schon wieder ins Rutschen kam. Zwischen den Bäumen vor ihm schimmerte Wasser. Er stolperte, dann entdeckte er zu seiner Rechten einen Pfad. Er führte ihn zum See.

Ein alter Fischer mit einem Strohhut und einem sonnengegerbten Gesicht im Farbton einer geräucherten Flunder zeigte ihm den Weg zum Bahnhof Wannsee. Anfangs führte die Straße am See entlang, dann schwenkte sie in den Wald, wo er fast zwei Stunden umherirrte, bis er auf die Bahngleise stieß. Er trottete zum nächsten Bahnhof, und als er ihn erreichte, kam auch gerade ein Zug. Er stieg ein und zwängte sich zwischen zwei Fahrgäste, die diesen dicken, bleichen, feuchten Mann in schwarzer Kleidung, mit geschminkten Wangen, schmutzigen Schuhen und einem Monokel in der verschmierten Augenhöhle neugierig musterten. Erst bei der Ankunft in Berlin machte er für einen Augenblick halt, oder vielmehr hatte er das Gefühl, daß er bisher ununterbrochen auf der Flucht gewesen und jetzt erstmals zum Stillstand gekommen war, um Atem zu schöpfen und sich umzusehen. Der Platz, auf dem er sich befand, kam ihm bekannt vor. Neben ihm verkaufte eine alte Blumenfrau mit einem gewaltigen Wollbusen Nelken. Ein Mann in einer Rüstung aus Zeitungen rief den Namen eines lokalen Skandalblattes aus. Ein Schuhputzer blickte unterwürfig zu ihm auf. Anton Petrowitsch seufzte erleichtert und stellte seinen Fuß fest auf die Stütze, woraufhin sich die Ellbogen des Mannes ruckzuck in Bewegung setzten.

«Es ist natürlich alles ganz schrecklich», dachte er, während er zusah, wie seine Schuhspitze zu glänzen begann. «Aber ich lebe, und im Augenblick ist das die Hauptsache.» Mitjuschin und Gnuschke waren bestimmt in die Stadt zurückgefahren und hielten vor seinem Haus Wache, er mußte also eine Weile warten, bis sich die Gefahr verzogen hatte. Denn auf gar keinen Fall durfte er ihnen über den Weg laufen. Seine Sachen würde er viel später holen gehen. Und noch heute abend mußte er Berlin verlassen...

«*Dobryj den* (guten Tag), Anton Petrowitsch», erklang eine sanfte Stimme dicht über seinem Ohr.

Er erschrak dermaßen, daß sein Fuß von der Stütze abrutschte. Nein, es war alles in Ordnung – falscher Alarm. Die Stimme gehörte einem gewissen Leontjew, einem Mann, dem er drei-, viermal begegnet war, Journalist oder so ähnlich. Ein geschwätziger, jedoch harmloser Mensch. Es hieß, seine Frau betrüge ihn nach Strich und Faden.

«Sie gehen spazieren?» fragte Leontjew und schüttelte ihm melancholisch die Hand.

«Ja. Nein, ich hab Verschiedenes zu erledigen», erwiderte Anton Petrowitsch und dachte gleichzeitig: «Hoffentlich trollt er sich, sonst wird es schrecklich.»

Leontjew blickte umher und sagte, als hätte er wer

weiß was für eine Entdeckung gemacht: «Herrliches Wetter!»

Eigentlich war er Pessimist und wie alle Pessimisten ein lächerlich schlechter Beobachter. Sein Gesicht war schlecht rasiert, gelblich und lang, und alles an ihm wirkte ungelenk, ausgezehrt und kummervoll, als habe ihn die Natur unter Zahnschmerzen geschaffen.

Der Schuhputzer schlug mit forschem Klappern die Bürsten aneinander. Anton Petrowitsch sah sich seine wiederbelebten Schuhe an.

«Wo gehen Sie lang?» fragte Leontjew.

«Und Sie?» fragte Anton Petrowitsch.

«Mir egal. Im Moment habe ich nichts zu tun. Ich kann Ihnen eine Weile Gesellschaft leisten.» Er räusperte sich und setzte zuvorkommend hinzu: «Natürlich nur, wenn es Ihnen recht ist.»

«Aber ja doch», murmelte Anton Petrowitsch. «Den werde ich jetzt nicht mehr los», dachte er. Ich muß irgendeine fremdere Straße nehmen, sonst finden sich noch mehr Bekannte ein. Wenn ich nur den beiden aus dem Weg gehen kann...

«Nun, wie ist das Leben so?» fragte Leontjew. Er gehörte zu jenem Menschenschlag, der sich nur darum erkundigt, wie das Leben ist, um in allen Einzelheiten erzählen zu können, wie das Leben zu ihm selber ist.

«Ach ja, ganz gut soweit», erwiderte Anton Petrowitsch.

Später erführe er natürlich alles. Meine Güte, wie verfahren das alles war! «Ich gehe hierlang», sagte er laut und bog jählings ab. Leontjew, der den eigenen Gedanken traurig zulächelte, lief fast in ihn hinein und schwankte leicht auf seinen dürren Beinen. «Da lang? Na gut, mir ist es gleich.»

«Was soll ich bloß machen?» dachte Anton Petrowitsch. «Schließlich kann ich mit ihm so nicht ewig herumlaufen. Ich muß nachdenken und habe viele Entschlüsse zu fassen... Schrecklich müde bin ich auch, und die Hühneraugen tun mir weh.»

Leontjew hatte schon mit einer langen Geschichte angefangen. Er sprach mit monotoner, gemächlicher Stimme: von der Miete, die er für sein Zimmer zu zahlen hatte, wie schwer es war, sie aufzubringen, wie schwer das Leben für ihn und seine Frau überhaupt war, wie selten man an eine gute Zimmerwirtin geriet, wie unverschämt die jetzige zu seiner Frau war.

«Adelaida Albertowna ist natürlich selber ziemlich reizbar», fügte er seufzend hinzu. Er gehörte zu jenen Russen der Mittelschicht, die den Vatersnamen gebrauchen, wenn sie von ihrer Ehefrau sprechen.

Sie gingen eine anonyme Straße entlang, wo gerade das Pflaster ausgebessert wurde. Auf der nackten Brust eines Arbeiters war ein tätowierter Drache zu sehen. Anton Petrowitsch wischte sich mit dem Taschentuch über die Stirn und sagte:

«Ich habe hier in der Nähe zu tun. Ich werde erwartet. Eine geschäftliche Verabredung.»

«Ich begleite Sie hin», sagte Leontjew traurig.

Anton Petrowitsch blickte die Straße entlang. Ein Hotelschild. Ein schäbiges, gedrungenes kleines Hotel zwischen einem Gebäude mit einem Gerüst und einem Speicher.

«Hier muß ich rein», sagte Anton Petrowitsch. «Ja, das ist das Hotel. Eine geschäftliche Verabredung.»

Leontjew zog einen zerrissenen Handschuh aus und reichte ihm weich die Hand. «Wissen Sie was? Ich glaube, ich warte eine Weile auf Sie. Es dauert doch sicher nicht lange, oder?»

«Ich fürchte doch», sagte Anton Petrowitsch.

«Schade. Ich wollte nämlich was mit Ihnen besprechen und hätte Sie gern um einen Rat gefragt. Na, macht nichts. Ich warte eine Weile, nur für den Fall daß. Vielleicht werden Sie ja eher fertig.»

Anton Petrowitsch ging in das Hotel. Er hatte keine Wahl. Drinnen war es leer und düster. Hinter einem Tresen tauchte ein zerzauster Mensch auf und fragte, was er wünsche.

«Ein Zimmer», antwortete Anton Petrowitsch leise.

Der Mann überlegte, kratzte sich am Kopf und verlangte eine Anzahlung. Anton Petrowitsch reichte ihm zehn Mark. Ein rothaariges Zimmermädchen führte ihn mit schnell wiegenden Hüften einen langen Korridor entlang und schloß eine Tür auf. Er trat ein, seufzte tief und setzte sich in einen niedrigen Sessel aus geripptem Samt. Er war allein. Die Möbel, das Bett und die Waschkommode schienen aufzuwachen, ihm einen mißbilligenden Blick zuzuwerfen und wieder einzuschlafen. In diesem schläfrigen, absolut unbemerkenswerten Hotelzimmer war Anton Petrowitsch endlich allein.

Vorgekrümmt und die Augen mit der Hand bedeckend, versank er in Gedanken, und vor ihm huschten helle, scheckige Bilder vorbei, Flecken sonnigen Grüns, ein Junge auf einem Baumstamm, ein Fischer, Leontjew,

Berg, Tanja. Und beim Gedanken an Tanja stöhnte er auf und krümmte sich noch mehr. Ihre Stimme, ihre liebe Stimme. Wie sie sich aufs Sofa schwang, wie leicht, wie mädchenhaft, mit flinken Augen und behenden Gliedern, wie sie dabei die Beine unter sich anzog, so daß ihr Rock sich aufwölbte wie eine Seidenkuppel und dann in sich zusammensank. Oder sie saß reglos am Tisch, blinzelte nur ab und zu und stieß mit nach oben gewandtem Gesicht Zigarettenrauch aus. Es ist sinnlos... Warum hast du mich betrogen? Denn betrogen hast du mich. Was soll ich ohne dich anfangen? Tanja!... Verstehst du denn nicht – du hast mich betrogen. Liebste – warum? Warum?

Er begann, im Zimmer auf und ab zu gehen, stöhnte dabei leise, knackte mit den Fingergelenken, stieß gegen die Möbel und merkte es nicht. Zufällig blieb er am Fenster stehen und warf einen Blick hinaus auf die Straße. Erst konnte er sie wegen des Dunstschleiers in seinen Augen nicht erkennen, doch bald erschien sie, mit einem Lastwagen am Bordstein, einem Radfahrer, einer alten Dame, die aufs vorsichtigste vom Bürgersteig auf den Damm trat. Und auf dem Bürgersteig kam langsam Leontjew daher, ging vorbei, verschwand um die Ecke. Und aus irgendeinem Grund kam Anton Petrowitsch beim Anblick Leontjews die ganze Hoffnungslosigkeit seiner Lage zum Bewußtsein – ja, Hoffnungslosigkeit, es gab kein anderes Wort dafür. Gestern noch war er ein Ehrenmann gewesen, geachtet von seinen Freunden, Bekannten und Kollegen in der Bank. Seine Arbeit! Nicht mehr dran zu denken. Alles war jetzt anders:

Er war einen schlüpfrigen Abhang hinuntergelaufen, und jetzt war er unten.

«Aber was soll nun werden? Irgend etwas muß ich beschließen», sagte Anton Petrowitsch mit dünner Stimme. Vielleicht gab es doch einen Ausweg? Er war eine Weile gequält worden, doch jetzt war es genug. Ja, er mußte sich entschließen. Der argwöhnische Blick des Mannes am Tresen fiel ihm ein. Was sollte man dem sagen? Das war doch klar: «Ich gehe mein Gepäck holen – es ist noch auf dem Bahnhof.» So. Lebewohl für alle Zeiten, kleines Hotel! Glücklicherweise war die Luft jetzt rein: Leontjew hatte endlich aufgegeben und war gegangen. Wie komme ich zur nächsten Straßenbahnhaltestelle? Nein, Sie nehmen besser ein Taxi. Auf geht's. Die Straßen sind wieder bekannt. Ruhe, immer mit der Ruhe. Dem Fahrer ein Trinkgeld geben. Zu Hause! Fünf Stock hoch. Ruhig, ganz ruhig betrat er den Flur. Dann öffnete er rasch die Wohnzimmertür. Nein, was für eine Überraschung!

Um einen runden Tisch saßen im Wohnzimmer Mitjuschin, Gnuschke und Tanja. Auf dem Tisch standen Flaschen, Gläser und Tassen. Mitjuschin strahlte – das Gesicht rötlich, die Augen glänzend, der Kanal voll. Gnuschke war ebenfalls blau, strahlte auch und rieb sich die Hände. Tanja saß am Tisch, hatte die bloßen Ellenbogen aufgestützt und starrte ihn unverwandt an...

«Endlich!» rief Mitjuschin und faßte ihn am Arm. «Endlich tauchst du auf!» Flüsternd setzte er mit einem spitzbübischen Augenzwinkern hinzu: «Du bist vielleicht ein schlauer Fuchs!»

Jetzt setzt sich Anton Petrowitsch und trinkt einen Schluck Wodka. Mitjuschin und Gnuschke sehen ihn immer noch spitzbübisch, aber gutmütig an. Tanja sagt:

«Du hast sicher Hunger. Ich bring dir eine Stulle.»

Ja, eine große Schinkenstulle mit überhängendem Fettrand. Sie geht hinaus, um sie zu holen, und da stürzen Mitjuschin und Gnuschke auf ihn zu, es sprudelt aus ihnen heraus, sie fallen sich ins Wort.

«Du bist vielleicht ein Glückspilz! Also stell dir vor – Berg hat auch die Nerven verloren. Als wir in der Wirtschaft auf dich warteten, kamen seine Sekundanten und teilten uns mit, daß Berg es sich anders überlegt habe. Diese breitschultrigen Rabauken sind am Ende immer Feiglinge. ‹Wir bitten die Herren um Verzeihung, daß wir eingewilligt haben, Sekundanten dieses Schufts zu sein.› So ein Glück hast du, Anton Petrowitsch! Alles ist also in bester Ordnung. Du stehst als Ehrenmann da, und er ist für alle Zeiten mit Schande bedeckt. Und was das Wichtigste ist: als deine Frau das erfuhr, hat sie sofort mit Berg Schluß gemacht und ist zu dir zurückgekehrt. Und du mußt ihr verzeihen.»

Anton Petrowitsch lächelte breit, stand auf und begann an seinem Monokelband zu spielen. Langsam schwand sein Lächeln. So geht es im wirklichen Leben nicht zu.

Er betrachtete den mottenzerfressenen Plüsch, das feiste Bett, die Waschkommode, und dies elende Zimmer in diesem elenden Hotel kam ihm vor wie das Zimmer, in dem er von nun an für alle Zeiten leben müsse. Er setzte sich aufs Bett, zog die Schuhe aus, wackelte erleichtert mit den Zehen und bemerkte, daß er eine Blase an der Ferse hatte und ein entsprechendes Loch in der Socke. Dann läutete er und bestellte ein Schinkenbrot. Als das Zimmermädchen den Teller auf den Tisch stellte, sah er absichtlich nicht hin, doch sobald die Tür zu war, griff er mit beiden Händen nach dem Brot, beschmierte sich mit dem überhängenden Fettrand sofort Finger und Kinn und begann gierig grunzend zu kauen.

Eine Weihnachtserzählung

Es trat Schweigen ein. Anton Golyj, unbarmherzig von der Lampe beleuchtet, dickgesichtig, in einem Russenhemd unter dem schwarzen Jackett, den Kopf beschämt und gespannt gesenkt, begann, die Blätter seines Manuskripts zu sammeln, die er beim Vorlesen hingelegt hatte, wie es gerade gekommen war. Sein Betreuer, der Kritiker von der *Roten Jawa*, klopfte mit dem Blick auf den Boden an seine Taschen, weil er Streichhölzer suchte. Der Schriftsteller Nowodworzew schwieg ebenfalls, aber sein Schweigen war anders – es war ehrwürdig. Mit einem großen Kneifer unter einer ungewöhnlich hohen Stirn, mit zwei Strähnchen schütterer, über den kahlen Kopf gezogener dunkler Haare, die gestriegelten Schläfen angegraut, saß er, die Augen leicht geschlossen, als ob er weiter zuhörte, mit gekreuzten Beinen, eine Hand zwischen dem Knie des einen und der Kniekehle des anderen eingeklemmt. Nicht zum ersten Mal hatte man solche mürrischen, unerfahrenen Schreiber aus den Reihen der Bauern zu ihm gebracht. Und nicht zum ersten Mal dämmerte ihm in ihren unerfahrenen Erzählungen ein – bisher von der Kritik nicht wahrgenommener – Schimmer seines eigenen fünfundzwanzigjährigen Schaffens auf; da sich in der Erzählung Golyjs ungeschickt sein eigenes Thema wiederholte, das Thema seiner Erzählung *Grenzen*, die er mit Erregung und Hoffnung geschrieben hatte, die im vergangenen Jahr gedruckt worden war und seinem dauerhaften, aber glanzlosen Ruhm nichts hinzugefügt hatte.

Der Kritiker begann zu rauchen, Golyj stopfte das Manuskript in seine Aktentasche, aber der Hausherr schwieg weiter, nicht, weil er nicht wußte, wie die Erzählung zu beurteilen sei, sondern weil er schüchtern und bange wartete, daß vielleicht der Kritiker die Worte aussprächer, die ihm, Nowodworzew, schwerfielen: Das Thema ist anscheinend von Nowodworzew übernommen. Von Nowodworzew war diesem Typ des schweigenden, uneigennützig seiner Sache ergebenen Arbeiters, der nicht mit seiner Bildung, sondern mit einer inneren, ruhigen Macht einen psychologischen Sieg über den bösen Intelligenzler erringt, Leben eingehaucht worden. Aber der Kritiker, der mit gekrümmtem Rücken auf dem Rand des Ledersofas kauerte wie ein großer trauriger Vogel, schwieg, ohne ihm Hoffnung zu machen.

Nachdem Nowodworzew klar geworden war, daß er die ersehnten Worte nicht zu hören bekommen würde, nachdem er versucht hatte, sich mit dem Gedanken vertraut zu machen, daß man den beginnenden Schriftsteller seinem Urteil anheimstellte und nicht dem von Newerow, nachdem er die Haltung seiner Beine geändert, die andere Hand untergeschoben, sachlich «soso» gesagt und auf die Ader geblickt hatte, die auf der Stirn Golyjs anschwoll, begann er leise und flüssig zu sprechen. Er sagte, daß die Erzählung ordentlich gemacht sei, daß man an der Stelle, an der die

Bauern auf eigene Kosten mit dem Bau einer Schule begännen, die Kraft des Kollektivs spüre, daß es bei der Beschreibung der Liebe Pjotrs zu Anjuta gewisse Holprigkeiten im Stil gebe, aber man höre den Ruf des Frühlings, den Ruf des gesunden körperlichen Verlangens – und während er sprach, mußte er aus irgendeinem Grund die ganze Zeit daran denken, wie er vor kurzem eben jenem Kritiker einen Brief geschrieben hatte, in dem er daran erinnerte, daß er im Januar auf ein fünfundzwanzigjähriges schriftstellerisches Schaffen zurückblicken könne, aber daß er inständig darum bitte, keine Feier zu seinen Ehren zu veranstalten, da der Union noch weitere Jahre intensiver Arbeit bevorstünden...

«Und der Intelligenzler bei Ihnen ist nicht gelungen», sagte er. «Man spürt nicht, daß er dem Untergang geweiht ist.»

Aber der Kritiker schwieg. Er war ein knochiger, gebrechlicher, rothaariger Mensch, der angeblich an Schwindsucht litt, wahrscheinlich aber gesund war wie ein Stier. Er hatte in einem Brief geantwortet, daß er diese Entscheidung gutheiße, und dabei war es geblieben. Es mußte sich wohl so verhalten, daß er, gewissermaßen als heimliche Entschädigung, Golyj mitgebracht hatte... Und Nowodworzew wurde plötzlich traurig zumute – nicht unangenehm, sondern schlicht traurig –, so daß er stockte und begann, sich mit einem Tuch die Gläser des Kneifers abzuwischen, und seine Augen wurden ganz mild.

Der Kritiker stand auf. «Wohin wollen Sie, es ist noch früh...», sagte Nowodworzew, stand aber auch auf.

Anton Golyj hüstelte und drückte die Tasche an seine Seite.

«Aus dem wird ganz sicher ein Schriftsteller werden», sagte der Kritiker gleichgültig, während er im Zimmer auf und ab ging und mit seiner ausgegangenen Zigarette in der Luft herumstocherte. Halblaut mit pfeifendem Ton durch die Zähne vor sich hinsäuselnd, beugte er sich über den Schreibtisch, dann blieb er neben dem Regal stehen, auf dem ein solides *Kapital* sein Leben zwischen einem schäbigen Leonid Andrejew und einem namenlosen Buch ohne Rücken fristete; schließlich trat er, immer noch gebeugt, an das Fenster und zog den dunkelblauen Vorhang zur Seite.

«Kommen Sie, kommen Sie!» sagte Nowodworzew zu Anton Golyj, der sich ruckartig verbeugte und sich dann wacker in die Brust warf. «Schreiben Sie doch noch etwas, bringen Sie es her!»

«Eine Menge Schnee ist gefallen», sagte der Kritiker, als er den Vorhang losgelassen hatte. «Heute ist übrigens Heiligabend.»

Er begann, träge nach seinem Mantel und seinem Hut zu suchen. «Zur rechten Zeit ist er gefallen, an diesem Tag, Ihre Bruderschaft hat schnell ihre Weihnachtsfeuilletönchen heruntergeschrieben...»

«Bei mir war es nicht so», sagte Nowodworzew. Der Kritiker brach in Lachen aus. «Egal. Soll er doch eine Weihnachtsgeschichte schreiben. Auf die neue Art.»

Anton Golyj hüstelte in seine Faust. «Und bei uns...», begann er mit heiserem Baß und räusperte sich noch einmal.

«Ich meine es ernst», fuhr der Kritiker fort, während

er in den Mantel schlüpfte. «Das kann man meisterlich machen. Danke ... Es ist schon Zeit.»

«Und bei uns», sagte Anton Golyj, «ist folgendes passiert. Ein Lehrer. Es kam ihm in den Sinn, für die Feiertage den Kindern einen Tannenbaum. Aufzubauen. Obendrauf steckte er. Einen roten Stern.»

«Nein, das paßt ganz und gar nicht», sagte der Kritiker. «In einer kleinen Erzählung wirkt das sehr grob. Man kann es schärfer herausarbeiten. Der Kampf zweier Welten. Alles vor dem Hintergrund des Schnees.»

«Mit Symbolen muß man im allgemeinen vorsichtig umgehen», sagte Nowodworzew düster. «Nun, ich habe einen Nachbarn, einen überaus ordentlichen Menschen, einen aktiven Parteimann... Und doch sagt er Sachen wie ‹Golgatha des Proletariats›...»

Als die Gäste gegangen waren, setzte er sich an den Schreibtisch und stützte das Ohr auf seine dicke, weiße Hand. Neben dem Tintenfaß stand eine Art quadratisches Glas mit drei Federhaltern, die in Kaviarkörnern aus schwarzblauem Glas steckten. Dieses Ding war zehn, fünfzehn Jahre alt – es hatte alle Stürme und Welten überstanden, die um es herum tosten, aber nicht ein einziges gläsernes Körnchen war verloren gegangen. Er zog die Feder heraus, schob ein Blatt Papier an sich heran, legte noch einige Blätter unter, damit es weich genug zum Schreiben war...

«Aber worüber?» sagte Nowodworzew laut, schob mit der Hüfte den Stuhl etwas zurück, begann, im Zimmer auf und ab zu gehen. In seinem linken Ohr summte es unerträglich.

«Das hat dieser gemeine Mensch nämlich mit Absicht gesagt», dachte er, und als wolle er die Schritte wiederholen, die der Kritiker kurz zuvor im Zimmer gemacht hatte, trat er ans Fenster.

«Er erteilt Ratschläge... Dieser höhnische Ton... Wahrscheinlich glaubt er, daß ich nichts Originelles schreiben kann... Und jetzt habe ich mich tatsächlich an eine Weihnachtserzählung gesetzt... Dann wird es ihm selber einfallen: Er kommt eines Tages bei mir vorbei und sagt, so nebenbei: ‹Würden Sie, Dmitrij Dmitrijewitsch, den Kampf zwischen dem Alten und dem Neuen vor dem Hintergrund des in Anführungszeichen weihnachtlichen Schnees gestalten? Hätten Sie diese Linie, die Sie in den *Grenzen* so großartig gezogen haben – denken Sie an den Traum Tumanows –, bis zum Ende fortgeführt?› Hier ist diese Linie... Und in dieser Nacht wurde das Werk geboren, das...»

Das Fenster ging auf den Hof. Der Mond war nicht zu sehen... nein, nur dort war etwas, wie ein Schein aus einer dunklen Röhre. Im Hof lag Holz aufgeschichtet, bedeckt von einem glitzernden Schneeteppich. In einem Fenster leuchtete ein grüner Lampenschirm, irgend jemand arbeitete an seinem Tisch; wie Perlen glänzten die Kugeln des Rechenbretts. Vom Rande des Dachs fielen plötzlich lautlos einige Schneeklumpen. Und dann wieder Erstarrung.

Er verspürte eine kitzelnde Leere, die bei ihm immer den Wunsch zu schreiben begleitete. In dieser Leere nahm irgend etwas Gestalt an, wuchs. Das Weihnachtsfest, ein neues, besonderes. Dieser alte Schnee und der neue Konflikt...

Hinter der Wand hörte er das vorsichtige Tappen von Schritten. Der Nachbar kam nach Hause, bescheiden, höflich, ein Kommunist bis aufs Knochenmark. Mit dem Gefühl gegenstandsloser Begeisterung, süßer Erwartung setzte sich Nowodworzew erneut an den Tisch. Die Stimmung, die Farben des heranreifenden Werks waren schon in ihm. Er hatte nur noch das Gerüst der Erzählung zu entwerfen – das Thema. Der Tannenbaum – das war es, womit man anfangen mußte. Er dachte daran, daß wahrscheinlich in einigen Häusern die Gestrigen, verängstigt, voller Wut, dem Untergang geweiht (so stellte er es sich vor) die heimlich im Wald gefällte Tanne mit Papierchen schmückten. Diesen Flitter gab es jetzt nirgendwo mehr zu kaufen, im Schatten der Isaaks-Kathedrale wurden keine Tannen mehr gestapelt.

Ein weiches, wie in ein Tuch gewickeltes Klopfen. Die Tür öffnete sich einen Spalt weit. Mit ausgesuchter Höflichkeit, ohne den Kopf hereinzustecken, sagte der Nachbar: «Darf ich Sie um ein Federchen bitten. Am besten ein stumpfes, wenn Sie eins haben.» Nowodworzew gab ihm eins.

«Seien Sie bedankt», sagte der Nachbar und schloß lautlos die Tür.

Diese unbedeutende Unterbrechung schwächte irgendwie das Bild, das schon im Begriff gewesen war, heranzureifen. Er erinnerte sich, daß Tumanow in *Grenzen* die Üppigkeit der früheren Feste beklagt hatte. Schlecht, wenn nur eine Wiederholung herauskäme. Im unpassenden Augenblick kam noch eine andere Erinnerung. Kürzlich, während einer Soirée, sagte irgendeine Dame zu ihrem Mann: «Du hast viel Ähnlichkeit mit Tumanow.» Einige Tage war er sehr glücklich gewesen. Aber dann wurde er mit dieser Dame bekannt gemacht, und es stellte sich heraus, daß Tumanow der Bräutigam ihrer Schwester war. Und das war keineswegs die einzige Täuschung. Ein Kritiker sagte ihm, daß er einen Artikel über die «Tumanowerei» schreiben werde. Es lag etwas unendlich Schmeichelhaftes in diesem neuen Hauptwort. Doch der Kritiker fuhr dann in den Kaukasus, um die georgischen Dichter zu studieren. Und doch gab es etwas Angenehmes. Dieses Register zum Beispiel: Gorkij, Nowodworzew, Tschirikow...

In der Autobiographie, die der Gesamtausgabe (sechs Bände, mit Portrait) beigefügt war, hatte er beschrieben, mit welcher Mühe er, der Sohn einfacher Eltern, es in der Welt zu etwas gebracht hatte. In Wirklichkeit war seine Jugend glücklich gewesen...

Gut war dieser Tatendrang, der Glaube, die Erfolge. Vor fünfundzwanzig Jahren war in einer der dicken Zeitschriften seine erste Erzählung erschienen. Korolenko war von ihr sehr angetan gewesen. Er wurde festgenommen. Seinetwegen schloß man eine Zeitung. Seine bürgerlichen Hoffnungen hatten sich erfüllt. Unter den Jungen, unter den Neuen, fühlte er sich leicht, frei. Das neue Leben war seiner Seele von Nutzen, zur rechten Zeit. Sechs Bände. Sein Name bekannt. Aber ein matter Ruhm, ein matter...

Er glitt in Gedanken zurück zum Bild der Tanne – und plötzlich, mir nichts, dir nichts, erinnerte er sich an das Gästezimmer in einem Kaufmannshaus, an ein großes Buch in Goldschrift mit Aufsätzen und Gedichten (zugunsten der Hungernden), das irgendwie mit diesem Haus verbunden war, an die Tanne im Gästezimmer und an die Frau, die er damals liebte, und daran, wie alle Kerzen der Tanne sich mit kristallenem Zittern in ihren weit geöffneten Augen spiegelten, als sie von einem der oberen Zweige eine Mandarine abriß. Das war zwanzig Jahre oder noch länger her – aber wie Kleinigkeiten doch in der Erinnerung haftenbleiben!

Voller Verdruß verließ er diese Erinnerung und stellte sich wieder, wie gehabt, die Armseligen mit der Tanne vor, die sie jetzt wahrscheinlich schmückten. Die Emigranten weinen um die Tanne herum, zwängen sich in ihre nach Naphtalin riechenden Uniformen, schauen auf den Tannenbaum und weinen. Irgendwo in Paris. Der alte General denkt daran, wie er seinen Gegnern die Zähne einschlug, und schneidet einen Engel aus goldenem Karton aus... Er dachte an einen General, den er wirklich kannte, der jetzt wirklich im Ausland war – und konnte sich überhaupt nicht vorstellen, wie er weinte, auf den Knien vor dem Tannenbaum herumrutschend.

«Also, ich bin auf dem richtigen Weg», sagte Nowodworzew laut, während er ungeduldig irgendeinen flüchtigen Gedanken verfolgte. Und etwas Neues, Unerwartetes schwebte ihm vor. Eine europäische Stadt, satte Leute in Pelzen. Ein beleuchtetes Schaufenster. Hinter der Scheibe eine riesige Tanne, um deren Fuß Schinken angehäuft waren; und an den Zweigen goldene Früchte. Das Symbol der Sattheit. Und vor dem Schaufenster, auf dem eisigen Bürgersteig...

Und mit feierlicher Erregung, mit dem Gefühl, er habe das Richtige, das einzig Wahre gefunden, er werde etwas ganz Erstaunliches schreiben, er werde wie sonst niemand den Zusammenstoß zweier Klassen, zweier Welten darstellen, begann er zu schreiben. Er schrieb über einen prächtigen Tannenbaum in einem beschämend hell erleuchteten Schaufenster und über einen hungernden Arbeiter, das Opfer einer Aussperrung, der mit hartem und schwerem Blick auf die Tanne schaut.

«Die dreiste Tanne», schrieb Nowodworzew, «zerfloß in alle Farben des Regenbogens.»

Pilgram

1

Die Straße begann an der Ecke eines von Menschen wimmelnden Boulevards, von dem sie eine der Straßenbahnlinien fortlockte. Ohne Schaufenster oder ähnliche Freuden zog sie sich lange unauffällig hin. Dann kam ein kleiner Platz (vier Bänke, ein Stiefmütterchenbeet), den die Elektrische mit gellender Mißbilligung umfuhr. Hier wechselte die Straße den Namen, und ein neues Leben hob an. Zur Rechten erschienen Läden: ein Obstgeschäft mit leuchtenden Apfelsinenpyramiden; ein Tabakladen mit dem Bild eines lüsternen Türken; ein Feinkostgeschäft mit fetten braunen und grauen Wurstringen; und dann unvermutet eine Schmetterlingshandlung. Abends – und besonders an regnerischen Abenden, wenn der Asphalt wie ein Seehundsrücken glänzte – blieben die Fußgänger einen Augenblick lang vor diesem Sinnbild sonnigen Wetters stehen. Gewaltige und prachtvolle Insekten waren ausgestellt. Die Leute sagten sich: «Was für Farben – kaum zu glauben!» und stapften weiter durch den Nieselregen. Flügel mit vor Staunen weit geöffneten Augen, schimmernde blaue Seide, schwarze Magie – das blieb einem eine Weile noch vor den Augen, bis man in die Straßenbahn stieg oder eine Zeitung kaufte. Und nur, weil sie mit den Faltern zusammen waren, hafteten auch ein paar andere Dinge im Gedächtnis: ein Globus, Bleistifte und ein Affenschädel auf einem Stapel von Schulheften.

Blinkend setzte sich die Straße mit einer Reihe wiederum gewöhnlicher Läden fort – Seife, Kohlen, Brot –, um an der Ecke, wo sich eine kleine Gastwirtschaft befand, von neuem eine Pause einzulegen. Der Mann hinter der Theke, ein schneidiger Kerl mit steifem Kragen und grünem Pullover, verstand es, den Schaum auf dem Glas unter dem Bierhahn geschickt mit einer einzigen Bewegung abzustreichen; auch hatte er den wohlverdienten Ruf, ein Witzbold zu sein. Allabendlich spielten hier der Obsthändler, der Bäcker, ein Arbeitsloser und der Vetter des Kneipwirts an einem runden Tisch nahe beim Fenster mit großer Hingebung Karten. Wer die Partie gewann, bestellte sofort eine neue Runde, so daß keiner der Spieler je reich werden konnte.

Sonnabends saß an einem der Nebentische immer ein abgekämpfter älterer Mann mit gerötetem Gesicht, glatt anliegendem Haar und einem nachlässig gestutzten, angegrauten Schnurrbart. Wenn er erschien, begrüßten ihn die Spieler geräuschvoll, ohne von ihren Karten aufzusehen. Unweigerlich bestellte er Rum, stopfte seine Pfeife und sah dem Spiel mit rötlich gerandeten, wässerigen Augen zu. Das linke Augenlid hing leicht herab.

Gelegentlich wandte sich jemand an ihn und erkundigte sich, wie sein Laden ginge; er ließ sich mit der Antwort Zeit, und oft antwortete er gar nicht. Wenn die

Wirtstochter, ein hübsches, sommersprossiges Mädchen in einem getupften Kleid, zufällig dicht genug vorbeikam, versuchte er, ihre schwer faßbare Hüfte zu erwischen, aber ob sein Hieb sie erreichte oder nicht, sein düsteres Aussehen änderte sich nie, obwohl die Adern auf seiner Schläfe purpurn anliefen. Der Wirt nannte ihn sehr witzig «Herr Professor». «Na, wie geht's dem Herrn Professor heute abend?» fragte er, wenn er zu ihm herüberkam; der Mann dachte eine Zeitlang schweigend nach, und mit einer nassen Unterlippe, die sich wie bei einem fressenden Elefanten unter der Pfeife hervorschob, entgegnete er etwas, das weder komisch noch höflich war. Schlagfertig konterte der Bierwirt, und die Spieler, obwohl anscheinend in ihre Karten vertieft, bogen sich vor Schadenfreude.

Der Mann trug einen geräumigen grauen Anzug mit einer beträchtlichen Übertreibung des Westenmotivs, und sobald der Kuckuck zum Vorschein kam, zog er umständlich eine dicke, silberne Taschenuhr hervor und schaute schräg auf sie herab – er hielt sie in der flachen Hand und kniff des Qualms wegen die Augen zusammen. Pünktlich um elf klopfte er seine Pfeife aus, bezahlte seinen Rum, reichte jedem, der sie etwa zu schütteln wünschen mochte, seine schlaffe Hand und verließ schweigend das Lokal.

Sein Gang war ungeschickt, er hinkte leicht. Seine Beine schienen für den Körper zu dünn. Kurz vor seinem Schaufenster bog er in einen Torweg, wo sich rechterhand eine Tür mit einem Messingschild befand: PAUL PILGRAM. Diese Tür führte in seine winzige, muffige Wohnung, die durch einen Korridor auch mit dem rückwärtigen Teil des Ladens verbunden war. Für gewöhnlich schlief Eleonore schon, wenn er an diesen festlichen Abenden heimkam. Über dem Doppelbett hingen in schwarzen Rahmen ein halbes Dutzend verblaßter Photographien ein und desselben plumpen Schiffes sowie einer Palme, die so trist aussah, als stünde sie auf Helgoland. Vor sich hin brabbelnd humpelte Pilgram mit einer brennenden Kerze fort in die birnenlose Dunkelheit, kam mit herabhängenden Hosenträgern zurück und murmelte weiter vor sich hin, wenn er auf der Bettkante saß und langsam und mühevoll seine Schuhe auszog. Seine Frau wurde halb wach, stöhnte in ihre Kissen hinein und bot ihm ihre Hilfe an; mit drohendem Groll in der Stimme gebot er ihr, gefälligst still zu sein, und wiederholte dieses kehlige «Ruhe!» mehrere Male mit wachsender Wut.

Nach dem Schlaganfall, der ihn einige Zeit zuvor fast das Leben gekostet hätte (er war wie ein Berg von hinten auf ihn herabgestürzt, als er sich gerade zu seinen Schnürsenkeln hinabbeugte), zog er sich jetzt widerwillig aus; er grummelte vor sich hin, bis er sicher im Bett war, und grummelte weiter, wenn zufällig der Wasserhahn in der Küche nebenan tropfte. Dann wälzte sich Eleonore aus dem Bett, wankte in die Küche und mit einem benommenen Seufzen zurück, ihr kleines Gesicht wachsbleich und glänzend, und unter ihrem gräßlich langen Nachthemd schauten die bepflasterten Hühneraugen hervor. Sie hatten 1905 geheiratet, vor fast einem Vierteljahrhundert, und sie hatten keine Kinder, weil Pilgram immer der Ansicht gewesen war, daß Kinder doch nur behindern würden, was in seiner

Jugend ein angenehm erregender Plan gewesen war und sich allmählich zu einer dunklen, leidenschaftlichen Besessenheit ausgewachsen hatte.

Er schlief auf dem Rücken, eine altmodische Nachtmütze in die Stirn gezogen; allem Anschein nach war es der feste und geräuschvolle Schlaf, der von einem ältlichen deutschen Ladenbesitzer zu erwarten war, und ohne weiteres konnte man annehmen, daß seine Steppdeckenstarre völlig frei war von Traumvisionen; doch in Wahrheit träumte dieser ungeschliffene, schwere Mann, der sich hauptsächlich von Erbswurst und Pellkartoffeln nährte, der unerschütterlich an seine Zeitung glaubte und nichts von der Welt wußte (sofern seine geheime Leidenschaft nicht betroffen war), träumte von Dingen, die seine Frau und seine Nachbarn völlig unbegreiflich gefunden hätten; denn Pilgram gehörte zu einer besonderen Gattung von Träumern, oder vielmehr war er bestimmt, zu ihnen zu gehören (aber etwas – der Ort, die Zeit, der Mann – war schlecht gewählt worden), zu jenen nämlich, die im Englischen einstmals *aurelians* genannt wurden – vielleicht um der Chrysaliden willen, jener «Kleinode der Natur», die sie so gern an Zäunen über den staubigen Nesseln von Feldwegen hängend fanden.

Sonntags setzte er sich mehrmals, um seinen Morgenkaffee zu schlürfen, und ging dann mit seiner Frau spazieren – es war ein langsamer und schweigender Spaziergang, auf den sich Eleonore die ganze Woche lang freute. Werktags öffnete er der Kinder wegen, die auf dem Schulweg vorbeikamen, seinen Laden so früh wie möglich; denn seit einiger Zeit führte er neben seiner eigentlichen Ware auch Schulbedarf. Irgendein kleiner Junge trottete, seine Mappe schwingend und an einer Stulle kauend, an dem Tabakladen vorbei (wo eine bestimmte Zigarettenmarke Bilder von Flugzeugen zu bieten hatte), an dem Feinkostgeschäft (das einem Vorwürfe machte, weil man das Frühstücksbrot viel zu früh gegessen hatte), erinnerte sich, daß er einen Radiergummi brauchte, und trat in den nächsten Laden. Pilgram murmelte etwas, wobei er die Unterlippe unter dem Pfeifenstiel vorschob, und nach einer lustlosen Suche knallte er einen offenen Karton auf den Ladentisch. Der Junge befühlte und drückte den fabrikneu bleichen Gummi, fand seine Lieblingssorte nicht und ging wieder, ohne von der Hauptware des Ladens auch nur Notiz genommen zu haben.

«Diese heutige Jugend!» dachte Pilgram mit Abscheu und erinnerte sich seiner eigenen Knabenjahre. Sein Vater – ein Matrose, ein Herumtreiber, ein bißchen ein Strolch – hatte spät im Leben ein bläßliches, helläugiges holländisches Mädchen geheiratet, die er aus Java nach Berlin holte, und einen Laden mit exotischen Kuriositäten eröffnet. Pilgram konnte sich jetzt nicht mehr genau entsinnen, wann die Schmetterlinge begonnen hatten, die ausgestopften Paradiesvögel, die abgegriffenen und unwirksamen Talismane, die mit Drachen bemalten Fächer und alles dieses Zeug zu verdrängen; aber schon als Junge hatte er mit Sammlern fieberhaft Falter getauscht, und nach dem Tode seiner Eltern traten die Schmetterlinge die Alleinherrschaft in dem düsteren kleinen Laden an. Bis 1914 hatte es genug Amateure und Fachleute gegeben, das Geschäft bescheiden, sehr bescheiden in Gang zu halten; später jedoch wurden Zugeständnisse notwendig; ein Schaukasten mit dem Werdegang des Seidenwurms bildete den Übergang zu Schulbedarfsartikeln, genau wie einstmals Bilder, die schändlicherweise aus funkelnden Flügeln zusammengesetzt waren, der erste Schritt zur Lepidopterologie gewesen waren.

Jetzt barg das Fenster neben den Federhaltern vor allem protzige Insekten, beliebte Stars unter den Faltern, einige von ihnen auf Gips und gerahmt – diese waren hauptsächlich als Zimmerschmuck gedacht. Im Laden selbst, der geschwängert war mit dem scharfen Geruch eines Desinfektionsmittels, befanden sich die wirklichen, die kostbaren Sammlungen. Überall im Raum standen die verschiedenen Schachteln, Kartons und Zigarrenkisten herum. Hohe Schränke enthielten zahlreiche glasüberdeckte Schubfächer mit geordneten Serien vollkommener Exemplare, die tadellos gespannt und beschriftet waren. In einer dunklen Ecke stand ein verstaubter alter Schild (das letzte Relikt des ursprünglichen Angebots). Ab und an tauchte lebende Ware auf: volle braune Puppen, auf deren Thorax zarte Linien und Furchen symmetrisch zusammenströmten und so erkennen ließen, wie die rudimentären Flügel, Beine, Fühler und Rüssel gelagert waren. Berührte man eine solche auf ihrem Moosbett liegende Puppe, so begann das spitz zulaufende Ende des segmentierten Hinterleibs hin und her zu zucken wie die gewindelten Beine eines Säuglings. Die Puppen kosteten eine Reichsmark das Stück, und mit der Zeit entschlüpfte ihnen ein kraftloser, feuchter, sich wunderbar dehnender Nachtfalter. Und zeitweilig standen hin und wieder auch andere Lebewesen zum Verkauf: damals zufällig gerade ein Dutzend Eidechsen, auf Mallorca zu Hause, kalte, schwarze, blauäugige Dinger, denen Pilgram als Hauptgericht Mehlwürmer und zum Nachtisch Weintrauben zu fressen gab.

2

Er hatte sein ganzes Leben in Berlin und seinen Vororten verbracht; weiter als bis zur Pfaueninsel in einem See der Umgebung war er nie gekommen. Er war ein Insektenforscher ersten Ranges. Dr. Rebel in Wien hatte einen bestimmten seltenen Nachtfalter *Agrotis pilgrami* genannt; und Pilgram selber hatte mehrere Beschreibungen publiziert. Seine Kästen enthielten die meisten Länder der Welt, aber alles, was er von dieser je zu Gesicht bekommen hatte, war die öde Sand- und Kiefernszenerie eines gelegentlichen Sonntagsausflugs; und immer wieder erinnerte er sich der Funde, die ihm in seinen Jugendjahren so herrlich vorgekommen waren, wenn er sich jetzt diese wohlbekannte Fauna ringsumher betrachtete, die eingeengt war von einer wohlbekannten Landschaft, welcher sie ebenso hoffnungslos entsprach wie er seiner Straße. Von einem Gesträuch am Straßenrand las er eine große, türkisfarbene Raupe mit einem porzellanblauen Hörnchen oben auf dem letzten Segment auf; erstarrt lag sie auf seiner Handfläche, und als wäre sie ein lebloses Schmuckstück, setzte er sie dann seufzend auf ihren Zweig zurück.

Obwohl er ein- oder zweimal die Gelegenheit gehabt hätte, sich auf einen einträglicheren Handel zu verlegen – etwa Tuch anstelle der Falter zu verkaufen –, klammerte er sich hartnäckig an seinen Laden, der das symbolische Bindeglied zwischen seiner kümmerlichen Existenz und dem Phantom vollkommenen Glücks darstellte. Wonach er sich mit wilder, fast krankhafter Macht sehnte, das war, selber die seltensten Schmetterlinge ferner Länder in seinem Netz zu fangen, mit eigenen Augen ihren Flug zu beobachten, bis zur Hüfte im üppigen Gras zu stehen, das Durchschwingen seines sausenden Netzes und gleich darauf, durch eine umklammerte Falte des Tülls hindurch, das wilde Schlagen der Flügel zu spüren.

Von Jahr zu Jahr erschien es ihm sonderbarer, daß es ihm im Vorjahr nicht irgendwie gelungen war, genügend Geld für wenigstens eine vierzehntägige Sammelreise ins Ausland zurückzulegen, aber sparsam war er nie gewesen, das Geschäft war immer schlecht gegangen, und selbst wenn ihm das Glück hin und wieder günstig war, ging im letzten Augenblick mit Sicherheit etwas schief. Bei seiner Heirat hatte er fest mit einer Beteiligung am Geschäft seines Schwiegervaters gerechnet, aber einen Monat später war der Mann tot und hatte nichts als Schulden hinterlassen. Kurz vor dem Ersten Weltkrieg schien eine Reise nach Algerien dank einem unverhofften Geschäft so nahe, daß er sich sogar schon einen Tropenhelm beschafft hatte. Als dann alles Reisen unmöglich wurde, tröstete er sich immer noch mit der Hoffnung, daß man ihn als Soldaten an irgendeinen aufregenden Ort schicken würde; aber er war schwerfällig, kränklich und auch der Jüngste nicht mehr, und so sah er weder Frontdienst noch exotische Lepidopteren. Nach dem Kriege dann, als er es fertiggebracht hatte, wieder ein wenig Geld zurückzulegen (diesmal für eine Woche in Zermatt), verwandelte die Inflation mit einem Male seine mageren Ersparnisse in weniger als den Gegenwert eines Straßenbahnfahrscheins.

Danach gab er seine Versuche auf. Immer bedrückter wurde er, indes seine Leidenschaft wuchs. Wenn zufällig irgendein entomologischer Bekannter vorüberkam, war Pilgram nur verärgert. «Dieser Kerl», so dachte er, «mag zwar ebensoviel wissen, wie der Dr. Staudinger wußte, aber er hat nicht mehr Phantasie als ein Briefmarkensammler.» Die Sammelkästen mit den Glasdeckeln, über die sie sich gemeinsam beugten, bedeckten nach und nach den ganzen Ladentisch, und die Pfeife zwischen Pilgrams saugenden Lippen gab immer wieder einen sinnend-sehnsüchtigen piepsenden Laut von sich. Nachdenklich starrte er auf die engen Reihen zarter Insekten, die unsereinem alle gleich vorkommen, und dann und wann klopfte er mit einem kurzen dicken Zeigefinger gegen das Glas, um auf eine besondere Seltenheit hinzuweisen. «Das da ist eine seltsam dunkle Abweichung», sagte der kundige Besucher etwa. «Eisner hat so einen bei einer Auktion in London erworben, aber er war nicht so dunkel und hat ihn vierzehn Pfund gekostet.» Schmerzlich an seiner erloschenen Pfeife saugend, hob Pilgram den Kasten ans Licht, so daß die Schatten der Falter unter ihnen hervor und über den mit Papier ausgelegten Boden schlüpften; dann setzte er ihn wieder hin, zwängte seine Fingernägel unter den enganliegenden Rand des Deckels, lockerte ihn mit einem Ruck und nahm ihn vorsichtig und geschickt ab. «Und Eisners Weibchen war nicht so frisch», fügte der Besucher hinzu, und ein zufälliger Zeuge, eines Schulheftes oder einer Briefmarke wegen gekommen, mochte sich wohl fragen, worüber sich die beiden unterhielten.

Grunzend zog Pilgram an dem vergoldeten Kopf der schwarzen Stecknadel, auf der das seidige kleine Lebewesen gekreuzigt war, und nahm das Objekt aus dem Kasten. Es hin und her wendend, betrachtete er das Etikett, das unter dem Leib steckte. «Ja – Tatsienlu, Osttibet», las er, «gefangen von den eingeborenen Sammlern Pater Dejeans» – und steckte den Falter genau in das gleiche Stecknadelloch zurück. Seine Bewegungen schienen lässig, ja unbekümmert, aber das war die unfehlbare Nonchalance des Fachmanns: Die Nadel mit dem kostbaren Insekt und Pilgrams dicke Finger waren die aufeinander eingearbeiteten Teile ein und derselben fehlerlosen Maschine. Es konnte jedoch geschehen, daß ein offener Kasten, von dem Ellbogen eines Besuchers gestreift, unbemerkt vom Ladentisch zu gleiten begann – um im letzten Moment von Pilgram aufgehalten zu werden, der dann ruhig seine Pfeife weiter anzündete; erst viel später, wenn er schon anderswo beschäftigt war, stöhnte er plötzlich in erinnertem Erschrecken.

Aber es waren nicht nur verhinderte Scherben, was ihn stöhnen ließ. Pater Dejean, unerschrockener Missionar hoch zwischen den Rhododendronbüschen und im Schnee, wie beneidenswert war dein Los! Und Pilgram starrte auf seine Kästen und paffte und brütete und überlegte, daß er so weit gar nicht zu reisen brauchte: daß es überall in Europa Tausende von Jagdgründen gab. Aus den Orten, die in entomologischen Werken erwähnt waren, hatte er sich eine eigene Welt zurechtgemacht, zu der seine Wissenschaft einen höchst detaillierten Reiseführer bildete. Es gab keine Casinos in dieser Welt, keine alten Kirchen, nichts, was einen gewöhnlichen Touristen verlockt hätte. Digne in Südfrankreich, Ragusa in Dalmatien, Sarepta an der Wolga, Abisko in Lappland – das waren die berühmten Orte, die den Schmetterlingssammlern teuer waren und wo sie seit den fünfziger Jahren des vergangenen Jahrhunderts ab und zu (immer zur Verwunderung der Einheimischen) herumgestöbert hatten. Und so deutlich, als wäre es eine eigene Erinnerung, sah sich Pilgram die Nachtruhe eines kleinen Hotels stören, indem er in einem Zimmer herumstapfte und -sprang, durch dessen weitgeöffnetes Fenster ein weißlicher Nachtfalter aus der schwarzen, freigebigen Nacht hereingeschwirrt war und in einem geräuschvollen wirbelnden Tanz seinen Schatten an der Zimmerdecke küßte.

In diesen seinen unmöglichen Träumen hatte er die Inseln der Seligen besucht, wo in den heißen Barrancas, welche die unteren Hänge der mit Kastanien und Lorbeer bedeckten Berge zerschneiden, eine merkwürdige lokale Rasse des Kohlweißlings vorkommt; und auch jene andere Insel, jene Bahndämme bei Vizzavona und die Kiefernwälder weiter oben, die das Revier des gedrungenen und dunklen korsischen Schwalbenschwanzes sind. Er hatte den hohen Norden besucht, die arktischen Moore, die so zarte, flaumige Falter hervorbringen. Er kannte die hochgelegenen Alpenwiesen, wo im schlüpfrigen, verfilzten Gras verstreut flache Steine liegen; denn es gibt keine größere Freude, als einen solchen Stein anzuheben und an seiner Unterseite einen dicken, schläfrigen, einer noch von niemandem beschriebenen Art angehörenden Nachtfalter zu finden. Er sah glasige Apollofalter mit roten Augenflecken im Hangwind über einen Maultierpfad treiben, der sich zwischen einer steilen Felswand und einem Abgrund wilden weißschäumenden Wassers hinzog. In italienischen Gärten knirschte an Sommerabenden einladend der Kies unter den Füßen, und durch die zunehmende Dunkelheit spähte Pilgram auf Büschel von Blüten, vor denen plötzlich ein Oleanderschwärmer erschien, der von Blume zu Blume schwebte, unverwandt summte und an den Kelchen verweilte, während seine Flügel so schnell schwirrten, daß nichts als ein geisterhafter Strahlenkranz um seinen stromlinienförmigen Leib wahrnehmbar war. Und das Allerbeste waren vielleicht die mit weißem Heidekraut bewachsenen Hügel bei Madrid, die Täler Andalusiens, die fruchtbare und waldige Sierra de Albarracín, wo ein kleiner, vom Bruder des Försters gesteuerter Bus eine gewundene Straße hinaufkeuchte.

Schwerer fiel es ihm, sich die Tropen vorzustellen, aber wenn er es tat, verspürte er einen noch heftigeren Schmerz, denn niemals würde er die hoch oben mit den Flügeln schlagenden brasilianischen Morphofalter fangen, die so groß und glänzend sind, daß sie einen azurblauen Widerschein auf die Hand werfen, niemals würde er auf jene Schwärme afrikanischer Schmetterlinge stoßen, die dicht beieinander wie ungezählte phantastische Fahnen im fetten schwarzen Schlamm steckten und sich in einer bunten Wolke erhoben, wenn sein Schatten sich näherte – ein langer, sehr langer Schatten.

3

«Ja, ja, ja», murmelte er, nickte mit dem schweren Kopf und hielt den Kasten vor sich, als wäre er ein ihm teures Bildnis. Die Klingel über der Ladentür bimmelte, seine Frau kam mit einem nassen Regenschirm und einer Einkaufstasche herein, und er drehte ihr langsam den Rücken zu, um den Kasten zurück in den Schrank zu schieben. So ging das weiter, diese Besessenheit und diese Verzweiflung und diese nachtmahrische Unmöglichkeit, das Schicksal zu hintergehen, bis zu einem Apriltag, ausgerechnet einem ersten April. Über ein Jahr lang hatte er einen Schrank in Verwahrung, der einzig der Familie jener kleinen Glasflügler gewidmet war, die Wespen oder Mücken nachahmen. Die Witwe eines bedeutenden Kenners dieser Gruppe hatte Pilgram die Sammlung ihres Mannes in Kommission gegeben. Er beeilte sich, dem törichten Frauenzimmer zu versichern, daß er dafür nicht mehr als fünfundsiebzig Mark bekommen würde, obwohl er sehr wohl wußte, daß sie nach den Katalogpreisen fünfzigmal soviel wert war, so daß der Amateur, dem er sie für tausend Mark verkaufte, das für ein günstiges Geschäft halten würde. Dieser Amateur allerdings erschien nicht, obwohl Pilgram die reichsten Sammler angeschrieben hatte. So hatte er den Schrank weggeschlossen und die Gedanken daran aufgegeben.

An jenem Aprilmorgen kam ein sonnenverbrannter, bebrillter Mann in einem alten Regenmantel und ohne Hut auf seinem braunen kahlen Kopf hereingeschlendert und verlangte Kohlepapier. Pilgram steckte die kleinen Geldstücke, die er für das klebrige violette Zeug bekam, dessen Berührung ihm so verhaßt war, in den Schlitz einer kleinen tönernen Sparbüchse, saugte an seiner Pfeife und starrte ins Leere. Der Mann blickte sich schnell im Laden um und machte eine Bemerkung über die ungemeine Leuchtkraft eines schillernd grünen Insekts mit vielen Schwanzfortsätzen an den Flügeln. Pilgram murmelte etwas von Madagaskar. «Und das da ist doch kein Schmetterling, nicht?» sagte der Mann und wies auf ein anderes Stück. Pilgram erwiderte langsam, daß er eine ganze Sammlung jener Gattung habe. «Ach was!» sagte der Mann. Pilgram kratzte sein stoppliges Kinn und humpelte in den Hintergrund des Ladens. Er zog einen Kasten mit Glasdeckel hervor und stellte ihn auf den Ladentisch. Der Mann beugte sich über diese winzigen, glasigen Wesen mit den orangefarbenen Füßen und den umgürteten Körpern. Pilgram zeigte mit dem Pfeifenstiel auf eine der Reihen, und im selben Augenblick rief der Mann: «Meine Güte – *uralensis!*» – und das verriet ihn. Kasten auf Kasten stapelte Pilgram auf den Ladentisch, als ihm aufging, daß der Besucher ganz genau von dem Vorhandensein der Sammlung wußte, daß er um ihretwillen gekommen war, ja daß er der reiche Sammler Sommer war, an den er geschrieben hatte und der gerade von einer Reise nach Venezuela zurückgekehrt war; und als endlich beiläufig die Frage gestellt wurde: «Nun, und wieviel würde das kosten?» – da lächelte Pilgram.

Er wußte, daß es Wahnsinn war; er wußte, er würde Eleonore hilflos zurücklassen, Schulden, unbezahlte Steuern, einen Laden, in dem nur Kleinkram verkauft wurde; er wußte, daß er mit den neunhundertfünfzig Mark, die er möglicherweise bekäme, nur ein paar Monate lang verreisen könnte; und doch nahm er alles das auf sich, denn er war ein Mann, der spürte, daß nur das öde Alter vor ihm lag und daß das Glück, das ihm jetzt winkte, seine Einladung niemals wiederholen würde.

Als Sommer schließlich sagte, daß er ihn am vierten seine Entscheidung wissen lassen würde, da wurde Pilgram klar, daß der Traum seines Lebens im Begriffe stand, endlich aus seinem alten, zerkrumpelten Kokon zu schlüpfen. Mehrere Stunden verwendete er auf das Studium einer Landkarte, legte sich eine Reiseroute zurecht, bedachte, zu welcher Zeit diese Art oder jene vorkommen würde, und plötzlich flimmerte es schwarz und blendend vor seinen Augen, und er stolperte eine ganze Weile in seinem Laden herum, ehe er sich wieder besser fühlte. Der vierte kam, aber Sommer ließ sich nicht sehen, und nachdem er den ganzen Tag gewartet hatte, zog sich Pilgram in sein Schlafzimmer zurück und legte sich wortlos nieder. Er lehnte sein Abendbrot ab und schimpfte ein paar Minuten lang mit geschlossenen Augen auf seine Frau, im Glauben, daß sie noch neben ihm stünde; dann hörte er sie leise in der Küche weinen und spielte mit dem Gedanken, sich eine Axt zu nehmen und ihr den Schädel mit dem fahlen Haar einzuschlagen. Am nächsten Tag blieb er im Bett, und Eleonore sorgte an seiner Statt für den Laden und verkaufte einen Tuschkasten. Und noch einen Tag später, als das Ganze ihm nur noch wie ein Fiebertraum vorkam, betrat Sommer den Laden, eine Nelke im Knopfloch und den Regenmantel über dem Arm. Als er ein Bündel Papiergeld hervorholte und die Banknoten raschelten, begann Pilgrams Nase heftig zu bluten.

Die Ablieferung des Schrankes und ein Besuch bei der leichtgläubigen alten Frau, der er widerwillig fünfzig Mark gab, waren das letzte, was er in der Stadt zu erledigen hatte. Der viel kostspieligere Gang zum Reisebüro bezog sich schon auf sein neues Leben, in dem nur noch Schmetterlinge von Bedeutung waren. Obwohl Eleonore nichts von den Transaktionen ihres Mannes wußte, sah sie glücklich aus, denn sie hatte das Gefühl, daß er ein einträgliches Geschäft gemacht hatte, fürchtete sich aber zu fragen, wieviel dabei abgefallen war. Diesen Nachmittag kam ein Nachbar vorbei, um daran zu erinnern, daß seine Tochter am Tag darauf heiraten würde. So machte sich Eleonore am anderen Morgen damit zu schaffen, ihr Seidenkleid in Ordnung zu bringen und den besten Anzug ihres Mannes zu bügeln. Sie würde etwa um fünf hingehen, überlegte sie, und er könnte später kommen, nach Ladenschluß. Als er sie mit verdutztem Stirnrunzeln anschaute und sich rundheraus weigerte mitzugehen, überraschte es sie nicht, denn seit langem war sie Enttäuschungen aller Art gewohnt. «Vielleicht gibt es Sekt», sagte sie, als sie bereits in der Ladentür stand.

Keine Antwort – nur das Hin- und Herschieben der Kästen. Nachdenklich sah sie auf die hübschen sauberen Handschuhe, die sie angezogen hatte, und ging.

Nachdem Pilgram die wertvolleren Sammlungen in Ordnung gebracht hatte, sah er auf die Uhr und stellte fest, daß es Zeit war zu packen: Sein Zug fuhr um 8.29 Uhr. Er schloß den Laden ab, schleppte den alten, karierten Koffer seines Vaters aus dem Korridor herbei und packte zu allererst die Fanggeräte: ein zusammenlegbares Netz, Tötungsgläser, Sammelschachteln, eine Handlampe für den Nachtfang auf den Sierras und ein paar Päckchen mit Nadeln. Dann fiel ihm ein, auch noch ein paar Spannbretter und einen Kasten mit Korkboden mitzunehmen, obwohl er die Absicht hatte, seine Funde im allgemeinen in kleinen dreieckigen Papiertüten aufzubewahren, wie es auf Reisen von Ort zu Ort üblich ist. Dann trug er den Koffer ins Schlafzimmer und warf einige Paar dicke Socken und etwas Unterwäsche hinein. Er fügte zwei oder drei Sachen hinzu, die im Notfall verkauft werden konnten – etwa einen Silberbecher und eine Bronzemedaille in einer Samtschachtel, die seinem Schwiegervater gehört hatten.

Wieder schaute er auf die Uhr und kam zu dem Schluß, daß es Zeit war, sich auf den Weg zum Bahnhof zu machen. «Eleonore!» rief er laut, während er sich den Mantel anzog. Da sie nicht antwortete, blickte er in die Küche. Nein, sie war nicht da; und dann erinnerte er sich undeutlich, daß von irgendeiner Hochzeit die Rede gewesen war. Eilig nahm er einen Fetzen Papier und kritzelte mit einem Bleistift ein paar Worte. Den Zettel und die Schlüssel legte er an einen auffälligen

Ort, und vor Aufregung fröstelnd und mit einem Ziehen in der Magengrube vergewisserte er sich zum letzten Mal, daß das Geld und die Fahrkarten in seiner Brieftasche waren. «Also los!» sagte Pilgram und nahm den Koffer.

Doch da dies seine erste Reise war, überlegte er immer noch nervös, ob er wohl irgend etwas vergessen hätte; dann fiel ihm ein, daß er kein Kleingeld bei sich hatte, und er erinnerte sich an die tönerne Sparbüchse, in der sich ein paar Geldstücke befinden mochten. Ächzend und mit dem schweren Koffer überall aneckend, ging er zurück zum Ladentisch. Im Dämmerlicht des sonderbar stillen Ladens starrten ihn von allen Seiten die Augenflecken der Schmetterlingsflügel an, und Pilgram empfand fast etwas Unheimliches in dem Überfluß des ungeheuren Glücks, das sich wie ein Berg zu ihm herüberneigte. Er versuchte, die wissenden Blicke dieser zahllosen Augen zu vermeiden, holte tief Atem, erblickte verschwommen die Sparbüchse, die in der Luft zu schweben schien, und streckte schnell die Hand danach aus. Die Büchse entglitt seinen feuchten Händen, zerschellte auf dem Fußboden, und schwindelig rollten die funkelnden Münzen umher; Pilgram bückte sich tief, um sie aufzuheben.

4

Es wurde Nacht; ein schlüpfriger, polierter Mond glitt reibungslos zwischen Chinchillawolken dahin, und Éleonore, die, immer noch erregt vom Wein und den saftigen Witzen, ohne Eile vom Hochzeitsessen heimkehrte, dachte an ihre eigene Hochzeit. Alle Gedanken, die ihr jetzt durch den Kopf gingen, drehten und wendeten sich irgendwie so, daß sie ihr ihre mondhelle, erfreuliche Seite zukehrten; fast war sie heiter, als sie in den Torweg bog und die Tür öffnete, und sie ertappte sich bei dem Gedanken, daß es gewiß etwas Großartiges sei, eine eigene Wohnung zu haben, mochte sie auch muffig und dunkel sein. Lächelnd knipste sie das Licht im Schlafzimmer an und bemerkte sofort, daß alle Schubladen offenstanden: Aber es blieb ihr kaum Zeit, an Einbrecher zu denken, denn auf dem Nachttisch lagen die Schlüssel, und am Wecker lehnte ein Zettel. Sein Inhalt war lakonisch: «Bin nach Spanien gefahren. Faß nichts an, bis ich schreibe. Borg Dir was von Sch. oder W. Füttre die Eidechsen.»

In der Küche tropfte der Wasserhahn. Automatisch hob sie die silberne Handtasche auf, die ihr entfallen war, und blieb aufrecht und still auf der Bettkante sitzen, die Hände im Schoß, als würde sie photographiert. Etwas später stand jemand auf, ging durch das Zimmer, sah nach dem verriegelten Fenster, kam zurück, während sie teilnahmslos zuschaute, ohne zu begreifen, daß sie selber es war, die sich von der Stelle rührte. Langsam fielen die Tropfen, und plötzlich machte es ihr angst, so allein in der Wohnung zu sein. Der Mann, den sie seiner stummen Allwissenheit, seiner unerschütterlichen Derbheit, seiner finsteren Arbeitswut wegen geliebt hatte, er hatte sich davongemacht... Es war ihr zumute, als müßte sie heulen, zur Polizei laufen, ihren Trauschein vorweisen, fordern, flehen; aber sie blieb sitzen, das Haar leicht zerrauft, die Hände in den weißen Handschuhen.

Ja, Pilgram war weit, sehr weit. Höchstwahrscheinlich war er in Granada gewesen und in Murcia und in der Sierra de Albarracín und war noch weiter gereist, nach Surinam oder Taprobane; und kaum kann man bezweifeln, daß er alle die herrlichen Insekten seiner Sehnsucht gesehen hatte – samtene schwarze Schmetterlinge, die hoch über dem Urwald fliegen, einen winzigen tasmanischen Nachtfalter, jenen chinesischen Dickkopffalter, der lebend nach zerdrückten Rosen riechen soll, und den schönen Falter mit den kurzen Fühlern, den ein Mr. Baron gerade in Mexiko entdeckt hatte. So ist es in gewissem Sinne ohne Bedeutung, daß Eleonore, als sie einige Zeit später in den Laden ging, den karierten Koffer erblickte und dann ihren Mann, der inmitten verstreuter Geldstücke mit dem Rücken zum Ladentisch ausgestreckt auf dem Fußboden lag, das aschgraue Gesicht vom Tode gewaltsam verunstaltet.

Kein guter Tag

Peter saß auf dem Bock des offenen Fuhrwerks neben dem Kutscher (ihm war nichts an diesem Platz gelegen, doch der Kutscher und alle zu Hause meinten, er sei ganz besonders scharf auf ihn, während er seinerseits niemanden kränken mochte, und darum saß er dort, ein bläßlicher, grauäugiger Bursche in einer schmucken Matrosenbluse). Das Paar wohlgenährter Rappen, deren fette Kruppen glänzten und deren lange Mähnen etwas ungewöhnlich Weibliches an sich hatten, wedelten preziös immer wieder mit dem Schwanz hin und her, indes sie in raschem Auf und Ab dahintrabten, und es tat weh mitanzusehen, wie gierig trotz jener Bewegung der Schwänze und jenes Zuckens der empfindlichen Ohren – auch trotz des schweren Teergeruchs des benutzten Insektenschutzmittels – stumpfe, graue Viehbremsen oder eine große Schmeißfliege mit schimmernden Stielaugen an ihrem glatten Fell klebten.

Der Kutscher Stepan, ein wortkarger älterer Mann, der über einem karminroten Russenhemd eine ärmellose schwarze Samtweste trug, hatte einen gefärbten Bart und einen braunen, mit dünnen Rissen übersäten Hals. Peter war es peinlich, zu schweigen, während er mit ihm auf demselben Bock saß; darum richtete er den Blick auf die Mitteldeichsel und die Wagenspuren und versuchte, sich eine scharfsinnige Frage oder eine vernünftige Bemerkung einfallen zu lassen. Von Zeit zu Zeit hob dieses oder jenes Pferd den Schwanz etwas an, unter dessen angespannter Wurzel ein Fleischknollen anschwoll und erst eine, dann noch eine und schließlich eine dritte lohfarbene Kugel herauspreßte, woraufhin sich die schwarzen Hautfalten wieder schlossen und der Schwanz sich senkte.

In der Viktoria saß mit übereinandergeschlagenen Beinen Peters Schwester, eine junge Dame von dunklem Teint (obwohl erst neunzehn, hatte sie schon eine Scheidung hinter sich) in hellem Kleid, hochgeschnürten weißen Stiefeln mit glänzend schwarzen Spitzen und einem Hut mit breiter Krempe, der auf ihr Gesicht einen geklöppelten Schatten warf. Seit dem frühen Morgen war sie übler Laune, und als sich Peter jetzt zum dritten Mal zu ihr umdrehte, richtete sie die Spitze ihres schillernden Sonnenschirms auf ihn und sagte: «Hör gefälligst mit dem Gezappel auf.»

Zunächst führte der Weg durch den Wald. Herrliche, über das Blau gleitende Wolken verstärkten das Glitzern und die Lebhaftigkeit des Sommertags noch weiter. Wenn man von unten zu den Wipfeln der Birken aufsah, erinnerte einen ihr Laub an sonnendurchtränkte durchscheinende Weintrauben. Zu beiden Seiten des Wegs bot Straßengebüsch dem heißen Wind die bleiche Unterseite seiner Blätter dar. Schimmer und Schatten tüpfelten die Tiefen des Waldes: Die Baumstämme waren genauso gemustert wie ihre Zwischenräume. Hier und da blinkte das himmlische Smaragdgrün eines Moosfleckens auf. Schlaff herabhängendes Farnkraut eilte vorbei und streifte beinahe die Räder.

Vor der Kutsche tauchte ein großer Heuwagen auf, ein grünlicher Berg, gesprenkelt mit zitterndem Licht. Stepan zügelte seine Stuten; der Berg neigte sich nach einer Seite, die Kutsche nach der anderen – auf dem schmalen Waldweg reichte der Platz kaum zum Überholen –, und ein scharfer Geruch nach frischgemähten Feldern erreichte die Nase und das gewichtige Quietschen der Fuhrwerksräder die Ohren und ein flüchtiger Anblick welker Skabiosen und Gänseblümchen inmitten des Heus das Auge, und dann schnalzte Stepan mit der Zunge, schüttelte die Zügel, und der Wagen blieb zurück. Bald teilte sich der Wald, die Viktoria bog in die Landstraße ein, und später kamen abgeerntete Felder, das Gezirp von Grashüpfern in den Straßengräben und das Summen der Telegraphenstangen. Kurz darauf zeigte sich das Dorf Woskressensk, und ein paar Minuten später war man da.

«So tun, als sei ich krank? Vom Bock herunterpurzeln?» fragte sich Peter niedergeschlagen, als die ersten Isbas auftauchten.

Seine engen weißen Shorts taten im Schritt weh, seine braunen Schuhe drückten schrecklich, im Magen fühlte er eine ekelhafte Übelkeit. Der Nachmittag, der ihn erwartete, war bedrückend, fürchterlich – und unentrinnbar.

Jetzt fuhren sie durch das Dorf, und von irgendwo hinter den Zäunen und Blockhütten her antwortete ein hölzernes Echo dem harmonischen Platschen der Hufe. Am lehmigen, grasgefleckten Straßenrand spielten Bauernjungen *gorodki* – sie schleuderten derbe Knüppel nach Holzpflöcken, die geräuschvoll in die Luft flogen.

Peter erkannte den ausgestopften Habicht und die versilberten Kugeln, die den Garten des Dorfkrämers schmückten. Ein Hund kam völlig lautlos aus einer Einfahrt hervorgeschossen – er sparte sozusagen die Stimme auf –, und erst als er über den Graben geflogen war und schließlich die Kutsche überholt hatte, ließ er sein Bellen los. Wankend kam auf dem Rücken eines zottigen Gauls ein Bauer vorbeigeritten, die Ellbogen weit gespreizt, das Hemd mit einem Riß an der Schulter vom Wind wie ein Ballon aufgeblasen.

Am Ende des Dorfs stand auf einer kleinen, dicht mit Linden bestandenen Anhöhe eine rote Kirche und daneben ein kleineres, pyramidenförmiges Mausoleum aus weißem Stein, das solchermaßen einem Osterkuchen aus Sahnequark ähnelte. Der Fluß kam in Sicht; mitsamt dem grünen Brokat der Wasserflora, der ihn an der Krümmung bedeckte. Dicht an der abfallenden Landstraße stand eine gedrungene Schmiede, auf deren Mauer jemand mit Kreide «Lang lebe Serbien!» gekritzelt hatte. Das Hufgetrappel nahm plötzlich einen tönenden und federnden Klang an – es lag an den Brettern der Brücke, die die Kutsche überquerte. Ein barfüßiger alter Angler lehnte am Geländer; zu seinen Füßen glänzte ein Blechgefäß. Gleich darauf wurde der Klang der Hufe zu einem weichen, leisen Getrappel: Die Brücke, der Fischer und die Flußkrümmung blieben unwiederbringlich zurück.

Jetzt rollte die Viktoria eine staubige, lockere Straße zwischen zwei Reihen von Birken mit kräftigen Stämmen entlang. Gleich, ja gleich würde von hinter seinem Park her das grüne Dach des Koslowschen Herrenhauses hervorragen. Peter wußte aus Erfahrung, wie peinlich und widerwärtig alles würde. Er war bereit, sein neues «Swift»-Fahrrad dranzugeben – und was sonst noch? nun, zum Beispiel den Stahlbogen und die «Pugatsch»-Pistole und den ganzen dazugehörigen Vorrat pulvergefüllter Korken –, um wieder auf dem angestammten Landsitz zehn Werst weit weg zu sein und den Sommertag wie immer mit einsamen, wunderbaren Spielen zu verbringen.

Aus dem Park kam ein dunkler, feuchter Geruch nach Pilzen und Tannen. Dann tauchte eine Ecke des Hauses und der ziegelrote Sand vor der Steinveranda auf.

«Die Kinder sind im Garten», sagte Frau Koslow, als Peter und seine Schwester mehrere kühle, nach Nelken duftende Zimmer durchschritten und die Hauptveranda erreicht hatten, auf der mehrere Erwachsene versammelt waren. Peter sagte allen mit einem Kratzfuß guten Tag und vergewisserte sich dabei, daß er nicht wie schon einmal versehentlich einem Mann die Hand küßte. Seine Schwester behielt die Hand auf seinem Kopf – etwas, das sie zu Hause nie tat. Dann ließ sie sich in einen Korbstuhl nieder und wurde ungewohnt lebhaft. Alle begannen auf einmal zu reden. Frau Koslow faßte Peter am Handgelenk, führte ihn zwischen Lorbeer- und Oleanderkübeln eine kurze Treppe hinab und zeigte geheimnisvoll auf den Garten: «Da findest du sie», sagte sie; «geh zu ihnen»; woraufhin sie zu ihren Gästen zurückkehrte. Peter blieb auf der untersten Treppenstufe stehen.

Ein elender Anfang. Jetzt mußte er über die Gartenterrasse gehen und in eine Allee vordringen, wo im fleckigen Sonnenschein Stimmen pochten und Farben flackerten. Man mußte diese Wanderung ganz allein bewältigen, immer näher herankommen, endlos näher kommen, während man allmählich in den Gesichtskreis vieler Augen trat.

Es war der Namenstag von Frau Koslows ältestem Sohn Wladimir, einem lebhaften und zum Hänseln aufgelegten Knaben in Peters Alter. Auch Wladimirs Bruder Konstantin und ihre beiden Schwestern Baby und Lola waren da. Von dem benachbarten Landsitz brachte ein ponygezogener *scharabantschik* die beiden jungen Barone Korff und deren Schwester Tanja, ein hübsches Mädchen von elf oder zwölf mit elfenbeinblassem Teint, blauen Schatten unter den Augen und einem schwarzen Zopf, den über ihrem zarten Nacken eine weiße Schleife zusammenhielt. Außerdem waren drei Schuljungen in ihren Sommeruniformen anwesend sowie Wassilij Tutschkow, ein robuster, gutgebauter, sonnengebräunter Cousin von Peter. Die Spiele leitete Jelenskij, ein Student, der Hauslehrer der Koslow-Jungen. Es war ein fleischiger junger Mann mit prallem Brustkorb und einem kahlrasierten Schädel. Er trug eine *kosoworotka*, eine hemdartige Angelegenheit mit Seitenknöpfen über dem Schlüsselbein. Ein randloser Kneifer überragte seine Nase, deren ziselierte Schärfe ganz und gar nicht zu der weichen Ovalität seines Gesichtes paßte. Als Peter endlich näher kam, waren Jelenskij und die Kinder gerade dabei, Speere nach einem großen Ziel aus angemaltem Stroh zu werfen, das an einen Tannenstamm genagelt war.

Peter hatte die Koslows das letzte Mal zu Ostern in St. Petersburg besucht, und bei jener Gelegenheit waren Laterna-magica-Bilder vorgeführt worden. Jelenskij las laut Lermontows Gedicht über Mzyri vor, einen jungen Mönch, der seine kaukasische Einsiedelei verließ, um in den Bergen umherzuschweifen, und ein Kommilitone bediente die Laterne. In der Mitte einer leuchtenden Scheibe auf der feuchten Leinwand erschien ein farbiges Bild (und kam nach einer spasmodischen Inkursion dort zum Stehen): Mzyri und der Schneeleopard, der ihn angriff. Jelenskij unterbrach für einen Augenblick die Lesung und deutete mit einem kurzen Stock erst auf den jungen Mönch und dann auf den springenden Schneeleoparden, und dabei borgte sich der Stock die Farben des Bildes aus; sobald Jelenskij ihn wegnahm, glitten sie von seinem Zauberstab wieder herunter. Jede Illustration verharrte eine ganze Weile auf der Leinwand, da auf das ganze langatmige Epos lediglich zehn Diapositive entfielen. Wassilij Tutschkow hob in der Dunkelheit hin und wieder die Hand, langte hinauf in den Strahl, und auf der Leinwand spreizten sich fünf schwarze Finger. Ein- oder zweimal steckte der Assistent ein Dia verkehrtherum hinein, so daß das Bild Kopf stand. Tutschkow brüllte vor Lachen, doch Peter schämte sich für den Assistenten und gab sich überhaupt größte Mühe, gewaltiges Interesse zu heucheln. Damals auch hatte er Tanja Korff zum ersten Mal gesehen, und seitdem dachte er oft an sie, stellte sich vor, wie er sie vor Wegelagerern rettete, wobei ihm Wassilij Tutschkow half und ergeben seinen Mut bewunderte (es ging das Gerücht, daß Wassilij zu Hause einen echten Revolver mit Perlmuttgriff hatte).

Im Augenblick zielte Wassilij mit dem Speer, die braunen Beine weit gespreizt, die linke Hand locker auf dem Kettchen seines Tuchgürtels, an dessen Seite sich eine kleine Leinenbörse befand. Sein Wurfarm schwang zurück, er landete einen Volltreffer, und Jelenskij ließ ein lautes «Bravo» hören. Peter zog den Speer vorsichtig heraus, ging ruhig zu Wassilijs früherer Position zurück, zielte ruhig und traf ebenfalls in die weiße, rot umrandete Mitte; er hatte jedoch keinen Zeugen mehr, da der Wettkampf inzwischen vorbei war und die geschäftigen Vorbereitungen zu einem anderen Spiel begonnen hatten. Eine Art niedriges Schränkchen war in die Allee geschleppt und dort auf dem Sand aufgestellt worden. An seiner Oberseite befanden sich mehrere runde Löcher und ein fetter Metallfrosch mit weit offenstehendem Maul. Ein großer Jeton aus Blei mußte so geworfen werden, daß er in eins der Löcher fiel oder in das klaffende grüne Maul traf. Er fiel dann durch die Öffnungen oder durch das Maul in numerierte Fächer auf den Borden darunter; das Froschmaul brachte einem fünfhundert Punkte ein, jedes andere Loch hundert oder weniger, je nach seiner Entfernung von *la grenouille* (eine Schweizer Gouvernante hatte das Spiel importiert). Die Spieler warfen einer nach dem anderen jeweils mehrere Jetons, und mühsam wurden die Ergebnisse in den Sand geschrieben. Die ganze Sache war ziemlich öde, und wenn sie nicht an der Reihe waren, suchten einige der Spieler den Blaubeerdschungel unter den Parkbäumen auf. Die Beeren waren groß, ein stumpfer Hauch lag auf ihrem Blau, das einen hellen violetten Glanz bekam, wenn speicheltriefende Finger es berührten. Hingekauert und leise ächzend sammelte Peter die Beeren in seiner hohlen Hand und kippte dann die ganze Handvoll auf einmal in den Mund. So schmeckte es besonders gut. Manchmal befand sich im Mund unter den Beeren ein gezacktes kleines Blatt. Wassilij Tutschkow fand eine kleine Raupe mit bunten, zahnbürstenartig angeordneten Haarbüscheln auf dem Rücken, und zur allgemeinen Bewunderung schluckte er sie seelenruhig hinunter. In der Nähe pochte ein Specht; schwere Hummeln brummten über dem Unterholz und krabbelten in die bleichen hängenden Kronen von Bojarenglockenblumen. Von der Allee her kam das Geklapper der geworfenen Jetons und Jelenskijs Stentorstimme mit den rollenden R's, die jemandem den Rat gab, es «weiter zu versuchen». Tanja kauerte neben Peter und tastete nach den Beeren, angespannteste Aufmerksamkeit im blassen Gesicht, die glänzenden Purpurlippen geöffnet. Peter bot ihr schweigend seine gesammelte Handvoll, sie nahm sie huldvoll an, und er begann, ihr eine nächste Portion zu sammeln. Gleich aber war sie wieder an der Reihe, und sie lief zur Allee zurück, die schmalen Beine in weißen Strümpfen hebend.

Das *grenouille*-Spiel begann alle zu langweilen. Einige machten nicht mehr mit, andere spielten uninteressiert weiter; was Wassilij Tutschkow betraf, so schleuderte er einen Stein nach dem gähnenden Frosch, und alle außer Jelenskij und Peter lachten. Der *imeninnik* («Namenstagler»), der gutaussehende, charmante, lustige

Wladimir, verlangte nunmehr, *palotschka-stukalotschka* («Klopf-klopf Stock») zu spielen. Die Korff-Jungen schlossen sich seiner Bitte an. Tanja hüpfte auf einem Fuß und klatschte in die Hände.

«Nein, nein, Kinder, unmöglich», sagte Jelenskij. «In einer halben Stunde oder so geht's zu einem Picknick; es ist eine lange Fahrt, und man erkältet sich schnell, wenn einem vom Laufen noch ganz heiß ist.»

«Ach bitte, bitte», riefen die Kinder.

«Bitte», wiederholte Peter nach den anderen leise, als er zu dem Schluß kam, daß er es schaffen würde, ein Versteck entweder mit Wassilij oder mit Tanja zu teilen.

«Ich sehe mich gezwungen, dem allgemeinen Verlangen nachzugeben», sagte Jelenskij, der die Neigung hatte, seinen Äußerungen Rundung und Fülle zu geben. «Ich erblicke jedoch das erforderliche Gerät nicht.» Wladimir eilte davon, es aus einem Blumenbeet zu entleihen.

Peter ging zu einer Wippe, auf der Tanja, Lola und Wassilij standen; letzterer sprang und stampfte mit den Füßen auf und ließ das Brett knarren und rucken, während die Mädchen kreischten und das Gleichgewicht zu halten suchten.

«Ich falle, ich falle!» rief Tanja, und sie und Lola sprangen hinunter ins Gras.

«Möchtest du noch ein paar Blaubeeren?» fragte Peter.

Sie schüttelte den Kopf, blickte schräg zu Lola hinüber, wandte sich wieder zu Peter hin und fügte hinzu: «Sie und ich haben beschlossen, nicht mehr mit dir zu sprechen.»

«Aber warum denn?» murmelte Peter und errötete schmerzhaft.

«Weil du ein Poseur bist», erwiderte Tanja und sprang auf die Wippe zurück. Peter tat, als sei er tief in die Untersuchung eines kraus-schwarzen Maulwurfshügels am Rand der Allee versunken. Inzwischen hatte ein atemloser Wladimir das «erforderliche Gerät» herangeschafft – einen grünen, scharfen kleinen Stock von der Art, wie ihn Gärtner zum Abstützen von Pfingstrosen und Dahlien verwenden, aber auch Jelenskijs Zauberstab bei der Laterna-magica-Schau sehr ähnlich. Es mußte noch bestimmt werden, wer der «Klopfer» sein sollte.

«Eins. Zwei. Drei. Und vier», hob Jelenskij in komischem Erzählerton an, während er mit dem Stock der Reihe nach auf die Spieler zeigte. «Der Hase. Trat. Vor seine Tür. Ein Jäger. Auwei.» (Jelenskij hielt inne und nieste gewaltig.) «Kam grade vorbei.» (Der Erzähler setzte seinen Kneifer wieder auf.) «Und seine Flinte. Machte piffpaff. Und sapperlot. Da war.» (Die Silben kamen immer gedehnter und gesperrter.) «Der arme. Hase. Tot.»

Das «Tot» traf Peter. Doch alle anderen Kinder drängten sich um Jelenskij und baten ihn lärmend, selber den Sucher zu machen. Man konnte sie rufen hören: «Bitte, bitte, das macht viel mehr Spaß!»

«Nun gut, ich willige ein», erwiderte Jelenskij, ohne Peter auch nur einen Blick zuzuwerfen.

Wo die Allee auf die Gartenterrasse stieß, stand eine weißgetünchte, teilweise abgeblätterte Bank mit einer Stangenlehne, die ebenfalls weiß war und abblätterte.

Auf dieser Bank nahm Jelenskij mit dem grünen Stock in der Hand Platz. Er zog die fetten Schultern hoch, kniff die Augen zu und begann laut bis hundert zu zählen, auf daß die Spieler Zeit hätten, sich zu verstecken. Als handelten sie in geheimem Einverständnis, verschwanden Wassilij und Tanja in den Tiefen des Parks. Einer der uniformierten Schüler postierte sich listig hinter einen Lindenstamm nur drei Meter von der Bank entfernt. Nach einem wehmütigen Blick auf die Schattenflecken des Unterholzes wandte sich Peter ab und ging in die entgegengesetzte Richtung, auf das Haus zu: Er hatte vor, sich auf der Veranda zu verstecken – natürlich nicht der Hauptveranda, wo die Erwachsenen zu den Klängen eines messinggehörnten, italienisch singenden Grammophons Tee tranken, sondern auf einer Seitenveranda, die Jelenskijs Bank gegenüber lag. Glücklicherweise erwies sie sich als leer. Die verschiedenen Farben der Scheiben in ihren Gitterrahmen wurden unten auf den langen, schmalen, taubengrau mit übertriebenen Rosen bezogenen Diwanen gespiegelt, die die Wände säumten. Außerdem gab es einen Schaukelstuhl aus Bugholz, einen sauber geleckten Hundenapf auf dem Fußboden und einen Tisch mit einer Wachsdecke, der bis auf eine einsam wirkende Alte-Leute-Brille leer war.

Peter kroch zu dem bunten Fenster und kniete sich auf ein Kissen unter seinem weißen Sims. In einiger Entfernung war ein korallenroter Jelenskij auf einer korallenroten Bank unter den rubinschwarzen Blättern einer Linde zu sehen. Die Regel besagte, daß der «Sucher» seinen Stock liegen lassen mußte, wenn er seinen

Platz verließ, um nach den versteckten Spielern Ausschau zu halten. Vorsicht und ein gutes Gefühl für Zeit und Raum rieten ihm, nicht zu weit zu gehen, damit kein Spieler aus seinem Schlupfwinkel hervorschoß und die Bank erreichte, ehe der «Sucher» wieder zu ihr zurückgelangt war, und daß er zum Zeichen des Sieges mit dem eroberten Stock auf die Bank schlug. Peters Plan war einfach: Sobald Jelenskij zu Ende gezählt, den Stock auf die Bank gelegt und sich ins Unterholz davongemacht hätte, wo sich die wahrscheinlichsten Verstecke befanden, wollte Peter von der Veranda zur Bank sprinten und ihr mit dem unbewachten Stock das feierliche «Klopf-klopf» versetzen. Schon war mehr als eine halbe Minute verstrichen. Ein hellblauer Jelenskij saß mit hochgezogenen Schultern unter dem indigoschwarzen Laub und pochte im Rhythmus seines Zählens mit dem Zeh auf den silberblauen Sand. Welche Freude wäre es doch gewesen, so zu warten und durch die eine oder andere farbige Glasraute hinauszuschauen, wenn nur Tanja... Warum nur? Was habe ich ihr bloß getan?

Die Zahl der Scheiben aus gewöhnlichem Glas war viel geringer als die der übrigen. Eine grau-weiße Bachstelze lief über den sandfarbenen Sand. In den Ecken der Fenstergitter hingen Fetzen von Spinnennetzen. Eine tote Fliege lag rücklings auf dem Sims. Ein hellgelber Jelenskij erhob sich von seiner goldenen Bank und klopfte zur Warnung. Gleichzeitig ging die Tür auf, die aus dem Hausinneren auf die Veranda führte, und aus dem Zwielicht eines Zimmers kamen erst ein korpulenter brauner Dackel und dann eine graue alte Frau mit Stirnfransen in einem schwarzen Kleid mit einem engen Gürtel und auf dem Busen einer kleeblattförmigen Brosche sowie einer Kette um den Hals, an der die in ihrem Gürtel steckende Uhr hing. Sehr träge stieg der Hund seitwärts die Stufen zum Garten hinab. Was die alte Dame anging, so raffte sie ärgerlich die Brille an sich – deretwegen war sie gekommen. Plötzlich bemerkte sie den Jungen, der von seinem Platz herunterkroch.

«*Priate-qui? Priate-qui?* (*prjatki*, Versteckspiel)», ließ sie sich mit jenem farcenhaften Akzent vernehmen, den alte Französinnen nach einem halben Jahrhundert in unserm Land dem Russischen angetan haben. «*Toute n'est caroche* (*tut ne choroscho*, hier nicht gut)», fuhr sie fort und betrachtete mit gütigen Augen Peters Gesicht, das sowohl Verlegenheit über seine Lage als auch die flehentliche Bitte ausdrückte, nicht zu laut zu sprechen. «*Sichasse pocajou caroche messt* (*sejtschas pokashu choroscheje mesto*, gleich zeig ich dir eine gute Stelle).»

Die Arme in die Seiten gestemmt, stand ein smaragdgrüner Jelenskij auf dem blaßgrünen Sand und blickte in alle Richtungen zugleich. Da er fürchtete, die brüchige und umständliche Stimme der alten Gouvernante könnte draußen zu hören sein, und noch mehr, eine Ablehnung könnte sie kränken, folgte Peter ihr eilig, obwohl ihm bewußt war, daß die Dinge nunmehr eine Wendung ins Lächerliche nahmen. Ihn fest an der Hand haltend, führte sie ihn durch ein Zimmer nach dem anderen, an einem weißen Klavier vorbei, einem Kartentisch, einem kleinen Dreirad, und als die plötzlich auftauchenden Dinge immer verschiedenartiger wurden – Elchgeweihe, Bücherregale, ein Lockvogel auf einem Bord – hatte er das Gefühl, sie führe ihn in die entgegengesetzte Seite des Hauses und mache es ihm immer schwerer, ihr, ohne ihr weh zu tun, auseinanderzusetzen, daß es bei dem Spiel, das sie unterbrochen hatte, nicht so sehr ums Verstecken ging als vielmehr darum, auf den Augenblick zu warten, da Jelenskij weit genug von der Bank entfernt war, um einem zu erlauben, zu dieser hinzulaufen und ihr mit dem entscheidenden Stock einen Schlag zu versetzen!

Nachdem sie eine Flucht von Räumen durchquert hatten, bogen sie in einen Korridor, stiegen sodann eine Treppe hinauf und kamen durch ein sonnenhelles Mangelzimmer, wo eine Frau mit rosigen Wangen auf einer Truhe am Fenster saß und strickte: Ohne daß ihre Stricknadeln innehielten, sah sie hoch, lächelte und senkte wieder die Wimpern. Die alte Gouvernante führte Peter ins Nebenzimmer, wo eine Ledercouch und ein leerer Vogelbauer standen und wo zwischen einem riesigen Mahagonischrank und einem holländischen Kachelofen eine dunkle Nische verblieb.

«*Votte* (das wär's)», sagte die alte Dame, und nachdem sie ihn mit einem leichten Schubs in dieses Versteck gedrückt hatte, ging sie in das Mangelzimmer zurück, wo sie in ihrem verstümmelten Russisch den Tratsch mit der hübschen Strickerin fortsetzte, die hin und wieder ein automatisches «*Skashite poshalujsta!* (Ist das die Möglichkeit!)» einwarf.

Eine Weile blieb Peter höflich in seinem absurden Winkel knien; dann richtete er sich schließlich auf, blieb jedoch immer noch stehen und starrte die Tapete mit ihren faden und gleichgültigen blauen Schnörkeln an, das Fenster, den Wipfel einer Pappel, die in der Sonne raschelte. Man hörte das heisere Ticktack einer Uhr, und dieses Geräusch erinnerte einen an eine Menge Langweiliges und Trauriges.

Eine ganze Zeit verging. Die Unterhaltung im Nebenzimmer begann sich fortzubewegen und in der Ferne zu verlieren. Jetzt war bis auf die Uhr alles still. Peter trat aus seiner Nische hervor.

Er rannte die Treppe hinab, ging auf Zehenspitzen durch die Räume (Bücherregale, Elchgehörn, Dreirad, blauer Kartentisch, Klavier) und wurde an der auf die Veranda führenden Tür von einem Muster farbigen Sonnenscheins und dem alten Hund in Empfang genommen, der gerade aus dem Garten zurückkam. Peter schlich sich an die Fensterscheiben und wählte eine farblose. Auf der weißen Bank lag der grüne Stecken. Jelenskij war unsichtbar – zweifellos war er auf seiner unvorsichtigen Suche bis weit hinter die Linden gewandert, welche die Allee säumten.

Den Mund vor lauter Aufregung zu einem Grinsen verzogen, hüpfte Peter die Stufen hinab und rannte auf die Bank zu. Er lief immer noch, als er einer seltsamen Teilnahmslosigkeit um sich her gewahr wurde. Jedoch gelangte er mit ungebrochener Geschwindigkeit zu der Bank und schlug mit dem Stock dreimal auf ihre Sitzfläche. Es war eine vergebliche Geste. Niemand erschien. Sonnenscheinflecken pulsierten auf dem Sand. An einer der Banklehnen kroch ein Marienkäfer hoch, und unter seinen kleinen gepunkteten Flügeldecken hervor sahen die durchsichtigen Spitzen seiner unsorgfältig gefalteten Flügel.

Peter wartete ein paar Minuten und blickte sich währenddessen verstohlen um, bis ihm schließlich klar wurde, daß er vergessen worden war, daß die Existenz eines letzten, unaufgefundenen, unaufgescheuchten Versteckten übersehen worden war und die anderen ohne ihn zum Picknick gefahren waren. Dieses Picknick war für ihn im übrigen das einzige annehmbare Versprechen des Tages gewesen: Er hatte sich recht und schlecht darauf gefreut, auf die Abwesenheit der Erwachsenen, auf das offene Feuer in einer Waldlichtung, auf die gebackenen Kartoffeln, auf die Blaubeertörtchen, auf den Eistee in Thermosflaschen. Um das Picknick war er jetzt gebracht, doch mit dieser Entbehrung konnte man sich abfinden. Was ihn wurmte, war etwas anderes.

Peter gab sich einen Ruck und ging zum Haus zurück, immer noch den Stock in der Hand. Onkel, Tanten und ihre Freunde spielten auf der Hauptveranda Karten: Er konnte den Klang des schwesterlichen Lachens heraushören – ein garstiger Klang. Er ging um das Herrenhaus herum, im Kopf die vage Idee, daß irgendwo in der Nähe ein Lilienteich sein müsse und er ein Taschentuch mit seinem Monogramm sowie die silberne Trillerpfeife an ihrer weißen Schnur an seinem Rand deponieren könnte, während er selber unbemerkt zu Fuß den ganzen Weg nach Hause ginge. Plötzlich hörte er neben der Pumpe an einer Hausecke eine vertraute Stimmensalve. Alle waren sie da – Jelenskij, Wassilij, Tanja, ihre Brüder und Cousins; sie drängten sich um einen Bauern, der ein Eulenbaby zeigte, das er gerade gefunden hatte. Das Eulenjunge, ein fettes kleines

Ding, braun, mit weißen Flecken, drehte den Kopf oder besser die Gesichtsscheibe hin und her, denn es war nicht genau auszumachen, wo der Kopf begann und der Körper aufhörte.

Peter trat näher hinzu. Wassilij Tutschkow sah ihn an und sagte dann mit glucksendem Lachen zu Tanja:

«Und da kommt der Poseur.»

Ein beschäftigter Mann

Der Mann, der sich selber allzusehr mit den Vorgängen seiner eigenen Seele beschäftigt, wird unweigerlich mit einem alltäglichen, melancholischen, aber ziemlich kuriosen Phänomen konfrontiert: Er wird nämlich Zeuge des plötzlichen Todes einer unbedeutenden Erinnerung, die ein zufälliger Anlaß aus dem dürftigen und fernen Armenhaus, wo sie ruhig ihre dunkle Existenz beschloß, zurückgebracht hat. Sie blinzelt, sie pulsiert noch und spiegelt Licht – aber im nächsten Moment, gerade unter deinen Augen, atmet sie ein letztes Mal und streckt alle viere von sich, da sie dem zu abrupten Übergang in die blendende Grelle der Gegenwart nicht gewachsen war. Von nun an verfügst du lediglich noch über einen Schatten, einen Abriß jener Erinnerung, dem leider die zauberhafte Überzeugungskraft des Originals fehlt. Grafitskij, ein sanftmütiger und todesfürchtiger Mensch, entsann sich eines Traums aus seiner Kinderzeit, der eine lakonische Prophezeiung enthielt; aber schon vor langem hatte er aufgehört, eine organische Verbindung zwischen sich und dieser Erinnerung zu verspüren, denn auf eine der ersten Vorladungen hin kam sie mit fahlem Gesicht und starb – und der Traum, dessen er sich entsann, war nichts als die Erinnerung an eine Erinnerung. Wann war das noch gewesen, daß er diesen Traum gehabt hatte? Genaues Datum unbekannt. Grafizkij antwortete, schob das joghurtverschmierte Glasbecherchen beiseite und stützte den Ellbogen auf den Tisch. Wann? Na, los doch – ungefähr? Lang ist's her. Vermutlich im Alter zwischen zehn und fünfzehn: In jener Zeit hatte er oft über den Tod nachgedacht – besonders nachts.

Und hier ist er also – ein zweiunddreißigjähriger, kleiner, aber breitschultriger Mann mit abstehenden, durchsichtigen Ohren, halb Schauspieler, halb Literat, Verfasser von Gebrauchsreimereien in Emigrantenzeitschriften über einem nicht sehr witzigen *nom de plume* (der einen unangenehm an den Caran d'Ache erinnerte, den sich ein unsterblicher Karikaturist zugelegt hatte). Hier ist er also. Sein Gesicht besteht aus einer dunklen Hornbrille mit dem Blinzeln eines Blinden darin und einer weichbehaarten Warze auf der linken Wange. Er wird langsam kahl, und durch das in geraden Strähnen zurückgebürstete mausbraune Haar erkennt man das hellrosa Sämischleder seines Skalps.

Worüber hatte er gerade nachgedacht? Unter welcher Erinnerung grub und grub sein eingekerkerter Verstand? Unter der Erinnerung an einen Traum. Der Warnung, die ihm ein Traum gab. Der Voraussage, die bislang in keiner Weise sein Leben behindert hatte, die aber jetzt, wo ein gewisser Stichtag unerbittlich näher rückte, mit unablässigem, immer stärker werdendem Nachhall zu klingen begann.

«Du mußt dich zusammennehmen», rief Itskij Graf in hysterischem Rezitativ zu. Er räusperte sich und ging zum geschlossenen Fenster hinüber.

Ein immer stärker werdender beharrlicher Druck. Die Zahl 33 – das Thema jenes Traums – hatte sich in seinem Unterbewußtsein verstrickt, mit gebogenen Krallen ähnlich denen einer Fledermaus, hatte sich in seiner Seele verfangen, und es war unmöglich, dieses unterschwellige Knäuel zu entwirren. Nach der Überlieferung wurde Jesus Christus dreiunddreißig Jahre alt, und vielleicht (sann Graf, der zu keiner Bewegung fähig neben dem Kreuz des Fensterrahmens stand), vielleicht hatte tatsächlich eine Stimme in jenem Traum gesagt: «Du wirst in Christi Alter sterben» – und hatte auf einer Bildwand illuminiert die Dornen zweier enormer Dreien zur Schau gestellt.

Er öffnete das Fenster. Draußen war es heller als drinnen, aber die Straßenlaternen begannen bereits zu glühen. Eine glatte Wolkendecke lag über dem Himmel; und nur gegen Westen, zwischen ockerfarbenen Hausgiebeln, war ein Zwischenraum mit zärtlicher Helligkeit bebändert. Weiter die Straße hinauf hielt ein feueräugiges Automobil und hatte seine mandarinenfarbenen Stoßzähne ins wäßrige Grau des Asphalts gerammt. Ein blonder Fleischer stand in der Tür seines Ladens und betrachtete den Himmel.

Grafs Verstand hüpfte, als ob er einen Bach von Stein zu Stein überquere, von Fleischer zu Kadaver und dann zu einem, der ihm erzählt hatte, daß irgend jemand irgendwo (in einer Leichenhalle? in einer Universitätsklinik?) eine Leiche liebevoll «Schmullie» oder «Schmullielein» nannte. Er wartet um die Ecke, dein «Schmullielein». Mach dir keine Sorge: «Schmullie» läßt dich nicht im Stich.

«Mit deiner Erlaubnis möchte ich die verschiedenen Möglichkeiten durchgehen», sagte Graf mit einem Kichern, als er aus seinem fünften Stock seitlich auf die schwarzen Eisenspitzen eines Palisadenzauns blickte. «Nummer eins (die ärgerlichste): Ich träume, daß das Haus angegriffen wird oder in Flammen steht, ich springe aus dem Bett und, da ich denke (im Schlaf sind wir Toren), daß ich zu ebener Erde wohne, stürze ich aus dem Fenster – in einen Abgrund. Zweite Möglichkeit: In einem anderen Alptraum verschlucke ich meine Zunge – das soll schon passiert sein –, das dicke Ding schlägt einen Purzelbaum rückwärts in meinem Mund, und ich ersticke. Fall Nummer drei: Ich bummle, sagen wir, durch laute Straßen – aha, das ist Puschkin, der sich seine Todesart vorzustellen sucht:

Im Kampf, beim Wandern, in den Wellen,
Vielleicht auch in einem nahen Tal...

und so weiter, aber sieh mal, er begann mit ‹Kampf›, was doch nur heißen kann, daß er eine Vorahnung hatte. Aberglaube kann maskierte Weisheit sein. Was kann ich bloß tun, um nicht weiter diese Gedanken zu denken? Was kann ich tun in meiner Einsamkeit?»

Er hatte 1924 in Riga geheiratet, wohin er von Pskow mit einer mickrigen Schauspielertruppe gekommen war. War der Coupleteur der Show – und wenn er vor seinem Auftritt die Brille abnahm, um sein todbleiches kleines Gesicht mit Farbe aufzufrischen, sah man, daß er Augen von rauchigem Blau hatte. Seine Frau war eine große, robuste Person mit kurzem schwarzem

Haar, einer glühenden Gesichtsfarbe und einem fetten stachligen Nacken. Ihr Vater war Möbelverkäufer. Bald nach der Heirat stellte Graf fest, daß sie dumm und grob war, daß sie O-Beine hatte und daß sie auf zwei russische Wörter ein Dutzend deutsche gebrauchte. Er sah ein, daß sie sich trennen müßten, schob aber die Entscheidung aus einer Art träumerischen Mitgefühls mit ihr auf, und so schleppte sich die Sache bis 1926 hin, als sie ihn mit dem Besitzer eines Delikatessengeschäfts in der Lachplesis-Straße betrog. Graf zog von Riga nach Berlin, wo man ihm Arbeit bei einer Filmgesellschaft (die bald pleite machte) in Aussicht stellte. Er führte ein bedürftiges, ungeordnetes, einsames Leben und verbrachte Stunden in einer billigen Kneipe, wo er seine Gebrauchslyrik schrieb. Nach diesem Schema verlief sein Leben – ein Leben mit wenig Sinn –, die magere, fade Existenz eines drittklassigen russischen Emigranten. Aber bekanntlich wird das Bewußtsein nicht durch diesen oder jenen Lebensstil bestimmt. Grafitzkij lebte in Zeiten verhältnismäßigen Wohlergehens wie an Tagen, an denen man hungrig ist und einem die Kleider verrotten, nicht unglücklich – zumindest nicht vor Anbruch seines Schicksalsjahres. Er konnte im besten Sinne des Wortes als «beschäftigter Mann» bezeichnet werden, denn der Gegenstand seiner Beschäftigung war seine eigene Seele – und in solchen Fällen kommt so etwas wie Muße nicht in Frage, gibt es in der Tat keine Notwendigkeit für sie. Wir sprechen über die Luftlöcher des Lebens, einen aussetzenden Herzschlag, Mitleid, den Einbruch der Vergangenheit – was ist das für ein Duft? Woran erinnert mich das? Und warum bemerkt niemand, daß in der eintönigsten Straße jedes Haus anders ist, und was für eine Fülle an Gebäuden, Möbeln, an Gegenständen, an scheinbar nutzlosem Zierat gibt es doch – ja nutzlos, aber voll von uneigennützigem, aufopferungsvollem Zauber.

Seien wir offen! So manchem ist die Seele eingeschlafen wie ein Bein. Auf der anderen Seite gibt es Leute, die ausgestattet sind mit Prinzipien, Idealen – kranke Seelen, übel befallen von Problemen des Glaubens und der Moral; sie sind keine Künstler der Empfindsamkeit, aber ihre Seele ist der Schacht, in dem sie graben und wühlen und tiefer und tiefer vordringen mit der Kohlenschrämmaschine religiösen Gewissens und schwindlig werden vom schwarzen Staub der Sünden, läßlicher Sünden, Pseudosünden. Zu ihnen gehörte Graf nicht: Besondere Sünden hatte er nicht vorzuweisen, besondere Prinzipien hatte er nicht. Er beschäftigte sich mit seinem individuellen Selbst, so wie andere einen bestimmten Maler studieren oder bestimmte Münzen sammeln oder an Umstellungen und Einschüben reiche Manuskripte entschlüsseln, mit Kritzeleien wie Halluzinationen am Rand und temperamentvollen Tilgungen, die die Brücken zwischen Massen von Bildersprache verbrennen – Brücken, deren Wiedererstellung solch herrlichen Spaß macht.

Sein Sinnieren wurde an diesem Punkt von fremden Erwägungen unterbrochen – das kam unerwartet und war fürchterlich schmerzhaft – was konnte man dagegen unternehmen? Er hatte am Fenster herumgestanden (und hatte sich damit abgemüht, einen Schutz zu finden gegen den lächerlichen, einfältigen, aber unbesiegbaren Gedanken, daß er in ein paar Tagen, am neunzehnten Juni, das Alter erreicht hätte, von dem in seinem Knabentraum die Rede gewesen war), verließ aber dann ruhig das dunkel werdende Zimmer, in dem alle Gegenstände, als ob sie von den Wellen der Dämmerung sacht emporgehoben worden wären, nicht länger standen, sondern umhertrieben, wie Hausrat bei einer großen Überschwemmung. Es war noch immer Tag – und irgendwie zog sich einem das Herz zusammen angesichts der Zärtlichkeit früher Lichter. Graf bemerkte sofort, daß nicht alles in Ordnung war, daß sich eine seltsame Erregung verbreitete: Leute liefen an den Straßenecken zusammen, machten geheimnisvolle, ungelenke Zeichen, gingen auf die gegenüberliegende Seite und wiesen dort wieder auf etwas in der Ferne und standen dann bewegungslos in den unheimlichen Stellungen der Erstarrung. Im zwielichtigen Dämmer gingen Nomen verloren, blieben nur Verben – oder zumindest die archaischen Formen einiger Verben. So etwas kann eine Menge bedeuten: zum Beispiel das Ende der Welt. Plötzlich, mit einem betäubenden Kribbeln in jedem Teil seines Körpers, verstand er: Dort, dort, den tiefen Ausblick zwischen den Gebäuden hin, die sich sanft gegen den klaren goldenen Hintergrund abhoben, am unteren Rand einer langen aschigen Wolke entlang, sehr tief, sehr fern und sehr langsam, schwebte ein Luftschiff. Die exquisite, antike Lieblichkeit seiner Bewegung, die verschmolz mit der unerträglichen Schönheit des Abendhimmels, der mandarinenfarbenen Lichter, der blauen Silhouetten der Leute, ließ Grafs Seele überfließen. Er sah es als himmlischen Fingerzeig, als eine altmodische Erscheinung, die ihn daran erinnerte, daß wenig fehlte, bis er die festgesetzte Grenze seines Lebens erreichte; er las mit seinem inneren Auge den unerbittlichen Nachruf: Unser hochgeschätzter Mitarbeiter... so früh im Leben... wir, die wir ihn gut kannten... frischer Humor... frisches Grab... Und was sogar noch unvorstellbarer war: Um diesen Nachruf herum würde (um noch einmal Puschkin zu zitieren) eine *gleichgültige Natur leuchten*, die Flora einer Zeitschrift, das Unkraut der Lokalnachrichten, die Kletten der Leitartikel.

In einer ruhigen Sommernacht wurde er dreiunddreißig. Alleine in seinem Zimmer, in langen Unterhosen, gestreift wie die eines Sträflings, ohne Brille und blinzelnd, feierte er seinen unerwünschten Geburtstag. Er hatte niemanden eingeladen, denn er fürchtete Zufälligkeiten wie beispielsweise einen zerbrochenen Taschenspiegel oder das Gerede über die Hinfälligkeit des Lebens, denen die Erinnerung eines Gastes dann unfehlbar den Rang eines Omens zuerkennen würde. Verweile, verweile, Augenblick – so schön wie der von Goethe bist du nicht –, aber verweile trotzdem. Wir haben vor uns ein unwiederholbares Individuum in unwiederholbarem Milieu: Die sturmgefällten, zerlesenen Bücher auf den Regalen, den Glasbecher mit Joghurt (der angeblich langes Leben bringt), die quastige Bürste zum Reinigen der Pfeife, das dickleibige Album von aschigem Farbton, in das Graf alles einklebte, angefangen von Zeitungsausschnitten mit seinen Versen bis zu einem russischen Straßenbahnfahrschein – das ist die Umgebung von Graf Itskij (ein Pseudonym, das er sich in einer verregneten Nacht ausgedacht hatte, als er auf die nächste Fähre wartete), einem ausgedörrten Männchen mit Schmetterlingsohren, der auf der Kante seines Bettes saß und einen löchrigen violetten Socken hielt, den er gerade ausgezogen hatte.

Von da an hatte er Angst vor allem und jedem – dem Fahrstuhl, Durchzug, Baugerüsten, dem Verkehr, Demonstranten, der auf einen Lastwagen montierten Plattform für die Reparatur von O-Bus-Leitungen, der kolossalen Kuppel eines Gaswerkes, die gerade dann explodieren könnte, wenn er auf seinem Weg zur Post an ihr vorbeikäme, wo im übrigen ein frecher Bandit in selbstgeschneiderter Maske um sich ballern könnte. Er sah die Albernheit seiner Geistesverfassung, war aber unfähig, ihrer Herr zu werden. Vergeblich versuchte er, seine Aufmerksamkeit abzulenken, an etwas anderes zu denken: Hinten auf dem Trittbrett jedes Gedankens, der vorbeiraste wie ein Reiseschlitten, stand Schmullie, der allgegenwärtige Fuhrknecht. Auf der anderen Seite wurden die Gebrauchsgedichte, mit denen er die Zeitungen weiter fleißig belieferte, immer verspielter und kunstloser (da niemand in ihnen in der Retrospektive die Vorahnung nahenden Todes bemerken sollte), und diese hölzernen Couplets, deren Rhythmus an die russische Spielzeugwippe mit Muschik und Bär erinnerte und in denen sich «schrien» auf «Stalin» reimt – diese Couplets, und nichts anderes, stellten sich jetzt als der substantiellste und eigentlichste Teil seines Wesens heraus.

Natürlich ist der Glaube an die Unsterblichkeit der Seele nicht verboten; aber da ist eine schreckliche Frage, die meines Wissens nie jemand gestellt hat (sinnierte Graf über einem Krug Bier): Könnte es nicht sein, daß der Übergang der Seele ins Jenseits von zufälligen Hemmnissen und Wechselfällen begleitet ist, ähnlich den verschiedenen Pannen beim Auf-die-Welt-Kommen eines Menschen? Kann man denn nicht dadurch zum Gelingen dieses Übergangs beitragen, daß man noch zu Lebzeiten gewisse psychische oder gar physische Maßnahmen trifft? Aber welche? Was muß man planen, womit sich ausrüsten, was vermeiden? Sollte man die Religion (argumentierte Graf, der in der verlassenen, dunklen Kneipe, wo die Stühle schon gähnten und auf den Tischen zu Bett gebracht wurden) – die Religion, die die Mauern des Lebens mit heiligen Bildern bedeckt – als eine Art Versuch ansehen, eben solche vorteilhafte Begleitumstände zu schaffen (ungefähr in derselben Weise, wie – gewissen Ärzten zufolge – sich die Photographien professioneller Babys mit putzigen Pausbacken als Wandschmuck im Schlafzimmer einer Schwangeren vorteilhaft auf die Frucht ihres Leibes auswirken)? Aber selbst wenn die nötigen Maßnahmen getroffen worden sind, selbst wenn wir wüßten, warum Herr X (der sich von diesem oder jenem – Milch, Musik – oder wovon auch immer ernährte) sicher ins Jenseits hinübertrat, während Herr Y (dessen Nahrung unwesentlich anders war) steckenblieb und scheiterte – es könnte ja noch andere Risiken geben, die erst exakt im Augenblick der Überfahrt auftreten – die einem den Weg blockieren und alles verderben – denn, aufgepaßt, selbst Tiere und einfache Leute verkriechen sich, wenn ihre Stunde gekommen ist: Hindere, hindere mich nicht bei meiner schweren, gefährlichen Aufgabe, erlaube mir, in Frieden von meiner unsterblichen Seele entbunden zu werden.

All das deprimierte Graf, aber noch gemeiner und schrecklicher war der Gedanke, es könnte gar kein «Jenseits» geben, das Leben eines Menschen könnte so unwiderruflich platzen wie die Blasen, die in einem stürmischen Trog unter dem Maul einer Regentraufe tanzen und verschwinden – Graf sah ihnen von der Veranda eines Vorstadtcafés zu – es regnete stark, der Herbst war gekommen, vier Monate waren vergangen, seit er das schicksalsträchtige Alter erreicht hatte, nun konnte der Tod jede Minute zuschlagen – und diese Ausflüge in die trostlose Kiefernödnis in der Umgebung Berlins waren äußerst riskant. «Wenn es jedoch», dachte Graf, «kein Jenseits gibt, dann entfällt auch alles übrige, was die Vorstellung von einer unsterblichen Seele miteinschließt, dann entfällt auch die Möglichkeit von Omen und Vorahnungen; gut denn, wir wollen Materialisten sein, deshalb werde ich, ein gesundes Individuum mit gesunden Erbanlagen, wahrscheinlich noch ein halbes Jahrhundert leben! Warum also neurotischen Einbildungen nachgeben – die sind doch nur das Ergebnis einer vorübergehenden Labilität meiner gesellschaftlichen Klasse, und das Individuum ist insofern unsterblich, als seine Klasse unsterblich ist – und die große Klasse der Bourgeoisie (fuhr Graf fort und dachte nun in abstoßender Erregung laut), unsere große und mächtige Klasse wird die Hydra des Proletariats besiegen, denn auch wir, Sklavenhalter, Getreidehändler und die ihnen ergebenen Troubadoure, müssen vor unsere Klasse hintreten (zackiger, bitte), wir alle, Bourgeois aller Länder,

Bourgeois aller Völker... und Nationen stehen auf, das ganze ölbesessene (oder goldbesessene?) Kollektiv, weg mit des Pöbels Mißgeburten – und jetzt braucht's nur noch ein Wort mit der Endung ‹-iv› für den Reim; danach noch zwei Strophen, und wieder: Auf, Bürger aller Länder und Nationen! Ein Hoch dem heil'gen Kapitale. Tatá, ta-tá, ta-tá (irgendwas auf ‹-ationen›), der Bürger Internationale! Ist das Resultat geistreich? Ist es amüsant?»

Der Winter kam. Graf lieh sich fünfzig Mark von seinem Nachbarn und aß sich mit dem Geld satt, da er nicht vorhatte, dem Schicksal das kleinste Hintertürchen offenzulassen. Dieser alte Nachbar, der aus eigenem (aus eigenem!) Antrieb finanzielle Hilfe angeboten hatte, war ein Neuankömmling, der die beiden besten Zimmer im fünften Stock belegte, mit Namen Iwan Iwanowitsch Engel – ein untersetzter Herr mit grauen Locken, der dem allgemein anerkannten Typus eines Komponisten oder Schachmeisters glich, der aber tatsächlich irgendeine ausländische (sehr ausländische, fernöstliche oder zölestische) Firma vertrat. Wenn sie sich zufällig im Korridor trafen, lächelte er liebenswürdig, scheu, und der arme Graf fand Erklärung für diese Sympathie in der Annahme, daß sein Nachbar ein Geschäftsmann ohne Bildung sei, fernab von Literatur und anderen Gipfelstationen menschlichen Geistes, der daher instinktiv ihm, Grafitskij, dem Träumer, eine köstliche, erschaudernde Achtung entgegenbringe. Wie auch immer, Graf hatte zu viele Sorgen, um seinem Nachbarn viel Aufmerksamkeit zu widmen, aber auf eher geistesabwesende Art zog er des öfteren Nutzen aus der engelhaften Natur des alten Herrn – und klopfte in Nächten unerträglicher Nikotinlosigkeit zum Beispiel an Herrn Engels Tür und erhielt eine Zigarre –, aber engeren Umgang pflegten sie nicht, und er bat ihn auch nicht zu sich (ausgenommen das eine Mal, als die Deckenleuchte ausgebrannt und die Wirtin ausgerechnet an diesem Abend ins Kino gegangen war und der Nachbar eine nagelneue Birne brachte und sie behutsam einschraubte).

Weihnachten wurde Graf von ein paar Literaturfreunden zu einer *jolka* (einem Tannenbaum) eingeladen und sagte sich durch das buntscheckige Geplauder hindurch mit sinkendem Herzen, daß er diesen farbigen Tand zum letzten Mal sehe. Einmal, in einer heiteren Februarnacht, betrachtete er zu lange das Firmament und fühlte sich plötzlich außerstande, die Last und den Druck menschlichen Bewußtseins länger zu ertragen, diesen ominösen, lächerlichen Luxus: Ein abscheulicher Krampf ließ ihn um Atem ringen, und der monströse, sternfleckige Himmel kam mit einem Schwung in Bewegung. Graf zog die Fenstervorhänge zu, und mit einer Hand auf dem Herzen klopfte er mit der anderen an Iwan Engels Tür. Letzterer offerierte ihm mit mildem Lächeln und leicht deutschem Akzent etwas *walerianka* (Baldrian). Es traf sich übrigens, daß, als Graf eintrat, er Herrn Engel dabei ertappte, wie er mitten in seinem Zimmer stand und das Beruhigungsmittel in ein Weinglas tröpfeln ließ – zweifellos für den eigenen Gebrauch: Er hielt das Glas in seiner rechten Hand, hatte die linke mit der tief bernsteinfarbenen Flasche hoch erhoben und bewegte lautlos seine Lippen, zählte zwölf, dreizehn, vierzehn und dann ganz schnell, als ob er auf Zehenspitzen liefe, fünfzehnsechzehnsiebzehn, dann wieder langsam bis zwanzig. Er trug einen kanariengelben Morgenmantel; ein Pincenez saß spreizbeinig auf der Spitze seiner aufmerksamen Nase.

Und wieder verging einige Zeit, es kam der Frühling, und der Geruch von Mastix durchdrang das Treppenhaus. Im Haus genau gegenüber war jemand gestorben, und lange Zeit stand dort ein Leichenwagen von glänzendem Schwarz, wie ein Konzertflügel. Graf wurde von Alpträumen gequält. Er glaubte, in allem Fingerzeige zu sehen, der schierste Zufall ängstigte ihn. Der Irrsinn des Zufalls ist die Logik des Schicksals. Wie sollte man nicht an das Fatum glauben, an die Unfehlbarkeit seiner Einflüsterungen, an die Besessenheit seiner Absicht, wenn seine schwarzen Linien hartnäckig durch die Handschrift des Lebens hindurchscheinen?

Je mehr man auf Zufälle achtet, desto mehr kommen vor. Mit Graf kam es so weit, daß er, nachdem er die Zeitungsseite weggeworfen hatte, aus der er, ein Liebhaber von Druckfehlern, den Satz «Nach langem Lied verschied...» ausgeschnitten hatte, dieselbe Seite mit ihrem sauberen Fensterchen wenige Tage später in den Händen einer Marktfrau sah, die einen Kohlkopf für ihn einwickelte; und am selben Abend begann jenseits der fernsten Dächer eine neblige und bösartige Wolke aufzuschwellen und die ersten Sterne zu verschlingen, und man verspürte plötzlich solch eine erstickende Schwere, als ob man eine schmiedeeiserne Truhe auf seinem Rücken die Treppe hoch trüge – und nun verlor der Himmel ohne Vorwarnung sein Gleichgewicht, und der riesige Kasten polterte die Treppe hinunter.

Graf schloß hastig das Fenster und zog die Vorhänge vor, denn bekanntlich ziehen Durchzug und elektrisches Licht Blitze an. Durch die Jalousie sah er Licht aufzucken, und um die Entfernung des Einschlags zu bestimmen, griff er zur probaten Methode des Zählens: Der Donnerschlag folgte auf die Zahl sechs, was sechs Werst bedeutete. Das Unwetter nahm zu. Trockene Gewitter sind die schlimmsten. Die Fensterscheiben zitterten und ratterten. Graf ging zu Bett, stellte sich aber dann so lebhaft vor, wie der Blitz nun jeden Augenblick ins Dach einschlagen, durch alle sieben Stockwerke fahren und ihn dabei in einen konvulsiv geschrumpften Neger verwandeln könnte, daß er mit hämmerndem Herzen aus dem Bett sprang (durch die Jalousie leuchteten die Flügelfenster auf, das schwarze Kreuz ihres Rahmens warf einen flüchtigen Schatten auf die Wand) und laut im Dunkeln herumklappernd eine schwere Fayenceschüssel (peinlichst ausgewischt) vom Waschtisch nahm, sie auf den Boden plazierte, um die ganze Nacht fröstelnd darin zu stehen, und seine bloßen Zehen quietschten in dem irdenen Geschirr, bis die Dämmerung dem Blödsinn ein Ende setzte.

Während jenes Maigewitters ließ sich Graf zu den erniedrigendsten Tiefen transzendentaler Feigheit herab. Am Morgen schlug seine Stimmung um. Er betrachtete den fröhlichen, hellblauen Himmel, die baumgleichen Muster schwarzer Nässe, die den trocknenden Asphalt überzogen, und stellte fest, daß es nur noch einen Monat bis zum neunzehnten Juni war. An diesem Tag würde er vierunddreißig werden. Land in

Sicht! Aber würde er wohl in der Lage sein, diese Distanz zu durchschwimmen? Konnte er durchhalten?

Er hoffte es. Zielbewußt beschloß er, außergewöhnliche Maßnahmen zu ergreifen, um sein Leben vor den Ansprüchen des Schicksals zu schützen. Er ging nicht mehr aus. Er rasierte sich nicht mehr. Er gab vor, krank zu sein; seine Wirtin kochte für ihn, und durch sie übermittelte ihm Herr Engel eine Orange, eine Illustrierte oder ein Abführmittel in einem hübschen kleinen Umschlag. Er rauchte weniger und schlief mehr. Er löste die Kreuzworträtsel in den Emigrantenzeitschriften, atmete durch die Nase und war vorsichtig genug, vor dem Zubettgehen ein nasses Handtuch auf dem Bettvorleger auszubreiten, um sofort durch den Kälteschauer geweckt zu werden, sollte sein Körper in schlafwandlerischer Trance versuchen, sich am Wachposten des Denkens vorbeizuschleichen.

Würde er es schaffen? Erster Juni. Zweiter Juni. Dritter Juni. Am zehnten erkundigte sich sein Nachbar durch die Tür, ob alles in Ordnung sei. Der elfte. Der zwölfte. Der dreizehnte. Wie jener weltberühmte finnische Läufer, der vor der letzten Runde seine vernickelte Uhr wegwirft, mit deren Hilfe er seine kraftvolle gleichmäßige Bahn berechnet hatte, so änderte Graf, der das Ende der Strecke vor sich sah, von einer Minute zur anderen seine Verhaltensweise. Er rasierte seinen strohfarbenen Bart ab, nahm ein Bad und lud Freunde für den neunzehnten ein.

Die Versuchung, seinen Geburtstag einen Tag früher zu feiern, wie es ihm die Kalenderkobolde schlau rieten (er wurde im vorigen Jahrhundert geboren, wo zwölf, nicht dreizehn Tage zwischen der alten Zeitrechnung und der neuen lagen, nach der er nun lebte), gab er nicht nach; aber er schrieb seiner Mutter in Pskow und bat sie, ihm seine genaue Geburtsstunde mitzuteilen. Ihre Antwort war jedoch eher ausweichend: «Es war in der Nacht. Ich erinnere mich, daß ich starke Schmerzen hatte.»

Der neunzehnte dämmerte herauf. Den ganzen Morgen über konnte man seinen Nachbarn in seinem Zimmer auf und ab gehen hören, er ließ ungewöhnliche Erregung erkennen und rannte sogar jedesmal, wenn es an der Haustür läutete, auf den Korridor hinaus, als ob er eine Nachricht erwarte. Graf lud ihn nicht zu seiner abendlichen Feier ein – schließlich kannten sie sich kaum –, aber die Wirtin bekam eine Einladung, denn Grafs Naturell vereinigte seltsam Gedankenlosigkeit mit Berechnung. Am späten Nachmittag ging er aus, kaufte Wodka, Fleischpastetchen, geräucherten Hering, Schwarzbrot... Auf dem Nachhauseweg beim Überqueren der Straße mit den widerspenstigen Einkäufen in seiner unsicheren Umarmung bemerkte er Herrn Engel, der, bestrahlt von der gelben Sonne, ihn vom Balkon aus beobachtete.

Gegen acht Uhr, eben in dem Augenblick, da Graf, nachdem er den Tisch hübsch gedeckt hatte, sich aus dem Fenster lehnte, passierte folgendes: An der Straßenecke, wo sich eine kleine Gruppe Männer vor der Kneipe versammelt hatte, erschallten auf einmal laute ärgerliche Rufe, denen plötzlich das Bellen von Pistolenschüssen folgte. Graf hatte den Eindruck, daß eine verirrte Kugel an seinem Gesicht vorbeipfiff und beinahe seine Brille zerschmettert hätte, und mit einem «nnn» des Schreckens zog er sich zurück. Vom Flur kam das Geräusch der Türklingel. Zitternd steckte Graf seinen Kopf aus seinem Zimmer, und gleichzeitig stürzte Iwan Iwanowitsch Engel in seinem kanariengelben Morgenmantel in den Flur. Es war ein Bote mit dem Telegramm, auf das er den ganzen Tag gewartet hatte. Engel öffnete es begierig – und strahlte vor Freude.

«Was dort für Skandale?» fragte Graf den Boten, der aber – zweifellos verdutzt durch das schlechte Deutsch des Fragenden – nicht verstand, und als Graf ganz vorsichtig wieder aus dem Fenster schaute, war der Gehsteig vor der Kneipe leer, die Hauswarte saßen auf Stühlen neben ihren Eingangstüren, und ein Dienstmädchen mit bloßen Waden führte einen rosigen Spielzeugpudel spazieren.

Um neun Uhr waren alle Gäste da – drei Russen und die deutsche Wirtin. Sie brachte fünf Schnapsgläser und einen selbstgebackenen Kuchen. Sie war eine disproportionierte Frau in einem raschelnden violetten Kleid, mit vorstehenden Backenknochen, einem sommersprossigen Nacken und der Perücke einer Komödienschwiegermutter. Grafs mürrische Freunde, Exil-Literaten, alle schon älter, massige Männer mit verschiedenen Beschwerden (Erzählungen darüber brachten Graf immer Trost), machten sofort die Wirtin betrunken und besoffen sich selber, ohne fröhlicher zu werden. Die Unterhaltung wurde natürlich auf russisch geführt; die Wirtin verstand kein Wort, kicherte jedoch, rollte in fruchtloser Koketterie ihre armselig getuschten Augen und führte einen privaten Monolog, aber niemand hörte ihr zu. Graf konsultierte dann und wann unterm Tisch seine Armbanduhr, sehnte sich nach dem Augenblick, da der nächste Kirchturm Mitternacht schlüge, trank Orangensaft und fühlte sich den Puls. Um Mitternacht ging der Wodka aus, und die Wirtin, schwankend und sich biegend vor Lachen, holte eine Flasche Cognac. «Also, auf deine Gesundheit, *staraja morda* (alte Schreckschraube)», sagte teilnahmslos einer der Gäste in ihre Richtung, und sie stieß naiv, vertrauensselig mit ihm an und streckte ihr Glas dann einem anderen Zecher entgegen, aber der wischte es beiseite.

Bei Sonnenaufgang sagte Grafitskij seinen Gästen auf Wiedersehen. Auf dem Tischchen in der Halle sah er das aufgerissene und fallen gelassene Telegramm liegen, das seinen Nachbarn so gefreut hatte. Graf las geistesabwesend: SOGLASEN PRODLENIJE (Aufschub gewährt), dann ging er in sein Zimmer zurück, schuf ein wenig Ordnung, und unter Gähnen und voll von einem seltsamen Gefühl der Langeweile (als ob er die Länge seines Lebens nach der Vorhersage geplant und es nun neu in Angriff nehmen müsse) setzte er sich in einen Sessel und blätterte durch ein zerfleddertes Buch (das Geburtstagsgeschenk von irgend jemand) – eine russische Anthologie amüsanter Geschichten und Witze, die im Fernen Osten verlegt worden war. «Wie geht's Ihrem Sohn, dem Dichter?» – «Der ist pervers geworden.» – «Was soll das heißen?» – «Er verkehrt nur noch per Vers.» Allmählich schlummerte Graf in seinem Stuhl ein, und in seinem Traum sah er Iwan Iwanowitsch Engel in einem Garten Couplets singen und seine hellgelben, lockig gefiederten Flügel spreizen, und als Graf aufwachte, ließ die liebliche Junisonne kleine Regenbogen in den Schnapsgläsern der Wirtin aufstrahlen, und alles war irgendwie weich und leuchtend und rätselhaft – als ob da etwas wäre, was er nicht verstanden, nicht bis zu Ende durchdacht hatte, und nun war es schon zu spät, ein anderes Leben hatte angefangen, die Vergangenheit war weggewelkt, und der Tod hatte ganz und gar die bedeutungslose Erinnerung beseitigt, die durch Zufall aus ihrer fernen und bescheidenen Wohnstätte abgerufen worden war, wo sie im Begriff war, ihre dunkle Existenz zu Ende zu bringen.

Terra incognita

Das Geräusch des Wasserfalls wurde immer gedämpfter, bis es sich endlich ganz verlor, während wir uns durch den Urwald eines bislang unerforschten Gebietes vorwärtsarbeiteten. Lange schon waren wir gegangen, lange gingen wir – vorne Gregson und ich; dahinter unsere acht eingeborenen Lastträger, einer hinter dem anderen; den Schluß machte Cook, der bei jedem Schritt jammerte und protestierte. Ich wußte, Gregson hatte ihn auf den Rat eines ortsansässigen Jägers angeworben. Cook hatte beteuert, er sei zu allem bereit, wenn er nur aus Sonraki herauskäme, wo sie das halbe Jahr damit verbringen, ihren *vongho* zu brauen, und die andere Hälfte, ihn zu trinken. Jedoch blieb unklar – oder ich begann bereits, vieles zu vergessen, während wir weiter und weiter marschierten –, wer dieser Cook eigentlich war. (Vielleicht ein weggelaufener Matrose?)

Gregson ging neben mir, sehnig, schlaksig, mit bloßen, knochigen Knien. In der Hand hielt er wie ein Banner ein langstieliges, grünes Schmetterlingsnetz. Die Träger, große, glänzend braune Badonier mit dicken Haarmähnen und kobaltblauen Arabesken zwischen den Augen, die wir ebenfalls in Sonraki in Dienst genommen hatten, schritten federnd und gleichmäßig aus. Hinter ihnen her schleppte sich Cook, aufgedunsen, rothaarig, mit herabhängender Unterlippe, die Hände in den Taschen; er trug nichts. Undeutlich erinnerte ich mich, daß er am Anfang der Expedition eine Menge geschwätzt und dunkle Witze gerissen hatte, in jener ihm eigenen Art, die eine Mischung aus Frechheit und Unterwürfigkeit war und an einen Shakespeareschen Clown denken ließ; doch bald schon hatte ihn sein Übermut verlassen, er wurde mürrisch und fing an, seine Pflichten zu vernachlässigen, zu denen das Dolmetschen gehörte, da Gregson den badonischen Dialekt noch immer nur schlecht verstand.

Die Hitze hatte etwas Träges und Samtenes. Ein erstickender Duft ging von den perlmuttfarbenen und wie Trauben von Seifenblasen aussehenden Blüten der *Vallieria mirifica* aus, die sich über das schmale, trockene Flußbett spannten, welchem wir mit raschelndem Schritt folgten. Ineinander verschlungen bildete das Gezweig der porphyrhaltigen Bäume und der schwarzblättrigen Limia einen Tunnel, den ab und an ein Strahl matten Lichtes durchdrang. Oben, in der dichten Vegetationsmasse, zwischen leuchtenden hängenden Blütentrauben und irgendwelchen seltsamen dunklen Gewirren, schnappten und schnatterten silbergraue Affen, während ein kometartiger Vogel mit dünnen, schrillen Schreien wie bengalisches Feuer vorüberzuckte. Immer wieder sagte ich mir, daß mein Kopf schwer wäre von dem langen Fußmarsch, der Hitze, dem Durcheinander der Farben und dem Getöse des Waldes, insgeheim aber wußte ich, daß ich krank war, krank vermutlich an dem ortsüblichen Fieber. Ich hatte indessen beschlossen, meinen Zustand vor Gregson geheimzuhalten, und mir ein munteres, ja sogar lustiges Aussehen gegeben, als das Unglück geschah.

«Es ist meine Schuld», sagte Gregson. «Ich hätte mich nie mit ihm einlassen dürfen.»

Wir waren jetzt allein. Cook und alle acht Eingeborenen hatten sich samt Zelt, Faltboot, Vorräten und Sammlungen davongemacht, waren geräuschlos verschwunden, während wir im dichten Busch damit beschäftigt waren, faszinierende Insekten zu sammeln. Ich glaube, wir versuchten, die Flüchtigen einzuholen; genau weiß ich es nicht mehr, aber jedenfalls gelang es uns nicht. Wir mußten entscheiden, ob wir nach Sonraki zurückkehren oder unsere Reise wie geplant durch bislang unbekanntes Gelände fortsetzen wollten, auf die Gurano-Berge zu. Das Unbekannte siegte. Es ging weiter. Ich zitterte bereits am ganzen Körper und war betäubt vom Chinin, fuhr jedoch fort, namenlose Pflanzen zu sammeln, während Gregson, obwohl er sich keinen Täuschungen über die Gefährlichkeit unserer Lage hingab, weiterhin so eifrig wie je Falter und Zweiflügler fing.

Wir waren kaum weiter als einen halben Kilometer gegangen, als uns Cook plötzlich einholte. Sein Hemd war zerfetzt – offenbar hatte er es absichtlich selber getan –, und er keuchte und schnaufte. Ohne ein Wort zog Gregson seinen Revolver und schickte sich an, den Halunken zu erschießen, aber Cook warf sich ihm zu Füßen und begann, beide Arme schützend über den Kopf gelegt, zu schwören, die Eingeborenen hätten ihn gewaltsam entführt und auffressen wollen (eine Lüge, denn die Badonier sind keine Kannibalen). Ich nehme an, daß er sie, dumm und furchtsam, wie sie waren, leicht dazu überredet hatte, die fragwürdige Reise aufzugeben, freilich ohne dabei zu bedenken, daß er mit ihnen nicht Schritt halten konnte; so muß er zurückgeblieben und daraufhin wieder hinter uns hergelaufen sein. Seinetwegen waren unschätzbare Sammlungen verlorengegangen. Er mußte sterben. Aber Gregson steckte den Revolver weg, und wir setzten den Weg fort. Cook keuchte und stolperte hinter uns drein.

Allmählich lichtete sich der Wald. Seltsame Halluzinationen quälten mich. Ich starrte die unheimlichen Baumstämme an, um die hier und dort dicke, fleischfarbene Schlangen geringelt waren; plötzlich meinte ich zwischen den Stämmen wie zwischen den Fingern meiner Hand den mit undeutlichen Reflexionen angefüllten Spiegel eines halbgeöffneten Kleiderschrankes zu erkennen, doch dann bekam ich mich wieder in die Gewalt, sah genauer hin und stellte fest, daß es sich nur um den trügerischen Schimmer eines Acreana-Busches handelte (einer rankigen Pflanze mit großen Beeren, die dicklichen Pflaumen ähnlich sehen). Nach einer Weile hörten die Bäume ganz auf, und vor uns erhob sich der Himmel wie eine feste Wand aus Blau. Wir waren auf der Höhe eines steilen Hanges. Zu unseren Füßen schimmerte und dampfte ein gewaltiger Sumpf, und jenseits war in weiter Ferne die zitternde Silhouette einer violetten Bergkette zu erkennen.

«Ich schwöre bei Gott, wir müssen umkehren», schluchzte Cook. «Ich schwöre bei Gott, wir kommen in diesem Schlamm noch um – ich habe sieben Töchter zu Hause und einen Hund. Kehren wir doch bloß um –

den Weg kennen wir...» Er rang die Hände, und von seinem fetten Gesicht mit den roten Augenbrauen rann der Schweiß. «Nach Hause, nach Hause», sagte er immer wieder. «Ihr habt genug Käfer gefangen. Wir wollen nach Hause!»

Gregson und ich machten uns daran, die steinige Anhöhe hinabzusteigen. Erst blieb Cook oben stehen, eine kleine weiße Gestalt vor dem ungeheuerlich grünen Hintergrund des Waldes; doch plötzlich warf er die Hände hoch, stieß einen Schrei aus und begann, hinter uns her zu schlittern.

Der Hang wurde schmaler, zu einem felsigen Kamm, der sich wie ein langes Vorgebirge in das Sumpfland hineinstreckte; dieses funkelte durch den dampfigen Dunst. Der Mittagshimmel, von seinen Blätterschleiern nunmehr befreit, hing bedrückend über uns in seiner blendenden Dunkelheit – ja, in seiner blendenden Dunkelheit, anders läßt er sich nicht beschreiben. Ich versuchte, nicht hinaufzublicken; doch an diesem Himmel, dicht am oberen Rande meines Blickfeldes, schwebten weißliche Gipsphantome, Stuckschnörkel und -rosetten, wie jene, die europäische Zimmerdecken schmückten; sie hielten Schritt mit mir, aber ich brauchte sie nur direkt anzusehen, und sie verschwanden, fielen auf der Stelle irgendwohin, und von neuem donnerte der tropische Himmel in seiner steten, dichten Bläue. Wir bewegten uns immer noch auf dem felsigen Vorgebirge, aber es wurde immer schmaler und ließ uns immer häufiger im Stich. Zu seinen Seiten wuchs goldenes Riedgras, wie eine Million bloßer, in der Sonne blitzender Schwerter. Hier und da funkelten langgestreckte Tümpel, über denen dunkle Mückenschwärme hingen. Eine große Sumpfblume, ein Orchideengewächs, streckte mir ihre herabhängende, flaumige Lippe entgegen, die wie mit Eigelb beschmiert schien. Gregson schwang sein Netz und versank bis zu den Hüften im brokatenen Morast, während ein riesiger Schmetterling mit einem einzigen Schlag seiner seidigen Flügel von ihm fort und über das Schilf segelte, dem Schimmer bläßlicher Dünste entgegen, die dort wie die undeutlich sichtbaren Falten eines Fenstervorhangs zu hängen schienen. «Ich darf nicht», sagte ich zu mir, «ich darf nicht...»

Ich blickte woandershin und ging an Gregsons Seite weiter, bald über Fels, bald über suppenden und schmatzenden Boden. Trotz der Gewächshaushitze fröstelte ich. Ich sah voraus, daß ich in Kürze zusammenbrechen würde, daß die Muster und Ausbuchtungen des Deliriums, die sich am Himmel und an den goldenen Schilfrohren zeigten, vollkommen Gewalt über mein Bewußtsein erlangen würden. Hin und wieder schienen Gregson und Cook durchsichtig zu werden, und ich glaubte durch sie hindurch eine Tapete mit endlos sich wiederholendem Schilfmuster zu erkennen. Ich beherrschte mich, bemühte mich, die Augen offenzuhalten, und ging weiter. Cook kroch jetzt auf allen vieren, er brüllte und faßte nach Gregsons Beinen, aber dieser schüttelte ihn ab, ohne stehenzubleiben. Ich sah Gregson an, sein starrsinniges Profil, und zu meinem Schrecken wurde mir klar, daß ich vergaß, wer Gregson war und was ich in seiner Gesellschaft zu suchen hatte.

Inzwischen versanken wir immer häufiger, immer

tiefer im Morast; das unersättliche Moor saugte an uns, und wir wanden uns wieder frei. Immer wieder stürzte und kroch Cook, am ganzen Leib von Insekten zerstochen, geschwollen und naß, und mein Gott, wie kreischte er, wenn ekelhafte Scharen winziger, hellgrüner Wasserschlangen, angezogen von unserem Schweiß, sich an unsere Verfolgung machten, sich anspannend und dann losschnellend zu jeweils etwa zwei Meter weitem Flug. Mir jedoch flößte etwas anderes weit mehr Angst ein: Zu meiner Linken (aus irgendeinem Grund immer zu meiner Linken) tauchte schräg zwischen den gleichbleibenden Gräsern aus dem Moor bisweilen etwas auf, das wie ein großer Sessel aussah, in Wahrheit jedoch eine seltsame, plumpe Amphibie war, deren Namen mir Gregson nicht verraten wollte.

«Eine Rast», sagte Gregson mit einemmal. «Wir wollen eine Rast einlegen.»

Glücklicherweise gelang es uns, auf eine kleine, von der Sumpfvegetation umgebene Felseninsel zu klettern. Gregson nahm seinen Rucksack ab und teilte uns einige nach Ipecacuanha riechende Eingeborenenfladen und ein Dutzend Acreana-Früchte aus. Wie durstig war ich, und wie wenig vermochte der spärliche, adstringierende Saft der Acreana dagegen...

«Sieh mal, wie merkwürdig», sagte Gregson zu mir, nicht auf englisch, sondern in irgendeiner anderen Sprache, damit Cook ihn nicht verstehen könnte. «Wir müssen uns bis zu den Bergen durchschlagen, aber sieh mal, wie merkwürdig – können die Berge eine Luftspiegelung gewesen sein? Sie sind nicht mehr zu sehen.»

Ich erhob mich von meinem Kissen und lehnte den

Ellbogen auf die elastische Felsoberfläche. Ja, es stimmte, die Berge waren nicht sichtbar; es gab nichts außer dem bebendem Dampf, der über dem Moor hing. Von neuem nahm alles um mich her eine zweideutige Durchsichtigkeit an. Ich lehnte mich zurück und sagte leise zu Gregson: «Du kannst das sicher nicht sehen, aber etwas versucht durchzukommen.»

«Wovon redest du?» fragte Gregson.

Mir wurde klar, daß ich Unsinn sprach, und ich schwieg still. Mein Kopf drehte sich, und meine Ohren sausten; Gregson ließ sich auf ein Knie nieder und kramte in seinem Rucksack, aber er fand kein Medikament, und mein Vorrat war aufgebraucht. Cook saß schweigend da und riß verdrießlich an einem Felsbrocken. Durch einen Schlitz in seinem Hemdärmel war eine sonderbare Tätowierung auf seinem Arm zu sehen: ein kristallenes Trinkglas mit einem Teelöffel, beides sehr anschaulich dargestellt.

«Vallier ist krank – hast du ein paar Tabletten?» fragte ihn Gregson. Genau verstand ich die Worte nicht, aber ich erriet ungefähr den Sinn ihres Gesprächs, das absurd und irgendwie sphärisch wurde, wenn ich versuchte, genauer hinzuhören.

Cook wandte sich langsam um, und die glasige Tätowierung löste sich von seiner Haut, rutschte zur Seite und blieb mitten in der Luft hängen; dann trieb sie davon, immer weiter, und ich folgte ihr mit angstvollem Blick, aber als ich mich wegwandte, verlor sie sich mit einem letzten schwachen Glänzen im Dunst über dem Sumpf.

«Geschieht dir recht», murmelte Cook. «Da hast du

die Bescherung. Dir und mir wird es genauso ergehen. Da hast du's...»

Im Laufe der letzten Minuten – das heißt, seit wir angehalten hatten, um auf der Felseninsel zu rasten – schien er größer geworden, angeschwollen zu sein, und er hatte jetzt etwas Höhnisches und Gefährliches. Gregson nahm seinen Tropenhelm ab, zog ein schmutziges Taschentuch hervor und wischte sich die Stirn ab, die über den Augenbrauen rötlich gelb war und darüber weiß. Dann setzte er den Helm wieder auf, beugte sich zu mir herüber und sagte: «Nimm dich bitte zusammen» (oder etwas des gleichen Inhalts). «Wir werden versuchen weiterzukommen. Die Berge sind im Dunst verborgen, aber da sind sie. Ich bin sicher, wir haben etwa den halben Sumpf hinter uns.» (Dies ist alles nur annäherungsweise wiedergegeben.)

«Mörder», flüsterte Cook. Auf seinem Unterarm befand sich jetzt wieder die Tätowierung; nicht das ganze Glas allerdings, sondern nur eine Seite – für den Rest war nicht genug Raum da; er zitterte in der Luft und streute Lichtreflexe umher. «Mörder», wiederholte Cook mit Genugtuung und hob die entzündeten Augen. «Ich habe dir ja gesagt, daß wir hier steckenbleiben würden. Schwarze Hunde fressen zuviel Aas. Mi, re, fa, sol.»

«Er ist ein Clown», teilte ich Gregson leise mit, «ein shakespearescher Clown.»

«Klau, klau, klau», antwortete Gregson, «klau, klau – kla, kla, kla... Hörst du», schrie er mir ins Ohr, «du mußt aufstehen. Wir müssen weiter.»

Der Stein war weiß und weich wie ein Bett. Ich erhob

mich ein wenig, fiel aber sogleich auf mein Kissen zurück.

«Wir müssen ihn tragen», sagte Gregsons entfernte Stimme. «Faß mit an.»

«Larifari», erwiderte Cook (oder glaubte ich zu hören). «Ich schlage vor, wir gönnen uns etwas frisches Fleisch, bevor es vertrocknet. Fa, sol, mi, re.»

«Er ist krank, er ist auch krank», rief ich Gregson zu. «Du bist hier mit zwei Wahnsinnigen zusammen. Geh allein weiter. Du schaffst es... geh...»

«So siehst du aus – ihn gehen lassen», sagte Cook.

Inzwischen nutzten Wahnvorstellungen die allgemeine Verwirrung und richteten sich ruhig und beharrlich ein. Die Linien einer undeutlichen Decke zogen und kreuzten sich am Himmel. Ein großer Sessel hob sich aus dem Moor, als werde er von unten gehalten. Glänzende Vögel flogen durch den Dunst über dem Moder, und als sie sich niederließen, verwandelte sich der eine in den hölzernen Knauf eines Bettpfostens, der andere in eine Karaffe. Meine ganze Willenskraft zusammennehmend, schärfte ich meinen Blick und vertrieb diesen gefährlichen Spuk. Über dem Riedgras flogen richtige Vögel mit langen, feuerfarbenen Schwänzen. Die Luft summte von Insekten. Gregson verscheuchte eine bunte Fliege und versuchte gleichzeitig, ihre Art zu bestimmen. Endlich konnte er nicht mehr an sich halten und fing sie in seinem Netz. Seine Bewegungen machten seltsame Veränderungen durch, als mische jemand sie wie ein Kartenspiel. Ich sah ihn in verschiedenen Stellungen zugleich; er löste sich von sich selber, so als bestünde er aus verschiedenen gläsernen Gregsons, deren Umrisse nicht übereinander lagen. Dann zog er sich wieder zusammen und stand entschlossen auf. Er schüttelte Cook an der Schulter.

«Du wirst mir helfen, ihn zu tragen», sagte Gregson deutlich. «Wenn du uns nicht verraten hättest, säßen wir jetzt nicht in der Patsche.»

Cook blieb still, lief aber langsam purpurrot an.

«Hör mal, Cook, das wirst du bereuen», sagte Gregson. «Ich sage dir zum letzten Mal...»

An diesem Punkt geschah etwas, das lange Zeit hindurch herangewachsen und gereift war. Cook bohrte seinen Kopf wie ein Bulle in Gregsons Magen. Beide fielen sie hin; Gregson hatte Zeit, seinen Revolver zu ziehen, aber es gelang Cook, ihn ihm aus der Hand zu schlagen. Dann umklammerten sie sich und begannen sich unter betäubendem Keuchen ineinander verschränkt zu wälzen. Ich blickte hilflos zu ihnen hinüber. Wenn sich Cooks breiter Rücken anspannte, sah man durch sein Hemd die Wirbel; aber plötzlich erschien anstelle des Rückens ein Bein, auch seins, das mit roten Haaren bedeckt war und auf dem eine blaue Ader das Schienbein entlanglief, und Gregson wälzte sich auf ihn. Gregsons Helm flog vom Kopf und taumelte wie die Hälfte eines gewaltigen Pappeies davon. Irgendwoher aus dem Labyrinth ihrer Körper wanden sich Cooks Finger, die ein rostiges, aber scharfes Messer umklammert hielten; das Messer drang in Gregsons Rücken, als wäre er aus Lehm, aber Gregson grunzte nur einmal, und beide rollten mehrere Male übereinander. Als ich den Rücken meines Freundes das nächste Mal sah, ragten noch der Griff und die obere Hälfte der Klinge heraus, während sich seine Hände um Cooks dicken Hals geschlossen hatten; der knirschte, und Cooks Beine zuckten, als Gregson zudrückte. Noch einmal drehten sie sich ganz um sich selbst, und jetzt war nur noch ein Viertel der Klinge zu sehen, nein, ein Fünftel – nein, nicht einmal soviel: Sie war ganz eingedrungen. Gregson kam zur Ruhe, nachdem er sich auf Cook gewälzt hatte, der sich ebenfalls nicht mehr regte.

Ich sah zu, und es schien mir (in meinen vom Fieber umnebelten Wahrnehmungen), als wäre das alles ein harmloses Spiel, als würden sie gleich aufstehen, Atem schöpfen und mich friedlich über den Sumpf zu den kühlen, blauen Bergen tragen, an einen schattigen Ort mit murmelndem Wasser. Doch plötzlich, in diesem letzten Stadium meiner tödlichen Krankheit – denn ich wußte, daß ich in wenigen Minuten sterben würde –, in diesen letzten Minuten wurde alles vollkommen deutlich; mir wurde klar, daß alles, was sich um mich her abspielte, nicht der Wahn einer entzündeten Phantasie war, nicht der Schleier des Deliriums, durch den hindurch sich flüchtige, unwillkommene Bilder meines vermeintlich wahren Lebens in einer fernen europäischen Großstadt zu zeigen versuchten (die Tapete, der Sessel, das Glas Limonade). Mir wurde klar, daß die aufdringliche Stube eine Erfindung war, wie alles jenseits des Todes im besten Fall eine Erfindung ist: eine hastig zusammengebaute Imitation des Lebens, die möblierten Zimmer der Nichtexistenz. Mir wurde klar, daß dies hier die Wirklichkeit war, hier, unter diesem wunderbaren, furchterregenden tropischen Himmel, zwischen diesem glänzenden, schwertartigen Röhricht, in diesem Dunst, der über ihm hing, und in den wulstlippigen Blumen, die sich an die Insel krallten, wo neben mir zwei ineinander verklammerte Tote lagen. Und als mir alles dies klar war, fand ich in mir die Kraft, zu ihnen hinüberzukriechen und Gregson, meinem Führer, meinem guten Freund, das Messer aus dem Rücken zu ziehen. Er war tot, ganz tot, und all die Fläschchen in seinen Taschen waren zerbrochen und zerdrückt. Auch Cook war tot, und seine tintenschwarze Zunge hing ihm aus dem Mund. Mit Gewalt öffnete ich Gregsons Hände und drehte seinen Körper um. Seine Lippen waren halb offen und blutig; sein Gesicht, das bereits härter geworden schien, sah schlecht rasiert aus; zwischen den Lidern war das bläuliche Weiß seiner Augen sichtbar. Zum letzten Mal sah ich all dies deutlich, mit Bewußtsein, mit dem Siegel der Echtheit auf allem – ihre abgeschürften Knie, die hellen Fliegen, die über ihnen kreisten, die Weibchen dieser Fliegen, die schon nach einer Stelle für ihre Eiablage suchten. Mit meinen entkräfteten Händen tastete ich nach einem dicken Notizheft in meiner Hemdtasche, aber hier übermannte mich die Schwäche; ich setzte mich, und mein Kopf sank herab. Und doch besiegte ich diesen ungeduldigen Todesnebel, und ich sah mich um. Blaue Luft, Hitze, Einsamkeit... Und wie bedauerte ich Gregson, der nun nie heimkehren würde! Ich erinnerte mich sogar an seine Frau und seine alte Köchin, seine Papageien und an vielerlei anderes. Dann dachte ich an unsere Entdeckungen, unsere kostbaren Funde, die seltenen, noch nicht beschriebenen Pflanzen und Tiere, die von uns nun niemals Namen erhalten würden. Ich war allein. Undeutlicher blinkte das Riedgras, trüber flammte der Himmel. Meine Augen folgten einem herrlichen Käfer, der über einen Stein kroch, aber es blieb mir keine Kraft, ihn zu fangen. Alles um mich her verblaßte und ließ die Szenerie des Todes kahl – einige realistische Möbel und vier Wände. Meine letzte Bewegung war, das Heft zu öffnen, das feucht war von meinem Schweiß, denn unbedingt mußte ich noch etwas eintragen; aber ach, es entglitt meiner Hand. Ich tastete die Decke ab, aber das Heft war nicht mehr da.

Das Wiedersehen

Lew hatte einen Bruder, Serafim, der älter und dicker war als er, obwohl es durchaus möglich war, daß er in den letzten neun Jahren – nein, warte mal... Gott, es waren ja zehn! – dünner geworden war, wer weiß. In ein paar Minuten wissen wir es. Lew hatte Rußland verlassen, Serafim war geblieben, schierer Zufall in beiden Fällen. Man hätte sogar sagen können, daß Lew der Linke war, während Serafim, der jüngst sein Abschlußexamen am Polytechnikum gemacht hatte, völlig in seinem Fach aufging und sich um politische Klimawechsel nicht scherte... Wie seltsam, überaus seltsam, daß er in ein paar Minuten hereinkommen würde. War eine Umarmung angebracht? So viele Jahre... Ein *«spez»*, ein Spezialist. Ach, diese Wörter mit den abgekauten Endungen, wie weggeworfene Fischköpfe... *«spez»*...

Am Morgen hatte er einen Anruf bekommen, und eine unbekannte Frauenstimme hatte auf deutsch ausgerichtet, daß er eingetroffen sei und am Abend gerne vorbeikäme, da er am morgigen Tage schon wieder abreise. Dies war eine Überraschung, obwohl Lew bekannt war, daß sich sein Bruder in Berlin aufhielt. Lew hatte einen Freund, der einen Freund hatte, der seinerseits einen Mann kannte, der bei der Handelsmission der UdSSR arbeitete. Serafim war im Auftrage gekommen, ein Einkaufsgeschäft oder so etwas Ähnliches in die Wege zu leiten. War er Parteimitglied? Mehr als zehn Jahre...

All diese Jahre hatten sie keinen Kontakt miteinander gehabt. Serafim wußte nicht das mindeste von seinem Bruder, und Lew wußte so gut wie nichts von Serafim. Ein paar Mal war er in den grauen Rauchschleiern sowjetrussischer Zeitungen, die er in Lesesälen durchblätterte, auf Serafims Namen gestoßen. «Und in Anbetracht der Tatsache», deklamierte Serafim, «daß die fundamentale Voraussetzung der Industrialisierung die Einbindung sozialistischer Gesichtspunkte in unser ökonomisches System im allgemeinen ist, erscheint radikaler Fortschritt in den dörflichen Gemeinden als wesentliches und unmittelbar in Angriff zu nehmendes Problem.»

Lew, der seine Studien mit entschuldbarer Verspätung an der Universität Prag abgeschlossen hatte (seine Doktorarbeit behandelte slawophile Einflüsse auf die russische Literatur), versuchte sein Glück jetzt in Berlin zu machen, ohne sich jemals darüber klar werden zu können, wo dieses Glück denn nun warte: im Handel mit allerlei Schnickschnack, wie Leschtschejew ihm riet, oder im Druckergewerbe, wie Fuchs zu wissen meinte. Leschtschejew und Fuchs sollten übrigens mit ihren Frauen heute abend zu Besuch kommen (man feierte russische Weihnachten). Lew hatte seine letzte Barschaft für einen Weihnachtsbaum aus zweiter Hand und von fünfzig Zentimeter Höhe, für ein paar karmesinrote Kerzen, ein Pfund Zwieback und ein halbes

Pfund Zuckerwerk ausgegeben. Seine Gäste hatten versprochen, sich um Wodka und Wein zu kümmern. Als er jedoch die konspirative unglaubliche Mitteilung bekommen hatte, daß sein Bruder ihn besuchen wolle, hatte Lew das Fest sofort abgeblasen. Die Leschtschejews waren nicht zu Hause, und er hinterließ beim Dienstmädchen die Nachricht, daß etwas Unvorhergesehenes dazwischengekommen sei. Natürlich würde ein Gespräch mit seinem Bruder unter vier Augen eine reine Qual werden, aber es wäre sicher noch schlimmer, wenn... «Darf ich euch meinen Bruder vorstellen, er kommt aus Rußland.» – «Sehr erfreut! Wie lange machen die es denn noch?» – «Wen genau meinen Sie damit? Ich verstehe Sie nicht ganz.» Leschtschejew war besonders hitzköpfig und intolerant... Nein, die Weihnachtsfeier mußte abgesagt werden.

Jetzt, kurz vor acht Uhr abends, ging Lew in seinem dürftigen, aber sauberen kleinen Zimmer auf und ab und stieß einmal an den Tisch, das nächste Mal gegen das weiße Kopfende des schmalen Bettes – kein reicher, aber ein reinlicher kleiner Mann in einem schwarzen, vom langen Tragen blanken Anzug und mit einem Wendekragen, der ihm zu weit war. Sein Gesicht mit ziemlich kleinen, leicht irrwitzigen Augen war glattrasiert, stupsnasig und nicht sehr bemerkenswert. Er trug Gamaschen, um die Löcher in seinen Socken zu verbergen. Seit kurzem war er von seiner Frau geschieden, die ihn wider alle Erwartung betrogen hatte – und mit wem! Einem Spießer, einer Null... Jetzt entfernte er ihr Bild, sonst würde er die Fragen seines Bruders zu beantworten haben. («Wer ist denn das?» – «Meine ehemalige Frau.» –

«Was heißt ehemalig?») Er brachte auch den Christbaum weg und stellte ihn mit Erlaubnis der Wirtin auf ihren Balkon – sonst, wer weiß, machte sich sein Bruder noch über seine Emigrantenrührseligkeit lustig. Warum hatte er ihn eigentlich gekauft? Es war halt so Brauch. Gäste, Kerzenschimmer. Mach mal das Licht aus – das Bäumchen allein soll leuchten. Spiegelglitzern in Frau Leschtschejews hübschen Augen.

Worüber sollte er mit seinem Bruder reden? Sollte er ihm beiläufig und leichthin von seinen Abenteuern im Süden Rußlands zur Zeit des Bürgerkrieges erzählen? Sollte er sich in scherzhaftem Ton über seine derzeitige (unerträgliche, erdrückende) Armut beklagen? Oder so tun, als sei er ein großzügiger Mann, der über den üblichen Emigrantenressentiments stand und begriff... Was begriff er? Daß Serafim meiner Armut, meiner Unbescholtenheit vielleicht eine aktive Kollaboration vorgezogen hätte... und mit wem, mit wem! Oder sollte er ihn statt dessen angreifen, ihn beschämen, sich mit ihm auseinandersetzen, gar ätzend witzig sein? «Grammatisch kann Leningrad nur Lenchens Stadt bedeuten.»

Er rief sich Serafim vor Augen, seine fleischigen, abfallenden Schultern, seine gigantischen Gummischuhe, die Pfützen im Garten vor ihrer Datscha, den Tod ihrer Eltern, den Ausbruch der Revolution... Besonders nahe hatten sie sich nie gestanden – selbst als sie zur Schule gingen, jeder hatte seine eigenen Freunde und andere Lehrer... Im Sommer seines siebzehnten Lebensjahres hatte Serafim eine ziemlich unappetitliche Affäre mit einer Dame von einer Nachbardatscha, der

Frau eines Rechtsanwalts. Die hysterischen Schreie des Anwalts, fliegende Fäuste, die Aufgelöstheit der nicht mehr allzu jugendfrischen Dame mit ihrem Katzengesicht, die den Gartenweg hinunterrannte, und irgendwo im Hintergrund das peinliche Geräusch splitternden Glases. Eines Tages wäre Serafim beim Baden im Fluß beinahe ertrunken... Das waren die etwas farbigeren Erinnerungen an seinen Bruder, und sie machten, weiß Gott, nicht eben viel her. Oft denkt man, daß man sich lebhaft und bis auf die letzte Kleinigkeit an jemand erinnert, und wenn man der Sache nachgeht, ist alles letztlich so leer, so schal, so seicht – eine falsche Fassade, ein Täuschungsmanöver seines Gedächtnisses. Gleichwohl war Serafim immer noch sein Bruder. Er aß viel. Er war ordentlich. Was noch? Eines Abends, man saß beim Tee...

Die Uhr schlug acht. Lew warf einen nervösen Blick aus dem Fenster. Es nieselte, und die Straßenlaternen schwammen im Dunst. Weiße Reste nassen Schnees waren noch auf dem Gehweg zu sehen. Aufgewärmte Weihnachten. Farblose Papierschlangen, Überbleibsel des deutschen Neujahrsfestes, hingen vom Balkon gegenüber und zitterten schlaff im Dunkel. Das plötzliche Klingeln der Türglocke traf Lew wie ein elektrischer Schlag irgendwo in der Gegend seines Sonnengeflechts.

Er war sogar noch größer und dicker als früher. Er tat, als sei er ganz fürchterlich außer Atem. Er nahm Lews Hand. Beide schwiegen und hatten ein identisches Grinsen im Gesicht. Ein russischer wattierter Mantel mit einem kleinen Astrachankragen, der sich mit einem Haken schließen ließ; ein grauer Hut, den er im Ausland erstanden hatte.

«Dort drüben», sagte Lew. «Zieh ihn aus. Komm, ich leg ihn hierher. Hast du die Adresse gleich gefunden?»

«Hab die U-Bahn genommen», sagte Serafim schnaufend. «Nun ja. So ist es also...»

Mit einem übertriebenen Seufzer der Erleichterung setzte er sich in einen Sessel.

«Es gibt gleich Tee», sagte Lew geschäftig und fummelte an einem Spirituskocher auf dem Spülstein.

«Übles Wetter», sagte Serafim und rieb die Handflächen aneinander. Eigentlich war es draußen recht warm.

Der Spiritus floß in eine kupferne Schale; wenn man an einer Regulierschraube drehte, sickerte er in eine schwarze Rinne. Man durfte nur eine winzige Menge austreten lassen, mußte dann die Schraube wieder zudrehen und ein Streichholz anzünden. Eine weiche, gelbliche Flamme leuchtete auf, schwamm auf der Rinne, starb allmählich, woraufhin man das Ventil erneut öffnete, und mit einem lauten Knall (unter dem eisernen Aufsatz, auf dem eine hohe, blecherne Teekanne mit großem Muttermal auf einer Flanke mit Opfermiene stand) platzte eine ganz andersartige, bläuliche Flamme wie eine azurene Zackenkrone auf. Wie und warum das so funktionierte, wußte Lew nicht, es interessierte ihn auch nicht. Er folgte blind den Anweisungen seiner Wirtin. Zuerst schaute sich Serafim diese Fummelei mit dem Spirituskocher, soweit ihm das seine Korpulenz erlaubte, über die Schulter hinweg an, dann stand er auf und trat näher, und sie redeten eine Weile über das Gerät, wobei Serafim seine Wirkungsweise erläuterte und die Regulierschraube sanft vor- und zurückdrehte.

«Nun, wie geht's, wie steht's?» fragte er und ließ sich aufs neue in den engen Sessel sinken.

«Nun – du siehst ja selber», antwortete Lew. «Der Tee ist gleich soweit. Wenn du hungrig bist, ich habe etwas Wurst da.»

Serafim lehnte ab, putzte sich ausgiebig die Nase und begann, über Berlin zu sprechen.

«Die haben Amerika überrundet», sagte er. «Du brauchst dir nur den Verkehr anzuschauen. Die Stadt hat sich enorm verändert. Ich war 1924 schon mal hier, weißt du.»

«Zu der Zeit war ich in Prag», sagte Lew.

«Ach so», sagte Serafim.

Schweigen. Sie betrachteten beide den Teekessel, als ob sie ein Wunder von ihm erwarteten.

«Kocht gleich», sagte Lew. «Nimm dir inzwischen was von diesen Sahnebonbons.»

Serafim bediente sich, und seine linke Backe machte sich an die Arbeit. Lew brachte es noch immer nicht über sich, sich zu setzen: Sitzen signalisierte die Bereitschaft zum Plaudern. Er stand lieber oder pendelte zwischen Bett und Tisch, Tisch und Spülstein hin und her. Tannennadeln lagen verstreut auf dem farblosen Teppich. Plötzlich hörte das Zischen auf.

«*Prussak kaput*», sagte Serafim.

«Das kriegen wir schon wieder hin», begann Lew hastig, «eine kleine Sekunde nur.»

Aber es war kein Spiritus mehr im Behälter. «Was für eine blöde Situation... Weißt du was, ich besorge mir welchen bei der Wirtin.»

Er trat auf den Korridor hinaus und ging zu ihren Zimmern hinüber. Idiotisch. Er klopfte an die Tür. Keine Antwort. Kann ich nur müde drüber lächeln. Warum fiel ihm das ein, dieses Schuljungensprüchlein (das man aufsagte, um zu zeigen, daß man sich aus einer Hänselei nichts machte)? Er klopfte noch einmal. Alles war dunkel. Sie war nicht da. Er fand den Weg zur Küche. Die Küche war vorsorglich abgeschlossen.

Lew stand eine Weile im Gang und dachte viel weniger an den Spiritus als daran, was für eine Erleichterung es war, eine Minute allein zu sein, und welche Qual es wäre, in jenes spannungsgeladene Zimmer zurückzukehren, wo ein Unbekannter sich eingenistet hatte. Wovon konnte man mit ihm nur reden? Von diesem Artikel über Faraday in einer alten Ausgabe der *Natur*? Nein, ausgeschlossen. Als er zurückkam, stand Serafim vor dem Bücherregal und sah sich die zerlesenen, armseligen Bände an.

«Was für eine blöde Situation», sagte Lew. «Es ist zum Auswachsen. Du mußt entschuldigen, verdammt. Vielleicht...»

(Vielleicht war das Wasser schon fast am Kochen? Nein, noch nicht einmal lauwarm.)

«Komm, kein Theater! Um ehrlich zu sein, ich mache mir nicht viel aus Tee. Du liest eine Menge, was?»

(Sollte er runtergehen in die Kneipe und ein paar Flaschen Bier holen? Nicht genug Geld, und Anschreiben gab's nicht. Mist, er hatte alles für das Zuckerzeug und den Baum ausgegeben.)

«Ja, ich lese gern», sagte er laut. «Das ist doch eine Schande, eine verdammte Schande ist das. Wenn nur die Wirtin...»

«Nun laß doch», sagte Serafim, «wir schaffen's auch ohne. Du liest also. Und wie laufen die Dinge sonst? Wie steht's mit der Gesundheit? Alles in Ordnung? Die Gesundheit ist das Wichtigste. Ich persönlich lese nicht viel», fuhr er fort und schaute von schräg unten zum Bücherregal hinauf. «Hab nie Zeit. Neulich im Zug fand ich zufällig...»

Im Korridor läutete das Telephon.

«Entschuldige», sagte Lew. «Bedien dich. Sahnebonbons und Zwieback stehen da drüben. Bin sofort wieder da.» Er rannte hinaus.

«Was ist mit dir los, mein Bester?» sagte Leschtschejews Stimme. «Was geht hier eigentlich vor? Ist was passiert? Bist du krank? Was? Ich höre dich nicht. Sprich lauter!»

«Etwas Geschäftliches, ganz unerwartet», antwortete Lew. «Hast du meine Nachricht nicht bekommen?»

«Nachricht, Nachricht! Komm schon. Wir haben Weihnachten, der Wein ist gekauft, meine Frau hat ein Geschenk für dich.»

«Ich kann nicht», sagte Lew. «Es tut mir schrecklich leid...»

«Du bist mir vielleicht ein Vogel! Egal was es ist, sieh zu, daß du dich loseist, wir sind in Nullkommanix da. Die Fuchsens sind auch hier. Oder ich habe noch eine bessere Idee – du kommst zu uns rüber. Was? Olja, sei doch mal ruhig, ich höre nichts. Was hast du gesagt?»

«Ich kann nicht. Ich habe meinen... Ich bin beschäftigt, das ist alles.»

Leschtschejew fluchte gut russisch. «Wiedersehen», sagte Lew verlegen in das schon tote Telephon.

Serafims Aufmerksamkeit hatte sich von den Büchern auf ein Bild an der Wand verlagert.

«Was Geschäftliches. Lästig», sagte Lew und verzog das Gesicht. «Sei mir nicht böse.»

«Du hast wohl viel zu tun?» fragte Serafim, ohne seine Augen von dem Gemälde zu nehmen – Mädchen in Rot mit pechschwarzem Pudel.

«Nun, es reicht zum Leben – Zeitschriftenartikel, alles mögliche», sagte Lew vage. «Und du – du bleibst wohl nicht lange hier?»

«Ich fahre wahrscheinlich morgen wieder. Ich bin auch nur auf ein paar Augenblicke vorbeigekommen. Heute abend muß ich noch...»

«Setz dich doch bitte, setz dich...»

Serafim setzte sich. Sie schwiegen einige Zeit. Sie waren beide durstig.

«Wir waren gerade bei Büchern», sagte Serafim. «Da kommt immer eins zum anderen, und ich finde keine Zeit zum Lesen. Aber im Zug habe ich zufällig was gefunden und es gelesen, weil es nichts Besseres zu tun gab. Ein deutscher Roman. Quatsch natürlich, aber recht unterhaltsam. Über Inzest. Da waren...»

Er gab die Geschichte in allen Einzelheiten wieder. Lew nickte unablässig und besah sich Serafims gediegenen grauen Anzug und seine fülligen glatten Backen und dachte unterdessen: Was soll eigentlich ein Wiedersehen mit dem eigenen Bruder nach zehn Jahren, wenn man dann nur irgendwelchen spießigen Mist von Leonhard Frank diskutiert? Er findet es langweilig, darüber zu reden, und ich finde es ebenso langweilig, ihm zuzuhören. Warte, laß mal sehen, ich wollte doch irgendwas sagen... Komm jetzt nicht mehr drauf. Was für ein qualvoller Abend.

«Ja, ich glaube, ich habe es gelesen. Ja, das Thema ist heutzutage sehr in Mode. Nimm dir doch noch was Süßes. Eindeutig meine Schuld, das mit dem Tee. Du sagst, Berlin habe sich sehr verändert.» (Falsch, das zu sagen – darüber hatten sie sich ja schon ausgelassen.)

«Diese Amerikanisierung», antwortete Serafim. «Dieser Verkehr. Diese bemerkenswerten Gebäude.»

Es entstand eine Pause.

«Ich wollte dich was fragen», sagte Lew etwas krampfhaft. «Es fällt nicht ganz in deine Richtung, aber in dieser Zeitschrift hier... Da gibt's ein paar Dinge, die habe ich nicht verstanden. Da, zum Beispiel, diese Experimente von ihm.»

Serafim nahm die Zeitschrift und begann zu erklären. «Was ist daran so kompliziert? Bevor sich ein magnetisches Feld bildet – du weißt doch, was ein magnetisches Feld ist? – also, bevor sich eins bildet, existiert ein sogenanntes elektrisches Feld. Seine Kraftlinien liegen auf Flächen, die durch einen sogenannten Leiter führen. Vergiß nicht, daß nach Faraday eine magnetische Linie als geschlossener Kreis erscheint, während eine elektrische immer offen ist. Gib mir mal einen

Bleistift... Nein, laß nur, ich hab schon einen... Danke, danke, ich habe einen.»

Er fuhr mit seinen Erklärungen fort und zeichnete ziemlich lange an etwas, während Lew unterwürfig nickte. Er sprach von Young, Maxwell, Hertz. Eine echte Vorlesung. Dann bat er um ein Glas Wasser.

«Es wird Zeit, daß ich mich aufmache, weißt du», sagte er, leckte sich die Lippen und stellte das Glas zurück auf den Tisch. «Es wird Zeit.» Von irgendwo in der Bauchgegend brachte er eine dicke Uhr zutage. «Ja, es wird Zeit.»

«Aber bleib doch noch ein bißchen», murmelte Lew, doch Serafim schüttelte den Kopf, stand auf und zog seine Weste gerade. Sein Blick verweilte erneut auf dem Bild mit dem Mädchen in Rot und dem schwarzen Pudel.

«Erinnerst du dich an seinen Namen?» fragte er mit dem ersten echten Lächeln des Abends.

«Wessen Name?»

«Ach, du weißt schon. Tichotskij kam doch immer mit einem Mädchen und einem Pudel zu Besuch, wenn wir in der Datscha waren. Wie hieß denn nur noch der Pudel?»

«Warte», sagte Lew, «warte. Du hast recht. Ich komme gleich drauf.»

«Er war schwarz», sagte Serafim. «Ganz wie der hier... Wo hast du meinen Mantel hin? Ah, da ist er ja. Hab ihn.»

«Ich erinnere mich auch nicht mehr», sagte Lew. «Wie hieß er denn noch?»

«Ist ja gleich. Zum Teufel damit! Ich muß gehen.

Nun... Es war fabelhaft, dich zu sehen...» Er schlüpfte trotz seiner Korpulenz behende in den Mantel.

«Ich kommte noch ein Stück mit», sagte Lew und holte seinen abgetragenen Regenmantel.

Unbehaglich räusperten sie sich zur gleichen Zeit. Dann gingen sie schweigend die Treppe hinunter und traten auf die Straße. Es nieselte.

«Ich nehme die U-Bahn. Wie war nur der Name. Er war schwarz und hatte Pompons an den Pfoten. Mein Gedächtnis läßt unglaublich nach.»

«Es war ein ‹k› darin», erwiderte Lew. «Da bin ich mir sicher – es war ein ‹k› darin.»

Sie überquerten die Straße.

«Diese Nässe», sagte Serafim. «Na... Es fällt uns wohl nicht mehr ein. Du meinst, da war ein ‹k›?»

Sie bogen um die Ecke. Straßenlaterne. Pfütze. Postamt im Dunkel. Eine alte Bettlerin stand wie gewohnt beim Briefmarkenautomaten. Sie hielt eine Hand mit zwei Streichholzschachteln ausgestreckt. Der Schein der Straßenlaterne fiel auf ihre eingesunkene Wange; ein heller Tropfen zitterte unter ihrem Nasenloch.

«Das ist doch wirklich absurd», rief Serafim aus. «Irgendwo da oben in einer meiner Hirnzellen ist er, aber ich bekomme ihn einfach nicht zu fassen.»

«Wie hieß er nur... wie hieß er?» fiel Lew ein. «Es ist wirklich absurd, daß wir... Erinnerst du dich, wie er einmal verlorenging, und du und die kleine Tichotskij, ihr seid stundenlang durch den Wald gewandert, um ihn zu suchen. Ich bin sicher, daß da ein ‹k› und vielleicht irgendwo auch ein ‹r› drin vorkamen.»

Sie kamen auf den Platz. Auf der gegenüberliegenden Seite leuchtete ein perlfarbenes Hufeisen auf blauem Glas – das U-Bahn-Schild. Steinstufen führten in die Tiefe.

«Das war ein tolles Weib, diese Kleine», sagte Serafim. «Ich geb's auf. Paß gut auf dich auf! Wir sehen uns sicher irgendwann einmal.»

«Es war so was wie Turk... Trick... Nein, ich komme nicht drauf. Hoffnungslos. Paß du gut auf dich auf! Viel Glück!»

Serafim winkte mit gespreizter Hand, sein breiter Rücken bildete einen Buckel und verschwand in der Tiefe.

Lew machte sich langsam auf den Rückweg, über den Platz, an der Post und der Bettlerin vorbei... Plötzlich blieb er stehen.

Irgendwo in seinem Gedächtnis rührte sich andeutungsweise etwas, als ob etwas Winziges erwacht wäre und sich regte. Das Wort war noch immer nicht sichtbar, aber sein Schatten kam schon hinter einer Ecke hervorgekrochen, und er wollte auf diesen Schatten treten, um zu verhindern, daß er sich zurückziehe und verschwinde. Leider war es schon zu spät. Alles löste sich in Nichts auf, doch in dem Augenblick, als die Anstrengung seines Geistes nachließ, regte sich wieder etwas, vernehmlicher dieses Mal, und wie eine Maus, die aus ihrem Loch auftaucht, wenn alles ruhig ist im Zimmer, leicht, geräuschlos, geheimnisvoll erschien das lebendige Korpuskel eines Wortes... «Gib Pfötchen, Joker!» Joker! Wie einfach! Joker...

Er sah unwillkürlich zurück und dachte, daß auch Serafim in seinem U-Bahn-Wagen sich erinnert haben könnte. Was war das für ein elendes Wiedersehen gewesen.

Lew seufzte tief auf, blickte auf seine Uhr, und als er sah, daß es noch nicht zu spät war, entschloß er sich, zu den Leschtschejews zu gehen. Er würde unter ihrem Fenster in die Hände klatschen, und vielleicht würden sie ihn hören und einlassen.

Mund an Mund

Noch weinten die Violinen, noch spielten sie, so schien es, eine Hymne der Leidenschaft und Liebe, doch schon gingen Irina und der tief bewegte Dolinin rasch auf den Ausgang zu. Was sie lockte, war die Frühlingsnacht, war das Geheimnis, das angespannt zwischen ihnen gestanden hatte. Beider Herzen schlugen wie eines.

«Geben Sie mir Ihre Garderobenmarke», ließ sich Dolinin vernehmen (ausgestrichen).

«Bitte lassen Sie mich Ihren Hut und Mantel holen» (ausgestrichen).

«Bitte», ließ sich Dolinin vernehmen, *«lassen Sie mich Ihre Sachen holen»* («und meine» zwischen «Ihre» und «Sachen» eingefügt).

Dolinin ging zur Garderobe hinauf, und nachdem er seine kleine Marke vorgewiesen hatte (korrigiert zu «beide kleinen Marken»)...

An dieser Stelle geriet Ilja Borissowitsch Tal ins Sinnen. Es war ungeschickt, höchst ungeschickt, hier zu stocken. Gerade eben war es zu einer ekstatischen Aufwallung gekommen, einem plötzlichen Aufflammen der Liebe zwischen dem einsamen, nicht mehr jungen Dolinin und der Fremden, die zufällig mit ihm in der Loge gesessen hatte, einem Mädchen in Schwarz, woraufhin sie beschlossen hatten, aus dem Theater zu fliehen, weit,

weit fort von den Décolletés und Militäruniformen. Irgendwo außerhalb des Theaters stellte sich der Autor undeutlich den Kupetscheskij- oder Zarskij-Park vor, blühende Robinien, Schluchten, eine Sternennacht. Der Autor konnte es nicht erwarten, mit seinem Helden und seiner Heldin in diese Sternennacht einzutauchen. Trotzdem mußte man erst die Mäntel holen, und das beeinträchtigte den Glamour. Ilja Borissowitsch las das Geschriebene noch einmal, blies die Backen auf, starrte den gläsernen Briefbeschwerer an und beschloß am Ende, den Glamour dem Realismus zu opfern. Es erwies sich als gar nicht einfach. Seine Neigungen waren strikt lyrisch, Natur- und Gefühlsbeschreibungen kamen ihm mit überraschender Leichtigkeit, aber auf der andren Seite bereiteten ihm Routineverrichtungen eine Menge Kummer, etwa das Öffnen und Schließen von Türen oder das Händeschütteln, wenn zahlreiche Figuren im Zimmer waren und eine oder zwei Personen viele andere grüßten. Außerdem balgte sich Ilja Borissowitsch ständig mit den Fürwörtern, zum Beispiel dem «sie», das eine enervierende Art hatte, sich nicht allein auf die Heldin zu beziehen, sondern auch auf ihre Mutter oder Schwester im selben Satz, so daß man, wenn man die Wiederholung des Eigennamens vermeiden wollte, statt dessen «jene Dame» oder «ihre Gesprächspartnerin» schreiben mußte, obwohl gar kein Gespräch stattfand. Schreiben bedeutete für ihn einen ungleichen Kampf mit den unentbehrlichen Dingen; Luxusgüter schienen wesentlich gefügiger, doch selbst sie rebellierten dann und wann, blieben stecken, behinderten die Bewegungsfreiheit – jetzt etwa, da er umständlich die Garderobenprozedur hinter sich gebracht hatte und seinem Helden einen eleganten Spazierstock in die Hand drücken konnte, erfreute sich Ilja Borissowitsch noch naiv am Glanz des reichverzierten Knaufs und ahnte leider nicht, welche Ansprüche dieser Wertgegenstand erheben, wie peinvoll er auf seiner Erwähnung bestehen würde, sobald Dolinin Irina über ein Frühlingsbächlein trüge und in den Händen die Rundungen eines geschmeidigen jungen Körpers spürte.

Dolinin war einfach «älter»; Ilja Borissowitsch Tal wäre bald fünfundfünfzig. Dolinin war «kolossal reich», ohne daß die Quelle seiner Einkünfte genau benannt worden wäre; Ilja Borissowitsch leitete eine Firma, die mit der Installation von Badezimmern zu tun hatte (dieses Jahr übrigens war sie ausersehen worden, die Höhlenwände mehrerer Untergrundbahnhöfe zu kacheln), und war recht wohlhabend. Dolinin lebte in Rußland – wahrscheinlich in Südrußland – und lernte Irina lange vor der Revolution kennen. Ilja Borissowitsch lebte in Berlin, wohin er 1920 mit Frau und Sohn übergesiedelt war. Seine literarische Produktivität währte schon lange, war aber nicht groß: der Nachruf auf einen für seine liberalen Ansichten berühmten Charkower Kaufmann im *Herold* selbiger Stadt (1910), zwei Prosagedichte ebenda (August 1914 und März 1917) sowie ein Buch, welches aus jenem Nachruf und jenen zwei Prosagedichten bestand – ein hübscher Band, der genau in der wütenden Mitte des Bürgerkriegs landete. In Berlin schließlich hatte Ilja Borissowitsch eine kleine Etude geschrieben, *Reisende zu See und zu Lande*, die in einer bescheidenen Emigrantentageszeitung in Chicago erschienen war; doch jene Gazette löste sich bald in Rauch auf, während andere Periodika die Manuskripte nicht zurückschickten und Ablehnungen nie begründeten. Es folgten zwei Jahre schöpferischer Ruhe: die Krankheit und der Tod seiner Frau, die Inflationszeit, tausend geschäftliche Unternehmungen. Sein Sohn machte in Berlin das Abitur und begann an der Universität Freiburg zu studieren. Und jetzt, im Jahre 1925, beim Anbruch des Alters, verspürte dieser gutsituierte und im großen und ganzen sehr einsame Mann einen solchen Anfall von Schreibkitzel, ein solches Verlangen – ach, nicht nach Ruhm, sondern einfach nach einiger Wärme und Aufmerksamkeit seitens des lesenden Publikums –, daß er beschloß, sich keinen Zwang mehr anzutun, einen Roman zu schreiben und ihn auf eigene Kosten drucken zu lassen.

Schon als seine Hauptfigur, der schwermütige, lebensüberdrüssige Dolinin, die Fanfare eines neuen Lebens vernahm und (nach jenem fast verhängnisvollen Aufenthalt in der Garderobe) seine junge Gefährtin in die Aprilnacht geleitete, hatte der Roman einen Titel bekommen: *Mund an Mund*. Dolinin ließ Irina in seine Wohnung einziehen, aber noch war es zu keinen Tätlichkeiten gekommen, denn er wünschte, daß sie aus freien Stücken sein Bett teilte und ausriefe:

«Nimm mich, nimm meine Reinheit, nimm meine Qual. Deine Einsamkeit ist auch die meine, und wie lange oder kurz deine Liebe auch dauert, ich bin auf alles gefaßt, weil um uns der Frühling zu Menschlichkeit und Güte ruft, weil Himmel

und Firmament in göttlicher Schönheit strahlen und weil ich dich liebe.»

«Eine eindrucksvolle Passage», bemerkte Euphratskij. «*Terra firmamental*, würde ich fast sagen. Sehr eindrucksvoll.»

«Und es ist nicht langweilig?» fragte Ilja Borissowitsch Tal und spähte über seine Hornbrille. «Na? Sagen Sie es ruhig offen.»

«Ich schätze, er wird sie entjungfern», sann Euphratskij.

«*Mimo, tschitatel, mimo!* (Falsch, Leser, falsch!)», erwiderte Ilja Borissowitsch (Turgenjew mißdeutend). Er lächelte recht selbstgefällig, schüttelte sein Manuskript zurecht, schlug die Beine mit den fetten Schenkeln bequemer übereinander und setzte seine Lesung fort.

Stück um Stück las er Euphratskij seinen Roman vor, so wie er entstand. Euphratskij, der einst bei einem Konzert mit karitativer Zielsetzung über ihn hergefallen war, war ein Emigrantenjournalist «mit einem Namen» oder vielmehr mit einem Dutzend Pseudonymen. Bis dahin waren Ilja Borissowitschs Bekannte aus deutschen Industriellenkreisen gekommen; jetzt besuchte er Emigrantentreffen, Vorträge, Amateurvorstellungen und hatte gelernt, einige der belletristischen Brüder zu erkennen. Mit Euphratskij stand er auf besonders gutem Fuße und schätzte seine Meinung als die eines Stilisten, obschon Euphratskijs Stil von jener tagesaktuellen Sorte war, die man nur zu gut kennt. Ilja Borissowitsch lud ihn oft ein, sie nippten am Cognac und redeten über russische Literatur, oder vielmehr besorgte Ilja Borissowitsch das Reden, während sein Gast gierig komische

Momente sammelte, mit denen er später seine eigenen Saufkumpane unterhalten konnte. Gewiß, Ilja Borissowitschs Geschmack neigte etwas zum Plumpen. Er ließ Puschkin natürlich Gerechtigkeit widerfahren, aber kannte ihn vor allem von drei oder vier Opern her und fand ihn im übrigen «olympisch heiter und unfähig, den Leser zu rühren». Seine Kenntnis neuerer Poesie beschränkte sich darauf, daß er sich an zwei Gedichte mit politischer Tendenz erinnerte, *Das Meer* von Wejnberg (1830 bis 1908) und die berühmten Zeilen von Skitaletz (Stepan Petrow, geboren 1868), in denen sich «taumelte» (in ein revolutionäres Komplott) auf «baumelte» (am Galgen) reimte. Machte sich Ilja Borissowitsch milde über die «Dekadenten» lustig? Ja, das tat er, aber man muß auch zugeben, daß er freimütig eingestand, von Lyrik nichts zu verstehen. Hingegen diskutierte er gern über russische Prosa: Er schätzte Lugowoj (eine regionale Mittelmäßigkeit der Jahre um 1900), hielt große Stücke auf Korolenko und war der Ansicht, daß Arzibaschew junge Leser verderbe. Im Hinblick auf die Romane moderner Emigrantenschriftsteller pflegte er mit der «leerhändigen» russischen Gebärde der Vergeblichkeit «Öde, öde!» zu sagen, was Euphratskij in eine Art verzückter Trance versetzte.

«Ein Autor sollte gefühlvoll sein», sagte Ilja Borissowitsch immer wieder, «und barmherzig und verständnisvoll und gerecht. Vielleicht bin ich ein Floh, ein Nichts, aber ich habe mein Credo. Wenn doch wenigstens ein Wort meiner Schriften an das Herz des Lesers dränge!» Und Euphratskij richtete seine Reptilienaugen auf ihn, indes er mit quälender Zärtlichkeit den morgigen mimetischen Bericht vorausschmeckte, A's dröhnendes Lachen, Z's bauchrednerhaftes Quieksen.

Schließlich kam der Tag, da die Rohfassung des Romans fertig war. Als sein Freund vorschlug, in ein Café zu gehen, entgegnete Ilja Borissowitsch mit geheimnisvollem und gewichtigem Tonfall:

«Unmöglich. Ich bin gerade dabei, meine Formulierungen zu polieren.»

Das Polieren bestand darin, daß er einen Angriff auf das zu häufig vorkommende Adjektiv *molodaja*, «jung» (weiblich), unternahm und es hier und da gegen «jugendlich», *junaja*, austauschte, welches er mit einer provinziellen Verdoppelung des Konsonanten aussprach, als würde es *junnaja* geschrieben.

Einen Tag später. Dämmerlicht. Ein Café am Kurfürstendamm. Ein rotes Plüschsofa. Zwei Herren. Für den flüchtigen Blick: Geschäftsleute. Einer – respektabel, sogar recht majestätisch, ein Nichtraucher mit einem vertrauensvollen und gütigen Ausdruck im fleischigen Gesicht; der andere – mager, finstere Augenbrauen, ein Paar anspruchsvoller Falten, die von den dreieckigen Nasenlöchern zu den herabgezogenen Winkeln seines Mundes verlaufen, aus dem schräg eine noch nicht entzündete Zigarette ragt. Die ruhige Stimme des ersten:

«Ich habe das Ende in einem Zug zu Papier gebracht. Er stirbt, ja, er stirbt.»

Schweigen. Das rote Sofa ist hübsch und weich. Hinter dem Bilderfenster schwebt eine durchscheinende Straßenbahn wie ein bunter Fisch in einem Aquarium vorüber.

Euphratskij ließ sein Feuerzeug schnappen, stieß Rauch aus den Nasenlöchern und sagte: «Sagen Sie, Ilja Borissowitsch, warum lassen Sie es nicht in Fortsetzungen in einer literarischen Zeitschrift drucken, ehe es als Buch herauskommt?»

«Ach was, zu diesen Leuten habe ich keinen Draht. Die drucken doch immer die gleichen.»

«Unsinn. Ich habe da einen kleinen Plan. Lassen Sie mich drüber nachdenken.»

«Ich würde mich glücklich schätzen...», murmelte Tal verträumt.

Ein paar Tage später in Ilja Borissowitsch Tals Büro. Der kleine Plan wird eröffnet.

«Schicken Sie Ihre Sache» (Euphratskij kniff die Augen zusammen und senkte die Stimme) «an *Arion*.»

«*Arion?* Was ist das?» sagte Ilja Borissowitsch und tätschelte nervös sein Manuskript.

«Nichts, was einem angst machen muß. So heißt die beste Emigrantenzeitschrift. Kennen Sie nicht? O weh, o weh! Die erste Ausgabe ist im Frühling herausgekommen, die zweite wird im Herbst erwartet. Sie sollten sich in der Literatur etwas mehr auf dem laufenden halten, Ilja Borissowitsch!»

«Aber wie mit ihnen in Verbindung kommen? Einfach hinschicken?»

«Genau. Direkt an den Herausgeber. Der Erscheinungsort ist Paris. Nun machen Sie mir nicht weis, daß Sie noch nie den Namen Galatow gehört haben?»

Schuldbewußt zuckte Ilja Borissowitsch eine fette Achsel. Mit sarkastisch verzogenem Gesicht erklärte Euphratskij: ein Schriftsteller, ein Meister, eine neue

Form des Romans, komplizierter Aufbau, Galatow, der russische Joyce.

«Dscheuß», wiederholte Ilja Borissowitsch kleinlaut.

«Erst einmal lassen Sie es abtippen», sagte Euphratskij. «Und dann machen Sie sich um Himmels willen mit der Zeitschrift bekannt.»

Er machte sich bekannt. In einer der russischen Exilbuchhandlungen wurde ihm ein dicklicher rosa Band ausgehändigt. Er erwarb ihn käuflich und dachte dabei sozusagen laut: «Ein junges Unternehmen. Muß man ermutigen.»

«Erledigt, das junge Unternehmen», sagte der Buchhändler. «Eine Nummer, mehr sind nicht herausgekommen.»

«Sie sind nicht auf dem laufenden», entgegnete Ilja Borissowitsch lächelnd. «Ich weiß bestimmt, daß die nächste Nummer im Herbst erscheint.»

Als er nach Hause kam, nahm er einen elfenbeinernen Brieföffner zur Hand und schnitt säuberlich die Seiten der Zeitschrift auf. Darin fand er ein unverständliches Prosastück von Galatow, zwei oder drei Kurzgeschichten von vage bekannten Autoren, einen Nebel von Poemen sowie einen überaus kenntnisreichen Artikel über deutsche Industrieprobleme, der Tigris gezeichnet war.

«Ach, die akzeptieren es nie und nimmer», überlegte Ilja Borissowitsch gequält. «Die gehören alle zu einer Clique.»

Nichtsdestoweniger machte er in den Kleinanzeigen einer russischsprachigen Tageszeitung eine Madame Lubanskij («Stenotypistin») ausfindig, bestellte sie zu sich in die Wohnung und begann ihr mit ungeheurem Gefühl, siedend vor Erregung und mit erhobener Stimme zu diktieren – und spähte dabei immer wieder zu der Dame hinüber, um zu sehen, wie sein Roman auf sie wirkte. Sie beugte sich über den Schreibblock, über den ihr Bleistift flitzte – eine kleine dunkle Frau mit einem Ausschlag auf der Stirn, und Ilja Borissowitsch schritt in Kreisen in seinem Arbeitszimmer umher, und die Kreise wurden enger, wenn er sich diesem oder jenem spektakulären Passus näherte. Gegen Ende des ersten Kapitels hallte das Zimmer von seinen Rufen wider.

«Und sein ganzes Einst kam ihm vor wie ein schrecklicher Irrtum», brüllte Ilja Borissowitsch und fügte in seiner normalen Bürostimme hinzu: «Tippen Sie das bis morgen, fünf Durchschläge, breiter Rand, ich erwarte Sie hier um die gleiche Zeit.»

In jener Nacht überlegte er im Bett, was er Galatow schreiben solle, wenn er ihm den Roman schickte («... sehe ich Ihrem strengen Urteil entgegen... meine Beiträge wurden in Rußland und Amerika publiziert...»), und am nächsten Morgen – solches ist die entzückende Zuvorkommenheit des Schicksals – erhielt Ilja Borissowitsch aus Paris den folgenden Brief:

Lieber Boris Grigorjewitsch,

von einem gemeinsamen Freund erfahre ich, daß Sie ein neues Werk vollendet haben. Die Herausgeber von Arion *wären daran interessiert, es zu sehen, da wir für unsere nächste Ausgabe gern etwas «Erfrischendes» hätten.*

Wie sonderbar! Gerade neulich erst kamen mir Ihre eleganten Miniaturen im Charkower Herold *wieder in den Sinn!*

«Man erinnert sich an mich, man will mich», murmelte Ilja Borissowitsch geistesabwesend. Darauf rief er Euphratskij an, warf sich in seinem Sessel zurück, stützte mit der Ungehobeltheit des Triumphs die Hand mit dem Hörer seitlich auf den Tisch, während er mit der anderen eine ausholende Geste beschrieb, und übers ganze Gesicht strahlend tönte er: «Siehst du, mein Alter, siehst du, mein Alter» – und plötzlich begannen die verschiedenen glänzenden Gegenstände auf dem Tisch zu beben und sich in eine feuchte Luftspiegelung aufzulösen. Er blinzelte, alles rückte wieder an den richtigen Platz, und Euphratskijs matte Stimme erwiderte: «Nun hab dich nicht! Schriftsteller sind Brüder. Ganz normaler Gefallen.»

Fünf Stapel beschriebener Seiten wuchsen und wuchsen. Dolinin, der aus diesem und jenem Grund seine schöne Begleiterin immer noch nicht besessen hatte, entdeckte durch Zufall, daß sie von einem anderen schwärmte, einem jungen Maler. Manchmal diktierte Ilja Borissowitsch in seinem Büro, und wenn die deutschen Typistinnen in den anderen Räumen jenes ferne Gebrüll hörten, fragten sie sich, wen der sonst so gutmütige Chef wohl anschnauze. Dolinin hatte eine offene und ehrliche Aussprache mit Irina, sie versicherte ihm, daß sie ihn nie verlassen werde, da sie seine schöne einsame Seele zu hoch schätze, aber ach, körperlich gehöre sie einem anderen, und wortlos verneigte sich Dolinin. Schließlich kam der Tag, an dem er ein Testament zu ihren Gunsten aufsetzte, kam der Tag, an dem er sich erschoß (mit einer Mauser-Pistole), kam der Tag, da Madame Lubanskij den Schlußteil des Typoskripts brachte und Ilja Borissowitsch sich mit einem seligen Lächeln erkundigte, wieviel er ihr schulde, und ihr zuviel zu zahlen versuchte.

Verzückt las er *Mund an Mund* noch einmal durch und übergab ein Exemplar Euphratskij, damit der es korrigiere (einige diskrete Textänderungen hatte bereits Madame Lubanskij an jenen Stellen vorgenommen, wo zufällige Auslassungen ihre stenographische Mitschrift durcheinandergebracht hatten). Euphratskij tat nicht mehr, als in einer der ersten Zeilen mit rotem Stift ein temperamentvolles Komma anzubringen. Ilja Borissowitsch übertrug dieses Komma gewissenhaft in das für *Arion* bestimmte Exemplar, signierte seinen Roman mit einem Pseudonym, das er von «Anna» abgeleitet hatte (dem Namen seiner verstorbenen Frau), heftete jedes Kapitel mit einer schmucken Klammer zusammen, fügte einen ausführlichen Brief hinzu, schob alles in einen riesigen, festen Umschlag, wog ihn, ging selber zur Post und schickte den Roman per Einschreiben ab.

Den Einschreibezettel im Portemonnaie, machte sich Ilja Borissowitsch auf viele Wochen bangen Wartens gefaßt. Galatows Antwort indessen traf wundersam rasch ein, nach fünf Tagen.

Lieber Ilja Grigorjewitsch!

Das uns von Ihnen übersandte Material hat die Herausgeber mehr als begeistert. Selten hatten wir Gelegenheit, einen Text zu lesen, dem ähnlich deutlich eine «menschliche Seele» ihren Stempel aufgedrückt hat. Ihr Roman bewegt den Leser wie der unverwechselbare Ausdruck eines Antlitzes, um Baratynskij zu paraphrasieren, den Sänger der finnischen Felsen. Er atmet «Bitterkeit und Zärtlichkeit». Einige der Beschreibungen, zum Beispiel die des Theaters ganz am Anfang, wetteifern mit analogen Bildern in den Werken unserer Klassiker und tragen in gewisser Hinsicht die Palme davon. Das sage ich in vollem Bewußtsein der «Verantwortung», die mit einer derartigen Feststellung verbunden ist. Ihr Roman wäre wirklich eine Zierde unserer Zeitschrift gewesen.

Sobald Ilja Borissowitsch einigermaßen die Fassung wiedergewonnen hatte, ging er – statt ins Büro zu fahren – in den Tiergarten hinüber und setzte sich dort auf eine Parkbank, zeichnete Bögen in die braune Erde, dachte an seine Frau und stellte sich vor, wie sie sich mit ihm gefreut hätte. Nach einer Weile suchte er Euphratskij auf. Der lag im Bett und rauchte. Zusammen analysierten sie jede Zeile des Briefs. Als sie zur letzten kamen, hob Ilja Borissowitsch demütig die Augen und fragte: «Was meinst du, warum hat er wohl ‹wäre gewesen› geschrieben und nicht ‹wird sein›? Ist ihm denn nicht klar, daß ich mehr als glücklich bin, ihnen meinen Roman zu überlassen? Oder ist das nur so ein Stilmittel?»

«Ich fürchte, es hat einen anderen Grund», antwortete Euphratskij. «Zweifellos bleibt in diesem Fall aus schierem Stolz etwas ungesagt. Die Wahrheit ist, daß die Zeitschrift eingeht; ja, eingeht, wie ich gerade erfahren habe. Wie du weißt, ist das Emigrantenpublikum scharf nur auf allen erdenklichen Schund, und *Arion* war für den geistig anspruchsvollen Leser gedacht. Das kommt dabei heraus.»

«Ich habe ebenfalls Gerüchte gehört», sagte Ilja Borissowitsch stark beunruhigt, «aber ich dachte, das wären Verleumdungen, die die Konkurrenz verbreitet, oder einfach Dummheit. Ist es wirklich möglich, daß keine zweite Ausgabe herauskommt? Das ist ja schrecklich!»

«Sie haben keine Mittel. Die Zeitschrift ist ein uneigennütziges, idealistisches Unternehmen. Leider gehen solche Veröffentlichungen zugrunde.»

«Aber das kann, das kann doch nicht sein!» rief Ilja Borissowitsch mit einer russischen Platsch-Gebärde ohnmächtigen Entsetzens. «Hat ihnen mein Text denn nicht gefallen, wollen sie ihn denn nicht drucken?»

«Ja, Pech», sagte Euphratskij ruhig. «Übrigens, sag mal...», und er wechselte das Thema.

In dieser Nacht dachte Ilja Borissowitsch angestrengt nach, beriet mit seinem inneren Selbst und rief am nächsten Morgen seinen Freund an, um ihm gewisse Fragen finanzieller Art vorzulegen. Euphratskijs Antworten waren teilnahmslos im Ton, aber dem Sinn nach höchst präzise. Ilja Borissowitsch dachte noch etwas nach und machte Euphratskij am Tag darauf ein Angebot, das *Arion* übermittelt werden sollte. Das Angebot wurde angenommen, und Ilja Borissowitsch überwies einen gewissen Geldbetrag nach Paris. Als Antwort kam ein Brief, der tiefe Dankbarkeit ausdrückte und ihn wissen ließ, daß das nächste Heft von *Arion* in einem Monat herauskäme. Ein Postscriptum enthielt eine höfliche Bitte: «Erlauben Sie uns, ‹ein Roman von Ilja Annenski› zu schreiben und nicht ‹I. Annenski›, wie Sie es vorschlagen, sonst könnte es zu einer Verwechslung mit dem ‹letzten Schwan von Zarskoje Selo› kommen, wie Gumiljow ihn nennt.»

Ilja Borissowitsch antwortete:

Ja, natürlich, ich wußte einfach nicht, daß es schon einen

Autor gibt, der unter diesem Namen veröffentlicht. Es freut mich, daß mein Werk gedruckt werden soll. Würden Sie bitte die Güte haben, mir gleich nach Erscheinen fünf Exemplare Ihrer Zeitschrift zuzuschicken. (Er hatte eine alte Cousine und zwei oder drei Geschäftsfreunde im Auge. Sein Sohn las kein Russisch.)

Nunmehr begann in seinem Leben die Epoche, die die witzigen Köpfe mit dem Namen «Apropos» belegten. In einer russischen Buchhandlung oder bei einer Versammlung der Freunde der Exilkünste oder einfach auf einem Bürgersteig im Westen Berlins konnte es vorkommen, daß man freundlich von einem von ferne bekannten Mann angesprochen wurde («Ah! Wie geht's?»), einem Herrn mit Hornbrille und Spazierstock, der einen in ein beiläufiges Gespräch über dies und jenes verwickelte, unmerklich von diesem und jenem zum Thema Literatur überging und plötzlich sagte:

«Apropos, hier, das hat mir Galatow geschrieben. Ja, Galatow. Galatow, der russische Dscheuß.»

Man nimmt den Brief und überfliegt ihn:

... *Herausgeber mehr als begeistert ... unserer Klassiker ... eine Zierde unserer Zeitschrift ...*

«Bei meinem Vatersnamen hat er sich geirrt», fügt Ilja Borissowitsch mit einem freundlichen Lachen hinzu. «Sie wissen ja, wie Schriftsteller sind: geistesabwesend! Die Zeitschrift kommt im September heraus, da können Sie mein kleines Werk dann lesen.» Damit steckt er den Brief in die Brieftasche zurück, verabschiedet sich und eilt mit besorgter Miene davon.

Literarische Stümper, Zeilenschinder, Sonderkorrespondenten vergessener Zeitungen gossen mit wilder Wollust ihren Hohn über ihn aus. So grunzen Delinquenten, die eine Katze foltern; so funkeln die Augen eines nicht mehr jungen, sexuell erfolglosen Kerls, der einen besonders dreckigen Witz zum besten gibt. Natürlich spotteten sie nur hinter seinem Rücken, aber sie taten es höchst ungeniert und ohne Rücksicht auf die hervorragende Akustik aller Klatschlokalitäten. Da er indessen für die Welt so taub war wie ein Waldhuhn auf der Balz, drang wahrscheinlich kein Laut davon an sein Ohr. Er blühte auf, er schwang seinen Spazierstock beim Gehen auf neue, romaneske Art, er fing an, seinem Sohn russische Briefe mit einer deutschen Interlinearversion der meisten Wörter zu schreiben. Im Büro wußte man bereits, daß I. B. Tal nicht nur ein herzensguter Mensch, sondern auch Schriftsteller war, und einige seiner Geschäftsfreunde dienten ihm als Themen zu seinem Gebrauch ihre Liebesgeheimnisse an. Einen gewissen warmen Zephyr verspürend, begann ihm durch Vorderdiele und Hintereingang das buntscheckige Bettlertum der Emigration zuzuströmen. Respektvoll sprachen ihn Persönlichkeiten von öffentlicher Bedeutung an. Die Tatsache war nicht zu leugnen: Ilja Borissowitsch war wirklich von Wertschätzung und Ruhm umgeben. In gebildeten russischen Kreisen verging kein Fest, ohne daß sein Name erwähnt wurde. *Wie* er erwähnt wurde, mit welcher Art von Gekicher, ist ziemlich gleichgültig: Die Sache selber ist wichtig und nicht das Wie, lehrt eine wahre Lebensweisheit.

Gegen Ende des Monats mußte Ilja Borissowitsch die Stadt verlassen und auf eine beschwerliche Dienstreise gehen, so daß er in den russischsprachigen Zeitungen die Anzeigen verpaßte, die das bevorstehende Erscheinen von *Arion 2* ankündigten. Bei seiner Rückkehr nach Berlin erwartete ihn ein großes, würfelförmiges Paket auf dem Tisch in der Diele. Ohne seinen Mantel auszuziehen, machte er es auf der Stelle auf. Rosafarbene, dickliche, kühle Bände. Und auf den Umschlagseiten in purpurroten Lettern das Wort ARION. Sechs Exemplare.

Ilja Borissowitsch versuchte eines zu öffnen; das Buch raschelte köstlich, weigerte sich jedoch aufzugehen. Blind, neugeboren! Er versuchte es noch einmal und erspähte fremde, fremde Versikel. Er schwenkte die Masse unaufgeschnittener Blätter von rechts nach links – und wurde zufällig des Inhaltsverzeichnisses ansichtig. Sein Blick flitzte über Namen und Titel, doch *er* war nicht dabei, *er* war nicht dabei! Das Buch trachtete danach, wieder zuzuklappen, er wandte Gewalt an und gelangte zum Ende der Liste. Nichts! Wieso das, gütiger Himmel? Unmöglich! Muß im Inhaltsverzeichnis versehentlich vergessen worden sein, so etwas kommt vor, das kommt vor! Jetzt war er im Arbeitszimmer, packte sein weißes Messer und stieß es in das dickliche, blättrige Fleisch des Buches. Erst natürlich Galatow, dann Lyrik, dann zwei Geschichten, dann wieder Lyrik, wieder Prosa und weiter hinten nichts als Bagatellen – Umfragen, Rezensionen und so weiter. Sogleich überkam Ilja Borissowitsch ein Gefühl der Müdigkeit und Vergeblichkeit. Nun gut, da war nichts zu machen. Vielleicht hatten sie zuviel Stoff. Sie drucken ihn in der nächsten Nummer. Bestimmt tun sie das! Doch wieder eine Wartezeit... Nun gut, ich warte. Mechanisch ließ er die weichen Seiten immer wieder zwischen Daumen und Zeigefinger durchrieseln. Fabelhaftes Papier. Nun gut, wenigstens konnte ich ein wenig helfen. Man kann nicht darauf bestehen, anstelle eines Galatow gedruckt zu werden oder... Und hier plötzlich sprangen sie hervor, wirbelten umher, trippelten mit der Hand an der Hüfte in einem russischen Tanz weiter und weiter, die lieben, herzblutwarmen Worte: «...ihr jugendlicher, noch kaum entwickelter Busen... noch weinten die Violinen... beide kleinen Marken... die Frühlingsnacht hieß sie mit einem ko-», und auf der Rückseite, so unausbleiblich wie die Schienen nach einem Tunnel: «senden und leidenschaftlichen Windhauch willkommen...»

«Warum zum Teufel bin ich nicht gleich darauf gekommen!» rief Ilja Borissowitsch aus.

Es hieß «Prolog zu einem Roman». Gezeichnet war es «A.Iljin», und in Klammern stand «Fortsetzung folgt» daneben. Ein kleines Stück, dreieinhalb Seiten, aber was für ein *nettes* Stück! Ouvertüre. Elegant. «Iljin» ist besser als «Annenski». Hätte zu Verwechslungen führen können, selbst wenn sie «Ilja Annenski» geschrieben hätten. Aber wieso «Prolog» und nicht einfach *Mund an Mund*, Erstes Kapitel? Ach, darauf kommt es nicht an.

Er las das Stück drei Mal. Dann legte er die Zeitschrift beiseite, ging im Arbeitszimmer auf und ab, pfiff dabei lässig vor sich hin, als wäre gar nichts: Na gut, ja, da liegt dieses Buch – irgend so ein Buch –, wen interessiert es schon? Woraufhin er darauf zustürzte und sich selber acht Mal hintereinander las. Dann suchte er im Inhaltsverzeichnis «A. Iljin, Seite 205», fand Seite 205, und jedes Wort auskostend, las er seinen «Prolog» noch einmal. Auf diese Weise spielte er eine ganze Weile.

Die Zeitschrift trat an die Stelle des Briefes. Ilja Borissowitsch trug ständig ein Exemplar von *Arion* unterm Arm, und wenn ihm irgendein Bekannter über den Weg lief, öffnete er den Band an einer Stelle, die es mittlerweile gewöhnt war, sich zu präsentieren. *Arion* wurde in der Presse rezensiert. Die erste dieser Rezensionen erwähnte Iljin gar nicht. In der zweiten stand: «Iljins ‹Prolog zu einem Roman› ist gewiß irgendein Scherz.» Die dritte vermerkte lediglich, daß Iljin und noch ein anderer zum ersten Mal in dieser Zeitschrift vertreten waren. Schließlich schrieb ein vierter Rezensent (in einem liebenswürdigen, bescheidenen kleinen Journal, das irgendwo in Polen herauskam) das folgende: «Iljins Stück überzeugt durch seine Aufrichtigkeit. Der Autor beschreibt die Geburt der Liebe vor einem Hintergrund von Musik. Unter den unzweifelhaften Qualitäten des Stücks sollte man den guten Erzählstil erwähnen.» Eine neue Ära hob an (nach der «Apropos»- und der Buch-unterm-Arm-Epoche): Ilja Borissowitsch zog diese Rezension aus der Brieftasche.

Er war glücklich. Er erwarb sechs weitere Exemplare. Er war glücklich. Stillschweigen war leicht durch Trägheit zu erklären, Abfälligkeiten durch Feindseligkeit. Er war glücklich. «Fortsetzung folgt». Und eines Sonntags dann kam ein Telephonanruf von Euphratskij.

«Raten Sie mal», sagte er, «wer mit Ihnen sprechen will. Galatow! Ja, er ist ein paar Tage lang in Berlin. Ich reiche ihm den Hörer.»

Eine noch nie gehörte Stimme löste die von Euphratskij ab. Eine schimmernde, drängende, sanfte, betäubende Stimme. Ein Treffen ward anberaumt.

«Morgen um fünf bei mir zu Hause», sagte Ilja Borissowitsch. «Wie schade, daß Sie nicht heute abend kommen können!»

«Sehr schade», erwiderte die schimmernde Stimme. «Sie müssen wissen, Freunde schleppen mich mit in den *Schwarzen Panther* – ein schreckliches Stück –, aber es ist so lange her, daß ich die gute Jelena Dmitrijewna gesehen habe.»

Jelena Dmitrijewna Garina, eine gutaussehende ältere Schauspielerin, die aus Riga gekommen war, um im Repertoire eines russischsprachigen Berliner Theaters zu glänzen. Beginn halb neun. Nach einem einsamen Abendessen schaute Ilja Borissowitsch plötzlich auf die Uhr, lächelte ein schlaues Lächeln und nahm ein Taxi zum Theater.

Das «Theater» war in Wirklichkeit ein großer Saal, der für Vorträge und nicht für Bühnenaufführungen gedacht war. Die Vorstellung hatte noch nicht angefangen. Ein Amateurplakat zeigte die Garina auf dem Fell eines Panthers, der von ihrem Liebhaber erlegt worden war, welchselber später wiederum sie erschießen sollte. Im kalten Foyer knisterte Russisch. Ilja Borissowitsch überließ den Händen einer alten Frau in Schwarz seinen Stock, seinen Bowler und seinen Überzieher, zahlte für eine numerierte Marke, die er in die Westentasche gleiten ließ, und blickte sich, gemächlich die Hände reibend, im Foyer um. In seiner Nähe stand eine Dreiergruppe: ein junger Reporter, den Ilja Borissowitsch entfernt kannte, die Ehefrau des jungen Mannes (eine eckige Dame mit einer Lorgnette) und ein Fremder in auffälligem Anzug mit bleichem Teint, einem schwarzen Bärtchen, schönen Schafsaugen und einem Goldkettchen um das haarige Handgelenk.

«Aber warum, warum bloß», sprach die Dame lebhaft auf ihn ein, «warum haben Sie's gedruckt? Sie wissen doch...»

«Nun hören Sie auf, auf diesem Unglückswurm herumzuhacken», erwiderte ihr Gesprächspartner in einem schillernden Bariton. «Na schön, er ist hoffnungsloses Mittelmaß, das gebe ich ja zu, aber wie man weiß, hatten wir unsere Gründe...»

Mit gedämpfter Stimme fügte er etwas hinzu, und die Dame ließ ihre Lorgnette schnappen und erwiderte ärgerlich: «Entschuldigen Sie, aber ich meine, wenn Sie ihn nur drucken, weil er Sie finanziell unterstützt...»

«*Doucement, doucement*. Plaudern Sie unsere Redaktionsgeheimnisse nicht so laut aus.»

An dieser Stelle erhaschte Ilja Borissowitsch den Blick des jungen Reporters, des Gatten der eckigen Dame, und dieser erstarrte einen Augenblick, stöhnte dann erschrocken auf und machte sich daran, seine Frau mit dem ganzen Körper wegzudrängen, doch sie redete mit voller Lautstärke weiter: «Mir geht es nicht um den elenden Iljin, mir geht es um die Grundsätze...»

«Manchmal muß man Grundsätze preisgeben», sagte der Geck mit der Opalstimme kühl.

Doch Ilja Borissowitsch hörte nicht mehr zu. Er sah alles durch einen Flor, und da er in einem Zustand höchster Not war, zwar den ganzen Schrecken des Vorgefallenen noch nicht erfaßte, aber instinktiv versuchte, so rasch wie möglich etwas Beschämendem, Abscheulichem, Unerträglichem zu entrinnen, bewegte er sich zuerst auf die vage Stelle zu, wo vage Karten verkauft wurden, drehte sich dann aber jäh um, stieß fast mit Euphratskij zusammen, der auf ihn zugeeilt kam, und lief zur Garderobe.

Alte Frau in Schwarz. Nummer 79. Da unten. Er hatte es verzweifelt eilig, hatte schon den Arm nach hinten ausgestreckt, um in einen letzten Mantelärmel zu kommen, aber da holte Euphratskij ihn in Begleitung des anderen ein, dieses anderen...

«Hier ist unser Herausgeber», sagte Euphratskij, während Galatow mit rollenden Augen und in dem Versuch, Ilja Borissowitsch nicht erst zur Besinnung kommen zu lassen, in einem Anschein von Behilflichkeit immer wieder den Ärmel fing und schnell auf ihn einsprach: «Innokentij Borissowitsch, wie geht es? Sehr erfreut, Sie kennenzulernen. Angenehmer Anlaß. Erlauben Sie, daß ich Ihnen behilflich bin.»

«Um Himmels willen, lassen Sie mich in Ruhe», murmelte Ilja Borissowitsch und kämpfte mit dem Mantel und mit Galatow. «Gehen Sie. Ekelhaft. Ich kann nicht. Es ist ekelhaft.»

«Anscheinend ein Mißverständnis», warf Galatow so schnell er konnte ein.

«Lassen Sie mich in Ruhe», rief Ilja Borissowitsch, riß sich los, raffte den Bowler an sich und ging hinaus, immer noch nicht fertig mit dem Mantelanziehen.

Er flüsterte Unzusammenhängendes, als er den Bürgersteig entlangging; dann breitete er die Hände aus: Er hatte seinen Stock vergessen!

Automatisch ging er weiter, blieb aber bald mit einem stillen kleinen Stolperschritt stehen, als wäre ein Uhrwerk abgelaufen.

Er würde zurückgehen und das Ding holen, sobald die Vorstellung angefangen hätte. Muß ein paar Minuten warten.

Autos brausten vorüber, Straßenbahnen bimmelten, die Nacht war klar, trocken, herausgeputzt mit Lichtern. Er begann, langsam auf das Theater zuzugehen. Es ging ihm durch den Kopf, daß er alt war, einsam, wenige Freuden hatte und daß alte Leute für ihre Freuden zahlen müssen. Es ging ihm durch den Kopf, daß Galatow vielleicht noch heute abend und auf jeden Fall morgen mit Erklärungen, Beschwörungen, Rechtfertigungen bei ihm vorspräche. Er wußte, daß er alles verzeihen mußte, wenn aus der Ankündigung «Fortsetzung folgt» etwas werden sollte. Und er sagte sich auch, daß ihm nach dem Tod volle Anerkennung zuteil würde, und er entsann sich all der Lobesbröckchen, die er unlängst erhalten hatte und die er nun zu einem kleinen Haufen zusammenscharrte, und langsam schritt er auf und ab, und nach einer Weile ging er und holte seinen Stock.

Meldekraut oder Unglück

Das riesigste Zimmer in ihrem St. Petersburger Stadthaus war die Bibliothek. Immer vor seiner Fahrt in die Schule schaute Peter dort hinein, um seinem Vater guten Morgen zu wünschen. Knarrender Stahl und scharrende Sohlen: Jeden Morgen focht sein Vater mit Monsieur Mascara, einem winzigen Franzosen fortgeschrittenen Alters, der aus Guttapercha und schwarzen Borsten bestand. An Sonntagen kam Mascara, um Peter Unterricht in Gymnastik und Faustkampf zu geben – und unterbrach die Stunde gewöhnlich wegen einer Verdauungsstörung: Durch geheime Gänge, durch Bücherbordschluchten, durch lange, trübe Korridore zog er sich eine halbe Stunde lang auf eins der Wasserklosetts im ersten Stock zurück. Die schmalen, heißen Handgelenke in gewaltige Boxhandschuhe gesteckt und in einen Ledersessel gefläzt, wartete Peter, lauschte dem leisen Summen der Stille und blinzelte mit den Augen, um die Müdigkeit zu verjagen. Das Licht der Lampe, das an Wintermorgen immer stumpf bräunlich wirkte, beschien das mit Kolophonium behandelte Linoleum, die Buchregale entlang der Wände, die schutzlosen Wirbelsäulen der sich dort in engen Reihen zusammendrängenden Bücher und den schwarzen Galgen der Punchingbirne. Hinter den Tafelglasfenstern schneite es sacht und langsam, mit einer Art monotoner und steriler Anmut.

Seinen kleinen, schwarzen Bart befingernd, hatte in der Schule der Erdkundelehrer, Beresowskij (Verfasser eines Büchleins mit dem Titel *Tschao-San, das Morgenland: Korea und die Koreaner, mit dreizehn Illustrationen und einer Karte im Text*) unlängst der ganzen Klasse unerwartet und unpassend mitgeteilt, daß Mascara Peter und ihm Privatstunden im Boxen gebe. Alle hatten sie Peter angestarrt. Vor Verlegenheit hatte Peters Gesicht geglüht und war sogar etwas angeschwollen. In der nächsten Pause hatte sich Schtschukin, sein kräftigster, rohester und zurückgebliebenster Klassenkamerad, an ihn herangemacht und grinsend gesagt: «Nun los, laß mal sehen, wie du boxt.» – «Laß mich in Ruhe», hatte Peter sanft geantwortet. Schtschukin hatte durch die Nase gegrunzt und Peter einen Hieb tief in den Bauch versetzt. Peter mochte sich das nicht gefallen lassen. Mit einer geraden Linken, wie Monsieur Mascara sie ihm beigebracht hatte, schlug er Schtschukin die Nase blutig. Verblüffte Pause, rote Flecken auf einem Taschentuch. Nachdem er sich von seiner Verwunderung erholt hatte, fiel Schtschukin über Peter her und begann ihn durchzuprügeln. Obwohl sein ganzer Körper weh tat, war Peter zufrieden. Schtschukins Nase blutete die ganze Naturkundestunde über, hörte beim Rechnen auf, rieselte bei Religion von neuem. Peter hatte ihn mit stillem Interesse beobachtet.

Diesen Winter war Peters Mutter mit Mara nach Mentone gefahren. Mara war sicher, daß sie an Schwindsucht sterben würde. Gegen die Abwesenheit seiner Schwester, einer recht enervierenden jungen Dame mit einer ätzenden Zunge, hatte Peter nichts, aber über die Abreise seiner Mutter kam er nicht hinweg; sie fehlte ihm schrecklich, besonders des Abends. Von seinem Vater sah er nie viel. Sein Vater war an einem Ort beschäftigt, der Parlament genannt wurde (wo einige Jahre zuvor die Decke eingestürzt war). Es gab dort auch etwas namens Kadettenpartei, das jedoch nichts mit Partys oder Kadetten zu tun hatte. Sehr oft mußte Peter oben mit Miss Sheldon allein zu Abend essen – sie hatte schwarzes Haar und blaue Augen und trug über ihrer vülligen Bluse eine quergestreifte Strickkrawatte –, während sich unten neben den monströs angeschwollenen Garderobenständern nicht weniger als fünfzig Paar Gummischuhe ansammelten; und wenn er aus dem Vestibül in das Nebenzimmer mit seinem seidenbezogenen türkischen Diwan ging, konnte er plötzlich – wenn irgendwo weit weg ein Diener eine Tür öffnete – einen kakophonischen Krach, einen zooartigen Tumult und die ferne, aber klare Stimme seines Vaters vernehmen.

An einem düsteren Novembermorgen nahm Dmitrij Korff, der ein Schulpult mit Peter teilte, aus seinem buntscheckigen Ranzen ein billiges Satiremagazin und reichte es ihm. Auf einer der ersten Seiten war eine Karikatur mit Grün als vorherrschender Farbe, die Peters Vater darstellte und zu der ein Spottgedicht gehörte. Peter blickte flüchtig auf die Zeilen und erhaschte ein Bruchstück aus der Mitte:

W sjom stolknowenij nestschastnom
Kak dshentlmen on predlagal
Rewolwer, sablju il kinshal.

(Bei diesem unglückseligen Raufhandel
Bot er wie ein Gentleman
Revolver, Säbel oder Degen.)

«Ist das wahr?» fragte Dmitrij flüsternd (die Stunde hatte gerade angefangen). «Was meinst du – wahr?» flüsterte Peter zurück. «Haltet die Klappe, ihr beiden», unterbrach sie Alexej Matweitsch, der Russischlehrer, ein wie ein Mushik aussehender Mann mit einem Artikulationsfehler, einem unbestimmbaren und unsauberen Haarwuchs über der schiefen Oberlippe und vielberedeten Beinen in schraubenartigen Hosen: Beim Gehen gerieten seine Füße durcheinander – er setzte den rechten, wo der linke hätte hinkommen sollen, und umgekehrt –, kam aber trotzdem äußerst rasch voran. Jetzt saß er an seinem Tisch und blätterte in seinem kleinen Notizbuch; schließlich richteten sich seine Augen auf ein fernes Pult, hinter dem sich wie ein Baum, den der Blick eines Fakirs emporwachsen läßt, Schtschukin erhob.

«Was meinst du – wahr?» wiederholte Peter leise, hielt das Magazin auf dem Schoß und blickte schräg zu Dmitrij hinüber. Dmitrij rückte ein wenig näher heran. Mit kurzgeschorenem Haar und in einer Russenbluse aus schwarzem Serge hob Schtschukin in einer Art hoffnungslosen Eifers mittlerweile zum dritten Mal an: «*Mumu*... Turgenjews Geschichte *Mumu*...» – «Das da über deinen Vater», antwortete Dmitrij leise. Alexej Matweitsch knallte das *Shiwoje Slowo* (eine Schulanthologie) mit solcher Wucht auf den Tisch, daß ein Federhalter heruntersprang und mit der Feder im Fußboden steckenblieb. «Was geht da vor sich?... Was soll das... ihr Flüsterer?» sagte der Lehrer und spuckte unzusammenhängend zischende Wörter aus: «Aufstehen, aufstehen... Korff, Schischkow... Was treibt ihr da?» Er trat heran und raffte behende das Magazin an sich. «Also ein Schundheft lest ihr... setzen, setzen... Schund.» Die Beute steckte er in seine Aktentasche.

Als nächstes wurde Peter an die Tafel beordert. Er mußte die erste Zeile eines Gedichts anschreiben, das er auswendig gelernt haben sollte. Er schrieb:

... uskoju meshoj
Porosschej kaschkoju... ili bedoj...

(... einen schmalen Rain entlang,
bewachsen mit Klee... oder Unglück...)

An dieser Stelle war ein so dissonanter Laut zu hören, daß Peter seinen Kreidekrümel fallen ließ:

«Was kritzelst du da? Warum *ili bedoj*, oder Unglück, wenn es *lebedoj*, Melde, heißen muß – ein klebriges Unkraut? Wo bist du mit deinen Gedanken? Zurück auf den Platz!»

«Na sag, ist es wahr?» fragte Dmitrij in einem zeitlich wohlkalkulierten Flüsterton. Peter tat, als höre er es nicht. Er konnte dem Schauder nicht Einhalt gebieten, der ihn durchlief; in seinen Ohren hallte der Vers über den «Revolver, Säbel oder Degen» wider; vor sich sah er die spitzwinklige, blaßgrüne Karikatur seines Vaters, deren Grün an einer Stelle über den Umriß hinaustrat und ihn an einer anderen nicht erreichte – die Schlampigkeit des Farbdrucks. Vor kurzem noch, vor seiner Fahrt zur Schule, der knarrende Stahl, die scharrenden Sohlen... der Vater und der Fechtlehrer, beide mit gepolstertem Brustschutz und Maschendrahtmasken... Es hatte so gewohnheitsmäßig gewirkt – die kehligen Rufe des Franzosen, *rompez, battez!*, die robusten Bewegungen seines Vaters, das Blitzen und Klappern der Klingen... Eine Pause: keuchend und lächelnd hob er die konvexe Maske von seinem feuchten rosa Gesicht.

Die Stunde ging zu Ende. Alexej Matweitsch trug das Magazin mit sich fort. Kreideweiß blieb Peter auf seinem Platz sitzen und hob und senkte den Deckel seines Pults. Mit achtungsvoller Neugier drängten sich die Klassenkameraden um ihn und wollten Einzelheiten wissen. Er wußte nichts und versuchte, aus der Salve von Fragen selber etwas zu entnehmen. Alles, was er in Erfahrung bringen konnte, war, daß Tumanskij, ebenfalls Mitglied des Parlaments, die Ehre seines Vaters besudelt hatte und von diesem zu einem Duell herausgefordert worden war.

Noch zwei Stunden schleppten sich dahin, dann kam die große Pause mit Schneeballschlachten auf dem Schulhof. Grundlos begann Peter seine Schneebälle mit gefrorener Erde zu füllen, etwas, das er noch nie getan hatte. Im Laufe der nächsten Stunde verlor Nussbaum, der Deutschlehrer, die Beherrschung und brüllte Schtschukin an (der an diesem Tag Pech hatte), und Peter fühlte einen Krampf in der Kehle und bat, auf die Toilette gehen zu dürfen – um nicht vor allen in Tränen auszubrechen. In einsamer Schwebe neben dem Waschbecken befand sich dort das unglaublich schmutzige, unglaublich schmierige Handtuch – genauer, der Kadaver eines Handtuchs, das durch viele nasse, hastig knetende Hände gegangen war. Etwa eine Minute lang betrachtete Peter sich selber im Spiegel – die beste Methode, sein Gesicht davor zu bewahren, sich in einer Grimasse des Weinens aufzulösen.

Er fragte sich, ob er nicht schon vor dem Schulschluß um drei nach Hause gehen sollte, verjagte den Gedanken jedoch wieder. Zusammennehmen, man muß sich zusammennehmen! In der Klasse hatte sich der Sturm gelegt. Mit roten Ohren, aber völlig ruhig saß Schtschukin wieder an seinem Platz und hielt die Arme vor der Brust gekreuzt.

Noch eine Stunde – und dann das Schlußklingeln, das sich in seinem anhaltenden dauerhaften Nachdruck von jenem unterschied, welches die früheren Stunden ausläutete. Gefütterte Überschuhe, kurzer Pelzmantel, *schapska* mit Ohrenschützern waren schnell angezogen, und schon lief Peter über den Hof, drang in den tunnelartigen Ausgang vor und sprang über das Hundebrett des Tors. Kein Automobil war geschickt worden, ihn abzuholen, und so mußte er einen Mietschlitten nehmen. Der Kutscher, ein Mann mit magerem Gesäß und flachem Rücken, der leicht schräg auf seinem niedrigen Sitz thronte, hatte eine exzentrische Art, sein Pferd anzutreiben: Er tat so, als zöge er die Knute aus dem Schaft seines hohen Stiefels, oder seine Hand skizzierte eine Art an niemand im besonderen gerichtete Bittgebärde, und dann ruckte der Schlitten an, so daß die Federtasche in Peters Ranzen rasselte, und alles war dumpf bedrückend und verstärkte seine Angst nur noch weiter, und übergroße, unregelmäßige, hastig geformte Schneeflocken fielen auf die dünne Schlittendecke.

Seit der Abreise von Mutter und Schwester waren die Nachmittage zu Hause still. Peter ging die breite, sacht ansteigende Treppe hinauf, auf deren zweitem Absatz ein grüner Malachittisch mit einer Vase für Visitenkarten stand, beaufsichtigt von einer Replik der Venus von Milo, die seine Cousins einmal mit einem feudalen Mantel aus Baumwollsamt und einem Hut mit falschen Kirschen ausstaffiert hatten, woraufhin sie Praskowia Stepanowna zu ähneln begann, einer in Armut geratenen Witwe, die am ersten jeden Monats ihre Aufwartung machte. Peter kam in die oberste Etage und rief laut den Namen seiner Gouvernante. Doch Miss Sheldon hatte Teebesuch, die englische Gouvernante der Weretennikows. Sie schickte Peter an seine Hausaufgaben für den nächsten Vormittag. Und daß er nicht vergäße, sich erst die Hände zu waschen und sein Glas Milch zu trinken. Ihre Tür ging zu. Im Gefühl, von seiner wattigen, spukigen Angst erstickt zu werden, zögerte Peter im Kinderzimmer, ging dann in den ersten Stock hinab und schaute in das Arbeitszimmer seines Vaters. Die Stille dort war nicht auszuhalten. Dann durchbrach sie ein knappes Geräusch – der Fall eines nach innen gekrümmten Chrysanthemenblatts. Auf dem monumentalen Schreibtisch standen die vertrauten, diskret strahlenden Gegenstände in kosmischer Ordnung wie Planeten: Photographien im Kabinettformat, ein Marmorei, ein majestätisches Tintenfaß.

Peter ging ins Boudoir seiner Mutter und dann in dessen Erker; dort blieb er eine Weile stehen und schaute durch einen länglichen Fensterrahmen hinaus. In jenen Breiten war es um diese Tageszeit fast schon dunkel. Um die Kugeln fliederfarbener Lampen flatterten die Schneeflocken. Unten strömten undeutlich die schwarzen Umrisse von Schlitten vorüber, darin die Silhouetten von Fahrgästen mit hochgezogenen Schultern. Vielleicht nächsten Morgen? Es findet ja immer morgens statt, sehr früh.

Er ging in den ersten Stock hinunter. Eine schweigende Wildnis. In der Bibliothek schaltete er mit nervöser Hast das Licht ein, und die schwarzen Schatten wichen. Er ließ sich in einem Winkel neben einem der Bücherregale nieder und versuchte sich mit der Untersuchung der gewaltigen Bände des *Shiwopisnoje obosrenije* (*Malerische Rundschau*, eines russischen Gegenstücks zu *The Graphic*) zu beschäftigen. Bei der männlichen Schönheit kommt es auf einen mächtigen Kinn- und einen üppigen Lippenbart an. Seit meinen Mädchenjahren leide ich an Mitessern. Konzertakkordeon «Freude», mit 20 Stimmen und 10 Ventilen. Eine Gruppe von Popen und eine Holzkirche. Ein Gemälde mit der Legende *Fremde*: der Herr läßt am Schreibtisch den Kopf hängen, indes die Dame mit lockiger Boa in einiger Entfernung gerade einen Handschuh auf die weißfingrige Hand streift. Diesen Band habe ich schon gesehen. Er zog einen anderen heraus und wurde auf der Stelle mit dem Bild eines Zweikampfs zwischen zwei italienischen Streitern konfrontiert: Einer macht gerade einen besinnungslosen Ausfall, der andere weicht dem Säbelstoß aus und durchbohrt seinem Gegner die Kehle. Peter klappte den schweren Band heftig zu und erstarrte, die Hände wie ein Erwachsener an die Schläfen gepreßt. Alles machte angst – die Stille, die reglosen Bücherborde, die glänzenden Hanteln auf einem Eichentisch, die schwarzen Katalogkästen. Mit gesenktem Kopf lief er wie der Wind durch trübe Zimmer. Zurück im Kinderzimmer, legte er sich wieder auf eine Couch und blieb dort, bis sich Miss Sheldon seiner Existenz entsann. Von der Treppe kam der Klang des Essensgongs.

Als Peter auf dem Weg nach unten war, kam sein Vater in Begleitung von Oberst Rosen, der einst mit der seit langem toten jüngeren Schwester von Peters Vater verlobt gewesen war, aus seinem Arbeitszimmer. Peter wagte seinen Vater nicht anzuschauen, und als dessen große Handfläche, eine vertraute Wärme ausströmend, den Kopf seines Sohnes an der Seite berührte, schämte sich Peter bis zu Tränen. Es war unmöglich, unerträglich, sich vorzustellen, daß dieser Mann, der beste Mensch auf der Welt, sich mit irgendeinem vagen *Enigmanskij* duellieren sollte. Mit welchen Waffen? Pistolen? Säbeln? Warum spricht niemand davon? Weiß das Personal Bescheid? Die Gouvernante? Die Mutter in Mentone? Bei Tisch scherzte der Oberst so wie immer, abrupt und knapp, als knacke er Nüsse, doch an diesem Abend lachte Peter nicht; statt dessen überlief ihn immer wieder diese Röte, die er zu verbergen suchte, indem er absichtlich die Serviette fallen ließ, um unter dem Tisch dann die Fassung und die normale Hautfarbe zurückzugewinnen, doch er kam noch röter als zuvor hervorgekrochen, und sein Vater hob die Augenbrauen – und vollführte fröhlich, ohne Hast, mit dem für ihn charakteristischen Gleichmaß die Tischriten: zu essen, sorgsam und in großen Zügen den Wein aus einer niedrigen goldenen Henkeltasse zu trinken. Oberst Rosen riß weiter Witze. Miss Sheldon, die kein Russisch sprach, schwieg und streckte streng die Brust heraus; und immer wenn Peter nicht gerade saß, piekste sie ihn fies unter die Schulterblätter. Zum Nachtisch gab es Pistazienparfait, das er scheußlich fand.

Nach dem Abendessen gingen sein Vater und der Oberst ins Arbeitszimmer hinauf. Peter schaute so sonderbar, daß sein Vater fragte: «Was ist los? Warum schmollst du?» Und durch ein Wunder gelang es Peter, deutlich zu antworten: «Ich schmolle doch gar nicht.» Miss Sheldon führte ihn zu Bett. Sobald das Licht gelöscht war, vergrub er das Gesicht im Kopfkissen. Onegin legte den Überzieher ab, Lenskij plumpste wie ein schwarzer Sack auf die Bretter. Man konnte erkennen, wie die Degenspitze dem Italiener aus dem Nacken drang. Mascara erzählte gern von dem *rencontre*, das er in seiner Jugend gehabt hatte – einen halben Zentimeter tiefer, und die Leber wäre durchbohrt gewesen. Und die Schulaufgaben für morgen sind nicht gemacht, und die Dunkelheit im Zimmer ist total, und er mußte früh, sehr früh aufstehen, besser nicht die Augen zumachen, sonst verschlafe ich noch – bestimmt soll die Sache morgen vonstatten gehen. Ach, ich schwänze die

Schule, ich schwänze, ich sage... Halsentzündung. Mutter kommt erst Weihnachten zurück. Mentone, blaue Ansichtskarten. Muß die letzte noch in mein Album stecken. Eine Ecke ist jetzt drin, die nächste...

Peter wachte wie üblich um acht auf, und wie üblich hörte er ein klingendes Geräusch: Das war der für die Herde zuständige Diener – er hatte eine Zugklappe geöffnet. Das Haar noch naß nach einem eiligen Bad, ging Peter nach unten und fand seinen Vater beim Boxen mit Mascara, als wäre es ein gewöhnlicher Tag. «Halsentzündung?» sprach er Peter nach. «Ja, es fühlt sich kratzig an», sagte Peter leise. «Hör mal, sagst du auch die Wahrheit?» Peter hatte das Gefühl, daß alle weiteren Erklärungen gefährlich wären: Die Schleuse war drauf und dran zu bersten und einen schimpflichen Schwall freizusetzen. Er wandte sich schweigend ab und saß bald mit dem Ranzen auf den Knien in der Limousine. Ihm war übel. Alles war schrecklich und unausweichlich.

Irgendwie brachte er es fertig, zur ersten Stunde zu spät zu kommen, und stand lange mit erhobener Hand hinter der verglasten Tür seiner Klasse, wurde aber nicht eingelassen und streifte im Flur umher, hievte sich dann auf ein Fenstersims in der unbestimmten Absicht, seine Schularbeiten zu machen, kam jedoch nicht weiter als:

...mit Klee und klebrigem Meldekraut

und begann sich zum tausendsten Mal vorzustellen, wie alles ablaufen würde – im Nebel eines frostigen Morgengrauens. Wie sollte er vorgehen, um das vereinbarte

Datum zu eruieren? Wie konnte er die Einzelheiten herausbekommen? Wäre er in der letzten Klasse gewesen – nein, sogar in der vorletzten –, so hätte er vorschlagen können: Laß mich an deiner Stelle gehen.

Endlich klingelte es. Eine lärmende Menge füllte die Pausenhalle. Plötzlich ganz nahe hörte er Dmitrij Korffs Stimme: «Na, freust du dich? Freust du dich?» Peter sah ihn mit dumpfer Ratlosigkeit an. «Andrej unten hat eine Zeitung», sagte Dmitrij aufgeregt. «Komm, wir haben gerade noch Zeit, du kannst es dir ansehen... Aber was ist denn? An deiner Stelle...»

Im Vestibül saß Andrej, der alte Dienstmann, auf seinem Hocker und las. Er hob die Augen und lächelte. «Da steht alles, da steht alles geschrieben», sagte Dmitrij. Peter nahm die Zeitung und entzifferte durch einen zitternden Schleier hindurch: «Gestern am frühen Nachmittag trugen auf der Krestowskij-Insel G. D. Schischkow und Graf A. S. Tumanskij ein Duell aus, das glücklicherweise unblutig endete. Graf Tumanskij, der zuerst schoß, traf nicht, woraufhin sein Gegner die Pistole in die Luft abfeuerte. Sekundanten waren...»

Und dann brach die Schleuse. Der Dienstmann und Dmitrij Korff suchten ihn zu beruhigen, doch er, von Krämpfen geschüttelt, schob sie immer wieder fort, versteckte das Gesicht, bekam keine Luft, noch nie hatte er solche Tränen geweint, sag es keinem, bitte, es geht mir einfach nicht gut, ich habe diese Schmerzen – und von neuem ein Aufruhr von Schluchzern.

Musik

Die Eingangshalle quoll über von Mänteln beiderlei Geschlechts; aus dem Salon kam eine schnelle Folge von Klaviertönen. Viktors Bild im Spiegel der Halle richtete den Knoten einer gespiegelten Krawatte. Das Hausmädchen mußte sich strecken, um seinen Mantel aufzuhängen, doch der riß sich los, nahm zwei weitere mit sich, und sie mußte von vorn anfangen.

Schon vorher auf Zehenspitzen gereckt, gelangte Viktor in den Salon, und sogleich wurde die Musik lauter und männlicher. Am Flügel saß Wolf, ein seltener Gast in diesem Hause. Die übrigen – etwa dreißig Leute – hörten in den verschiedensten Haltungen zu, die einen das Kinn auf die Faust gestützt, die anderen Zigarettenrauch zur Decke emporsendend, und die ungewisse Beleuchtung verlieh ihrer Bewegungslosigkeit etwas auf vage Weise Pittoreskes. Aus der Ferne wies die Dame des Hauses Viktor mit einem ausdrucksvollen Lächeln einen freien Platz, einen kleinen Lehnstuhl mit Brezelrücken, der sich nahezu im Schatten des Flügels befand. Er antwortete mit bescheidentlich abwehrenden Gebärden – schon gut, schon gut, ich kann stehen; gleich darauf jedoch setzte er sich in die vorgeschlagene Richtung in Bewegung, ließ sich vorsichtig nieder und verschränkte behutsam die Arme. Mit halb geöffnetem Mund und blinzelnden Augen war die Frau des Pianisten drauf und dran, die Seite umzublättern; jetzt hat sie sie umgeblättert. Ein schwarzer Wald ansteigender Noten, eine Böschung, ein Loch, dann eine einsame Gruppe von kleinen Trapezkünstlern im Flug. Wolf hatte lange helle Wimpern; seine durchscheinenden Ohren waren von zartem Karmesin; die Tasten schlug er mit ungewöhnlicher Behendigkeit und Kraft an, und tief im Lack des geöffneten Klavierdeckels äfften die Gegenstücke seiner Hände diese in einem geisterhaften, komplizierten, irgendwie sogar possenhaften Treiben nach.

Für Viktor hörte sich jede ihm unbekannte Musik – und mehr als ein Dutzend abgedroschener Melodien kannte er nicht – wie das Gebrabbel einer fremden Sprache an: Vergebens versucht man wenigstens die Umrisse der Wörter auszumachen, aber alles rutscht durcheinander und verschwimmt, so daß das ungeschulte Gehör bald Langeweile verspürt. Viktor versuchte konzentriert zuzuhören, aber bald ertappte er sich selber dabei, wie er Wolfs Hände und ihre gespenstische Widerspiegelung betrachtete. Als die Klänge in nachdrücklichen Donner umschlugen, schwoll der Nacken des Pianisten, seine weitgespreizten Finger wurden starr, und er ächzte verstohlen. An einer Stelle überholte seine Frau ihn; er hielt die Seite mit einem augenblicklichen Schlag seiner flachen linken Hand auf, schlug sie dann mit unfaßlicher Geschwindigkeit selber um, und schon wieder kneteten beide Hände wie wild die fügsame Klaviatur. Viktor studierte den Mann eingehend: spitze Nase, schwere Lider, eine Narbe am

Hals, die von einem Furunkel zurückgeblieben war, blondes flaumartiges Haar, ein breitschultrig geschnittenes schwarzes Jackett. Für einen Augenblick gab er sich abermals Mühe, der Musik zuzuhören, doch kaum hatte seine Aufmerksamkeit sich darauf konzentriert, zerstreute sie sich schon wieder. Er wandte sich langsam um, fischte dabei sein Zigarettenetui heraus und fing an, die anderen Gäste zu mustern. Unter den unbekannten Gesichtern entdeckte er ein paar vertraute – das da war, nett und rundlich, Kotscharowskij – soll ich ihm zunicken? Er tat es, schoß jedoch über sein Ziel hinaus: Es war ein anderer Bekannter, Schmakow, der zurücknickte: Ich habe gehört, daß er von Berlin weg nach Paris gehen will – muß ihn mal danach fragen. Auf einem Diwan saß, flankiert von zwei älteren Damen, die beleibte, rothaarige Anna Samojlowna; sie lehnte sich mit geschlossenen Augen halb zurück, während ihr Ehegatte, ein Kehlkopfspezialist, den Ellbogen auf die Lehne des Sessels stützte. Was für ein glitzerndes Ding dreht er zwischen den Fingern seiner freien Hand hin und her? Ah ja, ein Pincenez an einem Tschechowschen Band. Noch etwas weiter saß, eine Schulter bereits im Schatten, ein buckliger Mann mit Bart, der allseits als Musikliebhaber bekannt war und, den einen Zeigefinger an die Schläfe gepreßt, gespannt zuhörte. Nie konnte sich Viktor an seinen Namen und Vatersnamen erinnern. Boris? Nein, das war es nicht. Borissowitsch? Nein, das auch nicht. Noch mehr Gesichter. Ob wohl die Harusins auch da sind? Ach, da sind sie ja. Schauen gerade nicht zu mir herüber. Und im nächsten Moment sah Viktor direkt hinter ihnen seine frühere Frau.

Sofort senkte er den Blick, während er automatisch die Zigarette abklopfte, um Asche zu entfernen, die sich zu bilden noch gar keine Zeit gehabt hatte. Von irgendwo tief drinnen holte sein Herz aus, wie eine Boxerfaust zum Aufwärtshaken ausholt, zog sich zurück, schlug noch einmal zu, um dann in ein schnelles, unregelmäßiges Hämmern überzugehen, das der Musik widersprach und sie übertönte. Da er nicht wußte, wohin mit dem Blick, sah Viktor den Pianisten von der Seite an, hörte allerdings keinen Ton: Es war, als ob Wolf eine stumme Tastatur bearbeite. Viktors Brust zog sich dermaßen zusammen, daß er sich aufrichten mußte, um einen tiefen Atemzug zu tun; darauf kehrte die Musik hastig und nach Luft schnappend aus großer Ferne zurück, und sein Herzschlag verfiel wieder in einen gleichmäßigeren Rhythmus.

Sie hatten sich zwei Jahre zuvor getrennt, in einer anderen Stadt, wo in der Nacht die See gedröhnt hatte und wo sie seit ihrer Heirat gelebt hatten. Die Augen noch immer niedergeschlagen, versuchte er, den tosenden Strom der Vergangenheit mit trivialen Gedanken abzuwehren: zum Beispiel, daß sie ihn beobachtet haben mußte, als er wenige Augenblicke vorher mit weiten, geräuschlosen Schritten die ganze Länge des Raums auf Zehenspitzen durchschlichen hatte, um auf diese Weise auf- und abwippend seinen Sessel zu erreichen. Das war, als hätte ihn jemand nackt oder bei einer lächerlichen Beschäftigung ertappt; und während er sich erinnerte, wie er in seiner Arglosigkeit unter ihrem Blick (feindselig? spöttisch? neugierig?) dahingeschwebt und weggetaucht war, unterbrach er sich selber mit der Frage, ob seine Gastgeberin oder irgend jemand sonst die Situation durchschaute oder wie es kam, daß sie hier war, und ob sie alleine gekommen war oder mit ihrem neuen Mann und was er, Viktor, am besten tun sollte: sitzen bleiben wie bisher oder sie ansehen? Nein, Hinsehen kam noch nicht in Frage; erst mußte er sich mit ihrer Anwesenheit in diesem weiten und zugleich so engen Raum abgefunden haben – denn die Musik hatte sie beide mit Wänden umgeben und war so zu einer Art Gefängnis geworden, in dem sie unwiderruflich gefangen waren, bis der Pianist keine Gewölbe aus mächtigem Klang mehr errichtete und aufrecht erhielt.

Wieviel hatte er eben bei dem kurzen Wiedererkennensblick bemerkt? So wenig: ihre abgekehrten Augen, ihre blasse Wange, eine Locke schwarzen Haars und als vage, nebensächliche Einzelheit Perlen oder so etwas Ähnliches um ihren Hals. So wenig! Doch bereits diese flüchtige Skizze, dieses halbfertige Bild *war* seine Frau, schon diese momentane Mischung von Licht und Schatten ergab jenes einzigartige Wesen, das ihren Namen trug.

Wie lange schien das alles her! Unter dem ohnmächtig werdenden Himmel eines schwülen Abends hatte er sich auf der Terrasse des Tennis-Clubhauses besinnungslos in sie verliebt, und einen Monat später, während der Hochzeitsnacht, regnete es so heftig, daß das Meer nicht zu vernehmen war. Wie selig wir gewesen waren. Selig – was für ein feuchtes, brandendes Wort, das, lebendig und zahm wie es war, von ganz allein lächelt und weint. Und am nächsten Morgen: jene glitzernden Blätter im Garten, jene nahezu lautlose See, jene träge, milchige, silbrige See.

Jetzt mußte er allerdings etwas mit seinem Zigarettenstummel anstellen. Er wandte seinen Kopf, und wieder setzte sein Herz aus. Jemand hatte seine Haltung verändert, und jetzt versperrte er ihm die Sicht und zog ein Taschentuch heraus, das weiß war wie der Tod; doch gleich wäre der Ellbogen des Fremden weg, und wieder käme sie zum Vorschein, ja, sofort käme sie wieder zum Vorschein. Nein, ich kann nicht hinsehen. Da auf dem Flügel steht ein Aschenbecher.

Die Mauer aus Klängen war immer noch genauso hoch und undurchdringlich. Die Geisterhände in den Tiefen des Lacks vollführten nach wie vor ihre Verrenkungen. «Wir werden ewig glücklich sein» – wie melodiös der Satz klang, wie er schimmerte! Ihr ganzer Körper war samtweich, man sehnte sich danach, sie aufzunehmen, wie man ein Fohlen mit angewinkelten Beinen aufnimmt. Sie in die Arme nehmen und knicken. Und dann? Was tun, um sie ganz zu besitzen? Ich liebe deine Leber, deine Nieren, deine Blutkörperchen. Darauf sagte sie immer: «Sei nicht so ekelhaft.» Sie lebten weder im Luxus noch in Armut, und fast das ganze Jahr hindurch gingen sie im Meer schwimmen. Angeschwemmte Quallen zitterten auf den Kieseln des Strandes im Wind. Die Felsen der Krim glänzten vom Sprühwasser. Einmal hatten sie gesehen, wie Fischer die Leiche eines Ertrunkenen davontrugen; seine nackten Zehen, die unter der Decke hervorsahen, wirkten überrascht. Abends hatte sie immer Kakao gemacht.

Von neuem sah er hin. Sie hielt jetzt die Augen gesenkt, saß mit übergeschlagenen Beinen da und hatte das Kinn auf die Faust gestützt: Sie war sehr musikalisch, sicher spielte Wolf ein berühmtes, schönes Stück. «Ich werde einige Nächte nicht schlafen können», dachte Viktor, während er ihren weißen Hals und die weiche Biegung ihrer Knie betrachtete. Sie trug ein leichtes, schwarzes Kleid, das er nicht kannte, und die ganze Zeit spielte das Licht in ihrem Halsband. «Nein, ich werde nicht schlafen können, und in diesem Haus darf ich auch nicht länger verkehren. Alles war umsonst gewesen: diese zwei Jahre der Anstrengung und des Kampfes, dabei hatte ich meinen Seelenfrieden fast schon wiedergefunden – jetzt muß ich wieder ganz von vorn anfangen, wieder muß ich mich jetzt abmühen, alles zu vergessen, nicht nur das, was zu vergessen mir schon beinahe gelungen war, sondern zusätzlich auch noch den heutigen Abend.» Plötzlich hatte er das Gefühl, daß sie ihn heimlich ansah, und er wandte den Kopf weg.

Die Musik muß sich dem Ende nähern. Wenn jene stürmischen, atemlosen Akkorde erscheinen, bedeutet das in der Regel, daß der Schluß nahe ist. Schluß. Aus. Fini. Diese knappen, kurzen Wörter, die töten. Als der Frühling kam, wurde sie auf eine merkwürdige Weise teilnahmslos. Beim Sprechen bewegte sie kaum die Lippen. «Was hast du?» fragte er. «Nichts. Nichts Besonderes.» Ab und zu starrte sie ihn mit rätselhaftem Ausdruck aus zusammengekniffenen Augen an. «Was hast du denn bloß?» – «Nichts.» Gegen Abend erstarb sie vollends. Es war nichts mit ihr anzufangen, denn so klein und schlank sie war, wurde sie jetzt schwer und sperrig wie ein Stein. «Willst du mir nicht endlich sagen, was mit dir los ist?» So ging es fast einen Monat lang. Eines Morgens dann – ja, es war an ihrem Geburtstag – sagte sie ganz einfach, als handele es sich um etwas Nebensächliches: «Wir wollen uns für eine Weile trennen. So kann das nicht weitergehen.» Die kleine Nachbarstochter platzte ins Zimmer, um ihnen ihre junge Katze zu zeigen (die einzige Überlebende eines Wurfes, der ersäuft worden war). «Jetzt nicht, jetzt nicht, ein andermal.» Das kleine Mädchen verschwand. Ein langes Schweigen trat ein. Nach einiger Zeit begann er, ihr langsam und wortlos die Handgelenke zu verdrehen – er hatte Lust, sie ganz und gar zu zerbrechen, ihr alle Gelenke mit einem lauten Knacken auszurenken. Sie brach in Tränen aus. Er setzte sich an den Tisch und tat, als läse er Zeitung. Sie ging in den Garten hinaus, kam aber schnell wieder herein. «Ich kann es nicht länger für mich behalten. Ich muß dir alles sagen.» Und dann erzählte sie mit einem seltsam verwunderten Ausdruck, als ginge es um eine andere Frau, deren Verhalten sie selber in Erstaunen setzte, und als bäte sie ihn, jenes Erstaunen zu teilen, erzählte sie alles, alles. Es handelte sich um einen untersetzten, schlichten, reservierten Mann; er kam hin und wieder zum Whist-Spielen und sprach mit Vorliebe über artesische Brunnen. Das erste Mal war im Park gewesen, dann bei ihm zu Hause.

Alles weitere verschwimmt in der Erinnerung. Ich ging bis zum Abend am Strand entlang. Ja, es hört sich an, als ginge die Musik dem Ende zu. Als ich ihn auf dem Kai ohrfeigte, sagte er: «Das wird Sie teuer zu stehen kommen», hob seine Mütze auf und ging des Wegs. Ich habe mich nicht von ihr verabschiedet. Wie dumm doch der Gedanke gewesen wäre, sie umzubringen. Du sollst leben, leben, wie du in eben diesem Augenblick lebst; so wie du in diesem Moment sitzt, so bleib für alle Zeiten sitzen. Komm, sieh her, ich flehe dich an, bitte, bitte, sieh her. Ich werde dir alles verzeihen, denn eines Tages müssen wir alle sterben, und dann werden wir alles wissen, und alles wird vergeben sein – warum es also auf später verschieben? Sieh her, sieh mich an, wende mir dein Gesicht zu, meine Augen, meine geliebten Augen. Nein. Aus.

Die letzten krallenreichen schweren Akkorde – noch einer, und der verbleibende Atem reichte gerade für einen weiteren, und dennoch, nach diesem abschließenden Akkord, mit dem die Musik ihre ganze Seele preisgegeben zu haben schien, zielte der Pianist sorgfältig und schlug mit katzenhafter Genauigkeit einen einzigen, einfachen, einsamen kleinen goldnen Ton an. Die Mauer der Musik löste sich auf. Applaus. Wolf sagte: «Das habe ich lange nicht gespielt.» Wolfs Frau sagte: «Sie müssen wissen, mein Mann hat das seit langem nicht gespielt.» Der Kehlkopfspezialist steuerte auf Wolf zu, bedrängte ihn, stupste ihn fast mit seinem Schmerbauch: «Großartig! Ich habe schon immer behauptet, das ist das Beste, was er geschrieben hat. Allerdings finde ich, daß die Klangfarbe gegen Ende bei Ihnen ein bißchen modern herauskommt. Ich weiß nicht, ob ich mich verständlich mache, aber sehen Sie...»

Viktor blickte zur Tür hinüber. Dort verabschiedete sich eine schmale, schwarzhaarige Frau mit einem verstörten Lächeln von der Gastgeberin. Diese rief mehrmals überrascht: «Aber nicht doch, es gibt gleich etwas, und danach trägt noch ein Sänger etwas vor.» Aber die andere lächelte weiterhin hilflos und strebte zur Tür, und da wurde Viktor klar, daß die Musik, die ihm anfangs wie ein enger Kerker vorgekommen war, in dem sie sich, durch die volltönenden Harmonien aneinandergefesselt, im Abstand von etwa sechs Metern gegenüber sitzen mußten, in Wahrheit ein unglaubliches Glück gewesen war, eine verzauberte Kristallkugel, die sie beide umschlossen hatte und ihn die gleiche Luft wie sie atmen ließ; während jetzt alles zertrümmert und zerstreut war, sie in der Tür verschwand, Wolf den Flügel zugeklappt hatte und es kein Mittel gab, jene beglückende Gefangenschaft wiederherzustellen.

Sie ging. Offenbar hatte niemand etwas bemerkt. Ein Herr Bock begrüßte ihn mit freundlicher Stimme: «Ich habe Sie die ganze Zeit beobachtet. Wie kann man auf Musik so reagieren? Wissen Sie, Sie sahen dermaßen gelangweilt aus, daß Sie mir direkt leid taten. Ist es denn möglich, daß Musik Sie so völlig unberührt läßt?»

«Aber nicht doch. Ich habe mich nicht gelangweilt», erwiderte Viktor verlegen. «Ich habe nur kein Ohr für Musik, und deswegen verstehe ich so wenig davon. Was hat er übrigens gespielt?»

«Was Sie wollen», flüsterte Bock, und es war das furchtsame Flüstern des kompletten Ignoranten. «Das *Gebet einer Jungfrau* oder die *Kreutzer-Sonate*. Was immer Sie wollen.»

Vollkommenheit

«Nun denn, hier haben wir zwei Geraden», sagte er zu David mit vergnügter, fast begeisterter Stimme, als wäre es ein seltenes Glück, zwei Geraden zu haben, etwas, worauf man stolz sein könne. David war freundlich, aber nicht sehr helle. Während Iwanow beobachtete, wie Davids Ohren rot zu glühen begannen, sah er voraus, daß er oft in Davids Träumen erscheinen würde, dreißig oder vierzig Jahre später: Menschliche Träume vergessen alten Groll nicht leicht.

Blond und dünn, gekleidet mit einem gelben Pullunder, den ein Ledergürtel eng anliegen ließ, mit narbigen, nackten Knien und einer Armbanduhr, deren Glas von einem Gefängnisfenstergitter geschützt wurde, saß David in äußerst unbequemer Haltung am Tisch und pochte die ganze Zeit mit dem stumpfen Ende des Füllhalters gegen seine Zähne. Er war schlecht in der Schule, und es war nötig geworden, einen Privatlehrer anzustellen.

«Machen wir uns an die zweite Gerade», fuhr Iwanow mit derselben gekünstelten Fröhlichkeit fort. Er hatte in Geographie promoviert, aber von seinem Fachwissen war kein Gebrauch zu machen: tote Reichtümer, das prächtige Landgut eines Armen von hoher Geburt. Wie schön sind zum Beispiel alte Karten! Längliche, reichverzierte römische Reisekarten mit schlangenartigen Streifen am Rand, die kanalförmige Meere darstellen; oder die im alten Alexandria gezeichneten, auf denen England und Irland wie zwei Würstchen aussehen; oder auch die karmesinrot und grasgrün kolorierten Karten aus der christlichen Welt des Mittelalters mit dem paradiesischen Orient obenan und Jerusalem – dem goldenen Nabel der Welt – in der Mitte. Berichte von unglaublichen Pilgerfahrten: jener reisende Mönch, der den Jordan mit einem kleinen Fluß in seiner Heimatstadt Tschernigow verglich, jener Gesandte des Zaren, der in ein Land gelangte, wo die Leute unter gelben Parasols spazierengingen, jener Kaufmann aus Twer, der sich den Weg durch einen dichten *shengel*, sein Russisch für «Dschungel», voller Affen in ein sengend heißes Land bahnte, das ein nackter Fürst regierte. Das Inselchen der bekannten Welt wird ständig größer: Neue, unschlüssige Konturen tauchen aus den sagenhaften Nebeln auf, langsam entkleidet sich der Globus – und siehe da, aus der Ferne jenseits der Meere ragt Südamerikas Schulter hervor, und aus ihren vier Ecken blasen pausbäckige Winde, von denen einer eine Brille trägt.

Aber laß uns die Karten vergessen. Iwanow hatte viele andere Freuden und Verschrobenheiten. Er war schlaksig, dunkelhäutig, nicht gerade jung, auf seinem Gesicht lag der ständige Schatten eines schwarzen Bartes, der einst für lange Zeit hatte wachsen dürfen und dann abrasiert worden war (in einem Friseursalon in Serbien, der ersten Station seiner Auswanderung): Auf das kleinste Entgegenkommen hin erwachte dieser

Schatten zum Leben und begann sich zu sträuben. Ein Dutzend Emigrantenjahre über, hauptsächlich in Berlin, war er gestärkten Kragen und Manschetten treu geblieben; seine verkommenden Hemden hatten vorne eine aus der Mode gekommene Lasche, die oben an seine langen Unterhosen angeknöpft werden mußte. In letzter Zeit war er gezwungen gewesen, ständig seinen alten schwarzen Abendanzug mit Bortenbesatz entlang der Aufschläge zu tragen (alle anderen Kleidungsstücke waren vermodert); und gelegentlich, an einem bedeckten Tag, in nachsichtigem Licht, kam es ihm vor, als sei er mit schlichtem, gutem Geschmack gekleidet. Irgendwelche Flanelleingeweide versuchten, aus seiner Krawatte zu entkommen, und er war genötigt, Teile von ihnen abzuschneiden, konnte sich aber nicht dazu durchringen, sie ganz und gar herauszuoperieren.

Wenn er, gewöhnlich etwa um drei Uhr nachmittags, zu seiner Stunde mit David aufbrach, war sein Schritt irgendwie aus dem Gleichgewicht gebracht und federnd, und den Kopf hielt er hoch erhoben. Gierig sog er die junge Luft des Frühsommers ein und rollte dabei den großen Adamsapfel, der im Verlauf des Morgens schon flügge geworden war. Einmal zog ein junger Mann in Lederhosen vom gegenüberliegenden Bürgersteig Iwanows abwesenden Blick mit Hilfe eines leisen Pfiffes auf sich, warf das eigene Kinn hoch und behielt es für einige Schritte oben: Du sollst deinem Mitmenschen seine Marotten aberziehen. Iwanow jedoch faßte diese didaktische Mimikry falsch auf, und in der Annahme, daß er auf etwas über ihm aufmerksam gemacht wurde, schaute er vertrauensvoll noch höher, als es seine Gewohnheit war – und tatsächlich, drei wunderschöne Wölkchen schwebten, einander bei der Hand haltend, diagonal über den Himmel; das dritte blieb langsam zurück, und sein Umriß und der der freundlichen Hand, die noch immer nach ihm ausgestreckt war, verloren allmählich ihre anmutige Bedeutung.

Während dieser ersten warmen Tage schien alles schön und rührend: die langbeinigen kleinen Mädchen, die auf dem Bürgersteig Himmel und Hölle spielten, die alten Männer auf den Bänken, das grüne Konfetti, welches üppige Linden jedesmal verstreuten, wenn die Luft ihre unsichtbaren Glieder reckte. Er fühlte sich einsam und in Schwarz erstickt. Dann nahm er seinen Hut ab, blieb einen Moment stehen und sah sich um. Manchmal, wenn er einen Schornsteinfeger betrachtete (diesen gleichgültigen Vermittler von anderer Leute Glück, den Frauen im Vorbeigehen mit abergläubischen Fingern berührten) oder ein Flugzeug, das eine Wolke überholte, tagträumte Iwan von den vielen Dingen, die er nie näher kennenlernen würde, von Berufen, die er nie ausüben würde, von einem Fallschirm, der sich wie eine riesige Blumenkrone öffnete, oder von der eilenden, gesprenkelten Welt der Autorennfahrer, von verschiedenen Bildern des Glücks, von den Freuden sehr reicher Leute inmitten einer sehr pittoresken Natur. Sein Denken flatterte und lief die Glasscheibe hinauf und hinunter, die ihn sein Leben lang daran hindern würde, direkten Kontakt mit der Welt zu haben. Er hatte ein leidenschaftliches Verlangen, alles zu erfahren, alles zu erreichen und zu berühren, die gedämpften Stimmen, die Vogelrufe durch sein Wesen hindurchsickern zu lassen und für einen Augenblick in die Seele eines Vorübergehenden einzutreten, wie man in den kühlen Schatten eines Baumes tritt. Sein Geist war von unlösbaren Fragen in Anspruch genommen: Wie und wo waschen sich Schornsteinfeger nach der Arbeit? Hat sich an jenem Waldweg in Rußland, an den er sich einen Moment vorher so lebhaft erinnert hatte, irgend etwas geändert?

Als er endlich, wie immer zu spät, im Aufzug hinauffuhr, hatte er das Gefühl, er werde langsam immer größer, recke sich in die Höhe und ziehe, nachdem der Kopf den sechsten Stock erreicht hatte, die Beine wie ein Schwimmer nach oben. Dann nahm er wieder normale Größe an und betrat Davids helles Zimmer.

Während des Unterrichts fummelte David gern an Sachen herum, blieb ansonsten aber einigermaßen aufmerksam. Er war im Ausland aufgewachsen und sprach Russisch mit Mühe und Langeweile, aber sobald er sich der Notwendigkeit gegenüber sah, etwas Wichtiges auszudrücken, oder wenn er mit seiner Mutter sprach, der russischen Frau eines Berliner Geschäftsmannes, ging er sofort zum Deutschen über. Iwanow, dessen Kenntnis der Landessprache gering war, erklärte Mathematik auf russisch, während das Lehrbuch natürlich in deutsch war, und das brachte ein gewisses Maß an Verwirrung mit sich. Während er die von blondem Flaum umsäumten Ohren des Jungen betrachtete, versuchte er sich das Ausmaß von Angeödetheit und Abscheu vorzustellen, das er in David erregen mußte, und das bedrückte ihn. Er sah sich selber von außen – einen fleckigen Teint, einen *feu du rasoir*-Ausschlag, ein blankes schwarzes Jackett mit Flecken auf den Ärmelaufschlägen – und erfaßte den eigenen, fälschlich munteren Tonfall, die Räuspergeräusche, die er von sich gab, und sogar jenes Geräusch, das David nicht erreichen konnte – den tölpelhaften, aber pflichtgetreuen Schlag seines seit langem kränkelnden Herzens. Die Stunde ging zu Ende, der Junge zeigte ihm rasch etwas, einen Automobilprospekt oder einen Photoapparat oder eine niedliche kleine Schraube, die er auf der Straße gefunden hatte – und dann tat Iwanow sein Bestes, intelligente Teilnahme an den Tag zu legen –, aber leider hatte er nie auf vertrautem Fuß mit der geheimen Bruderschaft des Menschenwerks gestanden, das unter dem Namen Technik läuft, und diese oder jene ungenaue Bemerkung von ihm bewirkte, daß David ihn mit verwunderten, blaßgrauen Augen anstarrte und schnell den Gegenstand wieder an sich nahm, der in Iwanows Händen zu wimmern schien.

Und doch war David nicht unsensibel. Seine Gleichgültigkeit dem Ungewöhnlichen gegenüber war zu erklären – denn auch ich, überlegte Iwanow, muß wie ein sturer und knöcherner Kerl gewirkt haben, ich, der ich meine Liebe, meine Neigungen und Ängste nie mit irgend jemandem geteilt habe. Meine ganze Kindheit hat nie etwas anderes ausgedrückt als einen aufgeregten, an mich selber gerichteten kleinen Monolog. Man könnte den folgenden Syllogismus konstruieren: Ein Kind ist der vollkommenste Vertreter der Menschheit; David ist ein Kind; David ist vollkommen. Mit solch entzückenden Augen, wie er sie hat, kann ein Junge unmöglich ständig nur über die Preise von dem und jenem mechanischen Klimbim nachdenken oder darüber, wie man genug Rabattmarken zusammenbekommt, um im Laden Zeugs für fünfzig Pfennig umsonst zu kriegen. Er muß auch etwas anderes sammeln: helle, kindliche Eindrücke, deren Farbe an den Fingerspitzen des Geistes zurückbleibt. Er schweigt darüber ebenso, wie ich schwieg. Aber wenn er einige Jahrzehnte später, sagen wir 1970 (wie sie Telephonnummern ähneln, jene fernen Jahre!), zufällig das Bild wiedersieht, das jetzt über seinem Bett hängt – Bonzo verschlingt einen Tennisball –, was für einen Ruck wird er dann verspüren, welches Licht, welches Erstaunen ob des eigenen Daseins. Iwanow hatte nicht völlig unrecht, Davids Augen entbehrten tatsächlich einer gewissen Verträumtheit nicht; aber es war die Verträumtheit verheimlichten Unheils.

Davids Mutter tritt auf. Sie hat gelbes Haar und ein nervöses Temperament. Gestern hat sie Spanisch gelernt; heute lebt sie von Orangensaft. «Ich möchte gerne mit Ihnen sprechen. Bleiben Sie bitte sitzen. Geh hinaus, David. Die Stunde ist vorbei? David, geh. Also ich wollte das folgende sagen. Er hat bald Ferien. Es wäre das Richtige, mit ihm ans Meer zu fahren. Leider werde ich nicht selber fahren können. Wären Sie bereit, mit ihm zu fahren? Ich vertraue Ihnen, und er hört auf Sie. Vor allen Dingen möchte ich, daß er öfter Russisch spricht. Eigentlich ist er nichts als ein kleiner Sportsmann wie alle Kinder heute. Tja, wie sehen Sie die Sache?»

Mit Bedenken. Aber Iwanow ließ seine Bedenken nicht laut werden. Er hatte das Meer zuletzt 1912 gesehen, vor achtzehn Jahren, als er Student war. Der Ort war Hungerburg in der Provinz Estland. Kiefern, Sand, in weiter Ferne silbrigblasses Wasser – oh, wie lange man brauchte, es zu erreichen, und wie lange es dann brauchte, bis es einem an die Knie reichte! Es wäre die gleiche Ostsee, aber eine andere Küste. Wie auch immer, das letzte Mal, daß ich schwimmen gegangen bin, war nicht in Hungerburg, sondern im Fluß Luga. Mushiks kamen aus dem Wasser gelaufen, froschschenklig, die Hände über den Geschlechtsteilen gekreuzt: *pudor agrestis*. Ihre Zähne klapperten, als sie die Hemden über ihre nassen Körper zogen. Schön, gegen Abend am Fluß schwimmen zu gehen, besonders in einem warmen Regen, der über das ganze Wasser hinweg stille Kreise entstehen läßt, die sich ein jeder ausbreiten und in den nächsten übergreifen. Aber den Boden unter den Füßen zu spüren, fühlt sich angenehm an. Wie schwierig, Strümpfe und Schuhe wieder anzuziehen, ohne die Fußsohlen schlammig zu machen! Wasser im Ohr: Hüpfe immer auf einem Fuß, bis es herausläuft wie eine kitzlige Träne.

Der Tag der Abfahrt kam bald. «Ihnen wird fürchterlich heiß sein in diesen Sachen», bemerkte Davids Mutter zum Abschied, als sie einen Blick auf Iwanows schwarzen Anzug warf (den er in Trauer um seine andere, verstorbene Kleidung trug). Der Zug war voll, und sein neuer, weicher Kragen (ein geringfügiges Entgegenkommen, ein sommerliches Extravergnügen) verwandelte sich allmählich in eine enge, klamme Kompresse. Das Haar ordentlich gekämmt, mit einem kleinen Büschel in der Mitte, das im Wind spielte, mit flatterndem, am Hals offenem Hemd stand David glücklich am Fenster im Gang, starrte hinaus, und in Kurven wurden die Halbkreise der vorderen Wagen sichtbar, mit den Köpfen von Reisenden, die auf den heruntergelassenen Fenstern lehnten. Mit bimmelnder Glocke, mit ach so schnell vor und zurück stoßenden Ellbogen streckte der Zug sich wieder, um in einen Buchenwald einzufahren.

Das Haus war an der Rückseite der kleinen Küstenstadt gelegen, ein einfaches, zweistöckiges Haus mit Rote-Johannisbeer-Sträuchern im Hof, den ein Zaun von der staubigen Straße trennte. Ein Fischer mit lohfarbenem Bart saß auf einem Holzklotz und machte in der tiefstehenden Sonne Schlitzaugen, während er sein Netz teerte. Seine Frau führte sie hinauf. Terrakottaböden, Zwergenmöbel. An der Wand das nicht zu kleine Bruchstück eines Flugzeugpropellers: «Mein Mann hat früher auf dem Flugplatz gearbeitet.» Iwanow packte seine spärliche Wäsche aus, den Rasierapparat und einen zerfledderten Band der Werke Puschkins in der Panafidin-Ausgabe. David befreite einen bunten Ball aus seinem Netz, der herumzuhüpfen anfing und es aus purer Ausgelassenheit nur knapp verfehlte, eine gehörnte Muschel von ihrem Bord zu stoßen. Die Vermieterin brachte Tee und etwas Flunder. David hatte es eilig. Er konnte es nicht erwarten, sich das Meer anzusehen. Der Sonnenuntergang hatte schon begonnen.

Als sie nach fünfzehn Minuten Fußweg hinunter zum Strand kamen, wurde sich Iwanow sofort eines heftigen Unbehagens in der Brust bewußt, einer jähen Enge, auf die eine jähe Leere folgte, und draußen auf dem glatten, rauchblauen Meer sah ein kleines Boot schwarz und entsetzlich allein aus. Sein Abdruck begann auf allem zu erscheinen, was er ansah, dann löste er sich in Luft auf. Da der Staub der Dämmerung jetzt rundum alles trübte, kam es ihm vor, als hätte seine Sehkraft nachgelassen, während seine Beine sich durch die quietschende Berührung des Sandes merkwürdig geschwächt anfühlten. Von irgendwo kam das Spiel eines Orchesters, und jeder einzelne Ton, durch die Entfernung gedämpft, schien verkorkt zu sein; das Atmen fiel schwer. David suchte eine Stelle am Strand aus und bestellte für den nächsten Tag einen Strandkorb. Der Rückweg ging bergauf; bald entfernte sich Iwanows Herz, bald kam es wieder zurückgeeilt, um irgendwie zu leisten, was von ihm erwartet wurde, nur um dann wieder zu entfliehen, und durch all diesen Schmerz und diese Angst hindurch rochen die Nesseln entlang der Zäune nach Hungerburg.

Davids weißer Pyjama. Aus Sparsamkeitsgründen schlief Iwanow nackt. Zuerst bewirkte die erdige Kälte der sauberen Laken, daß er sich noch schlechter fühlte, aber dann brachte die Ruhe Erleichterung. Der Mond tastete sich seinen Weg zum Waschtisch, wählte dort die Facette eines Wasserglases aus und begann die Wand hinaufzukrabbeln. In dieser Nacht und denen, die ihr folgten, dachte Iwanow unbestimmt über mehrere Dinge gleichzeitig nach, stellte sich unter anderem vor, daß der Junge, der in dem Bett neben seinem schlief, sein eigener Sohn sei. Zehn Jahre zuvor, in Serbien, war die einzige Frau, die er je geliebt hatte – die Frau eines anderen Mannes –, von ihm schwanger geworden. Sie hatte eine Fehlgeburt und starb die Nacht darauf im

Delirium und Gebet. Es wäre ein Sohn gewesen, ein kleiner Kerl ungefähr in Davids Alter. Als David sich am Morgen anschickte, seine Badehosen anzuziehen, war Iwanow gerührt, wie seine (bereits an einem Berliner Seeufer erworbene) Milchkaffeebräune unterhalb der Gürtellinie jäh einem kindlichen Weiß Platz machte. Er wollte dem Jungen gerade verbieten, mit nichts am Leib außer dieser Badehose vom Haus zum Strand zu gehen, und war ein bißchen verblüfft und gab nicht sofort nach, als David im quengelnden Tonfall deutschen Befremdens geltend zu machen begann, daß er das schon in einem anderen Ferienort so gemacht habe und daß jeder es so machte. Was Iwanow anbelangt, so schmachtete er am Strand als trübseliger Städter dahin. Die Sonne, das funkelnde Blau machten ihn seekrank. Unter seinem Filzhut lief ihm ein heißes Prickeln über den Oberkopf, er fühlte sich, als werde er bei lebendigem Leibe gebraten, aber er verzichtete nicht einmal auf das Jackett, nicht nur weil es ihn, wie es bei vielen Russen der Fall ist, in Verlegenheit gebracht hätte, «in der Gegenwart von Damen in Hosenträgern zu erscheinen», sondern auch weil sein Hemd zu arg zerschlissen war. Am dritten Tag nahm er plötzlich seinen Mut zusammen, blickte von unterhalb der Brauen verstohlen umher und zog die Schuhe aus. Er ließ sich am Boden eines von David gegrabenen Kraters nieder, breitete ein Zeitungsblatt unter den Ellbogen und hörte dem straffen Flattern der grellen Fahnen zu oder schaute mit einer Art zarten Neids über den sandigen Rand auf tausend braune, in verschiedenen Haltungen von der Sonne niedergestreckte Körper; ein Mädchen war besonders prächtig, wie aus Metall gegossen, von der Sonne nahezu schwarz gebrannt, mit erstaunlich hellen Augen und Fingernägeln, die so blaß waren wie die eines Affen. Bei ihrem Anblick versuchte er sich vorzustellen, wie es sich anfühlte, derart sonnenverbrannt zu sein.

Wenn er die Erlaubnis bekommen hatte, kurz ins Wasser zu gehen, schwamm David geräuschvoll davon, während Iwanow zum Saum der Brandung ging, um seinen Schützling im Auge zu behalten und zurückzuspringen, sobald eine Welle weiter herauflangte als ihre Vorgängerinnen und so seine Hosen zu durchweichen drohte. Er erinnerte sich an einen Kommilitonen in Rußland, einen engen Freund, der den Trick kannte, Kiesel so zu schleudern, daß sie zwei-, drei-, viermal von der Wasseroberfläche abprallten, aber als er versuchte, es David zu zeigen, durchbohrte das Wurfgeschoß die Oberfläche mit einem lauten Platsch, und David lachte und ließ einen schönen flachen Stein nicht vier, sondern mindestens sechs Hüpfer vollführen.

Einige Tage später, während eines Anfalls von Geistesabwesenheit (seine Augen waren herumgeschweift, und es war zu spät, als er sie einholte), las Iwanow eine Postkarte, die David an seine Mutter zu schreiben begonnen und auf dem Fenstersims liegengelassen hatte. David schrieb, daß sein Lehrer wahrscheinlich krank sei, weil er nie schwimmen gehe. Am gleichen Tag ergriff Iwanow außergewöhnliche Maßnahmen: Er erstand einen schwarzen Badeanzug, und als er an den Strand gelangte, verbarg er sich im Strandkorb, entkleidete sich zimperlich und zog das billige, nach Laden riechende Trikot an. Es war ein Augenblick trauriger Verlegenheit, als er mit blasser Haut und haarigen Beinen ins Sonnenlicht heraustrat. David jedoch sah ihn beifällig an. «Da wären wir!» rief Iwanow mit draufgängerischer Unbeschwertheit. «Dann mal los!» Er ging bis zu den Knien hinein, spritzte sich etwas Wasser auf den Kopf, ging dann mit ausgebreiteten Armen voran, und je höher das Wasser stieg, desto tödlicher wurde der Krampf, der sein Herz zusammenzog. Schließlich verschloß er die Ohren mit den Daumen, bedeckte die Augen mit den übrigen Fingern und hockte sich unter Wasser hin. Die stechende Kälte zwang ihn, sofort ins Trockene zu gehen. Er legte sich zitternd auf den Sand, bis zum Rand seines Seins erfüllt von gräßlicher, nicht auflösbarer Qual. Nach einer Weile wärmte die Sonne ihn auf, er erwachte wieder zum Leben, schwor aber von da an dem Baden im Meer ab. Sich anzuziehen, fühlte er sich zu träge; als er die Augen fest zumachte, glitten optische Flecke über einen roten Hintergrund dahin, Marskanäle durchkreuzten ihn immer wieder, und in dem Moment, als er die Lider aufschlug, begann das nasse Silber der Sonne zwischen seinen Wimpern zu pochen.

Das Unvermeidliche geschah. Bis zum Abend hatten sich all jene Körperteile, die entblößt gewesen waren, in einen symmetrischen Archipel feurigen Schmerzes verwandelt. «Heute machen wir einen Waldspaziergang, anstatt an den Strand zu gehen», sagte er am nächsten Morgen zu dem Jungen. «Ach nein», jammerte David. «Zuviel Sonne ist ungesund», sagte Iwanow. «O bitte!» beharrte David schaudernd. Aber Iwanow hielt stand.

Der Wald war dicht. In ihrer Färbung an die Rinde angepaßte Spanner flogen von den Baumstämmen auf. Der schweigende David ging widerwillig. «Der Wald sollte uns lieb und wert sein», sagte Iwanow in einem Versuch, seinen Schüler abzulenken. «Er war der erste Lebensraum des Menschen. Eines schönen Tages brach der Mensch aus dem Dschungel primitiver Ahnungen zur sonnenbeschienenen Lichtung der Vernunft auf. Diese Blaubeeren da sehen reif aus, ich erlaube dir, sie zu probieren. Warum bist du eingeschnappt? Versuch doch zu verstehen: Man muß sich in seinen Vergnügungen abwechseln. Und man sollte es mit dem Schwimmen im Meer nicht übertreiben. Wie oft kommt es vor, daß ein unvorsichtiger Schwimmer an einem Sonnenstich oder Herzversagen stirbt!»

Iwanow rieb seinen unerträglich brennenden und juckenden Rücken gegen einen Baumstamm und fuhr gedankenvoll fort: «Wenn ich die Natur an einem bestimmten Ort bewundere, kann ich nicht umhin, an Länder zu denken, die ich nie sehen werde. Versuche dir vorzustellen, David, daß dies nicht Pommern ist, sondern ein malaiischer Wald. Schau dich um: Du wirst sofort die seltensten Vögel vorüberfliegen sehen, den König-Albert-Paradiesvogel, dessen Kopf mit einem Paar langer Federn geschmückt ist, die aus blauen Oriflammen bestehen.» – «Ach Quatsch», erwiderte David niedergeschlagen.

«Auf russisch solltest du *erundá* sagen. Natürlich ist es Unsinn, wir sind nicht in den Bergen von Neuguinea. Aber der springende Punkt ist, daß du mit etwas

Phantasie – wenn du, Gott behüte, eines Tages erblinden oder ins Gefängnis kommen solltest oder auch bloß gezwungen wärst, in entsetzlicher Armut eine hoffnungslose Aufgabe zu erfüllen, die dir zuwider ist – daß du dich dann an diesen heutigen Spaziergang in einem gewöhnlichen Wald erinnern könntest, als ob es – wie soll ich sagen? – märchenhafte Verzückung gewesen wäre.»

Bei Sonnenuntergang plusterten sich über dem Meer dunkelrosa Wolken auf. Während der Himmel matt wurde, schienen sie zu verrosten, und ein Fischer sagte, es werde morgen regnen, doch der Morgen erwies sich als fabelhaft, und David trieb seinen Lehrer immer wieder zur Eile, aber Iwanow fühlte sich nicht wohl; er sehnte sich danach, im Bett zu bleiben und an entfernte und unbestimmte Halbereignisse zu denken, die vom Gedächtnis nur auf einer Seite erleuchtet wurden, an irgendwelche angenehmen, rauchgrauen Dinge, die sich irgendwann einmal begeben haben mochten oder im Blickfeld des Lebens ziemlich nah an ihm vorbeigetrieben waren oder sich ihm vor kurzem in einem Traum gezeigt hatten. Aber es war unmöglich, sich auf sie zu konzentrieren, alle glitten sie irgendwie nach einer Seite davon, waren ihm in einer Art freundlicher und mysteriöser Verstohlenheit halb zugewandt und glitten doch unbarmherzig davon, so wie es jene durchsichtigen Knötchen tun, die diagonal in der gläsernen Augenflüssigkeit schwimmen. Ach, er mußte aufstehen, seine Socken anziehen, die so voller Löcher waren, daß sie wie Spitzenhandschuhe aussahen. Ehe er das Haus verließ, setzte er Davids dunkelgelbe Sonnenbrille auf – und die Sonne fiel inmitten eines Himmels, der eines türkisfarbenen Todes starb, in Ohnmacht, und das morgendliche Licht auf der Verandatreppe bekam einen Beigeschmack von Sonnenuntergang. David rannte mit nacktem, bernsteinfarbenem Rücken voraus, und als Iwanow nach ihm rief, zuckte er verärgert die Achseln. «Lauf nicht weg!» sagte Iwanow matt. Die Brille engte seinen Horizont ein, er hatte Angst vor einem plötzlichen Automobil.

Schläfrig fiel die Straße zum Meer hin ab. Nach und nach gewöhnten seine Augen sich an die Brille, und er wunderte sich nicht mehr über die Khakiuniform des sonnigen Tages. An der Straßenbiegung erinnerte er sich plötzlich halb an etwas – etwas außergewöhnlich Tröstliches und Seltsames –, aber es löste sich augenblicks auf, und die ungestüme Seeluft schnürte seine Brust zu. Die düsteren Fahnen flatterten aufgeregt und zeigten alle in dieselbe Richtung, obwohl dort noch gar nichts los war. Hier ist der Sand, hier das dumpfe Klatschen des Meeres. Seine Ohren fühlten sich zugepfropft an, und als er durch die Nase einatmete, begann es in seinem Kopf zu poltern, und etwas stieß heftig in eine membranöse Sackgasse. «Ich habe weder sehr lange noch sehr gut gelebt», überlegte Iwanow. «Trotzdem wäre es eine Schande, sich zu beklagen; diese fremde Welt ist schön, und ich wäre auf der Stelle glücklich, wenn ich mich nur erinnern könnte an dieses wunderbare, wunderbare – was? Was war es?»

Er ließ sich auf dem Sand nieder. David begann emsig, den Sandwall mit einem Spaten auszubessern, wo er ein wenig abgebröckelt war. «Ist es heiß oder kühl heute?» fragte Iwanow. «Irgenwie kann ich das nicht feststellen.» Bald darauf warf David den Spaten hin und sagte: «Ich geh mal schwimmen.» – «Bleib doch einen Moment sitzen», sagte Iwanow. «Ich muß meine Gedanken sammeln. Das Meer läuft nicht weg.» – «Bitte, lassen Sie mich gehen!» bat David flehentlich.

Iwanow erhob sich auf einen Ellbogen und begutachtete die Wellen. Sie waren groß und bucklig; keiner badete an dieser Stelle; nur viel weiter links tauchte ein Dutzend orange bekappter Köpfe auf und wurde unisono nach einer Seite davongetragen. «Diese Wellen», sagte Iwanow mit einem Seufzer und fügte dann hinzu: «Du darfst ein bißchen paddeln, aber entferne dich nicht weiter als eine *sashen*. Eine *sashen* ist ungefähr zwei Meter.»

Er senkte den Kopf, stützte eine Wange auf, grämte sich, berechnete undeutliche Abmessungen des Lebens, des Jammers, des Glücks. Seine Schuhe waren schon voll von Sand, er zog sie mit trägen Händen aus, verlor sich dann wieder in Gedanken, und wieder begannen jene ausweichenden Knötchen durch sein Blickfeld zu schwimmen... und wie er sich danach sehnte, wie er sich danach sehnte, sich zu erinnern... Ein plötzlicher Schrei. Iwanow stand auf.

Inmitten gelbblauer Wellen, weit von der Küste entfernt, tanzte Davids Gesicht auf und ab, und sein offener Mund war wie ein dunkles Loch. Er stieß einen blubbernden Schrei aus und verschwand. Eine Hand erschien einen Moment und verschwand dann ebenfalls. Iwanow warf das Jackett ab. «Ich komme», brüllte er. «Ich komme. Halt durch!» Er spritzte durch das Wasser, verlor den Halt, die eiskalten Hosen klebten an seinen Schienbeinen. Für einen Moment, so schien es ihm, kam Davids Kopf wieder herauf. Dann wallte eine Welle auf, schlug Iwanows Hut herunter, machte ihn blind; er wollte die Brille abnehmen, aber seine Aufregung, die Kälte, die lähmende Schwäche hielten ihn davon ab. Es wurde ihm klar, daß die Welle ihn bei ihrem Rückzug ein weites Stück vom Ufer weggeschleppt hatte. Er begann zu schwimmen und hielt dabei Ausschau nach David. Er fühlte sich in einen engen, schmerzhaft kalten Sack eingeschlossen, sein Herz spannte sich unerträglich an. Mit einem Mal durchfuhr ihn ein schnelles Etwas, ein Aufblitzen von Fingern, die über Klaviertasten dahinrieselten – und genau *das* war es, woran er sich den ganzen Vormittag zu erinnern versucht hatte. Er trat auf eine Sandbank hinaus. Sand, Meer und Luft hatten eine merkwürdige, ausgeblichene, opake Farbe, und alles war vollkommen ruhig. Vage überlegte er, daß die Dämmerung hereingebrochen sein mußte und daß David vor langer Zeit umgekommen war, und er fühlte, was ihm vom Leben auf der Erde her bekannt war – die beißende Glut von Tränen. Zitternd, sich zum aschfarbenen Sand beugend, wickelte er sich fester in den schwarzen Umhang mit der schlangenförmigen, bronzenen Schnalle, den er eines Herbsttages vor langer, langer Zeit an einem befreundeten Mitstudenten gesehen hatte – und Davids Mutter tat ihm so leid, und er fragte sich, was er ihr sagen würde. Es ist nicht meine Schuld, ich habe getan, was ich konnte, um ihn zu retten, aber ich bin ein schlechter Schwimmer, und mein Herz ist krank, und er ist ertrunken. Aber mit diesen Gedanken stimmte etwas nicht, und als er sich noch einmal umschaute und sich selber ganz allein in dem verlassenen Nebel sah, ohne einen David neben sich, da begriff er, daß David, wenn er nicht bei ihm war, auch nicht tot war.

Erst dann wurde die trübe Brille abgenommen. Der stumpfe Nebel brach sofort auf, wunderbare Farben erblühten aus ihm, alle möglichen Geräusche sprudelten hervor – das Brüllen der See, das Klatschen des Windes, menschliche Schreie –, und da stand David, bis zu den Knöcheln im hellen Wasser, wußte nicht, was tun, zitterte vor Angst, wagte nicht zu erklären, daß er nicht am Ertrinken gewesen war, daß er aus Spaß gezappelt hatte – und weiter draußen tauchten Leute, suchten im Wasser herum, sahen einander dann mit Glupschaugen an, tauchten aufs neue und kehrten mit leeren Händen zurück, während andere ihnen vom Ufer den Rat zubrüllten, ein bißchen weiter links zu suchen; und ein Mensch mit einer Rot-Kreuz-Armbinde lief den Strand entlang, und drei Männer in Pullovern schoben ein Boot über den knirschenden Kies ins Wasser; und ein bestürzter David wurde von einer dicken Frau mit einem Kneifer davongeführt, der Frau eines Tierarztes, der am Freitag hätte ankommen sollen, seinen Urlaub aber hatte verschieben müssen, und die Ostsee funkelte von einem Ende zum anderen, und in dem ausgedünnten Wald lagen quer über einem grünen Feldweg frisch gefällte Espen und atmeten noch; und ein rußverschmierter junger Mann wurde allmählich weiß, während er sich unter dem Wasserhahn in der Küche wusch, und schwarze Sittiche flogen über dem ewigen Schnee der neuseeländischen Berge; und ein in die Sonne blinzelnder Fischer sagte feierlich voraus, daß die Wellen den Leichnam nicht vor dem neunten Tag preisgeben würden.

Ein flotter Herr

Sorgfältig ist unser Koffer mit bunten Aufklebern verziert: «Nürnberg», «Stuttgart», «Köln» – und sogar «Lido» (dieser indessen ist hochgestapelt). Unser Teint ist dunkel und purpurrot geädert, der schwarze Schnurrbart ordentlich gestutzt, und die Nüstern sind behaart. Wir atmen schwer durch die Nase, während wir in einer Emigrantenzeitung ein Kreuzworträtsel zu lösen versuchen. Wir sind allein in einem Coupé dritter Klasse – allein und folglich gelangweilt.

Heute abend sind wir in einer bumsfidelen kleinen Stadt. Freie Bahn! Der Duft der Handelsreisen! Ein goldenes Haar auf dem Jackenärmel! O Weib, dein Name ist Goldi. So haben wir Mamma genannt und später unsere Frau Katja. Eine psychoanalytische Tatsache: Jeder Mann ist Ödipus. Auf der letzten Reise haben wir Katja dreimal betrogen, und das hat uns dreißig Reichsmark gekostet. Komisch – zu Hause sehen sie alle aus wie Vogelscheuchen, aber in einer fremden Stadt sind sie reizvoll wie antike Hetären. Noch genußreicher jedoch wären die Artigkeiten einer Zufallsbekanntschaft: Ihr Profil erinnert mich an das Mädchen, um dessentwillen ich vor Jahren... Nach einer einzigen Nacht gleiten wir auseinander wie Schiffe... Eine weitere Möglichkeit: sie könnte sich als Russin entpuppen.

Gestatten, mein Name ist Konstantin... Den Familiennamen besser weglassen – oder vielleicht einen erfinden? Obolenskij. Ja, Verwandte.

Wir kennen keinen einzigen berühmten türkischen General und wissen weder den Vater der Luftfahrt noch ein amerikanisches Nagetier zu erraten. Aus dem Fenster zu sehen, ist auch nicht eben unterhaltsam. Felder. Eine Straße. Weiden mit Weiden. Laube mit Kohlbeet. Bauernmädchen, gar nicht übel, jung.

Katja ist die gute Ehefrau in Person. Bar jeder Leidenschaft, kocht fabelhaft, wäscht jeden Morgen die Arme bis zu den Schultern hinauf und ist nicht eben helle: darum auch nicht eifersüchtig. Bei ihrem breiten Becken, nichts gegen zu sagen, hätte man nie damit gerechnet, daß sie nun schon zum zweiten Mal ein totgeborenes Bambino produziert. Anstrengende Jahre. Den ganzen Weg bergauf. Geschäftlich der absolute Verschleiß. Zwanzigmal in Schweiß gebadet, bis mal ein Kunde anbeißt. Dann den Auftrag Tropfen für Tropfen herausgequetscht. Herrgottnochmal, wie gerne würde man mit so einem reizenden, goldglänzenden kleinen Teufel in einem raffiniert erleuchteten Hotelzimmer mal einen draufmachen! Spiegel, Orgien, ein paar Drinks. Noch fünf Stunden Fahrt. Beim Eisenbahnfahren, sagt man, vergeht einem diese Sache gründlich. Ich bin gründlich dazu aufgelegt. Schließlich kann man sagen, was man will, aber eine handfeste Liebschaft ist doch, was das Leben so in Gang hält. Ich kann mich aufs Geschäft nicht richtig konzentrieren, wenn ich mich nicht erst um meine Gefühlsbedürfnisse kümmere. Also nehmen wir uns mal vor: Ausgangspunkt das Café, von dem mir Lange erzählt hat. Und wenn ich da nichts auftue...

Schranke, Lagerhaus, großer Bahnhof. Unser Reisender ließ das Fenster herab und lehnte sich mit weit gespreizten Ellbogen hinaus. Jenseits des Bahnsteigs quoll unter einigen Schlafwagen Dampf hervor. Undeutlich ließen sich die Tauben ausmachen, die unter der hochgeschwungenen Glaskuppel den Sitzort wechselten. Würstchen im Sopran ausgerufen, Bier im Bariton. Ein Mädchen stand und redete mit einem Mann, den Busen in weiße Wolle gezwängt, schwankte leicht hin und her, schlug mit der Handtasche gegen ihr Gesäß, kreuzte die Arme über der Brust, trat mit einem Fuß auf den anderen oder hielt die Handtasche unter dem Arm und steckte mit einem leisen Schnappgeräusch die behenden Finger unter ihren glänzenden schwarzen Gürtel; so stand sie da und lachte und berührte ab und an ihren Gefährten mit einer Abschiedsgeste, nur um dann aufs neue ihr Gedrehe und Gewende wiederaufzunehmen: ein sonnengebräuntes Mädchen mit einer hochgesteckten Frisur, die ihre Ohren freiließ, und einer unwiderstehlichen Schramme auf ihrem honigfarbenen Oberarm. Sie sieht uns nicht an, aber macht nichts, nehmen wir sie mal gründlich in Augenschein. Im Strahl des stieren und starren Blicks beginnt sie zu schimmern und scheint drauf und dran, sich aufzulösen. Gleich wird der Hintergrund durch sie hindurchscheinen – eine Abfalltonne, ein Plakat, eine Bank; aber an diesem Punkt mußte unsere kristallene Linse bedauerlicherweise in ihren Normalzustand zurück, denn alles verschob sich, der Mann sprang in den nächsten Wagen, der Zug ruckte an, und das Mädchen nahm ein Taschentuch aus der Handtasche. Als sie im Laufe ihrer rückwärtsgerichteten Gleitbewegung genau vor seinem Fenster vorüberkam, küßte Konstantin, Kostja, Kostenka dreimal mit Inbrunst seine Handfläche, doch sein Gruß blieb unbemerkt: Unter rhythmischem Schwenken ihres Taschentuchs entschwebte sie.

Er schloß das Fenster, und als er sich umdrehte, stellte er zu seiner angenehmen Überraschung fest, daß sich das Abteil während seiner mesmerischen Betätigungen tatsächlich angefüllt hatte: drei Männer mit ihren Zeitungen und in der Ecke gegenüber eine Brünette mit gepudertem Gesicht. Ihr schimmernder Mantel war von gelatinehafter Durchsichtigkeit – ein Schutz gegen den Regen, aber nicht gegen den Blick eines Mannes. Dezenter Humor und korrekte Sehschärfe – das ist unsere Devise.

Zehn Minuten später war er mit dem Reisenden auf dem gegenüberliegenden Fensterplatz, einem ordentlich gekleideten alten Herrn, in ein Gespräch vertieft; das einleitende Thema war in Gestalt eines Fabrikschlots vorbeigeglitten; gewisse Statistiken kamen zur Sprache, und beide äußerten sich mit melancholischer Ironie bezüglich gewisser industrieller Trends; inzwischen schob die Frau mit dem weißen Gesicht einen kränklichen Vergißmeinnichtstrauß ins Gepäcknetz ab, und nachdem sie ihrer Reisetasche eine Illustrierte entnommen hatte, versenkte sie sich in den durchsichtigen Prozeß der Lektüre: Durch ihn hindurch dringen unsere liebkosende Stimme, unsere vernünftigen Argumente. Der zweite männliche Fahrgast schaltete sich ein: Er war einnehmend dick, trug karierte Knickerbocker, die in grünen Strümpfen steckten, und redete über Schweinezucht. Ein gutes Zeichen – an jedem Fitzel, den du ansiehst, zupft sie. Der Dritte, ein arroganter Eremit, versteckte sich hinter seiner Zeitung. Beim nächsten Halt stiegen der Industrie- und der Schweinefachmann aus, der Eremit verzog sich in den Speisewagen, und die Dame wechselte zum Fensterplatz.

Wir wollen sie Punkt für Punkt durchgehen. Augen sehen nach Beerdigung aus, geile Lippen. Spitzenbeine, Kunstseide. Was ist besser: die Erfahrung einer scharfen, brünetten Dreißigerin oder die kicherige junge Blüte einer Range mit hellen Locken? Heute ist erstere besser, und was morgen ist, wird sich zeigen. Nächster Punkt: Durch die Gelatine ihres Regenmantels schimmert ein schöner Akt, wie eine Nixe, gesehen durch die hellen Fluten des Rheins hindurch. Sie erhob sich wie in Krämpfen, legte ihren Mantel ab, enthüllte jedoch nur ein beiges Kleid mit einem kleinen Pikeekragen. Zurechtziehen. Ja, so.

«Maiwetter», sagte Konstantin leutselig, «und trotzdem sind die Züge immer noch geheizt.»

Ihre linke Augenbraue hob sich, und sie antwortete: «Ja, hier ist es wirklich warm, und ich bin todmüde. Mein Vertrag ist ausgelaufen, und jetzt fahre ich nach Hause. Sie haben alle auf mein Wohl angestoßen – das Bahnhofsbüffet da ist klasse. Ich hab zuviel getrunken, aber einen Schwips habe ich nie, ich kriege nur so ein schweres Gefühl im Magen. Das Leben ist schwer geworden, ich bekomme mehr Blumen als Geld, und ein

Monat Pause kommt mir wie gerufen; danach habe ich einen neuen Vertrag, aber natürlich komme ich einfach nicht dazu, was auf die hohe Kante zu legen. Der Dicke, der da eben ausgestiegen ist, hat sich obszön aufgeführt. Wie der mich angegafft hat! Es kommt mir vor, als ob ich schon eine Ewigkeit in diesem Zug bin, und ich sehne mich so danach, wieder in meiner gemütlichen kleinen Wohnung zu sein und weit weg von diesem ganzen Trubel und Rummel und Heckmeck.»

«Gestatten Sie mir», sagte Kostja, «Ihnen etwas anzubieten, um dieses Ärgernis zu lindern.»

Er zog unter seinem Gesäß ein viereckiges, aufblasbares Kissen hervor, dessen Gummi mit getüpfeltem Satin überzogen war: Während seiner flachen, harten, hämorrhoidalen Reisen hatte er es immer unter sich.

«Und Sie selber?» erkundigte sie sich.

«Es wird schon gehen, es wird schon gehen. Ich muß Sie bitten, sich ein wenig zu erheben. Verzeihung. Jetzt setzen Sie sich wieder. Weich, was? Dieser Körperteil ist unterwegs besonders empfindlich.»

«Danke sehr», sagte sie. «Nicht alle Männer sind so rücksichtsvoll. Ich habe in letzter Zeit ziemlich abgenommen. Sehr angenehm so! Wie zweiter Klasse.»

«Galanterie, Gnädigste», sagte Kostenka, «ist bei uns eine angeborene Eigenschaft. Ja, ich bin Ausländer. Russe. Ich will Ihnen mal ein Beispiel erzählen: Eines Tages geht mein Vater auf seinem Herrensitz mit einem alten Kumpel, einem bekannten General, spazieren. Zufällig kommt ihnen eine Bäuerin über den Weg – so eine kleine alte Schrulle, wissen Sie, mit einem Bündel Brennholz auf dem Buckel –, und mein Vater lüftet den

Hut. Der General staunt, und da sagt mein Vater: ‹Möchten Eure Exzellenz wirklich, daß ein einfacher Bauer einen Adligen an Höflichkeit aussticht?›»

«Ich kenne einen Russen – ich bin sicher, Sie haben den Namen auch gehört – warten Sie, wie war er noch? Baretzki... Baratzki... Aus Warschau. Er hat jetzt eine Drogerie in Chemnitz. Baratzki... Baritzki... Sie kennen ihn doch sicher?»

«Keineswegs. Rußland ist ein großes Land. Unser Familienbesitz war ungefähr so groß wie hier Sachsen. Und alles ist perdü, alles wurde niedergebrannt. Der Feuerschein war noch in siebzig Kilometer Entfernung zu sehen. Meine Eltern wurden in meiner Gegenwart niedergemacht. Ich verdanke das Leben einem treuen Diener, einem Veteranen des Türkenfeldzugs.»

«Wie schrecklich», sagte sie, «ganz unheimlich schrecklich!»

«Ja, aber es stählt einen. Ich bin als Mädchen vom Land verkleidet geflüchtet. Damals habe ich ein sehr niedliches kleines Mädchen abgegeben. Soldaten haben mich belästigt. Besonders ein viehischer Kerl... Das war eine höchst komische Geschichte.»

Er erzählte seine Geschichte. «Pfui!» murmelte sie lächelnd.

«Nun ja, dann folgte die Zeit der Wanderschaft und ein Beruf nach dem andern. Einmal habe ich sogar Schuhe geputzt – und in meinen Träumen sah ich genau die Stelle im Garten, wo der alte Butler im Fackelschein unsere Familienjuwelen verbuddelt hatte. Ich habe ein Schwert in Erinnerung, das war über und über mit Diamanten besetzt...»

«Ich bin gleich wieder da», sagte die Dame.

Das federnde Kissen hatte keine Zeit gehabt abzukühlen, als sie sich schon wieder darauf niederließ und mit reifer Anmut aufs neue die Beine kreuzte.

«... und außerdem zwei Rubine, so große, dann Wertpapiere in einer goldenen Schatulle, die Achselstücke meines Vaters, eine Kette aus schwarzen Perlen...»

«Ja, viele sind heutzutage ruiniert», bemerkte sie mit einem Seufzer und fuhr mit wiederum hochgezogener linker Augenbraue fort: «Ich habe auch alles mögliche Schwere hinter mir. Ich war verheiratet, es war eine fürchterliche Ehe, und da habe ich mir gesagt: Das reicht! Ich will nach meiner Fasson leben. Fast ein Jahr lang spreche ich jetzt schon nicht mehr mit meinen Eltern – alte Leutchen, wissen Sie, die kein Verständnis für die Jugend haben –, und das macht mir sehr zu schaffen. Manchmal gehe ich an ihrem Haus vorbei und träume sozusagen davon, sie zu besuchen – und mein zweiter Mann ist jetzt gottseidank in Argentinien, er schreibt mir einfach wundervolle Briefe, aber ich werde nie zu ihm zurückkehren. Es gab noch einen Mann, ein Fabrikdirektor, ein sehr gesetzter Herr, er war ganz verrückt nach mir, ich sollte ihm ein Kind schenken, und seine Frau war auch riesig nett, so warmherzig – viel älter als er –, es war eine richtiggehende Freundschaft zwischen uns dreien, im Sommer sind wir auf dem See Boot gefahren, aber dann sind sie nach Frankfurt gezogen. Oder nehmen Sie Schauspieler – das sind so gutherzige, fröhliche Leute –, und die Beziehungen zu ihnen sind so kameradschaftlich, sie stürzen sich nicht gleich auf einen, so auf der Stelle...»

Währenddessen überlegte Kostja: Alle diese Eltern und Direktoren kennen wir. Das denkt sie sich alles aus. Trotzdem, ganz attraktiv. Brüste wie ein Paar Ferkel, schmale Hüften. Genehmigt sich anscheinend gern einen. Da wollen wir mal ein Bierchen aus dem Speisewagen kommen lassen.

«Tja, etwas später dann, da hatte ich eine Glückssträhne, da habe ich einen Haufen Geld gemacht. Ich hatte vier Mietshäuser in Berlin. Doch der Mann meines Vertrauens, mein Freund, mein Partner hat mich übers Ohr gehauen... Schmerzhafte Erinnerungen sind das. Ich habe ein Vermögen verloren, aber nicht meinen Optimismus, und gottseidank habe ich jetzt trotz der Wirtschaftskrise wieder... Apropos, ich will Ihnen mal was zeigen, meine Dame.»

Der Koffer mit den forschen Aufklebern enthielt (nebst anderem Ramsch) Muster eines hochmodischen Spiegels für Kosmetikbeutel: kleine Dinger, die weder rund noch eckig waren, sondern phantasievoll geformt, etwa gänseblümchen- oder schmetterlings- oder herzförmig. Inzwischen traf das Bier ein. Sie musterte die kleinen Spiegel und betrachtete sich in ihnen; Lichtstrahlen schossen im Abteil hin und her. Das Bier kippte sie wie ein Landsknecht, und mit dem Handrücken entfernte sie den Schaum von ihren orangeroten Lippen. Kostenka legte die Muster liebevoll in den Koffer zurück und schob ihn wieder aufs Gepäcknetz. Also gut, nun ran an den Feind.

«Wissen Sie was – ich sehe Sie immer wieder an, und es ist mir, als wären wir uns vor Jahren schon begegnet. Sie sehen einem Mädchen wahnsinnig ähnlich – sie ist an Schwindsucht gestorben –, die ich so geliebt habe, daß ich mir fast eine Kugel durch den Kopf geschossen hätte. Ja, wir Russen sind sentimentale Exzentriker, aber glauben Sie mir, lieben können wir mit der Leidenschaft eines Rasputin und der Naivität eines Kindes. Sie sind einsam, und ich bin einsam. Sie sind frei, und ich bin frei. Wer kann uns also verbieten, miteinander ein paar angenehme Stunden in einem verschwiegenen Liebesnest zu verbringen?»

Ihr Schweigen war verlockend. Er stand auf und setzte sich neben sie. Mit lüsternen Seitenblicken und rollenden Augen starrte er ihr Profil an, während er die Knie aneinanderschlug und die Hände rieb.

«Wo fahren Sie hin?» fragte sie.

Kostenka sagte es ihr.

«Und ich fahre zurück nach...»

Sie nannte eine Stadt, die für ihre Käseproduktion berühmt war.

«Also gut, ich begleite Sie, und morgen setze ich meine Reise fort. Obwohl ich nichts vorauszusagen wage, meine Dame, habe ich jeden Grund zu der Annahme, daß keiner von uns beiden es bereuen wird.»

Das Lächeln, die Augenbraue.

«Sie wissen noch nicht einmal meinen Namen.»

«Was tut's, was tut's? Wozu Namen?»

«Hier ist meiner», sagte sie und zog eine Visitenkarte hervor: Sonja Bergmann.

«Und ich bin einfach der Kostja. Kostja und nichts weiter. Sag Kostja zu mir, ja?»

Eine bezaubernde Frau! Eine nervöse, schmiegsame, interessante Frau! In einer halben Stunde sind wir da.

Es lebe das Leben, das Glück, die strotzende Gesundheit! Eine lange Nacht zweischneidiger Lüste. Man bemerke unsere vollständige Kollektion von Zärtlichkeiten! Ein Herkules der Liebe!

Der Mensch, dem wir den Spitznamen Eremit verpaßt hatten, kehrte aus dem Speisewagen zurück, und der Flirt mußte unterbrochen werden. Sie entnahm ihrer Handtasche mehrere Photos und machte sich daran, sie ihm zu zeigen: «Dies Mädchen ist nur eine Freundin. Das hier ist ein süßer Junger, sein Bruder arbeitet beim Radio. Auf dem hier sehe ich ganz furchtbar aus. Das ist mein Bein. Und das hier – erkennen Sie, wer das ist? Ich hab eine Brille und einen Bowler auf – niedlich, was?»

Gleich sind wir da. Das kleine Kissen ist unter vielen Danksagungen zurückerstattet worden. Kostja ließ die Luft heraus und steckte es in seinen Koffer. Der Zug begann zu bremsen.

«Dann also adieu», sagte die Dame.

Energisch und beschwingt trug er beide Koffer hinaus – ihren, einen kleinen aus Vulkanfiber, und seinen, ein edleres Produkt. Drei Strahlen eines staubigen Sonnenlichts verliefen quer durch die glasgedeckte Bahnhofshalle. Der schläfrige Eremit und die vergessenen Vergißmeinnicht fuhren weiter.

«Sie sind total verrückt», sagte sie lachend.

Ehe er seinen Koffer zur Aufbewahrung brachte, zog er ein Paar flacher, zusammenfaltbarer Pantoffeln heraus. Am Taxenstand war ein einziger Wagen übrig.

«Wohin fahren wir?» fragte sie. «In ein Restaurant?»

«Wir machen uns bei dir zu Hause was zu essen»,

sagte Kostja schrecklich ungeduldig. «Das ist viel gemütlicher. Steig ein. Das ist eine bessere Idee. Ich nehme an, daß er fünfzig Mark wechseln kann? Ich habe nur große Scheine. Nein, warte einen Augenblick, hier ist noch etwas Kleingeld. Mach schon, mach schon, sag ihm, wo er hinfahren soll.»

Innen roch das Taxi nach Petroleum. Wir dürfen uns unser Vergnügen nicht mit dem Kleinzeug von Kußkontakten verderben. Ob wir bald da sind? Was für ein trübseliges Nest. Bald? Die Begierde wird unerträglich. Diese Firma kenne ich. Ah, da wären wir.

Das Taxi hielt vor einem alten, rußschwarzen Haus mit grünen Fensterläden. Sie stiegen hinauf in die vierte Etage, und dort blieb sie stehen und fragte: «Und was, wenn jemand anderes da ist? Woher wissen Sie, daß ich Sie hereinlasse? Was ist das auf Ihrer Lippe?»

«Eine trockene Wundstelle», sagte Kostja, «nur eine trockene Wundstelle. Beeil dich. Mach auf. Wir wollen die ganze Welt mit ihren Sorgen vergessen. Schnell. Aufmachen.»

Sie traten ein. Ein Korridor mit einer großen Garderobenanlage, eine Küche und ein kleines Schlafzimmer.

«Nein, warte bitte. Ich hab Hunger. Erst essen wir zu Abend. Gib mir diesen Fünfzigmarkschein, ich wechsle ihn bei der Gelegenheit für dich.»

«Na schön, aber um Himmels willen, mach schnell», sagte Kostja und kramte in seinem Portemonnaie. «Es muß nichts gewechselt werden, hier ist ein hübscher Zehner.»

«Was soll ich denn einkaufen?»

«Ach, was du willst. Ich flehe dich nur an, mach schnell.»

Sie ging. Mit beiden Schlüsseln schloß sie ihn ein. Sie ging kein Risiko ein. Aber welche Beute wäre hier zu finden gewesen? Keine. In der Mitte des Küchenfußbodens lag mit ausgestreckten braunen Beinen eine tote Schabe auf dem Rücken. Das Schlafzimmer enthielt einen Stuhl und ein spitzenbedecktes hölzernes Bett. Darüber war das Photo eines Mannes mit fetten Wangen und welligem Haar an die fleckige Wand genagelt. Kostja setzte sich auf den Stuhl und wechselte im Nu seine mahagoniroten Straßenschuhe gegen die Saffianpantoffeln. Dann legte er seine Gürteljacke ab, knöpfte seine fliederfarbenen Hosenträger los und nahm den gestärkten Kragen ab. Eine Toilette gab es nicht, also benutzte er schnell die Küchenspüle, wusch sich die Hände und betrachtete seine Lippe. Es klingelte.

Auf Zehenspitzen schlich er schnell zur Tür, drückte das Auge ans Guckloch, konnte jedoch nichts erkennen. Die Person hinter der Tür klingelte noch einmal, und man hörte den Kupferring aufschlagen. Egal – wir könnten nicht aufmachen, selbst wenn wir wollten.

«Wer ist da?» fragte Kostja gewinnend durch die Tür hindurch.

Eine rauhe Stimme erkundigte sich: «Ist bitte Frau Bergmann wieder da?»

«Noch nicht», antwortete Kostja. «Wieso?»

«Ein Unglück», sagte die Stimme und schwieg. Kostja wartete.

Die Stimme fuhr fort: «Sie wissen nicht, wann sie

wieder in der Stadt ist? Ich habe gehört, daß sie heute zurückerwartet wird. Sie sind Herr Seidler, nehme ich an?»

«Was gibt es denn? Ich richte es ihr aus.»

Eine Kehle räusperte sich, und die Stimme sagte wie übers Telephon: «Hier ist Franz Loschmidt. Sie kennen mich nicht, aber bestellen Sie ihr bitte...»

Noch ein Schweigen und dann eine unsichere Frage: «Vielleicht könnten Sie mich ja hereinlassen?»

«Schon gut, schon gut», sagte Kostja ungeduldig, «ich sag ihr alles.»

«Ihr Vater liegt im Sterben, er überlebt diese Nacht nicht: Er hat im Laden einen Schlaganfall gehabt. Sagen Sie ihr, sie soll sofort herüberkommen. Wann, meinen Sie, wird sie zurück sein?»

«Bald», antwortete Kostja, «bald. Ich sag's ihr. Wiedersehen.»

Nach einer Serie zurückweichender Knarrgeräusche wurde die Treppe still. Kostja eilte ans Fenster. Ein aufgeschossener Junge, Lehrling des Todes, angetan mit Regenmantel, ohne Hut, mit kleinem, kurzgeschnittenem rauchblauem Kopf ging über die Straße und verschwand um die Ecke. Kurz darauf erschien aus einer anderen Richtung die Frau mit einem gefüllten Einkaufsnetz.

Das obere Türschloß schnappte, dann das untere.

«Puh!» sagte sie, als sie hereinkam. «Da habe ich aber eine Menge eingekauft.»

«Später, später», rief Kostja, «wir essen später. Schnell ins Schlafzimmer. Vergiß jetzt diese Pakete, ich flehe dich an, du.»

«Ich will aber was essen», sagte sie gedehnt.

Sie schnickte seine Hand fort und ging in die Küche. Kostja folgte ihr.

«Roastbeef», sagte sie. «Weißbrot, Butter. Unser berühmter Käse. Kaffee. Eine kleine Flasche Cognac. Meine Güte, kannst du denn kein bißchen warten? Laß mich los, das ist unanständig.»

Kostja jedoch drückte sie gegen den Tisch, sie begann hilflos zu kichern, ihre Fingernägel verfingen sich immer wieder im Seidengewebe ihrer grünen Unterwäsche, und alles geschah sehr wirkungslos, unbequem und frühzeitig.

«Pfui!» murmelte sie lächelnd.

Nein, es war die Mühe nicht wert. Herzlichen Dank für das Vergnügen. Meine Kraft vergeudet. Ich stehe nicht mehr eben in der Blüte der Jugend. Ziemlich widerlich. Ihre schwitzende Nase, ihre verblichene Fratze. Hätte sich ruhig die Hände waschen können, ehe sie die Lebensmittel befingert. Was ist das auf deiner Lippe? Frechheit! Wird sich schon noch zeigen, wer hier was von wem kriegt. Na, jetzt war nichts mehr zu machen.

«Hast du die Zigarre für mich mitgebracht?» fragte er.

Sie war damit beschäftigt, Messer und Gabeln aus dem Schrank zu holen, und hörte ihn nicht.

«Was ist mit der Zigarre?» wiederholte er.

«Ach, Entschuldigung, ich wußte nicht, daß du rauchst. Soll ich schnell noch eine holen gehen?»

«Laß, ich geh schon selbst», erwiderte er brummig und ging ins Schlafzimmer, wo er Schuhe und Mantel anzog. Durch die offene Tür konnte er sehen, wie sie sich beim Tischdecken ohne Anmut hin und her bewegte.

«Der Tabakladen ist gleich an der Ecke», sagte sie mit ihrer Singstimme, suchte einen Teller aus und arrangierte darauf mit liebevoller Sorgfalt die kühlen, rosigen Scheiben Roastbeef, die sie sich schon seit einiger Zeit nicht mehr hatte leisten können.

«Ich hole auch noch etwas Kuchen», sagte Konstantin und ging. «Kuchen und Schlagsahne und ein Stück Ananas und Pralinen mit Branntweinfüllung», fügte er im Geist hinzu.

Auf der Straße angelangt, sah er hinauf, suchte ihr Fenster heraus (das mit den Kakteen oder das nächste?), wandte sich nach rechts, ging hinten um einen Möbelwagen herum, wäre fast von dem Vorderrad eines Radfahrers erfaßt worden und drohte ihm mit der Faust. Etwas weiter weg kam er zu einem kleinen öffentlichen Park und irgendeinem steinernen Herzog. Er ging noch einmal um die Ecke und erblickte ganz am Ende der Straße, von einer Gewitterwolke abgehoben und von einem protzigen Sonnenuntergang erleuchtet, den Ziegelturm einer Kirche, an der sie, wie er sich erinnerte, auf dem Hinweg vorbeigekommen waren. Von da waren es nur noch ein paar Schritt zum Bahnhof. Ein passender Zug ging in einer Viertelstunde: In dieser Beziehung wenigstens hatte er Schwein. Kosten: Gepäckaufbewahrung 30 Pfennig, Taxi 1,40, sie 10 Mark (5 hätten auch gereicht). Was noch? Ach ja, das Bier, 55 Pfennig mit Trinkgeld. Zusammen: 12 Mark und 25 Pfennig. Idiotisch. Was die Unglücksbotschaft anging, die würde sie früher oder später schon noch kriegen. Ich habe ihr einige triste Minuten an einem Totenbett erspart. Trotzdem sollte ich ihr vielleicht von hier aus eine Nachricht hinschicken? Aber ich habe die Hausnummer vergessen. Nein, ich erinnere mich: 27. Wie auch immer, man kann davon ausgehen, daß ich sie vergessen hätte – kein Mensch ist verpflichtet, so ein gutes Gedächtnis zu haben. Ich kann mir vorstellen, was das für einen Zirkus gegeben hätte, wenn ich ihr's gleich gesagt hätte! Die olle Sau. Nein, wir stehen nur auf kleine Blondinen – das solltest du dir ein für allemal merken.

Der Zug war überfüllt, die Hitze drückend. Wir fühlen uns unwohl, aber wir wissen nicht genau, ob wir nun hungrig oder schläfrig sind. Doch wenn wir erst gegessen und geschlafen haben, dann gewinnt das Leben seine Frische zurück, und in dem lustigen Café, das unser Freund Lange beschrieben hat, dudeln diese amerikanischen Instrumente. Und eines Tages dann sind wir tot.

Die Nadel der Admiralität

Sie werden verzeihen, Gnädigste, aber ich bin ein ungehobelter Mensch und geradheraus und sage Ihnen daher ohne jede Umschweife: Geben Sie sich keinen falschen Hoffnungen hin, dies ist alles andere als ein Verehrerbrief. Es ist ganz im Gegenteil, wie Sie gleich feststellen werden, ein recht seltsames Epistelchen, das, wer weiß, nicht nur Ihnen, sondern auch anderen hemmungslos schriftstellernden Damen ein Denkzettel sein könnte. Zunächst jedoch eile ich, mich vorzustellen, damit meine äußere Erscheinung durchschimmere wie ein Wasserzeichen; das ist weit ehrlicher, als durch Schweigen jenen falschen Schlüssen Vorschub zu leisten, die das Auge unwillkürlich aus der Kalligraphie handgeschriebener Zeilen zieht. Nein, trotz meiner schlanken Schrift, trotz des jugendlichen Elans meiner Kommata bin ich dick und fortgeschrittenen Alters; allerdings ist diese Korpulenz nicht schlaff, sondern kernig, knackig, straff. Sie hat, Gnädigste, nicht das geringste gemein mit den Umlegekragen des Poeten Apuchtin, dieses feisten Lieblings aller Damen. Doch genug davon. Diese wenigen Andeutungen werden Ihnen als Schriftstellerin genügen, um sich ein Bild von mir zu machen. *Bonjour, Madame.* Und nun zur Sache.

Vor kurzem nahm ich in einer russischen Leihbibliothek, die das analphabetische Schicksal in ein dunkles Berliner Gäßchen verbannt hat, drei oder vier Neuanschaffungen zur Hand, darunter auch Ihren Roman *Die Nadel der Admiralität*. Ein gefälliger Titel, und sei's auch nur aus dem einzigen Grund, daß er, nicht wahr, ein jambischer Tetrameter ist – *admiraltéjskaja iglá* – und ein berühmter Vers Puschkins obendrein. Aber es war eben jene Gefälligkeit des Titels, die nichts Gutes verhieß. Dazu bin ich gewöhnlich sehr auf der Hut vor Büchern, die in den Hinterwäldern unseres Exils, in Riga oder Reval, erscheinen. Gleichwohl nahm ich, wie ich schon sagte, Ihren Roman mit.

Ach, meine teure Dame, ach, «Herr» Serge Solnzew, wie leicht errät man doch, daß der Autorenname ein Pseudonym, daß der Autor kein Mann ist! Jeder Ihrer Sätze wird links geknöpft. Ihre Vorliebe für Ausdrücke wie «die Zeit verging» oder *«frileusement* in Mutters Schal gekuschelt», das unvermeidliche Auftreten eines episodischen Fähnrichs (geradewegs aus den Imitationen von *Krieg und Frieden*), der das R wie ein G ausspricht, und schließlich Fußnoten mit der Übersetzung französischer Sprachklischees bieten ausreichende Hinweise auf Ihr literarisches Talent. Dies ist aber erst das halbe Ärgernis.

Stellen Sie sich folgendes vor: Nehmen wir an, ich sei einmal durch eine wunderbare Landschaft gewandert, wo Wasserfälle tosten und Winden die Säulen einsamer Ruinen überwucherten, und es fiele mir nach Jahren im Hause eines Fremden eine Photographie in die Hände, auf der ich geckenhaft vor etwas posiere, das unverkennbar eine Pappmachéstele ist; im Hintergrund ist der weiße Schmierfleck eines hineingepfuschten Wasserfalls, und irgend jemand hat mir mit Tusche einen Schnurrbart verpaßt. Wo stammt das Ding her? Aus meinen Augen mit dieser Scheußlichkeit! Die brausenden Wasser, an die ich mich erinnere, waren echt, und, was noch dazukommt, es hat mich dort niemand photographiert.

Muß ich Ihnen das Gleichnis auslegen? Muß ich Ihnen sagen, daß mich das gleiche Gefühl, widerlicher nur und abgeschmackter, beim Lesen Ihrer hingeschluderten Handarbeit, Ihrer fürchterlichen *Nadel* überkam? Mein Zeigefinger riß die ungeschnittenen Seiten auf, meine Augen hasteten die Zeilen entlang, und ich wußte nicht, ob ich ihnen trauen sollte, so verblüfft war ich.

Möchten Sie gern wissen, was los war? Zu Diensten. Als Sie schwergewichtig in Ihrer Hängematte lagen und unbekümmert mitansahen, daß Ihre Feder die Tinte nicht halten konnte (fast ein Wortspiel), schrieben Sie, Gnädigste, die Geschichte meiner ersten Liebe. Ich sprach von Verblüffung, und da ich ebenfalls schwer von Gewicht bin, kommt zur Verblüffung die Atemnot. Jetzt ringen also Sie und ich nach Luft, denn ohne jeden Zweifel sind Sie nun auch wie vom Donner gerührt durch das Erscheinen des Helden, den Sie erfanden. Nein, letzteres nehme ich zurück! Die Beilagen sind zugegebenermaßen Ihre, auch die Füllung und die Sauce, aber der Braten (den ich, um noch ein Wortspielchen zu wagen, gleich gerochen habe), der Braten, meine Teure, ist nicht Ihrer, sondern meiner und hat meine Schrotladung im Flügel. Ich staune: Wie und wo hätte eine mir unbekannte Dame mir meine Vergangenheit stehlen sollen? Ist es möglich, daß Sie Katja kennen – gar befreundet sind mit ihr, und daß sie Ihnen, der unersättlichen Schriftstellerin, in den Dämmerstunden unter baltischen Kiefern alles ausplauderte? Aber wie konnten Sie es wagen, woher nahmen Sie die Chuzpe, nicht nur Katjas Erzählung zu verwenden, sondern sie obendrein auch noch so hoffnungslos zu verschandeln?

Seit dem Tag, an dem wir uns das letzte Mal sahen, sind sechzehn Jahre vergangen – das Alter einer Braut, eines alten Hundes oder der Sowjetunion. Da wir von der Zeit sprechen, lassen Sie mich auf die erste, keineswegs aber schlimmste Ihrer zahllosen Schlampereien aufmerksam machen: Katja und ich waren nicht gleichaltrig. Ich war fast achtzehn, sie fast zwanzig. In altbewährter Manier lassen Sie die Heldin sich vor einem mannshohen Spiegel entkleiden, woraufhin Sie dann ihr aufgelöstes Haar, das natürlich aschblond ist, und ihre jungen Formen beschreiben. Ihnen zufolge wurden ihre kornblumenblauen Augen in Momenten der Nachdenklichkeit violett – ein botanisches Wunder! Sie ließen den Schatten schwarzer Wimpern auf sie fallen, die, wenn Sie mir einen eigenen Beitrag gestatten, gegen die äußeren Augenwinkel hin länger zu sein schienen, was ihren Augen eine ganz besondere, jedoch rein imaginäre Schräge verlieh. Katjas Figur war anmutig, sie hielt sich aber nicht gerade und zog jedesmal, wenn sie ein Zimmer betrat, die Schultern hoch. Sie machen eine stramme Maid mit Alttönen in der Stimme aus ihr.

Es ist die schiere Folter. Ich hatte eigentlich vor, Ihre Bilder zu sammeln, die allesamt einen falschen Ton haben, und Ihnen vernichtend meine unfehlbaren Beobachtungen gegenüberzustellen, aber das Ergebnis wäre nur «alptraumartiger Unsinn» gewesen, wie die richtige Katja gesagt hätte, denn der Logos, der mir verliehen wurde, verfügt nicht über genug Kraft und Schärfe, um mich aus Ihren Verstrickungen zu lösen. Im Gegenteil, ich selber kann mich von den Leimruten Ihrer konventionellen Schilderungen einfach nicht befreien und finde auch die Stärke nicht mehr, Katja vor Ihrer Feder zu retten. Gleichwohl möchte ich, wie Hamlet, meine Argumente anbringen und werde Sie letztlich in Grund und Boden argumentieren.

Das Thema Ihres Machwerks ist die Liebe, eine leicht dekadente Liebe vor dem Hintergrund der Februarrevolution, jedenfalls aber Liebe. Katja wurde in Olga umbenannt, und aus mir wurde Leonid. Soweit, so gut! Unsere erste Begegnung am Weihnachtsabend im Haus von Freunden; unsere Rendezvous bei der Jusupow-Schlittschuhbahn; ihr Zimmer mit seiner indigoblauen Tapete, seinen Mahagonimöbeln und, als einzigem Schmuckstück, einer Porzellanballerina mit gehobenem Bein – das ist alles richtig, das alles stimmt. Nur daß Sie es geschafft haben, allem den Anstrich prätentiöser Erfindung zu geben. Wenn Leonid, Schüler am Kaiserlichen Gymnasium, sich im Parisiana, einem Kino auf dem Newskij-Prospekt, auf seinem Sitz niederläßt, verstaut er seine Handschuhe in seinem Dreispitz, während er ein paar Seiten später schon in Zivilkleidung steckt: Er nimmt seinen Bowler ab, und dem Leser steht ein eleganter junger Mann gegenüber, dessen Haar *à l'anglaise* genau in der Mitte seines schmalen, gelackt aussehenden Kopfes gescheitelt ist und dem ein purpurnes Tuch aus der Brusttasche hängt. Und in der Tat entsinne ich mich, daß ich mich wie der Filmschauspieler Max Linder kleidete und wie die recht großzügig aufgetragene *Weshetal*-Lotion mir den Skalp kühlte und wie Monsieur Pierre mit seinem Kamm maßnahm und meine Haare mit dem Schwung einer Linotype hin- und herüberschnellen ließ und wie er, wenn er mit einem Ruck den Umhang entfernt hatte, einem ältlichen Mann mit Schnurrbart zurief: «Junge! Bürste den 'errn ab!» Heute reagiert meine Erinnerung mit Ironie auf das Brusttüchlein und die weißen Gamaschen von damals, kann aber andererseits in keinster Weise jene unvergeßlichen Qualen adoleszenter Rasur mit der «glatten und durchsichtigen Blässe» Ihres Leonid in Einklang bringen. Und wie Ihr Gewissen mit dessen Lermontowschen glanzlosen Augen und aristokratischem Profil fertigwird, überlasse ich Ihnen, da davon heute wegen der nicht vorauszusehenden Verfettung ohnehin nicht mehr viel zu erkennen ist.

Großer Gott, laß mich nicht im Schlamm der Prosa dieser schriftstellernden Dame versinken, die ich nicht kenne und die ich nicht kennen will, die sich aber mit erstaunlicher Unverfrorenheit der Vergangenheit einer anderen Person bemächtigt hat! Wie können Sie es wagen zu schreiben: «Der hübsche Christbaum mit seinen *chatoyant* Lichtern schien Ihnen Freude, helle, jubelnde, zu verheißen»? Sie haben mit Ihrem Atem den ganzen Baum auf einmal ausgelöscht, denn ein um des innigen Tons willen nachgestelltes Adjektiv genügt, um auch der schönsten Erinnerung den Garaus zu machen.

Bis zur Katastrophe, das heißt bis zum Erscheinen Ihres Buchs war es für mich eine solche Erinnerung, wie das Licht sich in Katjas Augen kräuselte und brach und wie ein kirschroter Widerschein von dem glänzenden Puppenhäuschen aus plasmatischem Papier, das an einem Zweig hing, auf ihrer Wange erschien, als sie sich, das Nadelwerk beiseite schiebend, aufreckte, um eine verrückt spielende Kerzenflamme auszudrücken. Was ist mir von all dem geblieben? Nichts – außer dem eklen Geruch eines literarischen Autodafés.

Ihre Version läßt den Eindruck entstehen, daß Katja und ich eine überaus kultivierte *beau-monde* bewohnten. Irgend etwas stimmt nicht mit Ihrer Parallaxe, Verehrteste. Jenes Oberklassenmilieu, dem Katja angehörte, die Kreise, die, wenn Sie so wollen, den Ton angaben, hatten, um es milde auszudrücken, einen vorgestrigen Geschmack. Tschechow galt als «Impressionist», der Reimeschmied der vornehmen Gesellschaft, Großherzog Konstantin, als bedeutender Dichter, und der Erz-Christ Alexander Blok als böser Jude, der futuristische Sonette über sterbende Schwäne und lila Liköre schrieb. Handgeschriebene Kopien von Versen aus Poesiealben in Französisch und Englisch machten die Runde, wurden nicht ohne Entstellungen kopiert, während der Name des Autors unversehens dahinschwand, so daß diese Herzensergießungen wie zufällig den Glamour der Anonymität annahmen; und es ist überhaupt recht amüsant, ihre mäandernden Wege den heimlichen Abschriften aufrührerischer Reime gegenüberzustellen, wie sie in den untersten Schichten gang und gäbe war. Wie unverdient diese männlichen und weiblichen

Monologe über die Liebe als jüngste Muster ausländischer Lyrik galten, ist daraus zu ersehen, daß das beliebteste Opus von Louis Bouilhet stammte, der in der Mitte des letzten Jahrhunderts schrieb. Schwelgend in wogenden Kadenzen trug Katja seine Alexandriner vor und schmollte mit mir, daß ich an einer höchst klangvollen Strophe Anstoß nahm, in welcher der Verfasser, nachdem er seine Leidenschaft als einen Geigenbogen bezeichnet hatte, seine Geliebte mit einer Gitarre vergleicht.

Apropos Gitarren, Verehrte, Sie schreiben, daß «am Abend die jungen Leute zusammenkamen und Olga an einem Tisch saß und in einem vollen Alt sang». Nun wohl – noch ein Tod, noch ein Opfer Ihrer überladenen Prosa. Doch wie teuer waren mir die Echos jener modischen *zyganschtschina*, die Olga zum Singen, mich zum Dichten verführten! Ich weiß sehr wohl, daß es sich nicht länger um echte Zigeunerkunst handelte wie die, die Puschkin und später Apollon Grigoriew bezaubert hatte, sondern eine kurzatmige, ausgelaugte und zum Tode verurteilte Muse; alles trug zu ihrem Untergang bei: das Grammophon, der Krieg und zahlreiche sogenannte *tzigane*-Lieder. Nicht umsonst hatte Blok in einer der ihm eigenen ahnungsvollen Phasen niedergeschrieben, was ihm an Zigeunerliedtexten in Erinnerung geblieben war, als wollte er rasch wenigstens dies noch retten, bevor es zu spät war.

Soll ich Ihnen sagen, was uns jenes kehlige Gurren und Klagen bedeutete? Soll ich Ihnen das Bild einer fernen, seltsamen Welt enthüllen, wo

Die schlummernden Zweige der Weide
Hinsinken auf das Wasser des Teichs
wo tief in den Fliederbüschen
Die Nachtigall verschluchzt ihr Leid

und wo alle Sinne unter der Macht der Erinnerung an Liebesweh und -leid stehen, jener bösen Herrscherin falscher Zigeunerromantik? Auch Katja und ich hätten uns gerne erinnert; da wir jedoch nichts hatten, woran wir uns hätten erinnern können, schufen wir uns eine weit zurückliegende Zeit, in die wir unser gegenwärtiges Glück zurückverlegten. Alles, was wir sahen, wandelten wir um in Denkmäler unserer noch nicht bestehenden Vergangenheit, indem wir versuchten, einen Gartenweg, den Mond, die Trauerweiden mit den gleichen Augen zu sehen, mit denen wir jetzt – im Bewußtsein der Unersetzbarkeit der Verluste – das alte mit Wasser vollgesogene Floß, den Mond über dem schwarzen Kuhstall gesehen hätten. Ich meine sogar, daß wir uns dank einer undeutlichen Ahnung im voraus auf gewisse Dinge einstellten, indem wir uns im Erinnern übten, indem wir uns eine ferne Vergangenheit vorstellten und mit dem Sehnsuchtsschmerz umgehen lernten, so daß wir später, als es diese Vergangenheit für uns tatsächlich gab, wußten, wie wir mit ihr fertig werden konnten, ohne unter ihrer Last erdrückt zu werden.

Doch was kümmert Sie das alles? Wenn Sie meinen Sommeraufenthalt auf dem Familiengut beschreiben, das Sie «Glinskoje» taufen, jagen Sie mich in den Wald und zwingen mich dort, Verse zu schreiben, die «Jugend und Lebensfreude atmen». Aber das stimmt eben nicht. Während die anderen Tennis spielten (mit einem einzigen roten Ball und ein paar Doherty-Schlägern, schwer und lasch bespannt, die man im Speicher gefunden hatte) oder Krocket auf einem lächerlich verunkrauteten Rasen mit einem Löwenzahn vor jedem Tor, verdrückten wir, Katja und ich, uns in den Küchengarten, um uns dort, zwischen die Beete gekauert, an zwei Sorten von Erdbeeren gütlich zu tun – an der karmesinroten «Victoria» (*sadowaja semljanika*) und der russischen Fragaria moschata (*klubnika*), purpurnen Früchten, die oft von Froschschleim überzogen waren; und dort gab es auch unsere Lieblingsart, «Ananas», die unreif aussah, jedoch von wunderbarer Süße war. Ohne uns aufzurichten, bewegten wir uns ächzend die Beete entlang, und die Sehnen in unseren Kniekehlen schmerzten, und unser Inneres füllte sich mit rubinfarbener Schwere. Die heiße Sonne lastete schwer, und diese Sonne, und die Erdbeeren, und Katjas Kleid aus Tussahseide mit dunkler werdenden Flecken unter den Armen und die Bräune in ihrem Nacken – all dies verschmolz zu einem überwältigenden Glücksgefühl; und welche Seligkeit bedeutete es, ohne sich zu erheben, immer noch Beeren pflückend, Katjas warme Schulter zu packen und ihr sanftes Lachen, die kleinen gierigen Grunzgeräusche, das Knacken ihrer Gelenke zu hören, wie sie unter den Blättern herumstöberte. Verzeihen Sie, wenn ich direkt von diesem Garten, der mit dem blendenden Glanz seiner Gewächshäuser und dem Wogen haariger Mohnblumen an seinen Wegrändern an mir vorbeizieht, zum Wasserklosett überwechsle, wo ich – in der Haltung von Rodins *Denker* – sitze und, den

Kopf noch heiß von der Sonne, Gedichte schreibe; in ihnen waren die Triller der Nachtigallen aus den *tzigane*-Liedern, Brocken aus Blok und hilflose Nachklänge aus Verlaine: *Souvenir, souvenir, que me veux-tu? L'automne...* – obwohl doch der Herbst noch fern war und mein Glück mit seiner wunderbaren Stimme ganz nahe rief, wahrscheinlich dort drüben bei der Kegelbahn, hinter den alten Fliederbüschen, unter denen Haufen von Küchenabfällen lagen und Hühner herumspazierten. An den Abenden auf der Veranda verströmte der weit offene Mund des Grammophons, der so rot war wie das Futter im Mantel eines russischen Generals, unbezwingbare Zigeunerleidenschaft; oder eine bedrohliche Stimme äffte zur Melodie von *Hinter der Wolke versteckt sich der Mond* den Kaiser nach: «Her denn mit Feder und Halter, jetzt wird's Ultimatum gestellt.» Und auf der Gartenterrasse wurde eine Partie *Gorodki* (Städtchen) gespielt: Katjas Vater, dessen Hemdkragen geöffnet war und der einen Fuß in seinem weichen Hausstiefel vorgestellt hatte, visierte mit einem Stock, als ob er ein Gewehr abfeure, und schleuderte ihn dann mit voller Kraft (aber weit daneben) nach dem «Städtchen» aus Kegeln, während die sinkende Sonne mit der Spitze ihres letzten Strahls über die Palisade der Kiefernstämme hinstrich und auf jedem ein feuriges Band hinterließ. Und wenn die Nacht schließlich herabsank und das Haus schlief, sahen Katja und ich vom Park aus, wo wir uns auf einer harten, kalten, unsichtbaren Bank aneinanderkauerten, bis unsere Knochen schmerzten, auf das dunkle Haus, und es schien uns alles wie etwas längst Vergangenes: die Umrisse des Hauses gegen den fahlgrünen Himmel, die verschlafenen Bewegungen des Laubs, unsere langen, blinden Küsse.

In Ihrer eleganten, mit Pünktchen reichlich versehenen Beschreibung jenes Sommers vergessen Sie natürlich nicht eine Minute lang – was wir ständig vergaßen –, daß seit Februar jenes Jahres das Land «unter der Herrschaft einer Provisorischen Regierung stand», und Sie nötigen Katja und mich, den revolutionären Vorgängen mit gespannter Aufmerksamkeit zu folgen, das heißt (über Dutzende von Seiten) politische und mystische Gespräche zu führen, die, ich versichere Sie, uns nie in den Sinn gekommen wären. Zunächst einmal wäre es mir peinlich vorgekommen, mit diesem Pathos der Rechtschaffenheit, das Sie mir verleihen, über Rußlands Geschick zu sprechen, zum zweiten waren Katja und ich viel zu sehr voneinander in Anspruch genommen, um der Revolution viel Aufmerksamkeit zu widmen. Es mag genügen, wenn ich sage, daß mein lebhaftester Eindruck in dieser Beziehung in einer winzigen Nebensächlichkeit bestand: Eines Tages machte auf der Million-Straße in St. Petersburg ein mit fidelen Revoluzzern vollgepackter Lastwagen einen schwerfälligen, aber zielgenauen Schlenker, um mit voller Absicht eine vorbeistreunende Katze zu überfahren, die dort als völlig faltenloser, säuberlich geplätteter schwarzer Lappen liegenblieb (nur der Schwanz gehörte immer noch zu einer Katze – er stand aufrecht, und seine Spitze, glaube ich, bewegte sich noch). Zur damaligen Zeit sah ich in dem Vorfall eine tiefe, verborgene Bedeutung, hatte aber seither Gelegenheit zuzusehen, wie ein Bus in einem bukolischen spanischen Dorf auf genau gleiche Weise eine genau gleiche Katze plattwalzte, so daß ich auf geheime Bedeutungen nichts mehr gebe. Sie andererseits haben nicht nur meine dichterischen Talente bis zur Unkenntlichkeit übertrieben, sondern zusätzlich einen Propheten aus mir gemacht, denn nur ein Prophet hätte im Herbst 1917 über den grünen Hirnbrei des dahingegangenen Lenin oder die «innere» Emigration von Intellektuellen in Rußland sprechen können.

Nein, während jenes Herbstes und Winters sprachen wir über andere Dinge. Ich litt. Die fürchterlichsten Dinge passierten mit unserer Liebe. Sie haben eine einfache Erklärung parat: «Olga begriff langsam, daß sie eher sinnlich als leidenschaftlich war, während bei Leonid das Gegenteil der Fall war. Ihre gewagten Liebkosungen versetzten sie verständlicherweise in einen Rausch, aber tief in ihrem Innern war stets noch ein Stück, das nicht dahinschmolz» – und so weiter und so fort, in stets demselben vulgären, prätentiösen Ton. Was verstehen Sie von unserer Liebe? Bislang habe ich es bewußt vermieden, direkt von ihr zu sprechen. Wenn ich keine Angst hätte, von Ihrem Stil angesteckt zu werden, würde ich jetzt gerne ihr Feuer und ihre unterschwellige Melancholie in größerem Detail beschreiben. Ja, da waren der Sommer und das allgegenwärtige Rauschen des Laubs und wilde Fahrradjagden über die verschlungenen Pfade im alten Park, wenn jeder von uns, aus verschiedenen Richtungen kommend, schneller am Rondell sein wollte, wo der rote Sand von den verschlungenen Schlangenlinien unserer steinharten Reifen bedeckt war und jedes Stückchen Leben, jede

Kleinigkeit jenes letzten russischen Sommers uns voller Verzweiflung zuschrie: «Ich bin wirklich! Ich bin jetzt!» Solange sich all diese sonnige Glückseligkeit noch an der Oberfläche hielt, ging die Traurigkeit, mit der unsere Liebe schon zur Welt gekommen war, nicht über die Hingabe an eine nicht vorhandene Vergangenheit hinaus. Als aber Katja und ich wieder in Petersburg waren, es schon mehr als einmal geschneit hatte und das Holzpflaster bereits unter jener gelblichen Schicht lag, einer Mischung aus Schnee und Pferdedung, ohne die ich mir eine russische Stadt nicht vorstellen kann, da trat der Geburtsfehler zutage, und alles, was uns blieb, war Qual.

Ich sehe sie jetzt in ihrem schwarzen Sealskinmantel mit einem großen, flachen Muff und in grauen, pelzbesetzten Stiefeln auf schlanken Beinen wie auf Stelzen einen rutschigen Bürgersteig entlanggehen; oder in einem dunklen, sehr hochgeschlossenen Kleid auf einem blauen Diwan sitzen, mit einem nach den vielen Tränen stark gepuderten Gesicht. Wenn ich am Abend zu ihr ging und nach Mitternacht zurückkehrte, erkannte ich jedesmal in der granitenen Nacht, unter einem frostigen, vom Sternenlicht taubengrauen Himmel, die unerschütterlichen und unwandelbaren Orientierungspunkte meines Weges – immer die gleichen Petersburger Objekte, einsame Gebäude aus legendären Zeiten, die die nächtliche Öde verschönen und sich halb vom Wanderer abwenden, wie es die Schönheit immer zu tun pflegt: Sie sieht einen nicht, sie ist gedankenversunken und teilnahmslos, ihr Geist ist irgendwo anders. Ich sprach dann mit mir selber, redete auf das Schicksal, Katja, die Sterne, die Säulen einer riesigen, stummen, geistesabwesenden Kathedrale ein; und wenn es ganz ohne Zusammenhang in den dunklen Straßen zu einem Schußwechsel kam, dann fiel mir beiläufig und nicht ohne ein Gefühl von Freude ein, daß mich eine verirrte Kugel treffen und ich gerade an dieser Stelle sterben könnte, auf dem Rücken im dunklen Schnee liegend, in meinem eleganten Pelzmantel, den Bowler schräg auf dem Kopf, mitten unter den verstreuten weißen Taschenbüchern mit Gumiljows oder Mandelstams eben erschienenen gesammelten Gedichten, die ich hatte fallen lassen und die sich kaum vom Schnee abhoben. Oder wenn ich schluchzend und stöhnend vor mich hin ging, versuchte ich mich davon zu überzeugen, daß ich Katja nicht länger liebe, und sammelte eilig alles, was ich mir von ihrer Unaufrichtigkeit, ihrer Dünkelhaftigkeit, ihrer Hohlheit ins Gedächtnis zurückrufen konnte, das Schönheitspflaster, das einen Pickel verbarg, das künstliche *grasseyement*, das in ihrer Sprache auftauchte, wenn sie ohne Not ins Französische überwechselte, ihre unerschütterliche Schwäche für adlige Poetaster und der übellaunige, teilnahmslose Ausdruck ihrer Augen, wenn ich zum hundertsten Mal aus ihr herauszuholen versuchte, mit wem sie den vergangenen Abend verbracht habe. Und wenn ich alles gesammelt und gewogen hatte, nahm ich unter Schmerzen wahr, daß meine Liebe, auf die all dieser Schund geladen worden war, nur noch tiefer eingesunken war und festsaß und daß auch Zugpferde mit eisernen Muskeln sie nicht aus dem Schlamm herausbekämen. Und am folgenden Abend bahnte ich mir wieder meinen Weg durch all die matrosenbemannten Personenkontrollen an den Straßenecken (man verlangte Papiere, die Zugang gewährten bis zur Schwelle von Katjas Seele und darüber hinaus wertlos waren); wieder also war ich unterwegs, um Katja anzustarren, die auf mein erstes erbärmliches Wort hin zu einer großen, steifen Puppe wurde, die ihre konvexen Augenlider niederschlug und in der Sprache von Porzellanfigürchen antwortete. Als ich eines unvergeßlichen Abends bat, sie möge mir eine abschließende, allerwahrhaftigste Antwort geben, sagte Katja ganz einfach gar nichts und blieb statt dessen regungslos auf der Couch liegen, während in ihren spiegelgleichen Augen die Kerzenflamme aufleuchtete, die in jener Nacht historischen Aufruhrs das elektrische Licht ersetzte, und nachdem ich mir ihr Schweigen bis zum Ende angehört hatte, stand ich auf und ging. Drei Tage später ließ ich ihr durch meinen Burschen die Nachricht überbringen, daß ich Selbstmord beginge, wenn ich sie nicht noch ein einziges Mal wiedersehen könne. So trafen wir uns denn an einem herrlichen Morgen mit rosiger runder Sonne und knirschendem Schnee auf der Post-Straße; ich küßte schweigend ihre Hand, und wir schritten eine Viertelstunde lang, ohne daß auch nur ein einziges Wort unser Schweigen unterbrochen hätte, auf und ab, während in der Nähe, an der Ecke des Gardekavallerie-Boulevards, mit gespielter Gleichgültigkeit ein ganz und gar respektabel aussehender Mann mit einer Astrachanmütze stand und rauchte. Als wir schweigend auf und ab gingen, kam ein kleiner Junge vorbei, der einen mit Boi bespannten Schlitten mit zerfranstem Saum an einer Schnur zog, und eine Traufe gab plötzlich ein Gerassel von sich und spie einen Eisklotz aus, während der Mann an der Ecke weiterrauchte; dann küßte ich ihr an der gleichen Stelle, wo wir uns getroffen hatten, ebenso schweigend die Hand, die auf immer zurück in ihren Muff schlüpfte.

> Adieu, mein Bangen und mein Verlangen,
> Adieu, mein Traum, adieu, meine Qual,
> Die verschlungenen Pfade im alten Park,
> Wir gehen sie nun zum letzten Mal.

Ja, ja: Adieu, wie es in dem *tzigane*-Lied heißt. Trotz allem warst Du schön, undurchdringlich schön, und so allerliebst, daß ich weinen könnte, trotz Deiner myopischen Seele, der Trivialität Deiner Ansichten und der tausend kleinen Unehrlichkeiten; ich aber mit meinen überanstrengten Gedichten, mit dem schweren und wirren Aufgebot meiner Gefühle und mit meinem atemlosen, stotternden Gerede, ich muß trotz all meiner Liebe verächtlich und abstoßend gewesen sein. Es ist überflüssig, Dir zu erzählen, welche Qualen ich danach durchmachte, wie ich mir immer und immer wieder das Photo anschaute, auf dem Du mit einem Schimmer auf der Lippe und einem Glanz im Haar an mir vorbeisiehst. Katja, warum hast Du aus all dem einen solchen Kitsch gemacht.

Komm, laß uns in aller Ruhe und Offenheit über die Sache sprechen. Mit klagendem Zischen ist jetzt die Luft aus dem arroganten Gummifettsack heraus, der, stramm aufgeblasen, am Beginn dieses Briefes herumalberte; und Du, meine Liebe, bist in Wirklichkeit gar keine korpulente Romanschriftstellerin in ihrer Romanhängematte, sondern die gleiche, alte Katja, mit Katjas kalkulierter Forschheit des Auftretens, Katja mit den schmalen Schultern, eine anmutige, dezent geschminkte Dame, die aus alberner Koketterie ein wertloses Buch zusammengeschrieben hat. Man denke, daß Du noch nicht einmal unsere Trennung ausgespart hast! Leonids Brief, in dem er droht, Olga zu erschießen, und den sie mit ihrem zukünftigen Ehemann durchspricht; der zukünftige Ehemann in der Rolle des Agenten, der an der Straßenecke steht und sich bereit hält, zur Hilfe zu eilen, sollte Leonid den Revolver ziehen, den er in seiner Manteltasche umklammert, während er leidenschaftlich auf Olga einredet, nicht zu gehen, und ihre nüchternen Worte mit seinem Schluchzen unterbricht: was für eine widerwärtige, sinnlose Erdichtung! Und am Ende des Buches muß ich nach Deinem Willen zur Weißen Armee gehen, von den Roten während eines Spähtruppunternehmens gefangen werden und mit den Namen zweier Verräterinnen – Mutter Rußland, Olga – auf den Lippen tapfer sterben, gefällt von der Kugel eines «hebräisch-dunklen» Kommissars. Wie sehr muß ich Dich geliebt haben, wenn ich Dich noch immer so sehe, wie Du vor sechzehn Jahren warst, wenn ich qualvolle Anstrengungen unternehme, unsere Vergangenheit aus ihrer erniedrigenden Gefangenschaft zu befreien und Dein Bild schütze vor der Mißhandlung und Schändung durch Deine eigene Feder! Ich weiß allerdings nicht, ob es mir gelingen wird. Mein Brief klingt seltsam nach jenen Versepisteln, die Du auswendig herunterrasseln konntest, erinnerst Du Dich?

Sie werden sicher mit Erstaunen
Den Brief von meiner Hand erblicken

– aber ich möchte nicht wie Apuchtin mit einer Einladung enden:

Das Meer erwartet dich, weit wie die Liebe,
Und Liebe so weit wie das Meer!

– ich möchte es nicht, weil es erstens hier kein Meer gibt und ich zweitens nicht die geringste Lust habe, Dich zu sehen. Denn nach diesem Buch, Katja, fürchte ich mich vor Dir. Es war doch, seien wir ehrlich, sinnlos, sich zu freuen und zu leiden, wie wir uns gefreut und gelitten haben, nur um seine Vergangenheit dann besudelt in einem Frauenroman wiederzufinden. Hör auf mich – laß das Schreiben! Laß Dir wenigstens dieses Fiasko zur Lehre dienen. «Wenigstens», denn ich habe das Recht zu wünschen, daß Du von Entsetzen gepackt wirst, wenn Dir klar wird, was Du angerichtet hast. Und weißt Du, wonach ich mich noch sehne? Vielleicht, vielleicht (das ist ein ganz kleines und kränkliches «Vielleicht», aber ich halte mich an ihm fest und unterschreibe daher meinen Brief auch nicht) – vielleicht, Katja, handelt es sich trotz allem um einen raren Zufall, und es bist gar nicht Du, die diesen Schund geschrieben hat, und Dein zweideutiges, aber bezauberndes Bild ist unversehrt geblieben. In diesem Falle verzeihen Sie mir bitte, Kollege Solnzew.

Der neue Nachbar

Von verschiedenen Orten herbeizitiert, kommen die Dinge, sich hier zu versammeln; dabei haben einige nicht nur die räumliche, sondern auch die zeitliche Entfernung zu überwinden: Mit welchem Nomaden, so fragt es sich, hat man die größere Mühe, diesem oder jenem, etwa der jungen Pappel, die einmal hier in der Nähe stand, aber vor langem gefällt wurde, oder mit dem herausgegriffenen Hinterhof, der noch heute existiert, aber weit weg von hier? Bitte Beeilung.

Da kommt sie ja, die ovale kleine Pappel, über und über mit Aprillaub betupft, und nimmt Aufstellung, wo es ihr geheißen wird, nämlich an der hohen Ziegelmauer, die aus einer anderen Stadt herbeigeschafft wurde. Ihr gegenüber wächst ein tristes und schmutziges Mietshaus mit gemeinen kleinen Balkons empor, die einer wie der andere wie Schubfächer herausgezogen sind. Andere Requisiten werden über den Hof verteilt: eine Tonne, noch eine Tonne, ein zarter Laubschatten, eine Art Urne sowie ein Steinkreuz, das am Fuß der Mauer lehnt. Alles dies ist nur eine Skizze, und vieles bliebe zu ergänzen und fertigzustellen, und dennoch treten schon zwei lebendige Menschen auf ihren winzigen Balkon hinaus – Gustav und sein Bruder Anton –, und auch ein neuer Untermieter betritt bereits den Hof,

Romantowski, einen Schubkarren mit einem Koffer und einem Stapel Bücher vor sich her rollend.

Vom Hof aus gesehen und ganz besonders an einem hellen Tag scheinen die Zimmer des Hauses mit dichtem Schwarz gefüllt (die Nacht ist hier oder dort immer bei uns, drinnen während des einen Teils der vierundzwanzig Stunden, draußen während des anderen). Romantowski blickte zu den schwarzen Fensteröffnungen hinauf, zu den beiden froschgesichtigen Männern, die ihn von ihrem Balkon aus beobachteten, schulterte seinen Koffer – wobei er nach vorne taumelte, als hätte ihm jemand einen Schlag auf den Kopf versetzt – und verschwand im Hausflur. Zurück blieben im Sonnenschein: der Schiebkarren mit den Büchern, eine Tonne, die andere Tonne, die blinzelnde junge Pappel sowie eine Teerinschrift auf der Ziegelmauer: Wählt Liste (unleserlich). Vermutlich hatten vor den Wahlen die Brüder das hingepinselt.

Folgendermaßen also wollen wir die Welt einrichten: Jeder soll schuften, jeder soll was zu essen haben. Es gibt Arbeit und was in den Bauch und wird eine richtig saubere, warme, sonnige...

(Romantowski zog nebenan ein. Das war noch schäbiger als ihres. Doch unterm Bett entdeckte er eine kleine Gummipuppe. Er schloß daraus, daß sein Vorgänger Familie gehabt haben mußte.)

Obwohl die Welt immer noch nicht endgültig und vollständig zu fester Materie geworden war und verschiedene Gegenden ungreifbarer und geweihter Art enthielt, fühlten sich die Brüder behaglich und zuversichtlich. Der ältere, Gustav, arbeitete als Möbelpacker;

der jüngere war im Moment arbeitslos, aber unverzagt. Gustav hatte eine gleichmäßig gerötete Haut, borstige, blonde Augenbrauen und einen mächtigen, schrankartigen Brustkorb, der immer in einem groben, grauen Wollpullover steckte. Er trug Gummibänder, die seine Hemdsärmel an den Gelenken seiner fetten Arme hochhielten, um die Hände frei zu behalten und weil Ordnung sein mußte. Antons Gesicht war voller Pockennarben, seinen Schnurrbart stutzte er in Form eines dunklen Trapezoids, und über seinem hageren, drahtigen Skelett trug er einen dunkelroten Pullover. Doch wenn sie beide ihre Ellenbogen auf die Balkonbrüstung stemmten, dann waren ihre Hinterteile völlig gleich, groß und triumphierend, und der nämliche karierte Stoff umspannte eng ihre vorragenden Gesäße.

Noch mal: Die Welt soll schwitzen und satt werden. Nichtstuer, Parasiten und Musikanten haben keinen Zutritt. Solange das Herz Blut pumpt, muß man *leben*, verdammt noch mal! Zwei Jahre lang hatte Gustav jetzt gespart, um Anna zu ehelichen, ein Büfett zu kaufen, einen Teppich.

Sie kam jeden zweiten Abend, diese dralle Person mit den fetten Armen, mit Sommersprossen auf dem breiten Nasenrücken, einem bleiernen Schatten unter den Augen und auseinanderstehenden Zähnen, von denen außerdem noch einer ausgeschlagen war. Die Brüder und sie kippten Bier in sich hinein. Sie hatte die Angewohnheit, die nackten Arme im Nacken zu verschränken und so die naßglänzenden roten Haarbüschel in den Achselhöhlen zur Besichtigung darzubieten. Den Kopf zurückgeworfen, riß sie den Mund so weit auf, daß man ihren ganzen Gaumen und das Rachenzäpfchen in Augenschein nehmen konnte, das dem Sterz eines Brathuhns ähnelte. Die Anatomie ihres Frohsinns sagte den Brüdern sehr zu. Sie kitzelten sie mit Eifer.

Tagsüber, wenn sein Bruder arbeitete, saß Anton in einer gemütlichen Kneipe oder rekelte sich inmitten der Pusteblumen auf dem kühlen, noch lebhaft grünen Gras am Kanalufer und sah voller Neid den übermütigen Rabauken zu, die einen Kahn mit Kohle beluden, oder er starrte stumpfsinnig in das leere Blau des schläfrig machenden Himmels. Doch jetzt gab es ein Hindernis in dem gutgeölten Leben der Brüder.

Von dem Augenblick an, da Romantowski mit seiner Schubkarre im Hof erschienen war, hatte er bei den beiden Brüdern eine Mischung von Gereiztheit und Neugier hervorgerufen. Ihr unfehlbares Flair ließ sie spüren, daß da jemand war, der anders war als die Leute sonst. Bei einem flüchtigen Blick hätte man normalerweise nichts Besonderes an ihm bemerken können, aber die Brüder sahen es. Zum Beispiel ging er anders: Bei jedem Schritt erhob er sich auf eigentümliche Art schwungvoll auf einen Zeh und federte in die Höhe, als gewähre ihm der bloße Akt des Gehens die Gelegenheit, über den gewöhnlichen Köpfen etwas Ungewöhnliches wahrzunehmen. Er war, was man schlank nennt, sehr mager, hatte ein bleiches Gesicht mit spitzer Nase und erschreckend ruhelosen Augen. Aus den viel zu kurzen Ärmeln seiner zweireihigen Jacke staken seine langen Hände mit einer Art ärgerlicher und unsinniger Offensichtlichkeit hervor («da wären wir: was sollen wir anfangen?»). Er ging und kam zu unvorhersehbaren Zeiten. An einem der ersten Vormittage sichtete Anton ihn an einem Bücherstand: Er erkundigte sich nach dem Preis oder hatte tatsächlich etwas gekauft, denn der Verkäufer schlug behende zwei staubige Bände aneinander und nahm sie mit in seine Nische hinter dem Stand. Weitere Exzentrizitäten wurden bemerkt: Sein Licht brannte praktisch bis zum Morgengrauen; er war seltsam ungesellig.

Wir vernehmen Antons Stimme:

«Dieser feine Herr ist ein Angeber. Den sollten wir uns mal näher besehen.»

«Ich verkauf ihm die Pfeife», sagte Gustav.

Die nebelhaften Ursprünge der Pfeife. Anna hatte sie eines Tages mitgebracht, doch die Brüder akzeptierten nur Zigarillos. Eine teure Pfeife, noch gar nicht geschwärzt. In ihren Stiel war ein kleines Stahlrohr eingelassen. Ein Wildlederbeutel gehörte auch dazu.

«Wer ist da? Was wollen Sie?» fragte Romantowski durch die Tür.

«Nachbarn, Nachbarn», antwortete Gustav mit tiefer Stimme.

Und die Nachbarn traten ein und sahen sich gierig um. Ein Ende Wurst lag auf dem Tisch neben einem schiefen Bücherstapel; ein Buch war bei einem Schiff mit zahlreichen Segeln und einem oben in einer Ecke einherfliegenden Säugling mit aufgeblasenen Backen aufgeschlagen.

«Wir wollten uns mal bekannt machen», grummelten die Brüder. «Da wohnt man sozusagen Seite an Seite, aber irgendwie lernt man sich nie kennen.»

Die Deckplatte der Kommode teilten sich ein Spirituskocher und eine Apfelsine.

«Sehr erfreut», sagte Romantowski leise. Er setzte sich auf die Bettkante und begann, die Stirn mit entzündeter V-Ader gebeugt, die Schuhe zuzuschnüren.

«Sie haben geruht», sagte Gustav mit unheildrohender Höflichkeit. «Da kommen wir wohl ungelegen?»

Kein Wort, kein einziges Wort entgegnete der Untermieter darauf; statt dessen richtete er sich plötzlich auf, wandte sich zum Fenster, hob den Finger und erstarrte.

Die Brüder sahen hin, bemerkten am Fenster aber nichts Ungewöhnliches; es rahmte eine Wolke, den Wipfel einer Pappel und einen Teil der Ziegelmauer.

«Wieso, sehen Sie es denn nicht?» fragte Romantowski.

Der rote Pullover und der graue begaben sich zum Fenster und lehnten sich tatsächlich hinaus, nunmehr eineiige Zwillinge. Nichts. Und beide hatten plötzlich das Gefühl, daß etwas nicht stimmte, ganz und gar nicht stimmte! Sie drehten sich um. Er stand in eigenartiger Haltung neben der Kommode.

«Da muß ich mich geirrt haben», sagte Romantowski und sah sie nicht an. «Mir war, als ob was vorbeigeflogen wäre. Einmal habe ich einen Flugzeugabsturz mitangesehen.»

«So was kommt vor», pflichtete Gustav ihm bei. «Hören Sie, wir schauen nicht umsonst bei Ihnen vorbei. Möchten Sie die kaufen? Nagelneu. Ein hübsches Futteral gehört auch dazu.»

«Futteral? Ach so? Nur ich rauche kaum, müssen Sie wissen.»

«Na, dann rauchen Sie von jetzt an öfter. Wir verkaufen sie billig. Drei fünfzig.»

«Drei fünfzig. Aha.»

Er nahm die Pfeife in die Hand, biß sich auf die Unterlippe und dachte über irgend etwas nach. Seine Augen sahen die Pfeife nicht wirklich an, sondern wanderten hin und her.

Unterdessen begannen die Brüder anzuschwellen, anzuwachsen, füllten sie schon das ganze Zimmer, das ganze Haus und wuchsen dann darüber hinaus. Verglichen mit ihnen war die junge Pappel inzwischen nicht größer als eines dieser Spielzeugbäumchen aus gefärbter Watte, die so wacklig auf ihren runden, grünen Füßen stehen. Das Puppenhaus, eine Angelegenheit aus staubiger Pappe mit Fensterscheiben aus Mica, reichte den Brüdern kaum an die Knie. Riesenhaft, gebieterisch nach Schweiß und Bier stinkend, mit bulliger Stimme und sinnlosem Gerede und Fäkalmasse anstelle eines menschlichen Gehirns, flößen sie einen Schauder schändlicher Furcht ein. Ich weiß nicht, warum sie mich bedrängen; ich flehe Sie an, lassen Sie mich in Ruhe. Ich fasse Sie nicht an, also fassen auch Sie mich nicht an; ich gebe ja nach, nur lassen Sie mich in Ruhe.

«Na schön, aber ich habe nicht genug Kleingeld», sagte Romantowski leise. «Wenn Sie mir also sechs fünfzig...»

Sie konnten herausgeben und gingen grinsend von dannen. Gustav hielt den Zehnmarkschein prüfend gegen das Licht und schloß ihn dann in eine eiserne Sparbüchse ein.

Trotzdem ließen sie ihren Zimmernachbarn nicht in

Frieden. Es machte sie geradezu verrückt, daß jemand so unzugänglich blieb wie zuvor, obwohl sie doch jetzt mit ihm bekannt waren. Er vermied es, ihnen zu begegnen: Man mußte ihm auflauern und ihm eine Falle stellen, um ihm flüchtig in die ausweichenden Augen zu sehen. Als er das nächtliche Leben von Romantowskis Lampe entdeckt hatte, hielt Anton es nicht länger aus. Er schlich barfuß an die Tür (unter der ein straffer Faden goldenen Lichts hervorsah) und klopfte.

Romantowski antwortete nicht.

«Schlafen, schlafen», sagte Anton und schlug mit der flachen Hand an die Tür.

Still drang das Licht aus der Ritze. Anton rüttelte an der Klinke. Der goldene Faden riß.

Daraufhin organisierten beide Brüder (aber vor allem Anton, der ja keine Arbeit hatte) die Bewachung der Schlaflosigkeit ihres Nachbarn. Der Feind jedoch war schlau und mit einem feinen Gehör ausgestattet. Egal, wie leise man sich der Tür auch näherte, sein Licht erlosch auf der Stelle, als wäre es nie da gewesen; und nur wenn man eine ganze Weile im kalten Korridor stehen blieb und den Atem anhielt, konnte man hoffen, die Rückkehr des hellhörigen Strahls zu erleben. So fallen Käfer in Ohnmacht und kommen wieder zu sich.

Die Aufgabe der Überwachung erwies sich als überaus anstrengend. Endlich gelang es den Brüdern, ihn auf der Treppe zu erwischen und zu stellen.

«Angenommen, ich habe die Angewohnheit, nachts zu lesen. Was geht Sie das an? Lassen Sie mich bitte vorbei.»

Als er sich wegwandte, schlug ihm Gustav aus Spaß den Hut vom Kopf. Romantowski hob ihn wortlos wieder auf.

Ein paar Tage später bei Nachtanbruch – er kam gerade vom Klosett und schaffte es nicht, schnell genug in sein Zimmer zurückzuhuschen – rotteten sich die Brüder um ihn zusammen. Obwohl nur zu zweit, brachten sie es dennoch zuwege, eine Rotte zu bilden. Sie luden ihn in ihr Zimmer ein.

«Es gibt auch Bier», sagte Gustav augenzwinkernd.

Er versuchte abzulehnen.

«Na, kommen Sie schon!» riefen die Brüder; sie faßten ihn unter den Armen und schleppten ihn fort (dabei fühlten sie, wie dünn er war – diese Schwäche, diese Magerkeit unter den Achseln war eine unwiderstehliche Versuchung... ja, ordentlich zudrücken, daß es knirscht, ja, schwer sich zu beherrschen, da wollen wir wenigstens im Gehen mal zulangen, nur einmal, ein bißchen...).

«Sie tun mir weh», sagte Romantowski. «Lassen Sie mich in Ruhe, ich kann allein gehen.»

Das verheißene Bier, der große Mund von Gustavs Braut, ein schwerer Geruch im Zimmer. Sie suchten ihn betrunken zu machen. Ohne Kragen, mit einem kupfernen Kragenknopf unter dem auffälligen und schutzlosen Adamsapfel, das Gesicht lang und bleich, die Wimpern zuckend – so saß er in verwinkelter Haltung da, teils zusammengefaltet, teils auseinandergebogen, und als er sich vom Stuhl erhob, schien er sich wie eine Spirale abzuwickeln. Sie zwangen ihn jedoch, sich wieder zusammenzurollen, und auf ihr Geheiß setzte sich Anna auf seinen Schoß. Immer wieder schielte er auf ihren geschwollenen Spann im Harnisch eines engen Schuhs, bezwang seine dumpfe Qual jedoch, so gut er konnte, da er nicht wagte, das träge rothaarige Weibsstück abzuschütteln.

Es kam ein Moment, als es ihnen so schien, als sei er gebrochen, als sei er einer der Ihren geworden. Tatsächlich sagte Gustav: «Siehst du, es war albern von dir, auf uns herabzusehen. Wir finden es kränkend, daß du alles für dich behältst. Was liest du denn so die ganze Nacht?»

«Alte, alte Geschichten», erwiderte Romantowski in einem Ton, daß die Brüder plötzlich große Langeweile überkam. Es war eine erstickende und gehässige Langeweile, aber das Bier verhinderte, daß das Gewitter sich entlud, und machte im Gegenteil die Augenlider schwer. Anna glitt von Romantowskis Knie und stieß mit einer beschwipsten Hüfte gegen den Tisch; leere Flaschen schwankten wie Kegel, eine fiel um. Die Brüder bückten sich, torkelten, gähnten und sahen mit schläfrigen Augen immer noch zu ihrem Gast hin. Vibrierend und Strahlen aussendend, dehnte er sich, wurde immer dünner und verschwand allmählich.

So geht das nicht weiter. Er vergällt anständigen Leuten das Leben. Schließlich kommt es noch so weit, daß er Ende des Monats auszieht – intakt, heil, niemals auseinandergenommen, eingebildet umherstolzierend. Nicht genug, daß er sich anders als andere Leute bewegt und atmet; das Vertrackte ist, daß wir den Unterschied einfach nicht zu fassen bekommen, daß wir die Ohrenspitze nicht packen können, an der man das Kaninchen hervorziehen kann. Ein Greuel ist alles, was sich nicht berühren, messen, zählen läßt.

Eine Reihe trivialer Foltern begann. Am Montag gelang es ihnen, sein Bettlaken mit Kartoffelmehl zu bestreuen, das angeblich wahnsinnig juckt. Am Dienstag lauerten sie ihm an der Ecke ihrer Straße auf (er hatte Bücher bei sich, die er an die Brust gepreßt hielt) und rempelten ihn so gekonnt an, daß seine Last in der von ihnen ausgesuchten Pfütze landete. Am Mittwoch bestrichen sie den Klosettsitz mit Tischlerleim. Am Donnerstag war ihre Phantasie versiegt.

Er sagte nichts, gar nichts. Am Freitag holte er mit seinem fliegenden Gang Anton am Hoftor ein und bot ihm eine Illustrierte an – wollen Sie sich die vielleicht mal anschauen? Diese unerwartete Höflichkeit verwirrte die Brüder und trieb sie nur noch mehr zur Weißglut.

Gustav trug seiner Braut auf, Romantowski anzumachen, was einem Gelegenheit gäbe, einen Streit mit ihm vom Zaun zu brechen. Unwillkürlich bringt man einen Fußball ins Rollen, ehe man zutritt. Übermütigen Tieren ist etwas Bewegliches auch lieber. Und obwohl Anna mit ihren käferbraunen Sommersprossen auf der milchweißen Haut, dem leeren Blick ihrer hellen Augen und den kleinen, nassen Fleischvorgebirgen zwischen den Zähnen Romantowski zweifellos höchst zuwider war, hielt er es für angezeigt, seinen Widerwillen zu verbergen, denn er befürchtete, Annas Liebhaber zu kränken, wenn er sie verschmähte.

Da er trotz allem einmal in der Woche ins Kino ging, nahm er sie am Sonnabend mit, in der Hoffnung, diese

Aufmerksamkeit werde reichen. Unbemerkt schlichen die Brüder in diskretem Abstand hinter dem Paar her, beide mit neuen Mützen und orangeroten Schuhen angetan, und in dieser staubigen Dämmerung gab es Hunderte ihresgleichen, aber nur einen Romantowski.

Im kleinen, länglichen Kino hatte das Geflimmer der Nacht begonnen, einer selbstgemachten Mondnacht, als die Brüder verstohlen geduckt in der letzten Reihe Platz nahmen. Irgendwo vor sich spürten sie die dunkel köstliche Anwesenheit Romantowskis. Auf dem Weg zum Kino war es Anna nicht gelungen, ihrem unangenehmen Begleiter irgend etwas zu entlocken, und es war ihr auch nicht ganz klar, was Gustav eigentlich von ihm wollte. Unterwegs hätte sie beim bloßen Anblick seiner mageren Figur und seines melancholischen Profils am liebsten gegähnt. Doch als dann der Film begann, vergaß sie ihn völlig und drückte eine empfindungslose Schulter an ihn. Auf der neumodischen Tonleinwand konversierten Gespenster in Trompetentönen. Der Baron kostete seinen Wein und setzte vorsichtig das Glas ab – mit dem Geräusch einer zu Boden fallenden Kanonenkugel.

Und nach einer Weile verfolgten die Detektive den Baron. Wer hätte in ihm den Meisterschurken erkannt? Er wurde leidenschaftlich, hektisch gejagt. Automobile sausten mit Donnergetöse. In einem Nachtclub schlugen sie sich mit Flaschen, Stühlen, Tischen. Eine Mutter brachte ein süßes Kind zu Bett.

Als alles zu Ende war und Romantowski ihr leicht stolpernd in die kühle Dunkelheit hinaus folgte, rief Anna: «Ach, war das wunderbar!»

Er räusperte sich und sagte nach einer Pause: «Wir wollen nicht übertreiben. Im wirklichen Leben ist alles viel langweiliger.»

«Sie sind selber langweilig», gab sie verärgert zurück, lachte aber gleich darauf leise in sich hinein, da sie an das hübsche Kind denken mußte.

Die Brüder gingen im gleichen Abstand wie zuvor hinter ihnen her. Beide waren finster. Beide pumpten sich mit finsterer Gewalt auf. Finster sagte Anton: «So was gehört sich schließlich nicht – mit jemand anderes Verlobter auszugehen.»

«Und dann auch noch am Samstagabend», sagte Gustav.

Ein Fußgänger, der an ihnen vorüberkam, sah ihnen zufällig ins Gesicht – und ging unwillkürlich schneller.

Der Nachtwind trieb raschelnden Müll an den Zäunen entlang. Es war eine dunkle und verlassene Gegend Berlins. Zur Linken blinzelten weit von der Straße verstreute Lichter über dem Kanal. Zur Rechten befand sich ein ödes Gelände, dem ein paar hastig silhouettierte Häuser den schwarzen Rücken zuwandten. Nach einer Weile beschleunigten die Brüder den Schritt.

«Meine Mutter und Schwester wohnen auf dem Land», erzählte ihm Anna mit recht gemütlichem Unterton inmitten der samtenen Nacht. «Wenn ich verheiratet bin, dann fahre ich mit ihm hoffentlich zu ihnen auf Besuch. Vorigen Sommer hat meine Schwester...»

Romantowski blickte sich plötzlich um.

«...in der Lotterie gewonnen», fuhr Anna fort und sah sich mechanisch ebenfalls um.

Gustav stieß einen klangvollen Pfiff aus.

«Ach so, die sind das!» rief Anna und brach in freudiges Lachen aus. «Das sind vielleicht Schlingel.»

«n'Abend, n'Abend», sagte Gustav hastig und außer Atem. «Was tust du hier mit meiner Braut, du Esel?»

«Ich tue gar nichts. Wir waren gerade...»

«Soso», sagte Anton, holte mit dem Ellbogen aus und schlug Romantowski forsch in die Rippen.

«Bitte, nicht die Fäuste. Sie wissen ganz genau...»

«Laßt ihn in Ruhe, Jungs», sagte Anna mit leisem Kichern.

«Der muß eine Lektion kriegen», sagte Gustav, der warm wurde und mit glühender Vorfreude schon jetzt fühlte, wie er dem Beispiel seines Bruders folgen und diese Knorpel, dieses zerbrechliche Rückgrat zwischen den Fingern spüren würde.

«Übrigens ist mir neulich was Komisches passiert», hob Romantowski rasch an, doch da begann Gustav die gewaltigen Klumpen seiner Pranken in die Flanken seines Opfers zu rammen und zu bohren und ihm ganz unbeschreibliche Schmerzen zuzufügen. Beim Zurücktorkeln rutschte Romantowski aus und wäre beinahe hingefallen: Zu stürzen hätte bedeutet, auf der Stelle zu sterben.

«Laßt ihn doch», sagte Anna.

Er machte kehrt und ging, den Arm in die Seite gepreßt, an den dunklen raschelnden Zäunen entlang. Die Brüder folgten ihm dicht auf den Fersen. In Gustav grollte die Qual des Blutdurstes, und jeden Moment konnte aus diesem Grollen ein Schlag werden.

In der Ferne vor ihm versprach ein helles Flimmern Sicherheit; es bedeutete eine erleuchtete Straße, und obwohl wahrscheinlich nur eine einzige, einsame Laterne dort brannte, schien dieser Schlitz in der Schwärze eine wunderbare, festliche Lichterpracht, eine strahlende Gegend der Seligkeit voller geretteter Menschen. Er wußte, wenn er losliefe, wäre das das Ende, denn er konnte nicht schnell genug dorthin gelangen; er mußte ruhig und gleichmäßig gehen, den Mund halten und die Hand nicht gegen die brennenden Rippen zu pressen versuchen, dann konnte er es vielleicht schaffen. So ging er mit seinem gewöhnlichen federnden Schritt und erweckte den Eindruck, er tue es absichtlich, um sich über Nicht-Flieger lustig zu machen, und würde im nächsten Augenblick abheben.

Annas Stimme: «Gustav, laß die Finger von ihm. Du weißt genau, du kannst dann nicht wieder aufhören. Denk dran, was du damals mit diesem Maurer gemacht hast.»

«Halt die Schnauze, Alte, schreib ihm nicht vor, was er zu tun hat.» (Das ist Antons Stimme.)

Endlich, jetzt war die Gegend des Lichts – wo schon das Laub einer Kastanie auszumachen war und etwas, das wie eine Litfaßsäule aussah, und links ein Stück weiter weg eine Brücke –, dieses atemlos wartenden, flehenden Lichts endlich, endlich nicht mehr gar so fern... Und trotzdem durfte man nicht rennen. Und obwohl ihm bewußt war, daß er einen verhängnisvollen Fehler beging, flog er plötzlich unwillkürlich auf und schoß aufstöhnend davon.

Er rannte und schien beim Rennen triumphierend zu lachen. Gustav holte ihn mit ein paar Sätzen ein. Beide stürzten, und in das wütende Ratschen und Knirschen mischte sich ein besonderer Laut – glatt und feucht, einmal, ein zweites Mal, bis ans Heft –, und dann floh Anna schleunigst ins Dunkel, den Hut in der Hand.

Gustav stand auf. Romantowski lag auf dem Boden und sprach polnisch. Plötzlich brach seine Stimme ab.

«Und jetzt nichts wie weg», sagte Gustav. «Ich hab ihn fertiggemacht.»

«Zieh es raus», sagte Anton, «zieh es aus ihm raus.»

«Hab ich schon», sagte Gustav. «Mann, hab ich den fertiggemacht.»

Sie eilten davon, aber nicht auf das Licht zu, sondern über das dunkle Ödgelände. Als sie am Friedhof vorbei waren, kamen sie zu einem Gehweg, sahen sich an und verlangsamten den Schritt zu einer normalen Gangart.

Als sie nach Hause kamen, schliefen sie sofort ein. Anton träumte, er säße im Gras und sähe einen Kahn vorüberziehen. Gustav träumte nichts.

Früh am nächsten Morgen erschienen Polizisten; sie durchsuchten das Zimmer des Ermordeten und stellten Anton, der in den Flur herausgekommen war, kurz ein paar Fragen. Gustav blieb satt und schläfrig im Bett, sein Gesicht die Farbe westfälischen Schinkens, im Gegensatz zu den weißlichen Büscheln seiner Augenbrauen.

Bald ging die Polizei, und Anton kam wieder herein. Er war ungewohnt aufgekratzt, prustete vor Lachen, ging immer wieder in die Knie und schlug geräuschlos eine Faust in den Handteller.

«Ein Witz!» sagte er. «Weißt du, was der Kerl war? Ein Blütenmacher!»

Und Anton erzählte, was er in Erfahrung gebracht

hatte: Der Kerl gehörte zu einer Bande und war gerade aus dem Gefängnis entlassen worden. Davor hatte er Banknoten gefälscht; zweifellos hatte ihn ein Komplize erstochen.

Auch Gustav schüttelte sich vor Heiterkeit, doch dann änderte sich plötzlich sein Gesichtsausdruck.

«Er hat uns seine Blüte angedreht, der Gauner!» rief Gustav und lief nackt zum Schrank, wo er seine Sparbüchse verwahrte.

«Macht nichts, wir werden sie schon los», sagte sein Bruder. «Wer nichts davon versteht, merkt es nicht.»

«Ja, aber was für ein Gauner!» sagte Gustav immer wieder.

Mein armer Romantowski! Und da habe ich wie sie gemeint, du wärest wirklich etwas Besonderes. Ich gestehe es, ich habe gemeint, du wärest ein bemerkenswerter Dichter, den die Armut genötigt hatte, in diesem finsteren Viertel zu wohnen. Ich habe kraft gewisser Anzeichen gemeint, daß du Nacht für Nacht einen unanfechtbaren Sieg über die Brüder feiertest, indem du an einer Verszeile arbeitetest oder einer anwachsenden Idee nachsannst. Mein armer Romantowski! Jetzt ist alles aus. Die Dinge, die ich versammelt hatte, machen sich leider wieder davon. Die junge Pappel verschwimmt und hebt ab – um dorthin zurückzukehren, wo sie hergeholt worden war. Die Ziegelmauer löst sich auf. Das Haus zieht seine kleinen Balkons einen um den anderen ein, macht kehrt und schwebt von dannen. Alles schwebt von dannen. Harmonie und Bedeutung zerrinnen. Wieder verdrießt mich die Welt mit ihrer bunten Leere.

Der Kreis

Zweitens, weil ihn jäh ein wahnsinniges Verlangen nach Rußland gepackt hatte. Drittens schließlich, weil er jenen Jugendjahren nachtrauerte und allem, was mit ihnen zusammenhing – dem wilden Groll, der Ungeschlachtheit, der Inbrunst und den blendend grünen Morgenfrühen, wenn einem das Unterholz mit seinen Goldamseln betäubend in den Ohren lag. Während er so in dem Café saß und die blasser werdende Süße seines Cassis mit Sodawasser aus dem Siphon immer weiter verdünnte, erinnerte er sich der Vergangenheit mit Herzbeklemmen, mit Wehmut – welcher Art Wehmut? Nun, einer bisher nicht ausreichend erforschten Wehmut. Von einem Seufzer emporgebracht, hob sich diese ferne Vergangenheit mit seiner Brust, und langsam stand sein Vater aus dem Grabe auf und straffte die Schultern: Ilja Iljitsch Bytschkow, *le maître d'école chez nous au village*, mit vorgeplusterter schwarzer Krawatte, die zu einem pittoresken Knoten gebunden war, und einer Pongéjacke, deren Knöpfe nach alter Art hoch oben am Brustbein begannen, aber auch weit oben endeten, so daß die auseinanderweichenden Jackenschöße die Uhrkette über der Weste freiließen; seine Gesichtsfarbe war rötlich, sein Kopf kahl, aber mit einem zarten Flaum bedeckt, der an das samtige Frühlingsgeweih eines Hirschs erinnerte; auf seinen Wangen waren eine Menge Fältchen und neben der Nase eine fleischige Warze, die wirkte, als beschreibe der Nasenflügel eine weitere Volute. In seiner Gymnasial- und Universitätszeit fuhr Innokentij an Feiertagen zu seinem Vater nach Leschino hinaus. Wenn er noch tiefer tauchte, konnte er sich an den Abriß der alten Schule am Ende des Dorfs erinnern, die Bereitung des Bodens für ihre Nachfolgerin, die Grundsteinlegung, den Gottesdienst im Wind, daran, wie Graf Konstantin Godunow-Tscherdynzew die traditionelle Goldmünze geworfen hatte und diese hochkant im Lehm stecken geblieben war. Das neue Gebäude war außen von einem körnigen, granitenen Grau; drinnen roch es für mehrere Jahre und dann über eine weitere lange Zeit hin (als es nämlich in die Belegschaft der Erinnerung eintrat) sonnig nach Kleister; die Klassen zierten glänzende pädagogische Hilfsmittel wie die vergrößerten Portraits von Insekten, die in Flur und Wald Schaden anrichteten; doch Innokentij fand die ausgestopften Vögel, die Godunow-Tscherdynzew zur Verfügung gestellt hatte, noch aufreizender. Mit dem gemeinen Volk anzubändeln! Doch, er sah sich selber als gestrengen Plebejer: Haß (so schien es zumindest) würgte ihn, wenn er über den Fluß hinweg in den großen, herrschaftlichen Park spähte, der schwer war von uralten Privilegien und kaiserlichen Vergünstigungen und das Spiegelbild seiner schwarzen Massen (mit dem Sahnefleck eines Traubengewächses, das hier und da zwischen den Tannen blühte) auf das grüne Wasser warf.

Die neue Schule wurde an der Schwelle dieses Jahrhunderts gebaut, zu einer Zeit, als Godunow-Tscherdynzew von seiner fünften Expedition nach Mittelasien zurückgekehrt war und mit seiner jungen Frau (mit vierzig war er doppelt so alt wie sie) den Sommer in Leschino verbrachte, seinem Landsitz im Gouvernement St. Petersburg. In welche Tiefen war man geraten, gütiger Himmel! In einem schmelzenden kristallklaren Dunst, so, als begebe sich alles unter Wasser, sah sich Innokentij als Junge von drei oder vier Jahren das Herrenhaus betreten und durch prachtvolle Räume schweben, während sein Vater auf Zehenspitzen ging, einen feuchten Maiglöckchenstrauß so fest in der Hand, daß der quietschte – und auch um sie her schien alles feucht, ein leuchtender, quietschender, zittriger Dunst, der alles war, was sich ausmachen ließ –, doch in späteren Jahren verwandelte es sich in eine beschämende Erinnerung, die Blumen seines Vaters, der Zehenspitzengang und die schwitzenden Schläfen wurden dunkel zu einem Symbol dankbarer Knechtschaft, besonders nachdem Innokentij von einem alten Bauern erfahren hatte, daß Ilja Iljitsch von «unserm guten Herrn» aus einer trivialen, aber klebrigen politischen Affaire herausgelöst worden war, für die er ohne die Intervention des Grafen in die entlegenste Provinz des Reiches verbannt worden wäre.

Tanja sagte immer, sie hätten nicht nur im Tierreich, sondern auch unter den Pflanzen und Mineralien Verwandte. Und tatsächlich hatten russische und ausländische Naturforscher unter dem Artennamen *«godunovi»* einen neuen Fasan, eine neue Antilope, einen neuen Rhododendron beschrieben, und es gab sogar ein ganzes Godunow-Gebirge (er selber beschrieb nur Insekten). Diese seine Entdeckungen, seine herausragenden Beiträge zur Zoologie und die tausend Gefahren, für deren Nichtachtung er berühmt war, bewegten die Leute indessen nicht dazu, nachsichtig über seine hohe Abkunft und seinen großen Reichtum hinwegzusehen. Außerdem wollen wir nicht vergessen, daß gewisse Teile unserer Intelligenzija immer verachtungsvoll auf alle nichtangewandte wissenschaftliche Forschung herabgesehen hatten, und darum wurde Godunow getadelt, daß er sich mehr für «Sinkiang-Käfer» als für die Not der russischen Bauern interessiere. Bereitwillig schenkte der junge Innokentij den (in Wahrheit idiotischen) Geschichten über die Reisekonkubinen des Grafen Glauben, seine chinesisch anmutende Unmenschlichkeit und die Geheimaufträge, die er angeblich für den Zar erledigte – um den Engländern eins auszuwischen. Die Wirklichkeit seines Bildes blieb undeutlich: eine nackte Hand, die ein Goldstück warf (und in der noch früheren Erinnerung jener Besuch im Herrenhaus, dessen Herrn das Kind mit einem himmelblau gekleideten Kalmücken verwechselte, dem man auf dem Weg durch einen Empfangssaal begegnet war). Dann brach Godunow aufs neue auf, nach Samarkand oder Wernyj (Städte, in denen seine märchenhaften Wanderungen üblicherweise ihren Ausgang nahmen), und blieb lange fort. Inzwischen verbrachte seine Familie, die den Landsitz auf der Krim offenbar dem petropolitanischen vorzog, den Sommer im Süden. Die Winter über hielten sie sich in der Hauptstadt auf. Dort auf dem Kai stand ihr Haus, eine zweistöckige, oliv gestrichene Privatresidenz. Manchmal kam Innokentij zufällig vorbei; sein Gedächtnis behielt die femininen Formen einer Statue, deren gedelltes, zuckerweißes Gesäß durch die gemusterte Gaze hinter einer großen Glasfensterscheibe zu sehen war. Olivbraune Atlanten mit stark gewölbten Rippen trugen einen Balkon: Die Anspannung ihrer steinernen Muskeln und ihre qualvoll verdrehten Münder kamen unserem stürmischen Oberkläßler wie eine Allegorie des versklavten Proletariats vor. Ein paarmal erhaschte er auf jenem Kai im böigen Newa-Frühling einen Blick auf das kleine Godunow-Mädchen mit seinem Foxterrier und seiner Gouvernante; sie wirbelten geradezu vorüber und waren doch so lebhaft umrissen: Tanja trug bis zum Knie geschnürte Stiefel und einen kurzen, marineblauen Mantel mit knaufartigen Messingknöpfen, und als sie rasch vorbeimarschierte, schlug sie auf die Falten ihres kurzen, marineblauen Rocks ein – womit? ich glaube mit der Hundeleine, die sie bei sich trug –, und der Ladoga-Wind zauste an den Bändern ihrer Matrosenmütze, und ein Stück hinter ihr drein kam ihre Gouvernante geeilt, mit einer Persianerjacke angetan, in der Taille geknickt, einen Arm vorgestreckt, die Hand in einem Muff aus dichtgelocktem schwarzem Fell.

Er wohnte bei seiner Tante, einer Näherin, in einer Wohnung in Ochta. Er war mürrisch, ungesellig, verwendete gewichtige, stöhnende Mühe auf seine Schularbeiten, während er seinen Ehrgeiz auf ein gerade noch ausreichendes Zeugnis beschränkte, machte aber zu jedermanns Erstaunen einen brillanten Schulabschluß und begann mit achtzehn an der Petersburger Universität Medizin zu studieren – ein Punkt, an dem seines Vaters Verehrung für Godunow-Tscherdynzew geheimnisvoll zunahm. Einen Sommer verbrachte er als Privatlehrer bei einer Familie in Twer. Im Mai des folgenden Jahres, 1914, war er im Dorf Leschino zurück – und entdeckte nicht ohne Bestürzung, daß das Herrenhaus jenseits des Flusses zum Leben erwacht war.

Mehr über jenen Fluß, über sein steiles Ufer, über sein altes Badehaus. Es war dies ein Holzbau, der auf Pfählen stand; ein gestufter Pfad mit einer Kröte auf jeder zweiten Stufe führte zu ihm hinunter, und nicht jeder hätte den Anfang jenes lehmigen Abstiegs im Erlendickicht hinter der Kirche finden können. Sein ständiger Gefährte beim Zeitvertreib unten am Ufer war Wassilij, der Sohn des Schmieds, ein Bursche von unbestimmbarem Alter (er konnte selber nicht sagen, ob er fünfzehn war oder gut zwanzig), kräftiger Statur, linkisch, in knappen, geflickten Hosen, mit riesigen bloßen Füßen von der Farbe schmutziger Mohrrüben und einer Gemütsverfassung, die genau so finster war wie in jener Zeit die von Innokentij. Die Kiefernholzstapel warfen ziehharmonikaförmige Spiegelbilder, die sich auf dem Wasser hin und her krümmten. Gurgelnde und schmatzende Geräusche kamen unter den fauligen Brettern des Badehauses hervor. In einer runden, mit Erde verschmierten Blechbüchse in der Gestalt eines Füllhorns – sie hatte einst billige Fruchtdrops enthalten – ringelten sich matte Würmer. Wassilij streifte ein dickes Wurmsegment über den Haken, achtete darauf, daß dessen Spitze nicht herausragte, und ließ den Rest überhängen; dann würzte er den Unglückswurm mit glückbringender Spucke und ließ die bleibeschwerte Schnur über das äußere Geländer des Badehauses herab. Der Abend war angebrochen. Etwas, das einem breiten Fächer aus violetten und rosafarbenen Federn oder einem ätherischen Gebirgszug mit seitlichen Dornen ähnlich sah, zog sich quer über den Himmel, und schon schossen mit der übertriebenen Lautlosigkeit und der unheilvollen Schnelligkeit membranversehener Wesen Fledermäuse durch die Luft. Die Fische hatten anzubeißen begonnen, und Wassilij, der den Gebrauch einer Rute verschmähte und einfach die sich spannende und ruckende Schnur zwischen Daumen und Zeigefinger hielt, zog leicht, ganz leicht an ihr, um die Festigkeit der Unterwasserspasmen zu testen – und zog plötzlich eine Plötze oder einen Gründling an Land. Lässig, ja mit einer Art rücksichtslosem Knistern und Knacken drehte er den Haken aus dem zahnlosen, runden kleinen Mund und tat das rasende Wesen (dem rosiges Blut aus einer zerrissenen Kieme sickerte) in ein Glasgefäß, in dem mit vorgeschobener Unterlippe schon ein Döbel schwamm. Das Angeln ging bei warmem, bedecktem Wetter besonders gut, wenn der Regen, in der Luft unsichtbar, das Wasser mit einander überschneidenden, sich weitenden Kreisen überzog, zwischen denen hier und da ein Kreis anderen Ursprungs mit einer plötzlichen Mitte erschien: der Sprung eines Fisches, der sofort wieder verschwunden war, oder der Fall eines Blattes, das mit der Strömung davonsegelte. Und wie köstlich es war, in jenem lauwarmen Nieselregen schwimmen zu gehen, dort, wo sich zwei homogene, aber verschieden geformte Elemente trafen und vermengten – das breite Flußwasser und das schmale, himmlische! Innokentij nahm sein Bad mit Verstand und rubbelte sich hinterher lange mit einem Handtuch ab. Die Bauernjungs dagegen tummelten sich bis zur völligen Erschöpfung im Wasser; zitternd vor Kälte, mit klappernden Zähnen und einer schleimigen Rotzfahne von der Nase zur Lippe hüpften sie schließlich auf einem Fuß, um ihre Hosen über die nassen Oberschenkel zu ziehen.

Jenen Sommer war Innokentij finsterer denn je und sprach kaum mit seinem Vater, sondern beschränkte sich auf Gemurmel und «Hms». Ilja Iljitsch seinerseits wurde in Gegenwart seines Sohnes sonderbar verlegen – hauptsächlich, weil er mit Schrecken und Zärtlichkeit annahm, Innokentij lebe wie er selber in seinem Alter mit ganzem Herzen in der reinen Welt des Untergrunds. Das Zimmer von Schulmeister Bytschkow: Staubkörnchen in einem schrägen Sonnenstrahl; von jenem Strahl beleuchtet, ein kleiner Tisch, den er mit eigenen Händen gebaut hatte, dessen Platte er lackiert und mit einer pyrographischen Zeichnung verziert hatte; auf dem Tisch ein Photo seiner Frau in einem Samtrahmen – so jung, in einem so hübschen Kleid, mit einer kleinen Pelerine und einem Korsettgürtel, mit einem bezaubernd ovalen Gesicht (diese Ovalität entsprach in den neunziger Jahren des vorigen Jahrhunderts dem weiblichen Schönheitsideal); neben dem Photo ein gläserner Papierbeschwerer mit einer Ansicht der Krim aus Perlmutt im Innern und ein Stoffhahn zum Abwischen der Schreibfedern; und an der Wand darüber zwischen zwei Flügelfenstern ein Portrait von Lew Tolstoj, ganz aus dem in mikroskopischer Schrift gedruckten Text einer seiner Geschichten zusammengesetzt. Innokentij schlief auf einer Ledercouch in einer kleineren Kammer nebenan. Nach einem langen Tag an der frischen Luft hatte er einen gesunden Schlaf; manchmal jedoch nahm ein Traumbild eine erotische Wende, die Macht seiner Erregung trug ihn aus dem Kreis des Schlafes hinaus, und für eine kurze Weile blieb er in der gleichen Haltung liegen, dermaßen geniert, daß er sich nicht rühren mochte.

Morgens ging er in den Wald, ein medizinisches Handbuch unterm Arm und beide Hände unter die quastengeschmückte Kordel geschoben, die seine weiße Russenbluse zusammenraffte. Seine Studentenmütze, gemäß linkem Brauch schräg getragen, ließ Locken braunen Haars in seine unebene Stirn fallen. Seine Brauen waren ständig gerunzelt. Er hätte recht gut ausgesehen, wären seine Lippen weniger aufgeworfen gewesen. Im Wald setzte er sich auf den dicken Stamm einer Birke, die unlängst von einem Gewitter gefällt worden war (und die von dem Schreck noch an allen ihren Blättern zitterte), und rauchte und hielt mit seinem Buch das Rinnsal eilender Ameisen auf und versank in dunkles Sinnen. Ein einsamer, beeindruckbarer und leicht gekränkter junger Mann, empfand er den sozialen Aspekt der Dinge mit ungewöhnlicher Schärfe. Alles, was das Godunowsche Landleben umgab, war ihm ein Greuel, etwa ihr Gesinde – «Gesinde», wiederholte er und rümpfte mit wollüstigem Ekel die Nase. Zu diesem zählte er den dicklichen Chauffeur mit seinen Sommersprossen, seiner Kordlivree, seinen orangebraunen, hohen Gamaschen und seinem steifen

Kragen, der eine Falte des rostbraunen Nackens hochstemmte, welcher purpurn anlief, wenn er im Wagenschuppen das nicht weniger empörende Cabriolet mit seinen glänzend roten Ledersitzen ankurbelte; und den senilen Lakai mit grauen Koteletten, dazu angestellt, neugeborenen Foxterriern den Schwanz abzubeißen; und den englischen Hauslehrer, den man ohne Hut, mit einem Regenmantel und weißen Hosen durch das Dorf gehen sah – was die witzelnden Dorfjungen an Unterhosen und barhäuptige religiöse Prozessionen erinnerte; und die Bauernmädchen, die angeheuert worden waren, Morgen für Morgen die Parkalleen zu jäten, unter der Aufsicht eines der Gärtner, eines tauben kleinen Buckligen mit einem rosa Hemd, der zum Abschluß den Sand neben der Veranda mit besonderem Eifer und uralter Ergebenheit fegte. Das Buch noch immer unterm Arm – welches ihn daran hinderte, die Arme übereinander zu schlagen, was er gern getan hätte –, lehnte Innokentij an einem Baum im Park und nahm mürrisch das eine oder andere in Augenschein, etwa das glänzende Dach des weißen Herrenhauses, das noch nicht wach war.

Das erste Mal in jenem Sommer sah er sie spät im Mai (alter Stil) von der Kuppe eines Hügels aus. Ein Reiterzug erschien auf der Straße, die sich um seinen Fuß wand: Tanja im Herrensitz vorweg auf einem hellen Braunen; als nächster Graf Godunow-Tscherdynzew selber, ein unbedeutend aussehender Mensch auf einem seltsam kleinen Paßgänger; nach ihnen der Engländer in Breeches; dann irgendein Cousin; und als letzter Tanjas Bruder, ein etwa dreizehnjähriger Junge, der seinem

Reitpferd plötzlich die Sporen gab, alle überholte und das steile Stück zum Dorf hinauf galoppierte, die Ellbogen nach Jockey-Art abgespreizt.

Danach kamen noch einige zufällige Begegnungen und schließlich... Na schön, dann wollen wir mal. Fertig? An einem heißen Tag Mitte Juni...

An einem heißen Tag Mitte Juni gingen Mäher sensenschwingend zu beiden Seiten des Pfades, der zum Herrenhaus führte, und das Hemd eines jeden blieb abwechselnd bald am rechten, bald am linken Schulterblatt kleben. «Gott helfe euch!» sagte Ilja Iljitsch – der traditionelle Gruß, den ein Vorübergehender arbeitenden Männern entbietet. Er hatte seinen besten Hut auf, einen Panama, und trug einen Strauß malvenfarbener Sumpforchideen. Innokentij ging schweigend neben ihm her und bewegte kreisförmig den Mund (er knackte Sonnenblumensamen zwischen den Zähnen und kaute gleichzeitig die Kerne). Sie näherten sich dem Park um das Herrenhaus. An einem Ende des Tennisplatzes tunkte der taube rosafarbene zwergenhafte Gärtner, der sich jetzt eine Arbeiterschürze umgebunden hatte, einen Pinsel in einen Eimer und zog dann, tief gebückt rückwärts gehend, einen dicken sahnigen Strich auf den Boden. «Gott helfe dir!» sagte Ilja Iljitsch im Vorübergehen.

Der Tisch war in der Hauptallee gedeckt; der tüpflige russische Sonnenschein spielte auf dem Tischtuch. Mit einem Brusttuch angetan, das stahlfarbene Haar glatt zurückgekämmt, schöpfte die Haushälterin schon Schokolade in dunkelblaue Tassen, die die Diener kredenzten. Aus der Nähe sah man dem Grafen sein Alter an: Sein gelblicher Bart hatte aschige Strähnen, und von den Augen zu den Schläfen hin fächerten Falten aus; er stellte einen Fuß auf den Rand einer Gartenbank und ließ einen Foxterrier springen: Der Hund sprang nicht nur sehr hoch, um den bereits nassen Ball zu schnappen, den der Graf hielt, sondern brachte es tatsächlich fertig, sich mitten in der Luft durch einen zusätzlichen Ruck seines ganzen Körpers noch höher zu wuchten. Gräfin Elisaweta Godunow, eine große, rosige Frau mit wabbligem Hut, kam mit einer anderen Dame, auf die sie lebhaft einredete, aus dem Garten herauf und machte die wegwerfende beidhändige russische Gebärde ungewissen Entsetzens. Ilja Iljitsch stand mit seinem Blumenstrauß da und verneigte sich. Im bunten Dunst (wie Innokentij es sah, der von höchster Verlegenheit befallen war, obwohl er am Vorabend kurz eine Attitüde demokratischer Verachtung geprobt hatte) flimmerten junge Leute, rennende Kinder, jemandes schwarzer, mit grellen Mohnblumen bestickter Schal, ein weiterer Foxterrier und vor allem, vor allem jene Augen, die da durch Licht und Schatten glitten, jene Züge, die, obwohl noch unbestimmt, ihn bereits mit verhängnisvoller Faszination bedrohten, das Gesicht von Tanja, deren Geburtstag gefeiert wurde.

Alle saßen jetzt. Er fand sich am Schattenende des langen Tischs, wo die Gäste sich weniger miteinander unterhielten als vielmehr, alle Köpfe in dieselbe Richtung gedreht, zum helleren Ende hinsahen, wo laut gesprochen und gelacht wurde, wo ein prächtiger rosa Kuchen mit seidiger Glasur und sechzehn Kerzen stand, wo Kinder durcheinanderriefen und beide

Hunde bellten, die am liebsten auf den Tisch gesprungen wären – indes hier an diesem Ende die Girlanden des Lindenschattens Leute niedrigsten Rangs miteinander verbanden: Ilja Iljitsch, der benommen vor sich hin lächelte; ein ätherisches, aber häßliches Fräulein, dessen Schüchternheit sich durch Zwiebelschweiß ausdrückte; eine altersschwache französische Gouvernante mit unangenehmen Augen, die unterm Tisch ein winziges unsichtbares Geschöpf auf dem Schoß hielt, welches ab und an ein feines Klingeln von sich gab; und so fort. Innokentijs unmittelbarer Nachbar war zufällig der Bruder des Gutsverwalters, ein Schwachkopf, Langweiler und Stotterer; Innokentij redete mit ihm nur, weil Schweigen schlimmer gewesen wäre, so daß er verzweifelt versuchte, das Gespräch trotz seines lähmenden Charakters in Gang zu halten; wenn Innokentij später jedoch, als er ein häufiger Besucher wurde, dem armen Kerl zufällig über den Weg lief, sprach er nie mehr mit ihm und mied ihn wie eine Art Fußangel oder eine peinliche Erinnerung.

Im langsamen Fall rotierend, ließ sich die geflügelte Frucht einer Linde auf das Tischtuch hinab.

Am adligen Ende sprach Godunow-Tscherdynzew mit erhobener Stimme auf eine sehr alte Dame in spitzenbesetztem Gewand ein, und beim Sprechen umfaßte er mit einem Arm die anmutige Taille seiner Tochter, die neben ihm stand und auf einer Handfläche einen Gummiball auf und ab hüpfen ließ. Eine ganze Weile schlug sich Innokentij mit einem leckeren Kuchenstückchen herum, das jenseits seines Tellerrands gelandet war. Nach einem ungeschickten Vorstoß kam das verdammte Himbeerzeug ins Rollen und fiel unter den Tisch (wo wir es lassen wollen). Sein Vater lächelte entweder geistesabwesend oder leckte an seinem Schnurrbart. Jemand bat ihn, die Biskuits weiterzureichen; er brach in glückliches Gelächter aus und reichte sie weiter. Mit einem Mal erklang direkt über Innokentijs Ohr eine schnelle, atemlose Stimme: Ohne ein Lächeln und immer noch jenen Ball in der Hand forderte Tanja ihn auf, zu ihr und ihren Cousins zu kommen; erhitzt und verunsichert bemühte er sich vom Tisch aufzustehen, und als er das rechte Bein unter der gemeinsamen Gartenbank hervorzuziehen suchte, stieß er seinen Nachbarn an.

Wenn die Leute von ihr sprachen, riefen sie: «Was für ein hübsches Mädchen!» Sie hatte hellgraue Augen, samtschwarze Augenbrauen, einen recht großen, blassen, zarten Mund, scharfe Vorderzähne, und wenn sie sich nicht wohl fühlte oder schlechte Laune hatte, konnte man über ihrer Oberlippe dunkle kleine Haare erkennen. Allen Sommerspielen war sie ungewöhnlich zugetan, Tennis, Badminton, Krocket, und bei allen legte sie Gewandtheit an den Tag, eine Art bezaubernder Konzentration – und das natürlich war das Ende der unbedarften Angelnachmittage mit Wassilij, den die Veränderung sehr bestürzte und der gegen Abend in der Nähe der Schule auftauchte, Innokentij mit zögerndem Grinsen heranwinkte und eine Büchse Würmer in Gesichtshöhe hielt. In solchen Augenblicken schauderte es Innokentij im Innern, da er spürte, daß er der Sache des Volkes untreu wurde. Unterdes bezog er nicht viel Freude aus der Gesellschaft seiner neuen

Freunde. Es ergab sich so, daß er zum Zentrum ihres Lebens nicht wirklich zugelassen wurde, daß er an dessen grüner Peripherie verharren mußte, daß er an den Vergnügungen im Freien teilnehmen durfte, niemals jedoch ins Haus gebeten wurde. Es machte ihn zornig; er sehnte sich danach, zum Mittag- oder Abendessen eingeladen zu werden, nur um die Genugtuung zu haben, hochmütig abzulehnen; und allgemein blieb er ständig auf der Hut, mürrisch, sonnengebräunt und ungepflegt, und die Muskeln seiner zusammengepreßten Kiefer zuckten – und dauernd hatte er das Gefühl, daß jedes Wort, das Tanja zu ihren Spielgefährten und Gefährtinnen sagte, einen kränkenden kleinen Schatten in seine Richtung warf, und meine Güte, wie er sie alle haßte, ihre Cousins, ihre Freundinnen, die übermütigen Hunde. Plötzlich verlor sich alles in lautloser Unordnung, und da saß er in der tiefen Schwärze einer Augustnacht ganz hinten im Park und wartete, und es juckte ihn auf der Brust, da er zwischen Hemd und Haut den Brief gestopft hatte, der ihm wie in einem alten Roman von einem barfüßigen kleinen Mädchen aus dem Herrenhaus überbracht worden war. Der lakonische Stil, in dem er zum Stelldichein zitiert wurde, ließ ihn einen demütigenden Streich argwöhnen, und dennoch war er der Aufforderung nachgekommen – und hatte recht daran getan: Von dem gleichmäßigen Rascheln der Nacht löste sich das leichte Knirschen von Schritten. Ihr Kommen, ihre unzusammenhängende Rede, ihre Nähe kamen ihm wie ein Wunder vor; die plötzliche vertraute Berührung ihrer kalten behenden Finger setzte seine Keuschheit in Erstaunen. Ein riesiger, schnell steigender Mond brannte durch die Bäume. Tanja schleckte ihn blindlings mit salzig schmeckenden Lippen ab und erzählte ihm unter Bächen von Tränen, daß ihre Mutter sie morgen auf die Krim bringe, daß alles aus sei, und... ach, wie habe er nur so begriffsstutzig sein können! «Geh nirgendwohin, Tanja!» flehte er, doch ein Windstoß ertränkte seine Worte, und sie weinte nur noch heftiger. Als sie fortgehuscht war, blieb er reglos auf der Bank sitzen, lauschte dem Summen in den Ohren, und wenig später ging er zurück Richtung Brücke, die Landstraße entlang, die sich in der Dunkelheit zu bewegen schien, und dann kamen die Kriegsjahre – Ambulanzarbeit, der Tod seines Vaters –, und danach fiel alles auseinander, doch allmählich rappelte sich das Leben wieder auf, und 1920 war er bereits Assistent von Professor Behr in einem böhmischen Kurort, und drei oder vier Jahre später arbeitete er unter dem gleichen Lungenspezialisten in Savoyen, wo Innokentij in der Nähe von Chamonix eines Tages einen jungen sowjetischen Geologen kennenlernte; sie kamen ins Gespräch, und letzterer erwähnte, daß Fedtschenko, der große Erforscher von Fergana, genau hier vor einem halben Jahrhundert den Tod eines gewöhnlichen Touristen gestorben sei; wie sonderbar (fügte der Geologe hinzu), daß es immer so komme: Der Tod gewöhne sich dermaßen daran, furchtlose Männer in wilden Gebirgen und Wüsten zu verfolgen, daß er sich ihnen auch unter allen möglichen anderen Umständen nähere, zum Spaß und ohne ihnen besonderen Schaden zufügen zu wollen, und da treffe er sie denn zur eigenen Überraschung schlafend an. So seien Fedtschenko und

Sewerzew und Godunow-Tscherdynzew ums Leben gekommen und viele zeitlos berühmte Ausländer – Speke, Dumont d'Urville. Und nach einigen weiteren Jahren in der medizinischen Forschung, fern von den Sorgen und Nöten des politischen Exils, hielt sich Innokentij wegen eines dienstlichen Gesprächs mit einem Kollegen zufällig für einige Stunden in Paris auf, und er lief schon die Treppe hinunter und streifte sich einen Handschuh über, als auf einem der Treppenabsätze eine hochgewachsene Dame mit hängenden Schultern aus dem Fahrstuhl trat – und er in ihr sogleich Gräfin Godunow-Tscherdynzew erkannte. «Natürlich erinnere ich mich an Sie, wie sollte ich nicht?» sagte sie und sah ihm dabei nicht ins Gesicht, sondern über seine Schulter hinweg, als stünde jemand hinter ihm (sie schielte leicht). «Nun denn, kommen Sie herein, mein Lieber», fuhr sie fort, aus einer vorübergehenden Trance erwachend, und klappte mit einer Schuhspitze die Ecke einer dicken Fußmatte voller Staub zurück, um den Schlüssel aufzuheben. Innokentij trat nach ihr ein, gequält von dem Umstand, daß er sich nicht daran erinnern konnte, was genau ihm über das Wie und das Wann des Todes ihres Mannes berichtet worden war.

Und kurz darauf kam Tanja nach Hause; alle ihre Züge waren von der Radiernadel der Jahre klarer fixiert worden, sie hatte ein kleineres Gesicht und gütigere Augen; auf der Stelle zündete sie sich lachend eine Zigarette an und erinnerte sich ohne die mindeste Verlegenheit an jenen fernen Sommer, während er sich die ganze Zeit darüber wunderte, daß weder Tanja noch ihre Mutter den toten Forschungsreisenden erwähnten und so einfach über die Vergangenheit sprachen, statt in das schreckliche Weinen auszubrechen, gegen das er selber doch ankämpfte, ein Fremder – oder führten ihm die beiden vielleicht die ihrer Klasse eigene Selbstbeherrschung vor? Bald kam ein etwa zehnjähriges bleiches Mädchen mit dunklem Haar dazu: «Das ist meine Tochter, komm her, Schatz», sagte Tanja und tat ihre nunmehr vom Lippenstift fleckige Zigarettenkippe in eine Muschel, die als Aschenbecher diente. Dann kam ihr Mann nach Hause, Iwan Iwanowitsch Kutajsow, und man hörte, wie die Gräfin, die ihm ins Nebenzimmer entgegengegangen war, den Gast in ihrem aus Rußland mitgebrachten häuslichen Französisch als *«le fils du maître d'école chez nous au village»* identifizierte, was Innokentij daran erinnerte, wie Tanja einmal in seiner Gegenwart zu einer Freundin, die sie auf seine sehr wohlgestalten Hände aufmerksam machen wollte, *«Regarde ses mains»* gesagt hatte; und als er jetzt das melodiöse, wunderschön idiomatische Russisch hörte, in dem das Kind Tanjas Fragen beantwortete, ertappte er sich bei dem gehässigen und einigermaßen unsinnigen Gedanken: «Aha, jetzt ist kein Geld mehr da, um den Kindern Fremdsprachen beizubringen!» – denn in diesem Augenblick machte er sich nicht klar, daß dieses Russisch im Falle eines in Paris geborenen, eine französische Schule besuchenden Kindes in jener Zeit des Exils den müßigsten und größten Luxus darstellte.

Das Thema Leschino zerbröselte; Tanja brachte alles durcheinander und blieb dabei, er habe ihr die vorrevolutionären Lieder radikaler Studenten beigebracht, etwa jenes über «den Despoten, der in seinem reichen

Schloßsaal feiert, während die Hand des Schicksals schon begonnen hat, die schrecklichen Worte an die Wand zu schreiben». «Mit anderen Worten, unsere erste *stengaseta* (sowjetische Wandzeitung)», bemerkte Kutajsow, ein Mann von Witz. Tanjas Bruder wurde erwähnt: Er wohnte in Berlin, und die Gräfin begann von ihm zu sprechen. Plötzlich wurde Innokentij eine wundervolle Tatsache bewußt: Nichts geht verloren, nicht das mindeste; das Gedächtnis sammelt Schätze, in Dunkel und Staub wachsen gehortete Geheimnisse, und eines Tages wünscht in einer Leihbücherei ein zufällig vorbeikommender Besucher ein Buch, das in zweiundzwanzig Jahren noch niemand verlangt hat. Er erhob sich von seinem Sitz, verabschiedete sich, wurde nicht allzu eifrig am Gehen gehindert. Wie sonderbar, daß seine Knie zitterten. Es war ein wirklich erschütterndes Erlebnis. Er ging über den Platz, betrat ein Café, bestellte etwas zu trinken, stand kurz auf, um seinen zusammengequetschten Hut unter sich hervorzuziehen. Was für ein schreckliches Gefühl des Unbehagens. Es hatte ihn aus mehreren Gründen überkommen. Erstens, weil Tanja so bezaubernd und so unverwundbar geblieben war wie in der Vergangenheit.

Die Benachrichtigung

Jewgenia Isakowna Minz war eine ältere Emigrantenwitwe, die immer Schwarz trug. Ihr einziger Sohn war vor einem Tag ums Leben gekommen. Sie wußte es noch nicht.

Es war ein Märztag im Jahre 1935, und nach einem regnerischen Morgengrauen spiegelte sich der eine waagerechte Teil Berlins in dem anderen – buntfleckige Zickzackmuster, gemischt mit flacheren Texturen, und so fort. Die Tschernobylskijs, alte Bekannte von Jewgenia Isakowna, hatten das Telegramm aus Paris um sieben Uhr früh erhalten, und ein paar Stunden später war ein Luftpostbrief eingetroffen. Der Leiter des Fabrikbüros, wo Mischa gearbeitet hatte, teilte mit, daß der arme junge Mann aus der obersten Etage in einen Fahrstuhlschacht gestürzt und vierzig Minuten lang in Agonie liegengeblieben sei: Obschon bewußtlos, habe er schrecklich und ohne Unterlaß bis zum Ende gestöhnt.

Inzwischen stand Jewgenia Isakowna auf, zog sich an, warf sich mit kreuzweisem Schwung einen schwarzen Wollschal über ihre spitzen, dünnen Schultern und machte sich in der Küche Kaffee. Der volle, echte Duft ihres Kaffees war etwas, auf das sie sich im Verhältnis zu Frau Dr. Schwarz, ihrer Wirtin, «einem geizigen ungebildeten Scheusal», einiges zugute hielt: Es war jetzt eine Woche, daß Jewgenia Isakowna nicht mehr mit ihr sprach – und das war wahrhaftig nicht ihr erster Streit –, doch wie sie ihrer Bekannten darlegte, wollte sie nicht umziehen, und zwar aus einer ganzen Reihe von Gründen, die oft aufgezählt wurden, ohne jemals langweilig zu werden. Ein offensichtlicher Vorteil, den sie gegenüber diesem oder jenem besaß, mit dem sie die Beziehungen abzubrechen beschließen mochte, bestand darin, daß sie einfach ihr Hörgerät abstellen konnte, einen tragbaren Apparat, der einer kleinen schwarzen Handtasche ähnlich sah.

Als sie die Kaffeekanne durch den Flur zurück in ihr Zimmer trug, bemerkte sie das Geflatter einer Postkarte, die der Postbote durch den Briefschlitz gesteckt hatte und die sich jetzt auf dem Boden niederließ. Sie war von ihrem Sohn, von dessen Tod die Tschernobylskijs soeben durch fortgeschrittenere postalische Mittel erfahren hatten, wodurch die (eigentlich nichtexistenten) Zeilen, die sie jetzt las, mit der Kaffeekanne in der Hand auf der Schwelle zu ihrem geräumigen, aber wahllos eingerichteten Zimmer, von einem objektiven Beobachter mit dem noch sichtbaren Licht eines bereits erloschenen Sterns hätten verglichen werden können. «Meine allerliebste Mulik [der Kosename, den ihr Sohn ihr seit seiner Kindheit gegeben hatte], ich habe mich bis an den Hals in die Arbeit gestürzt, und am Abend falle ich buchstäblich um vor Müdigkeit, und ausgehen tue ich nie...»

In einer ähnlich grotesken Wohnung, vollgestopft mit fremdem Kleinkram, ging zwei Straßen weiter Tschernobylskij, der heute nicht in die Stadt gefahren war, von einem Zimmer ins andere, ein großer, dicker, kahler Mann mit gewaltigen geschwungenen Augenbrauen und einem winzigen Mund. Er trug einen dunklen Anzug, war aber noch ohne Kragen (der steife Kragen mit der eingeschobenen Krawatte hing wie ein Joch über einer Stuhllehne im Speisezimmer), und er gestikulierte hilflos, während er auf und ab ging und redete:

«Wie soll ich ihr das beibringen? Wie soll man sie schonend darauf vorbereiten, wenn man brüllen muß? Großer Gott, was für ein Unglück ist das. Ihr Herz wird das nicht aushalten, es wird ihr brechen, ihr armes Herz!»

Seine Frau weinte, rauchte, kratzte sich durch ihr spärliches graues Haar hindurch den Kopf, telephonierte mit den Lipsteins, mit Lenotschka, mit Dr. Orschanskij – und konnte sich nicht überwinden, als erste zu Jewgenia Isakowna zu gehen. Ihre Untermieterin, eine Pianistin mit einem Pincenez, vollbusig, sehr mitfühlend und erfahren, riet den Tschernobylskijs, sich nicht allzu sehr zu beeilen mit der Mitteilung – «ein Schlag ist das auf jeden Fall, also kommt er besser später».

«Auf der anderen Seite kann man das doch auch nicht aufschieben!» rief Tschernobylskij hysterisch. «Das kann man doch einfach nicht! Sie ist die Mutter, vielleicht will sie nach Paris fahren – wer weiß? Ich nicht – oder vielleicht will sie, daß er hierher übergeführt wird. Der arme, arme Mischuk, der arme Junge, noch keine dreißig, das ganze Leben noch vor sich! Und ich habe ihm noch geholfen, ich habe die Stelle für ihn gefunden, und wenn dieses idiotische Paris nicht gewesen wäre...»

«Aber, aber, Boris Lwowitsch», entgegnete die Untermieterin nüchtern, «wer konnte das denn vorhersehen? Was haben Sie damit zu schaffen? Es ist komisch... So ganz allgemein gesehen, muß ich schon sagen, ist mir übrigens nicht klar, wie er da hinunterstürzen konnte. Ist es Ihnen klar?»

Nachdem sie ihren Kaffee getrunken und ihre Tasse in der Küche ausgespült hatte (ohne Frau Schwarz auch nur die allergeringste Beachtung zu schenken), ging Jewgenia Isakowna mit schwarzem Einkaufsnetz, Handtasche und Regenschirm weg. Der Regen hatte nach einigem Zögern aufgehört. Sie klappte den Schirm zu und ging den glänzenden Gehsteig entlang, immer noch sehr aufrecht, auf sehr dünnen Beinen in schwarzen Strümpfen, von denen der linke leicht rutschte. Man konnte auch konstatieren, daß ihre Füße verhältnismäßig groß wirkten und daß sie sie mit auswärts gedrehten Zehen ein wenig schleppend setzte. Wenn sie nicht an ihr Hörgerät angeschlossen war, war sie vollkommen taub, und immer noch sehr schwerhörig, wenn sie angeschlossen war. Was sie für das Gesumm der Stadt hielt, war das Summen ihres Blutes, und vor diesem gewohnten Hintergrund bewegte sich die Welt um sie her, ohne ihn zu stören – Gummifußgänger, Wattehunde, stumme Straßenbahnen, und droben krochen ganz leise raschelnde Wolken, hier und da von etwas schwatzhaftem Blau unterbrochen. In dieser allgemeinen Stille ging sie dahin, unangefochten, im ganzen recht zufrieden, mit einem schwarzen Mantel, von ihrer

Taubheit verzaubert und bewahrt, und beobachtete alles und dachte an manches. Sie dachte daran, daß morgen Feiertag war und Soundso vorbeischauen würde, daß sie wie das letzte Mal ein paar kleine rosa Waffeln besorgen sollte, und etwas *marmelad* (Fruchtgeleebonbons) im russischen Laden, und vielleicht auch ein Dutzend kleine Kuchenstücke in der kleinen Konditorei, wo alles mit Sicherheit immer frisch war. Ein großer Mann mit Melone, der ihr entgegenkam, sah ihr aus der Ferne (ziemlich weit weg in Wahrheit) schrecklich aus wie Wladimir Markowitsch Wilner, Idas erster Mann, der allein in einem Schlafwagen an Herzversagen gestorben war, wie traurig, und als sie beim Uhrmacher vorbeikam, fiel ihr ein, daß es Zeit war, Mischas Armbanduhr abzuholen, die ihm in Paris kaputtgegangen war und die er ihr per *okasija* geschickt hatte (das heißt «die Gelegenheit nutzend, daß jemand sowieso dorthin fuhr»). Sie trat ein. Geräuschlos, reibungslos, nie irgendwo anstoßend, schwangen Pendel hin und her, alle verschieden, alle in anderem Takt. Sie nahm den handtaschenähnlichen Apparat aus ihrer größeren, gewöhnlichen Handtasche, steckte sich mit einer raschen Bewegung, die einmal scheu gewesen war, den Einsatz ins Ohr, und die vertraute, weit entfernte Stimme des Uhrmachers antwortete – begann zu zittern – verlosch, stürzte krachend auf sie ein: «Freitag... Freitag...»

«Gut, ich höre, nächsten Freitag.»

Als sie den Laden verließ, schnitt sie sich wieder ab von der Welt. Ihre ausgeblichenen Augen mit den gelblichen Flecken um die Iris (als wäre ihre Farbe ausgelaufen) nahmen von neuem einen gefaßten, sogar frohen

Ausdruck an. Sie ging Straßen entlang, die sie in dem halben Dutzend von Jahren seit ihrer Flucht aus Rußland nicht nur gründlich kennengelernt hatte, sondern die jetzt so angefüllt waren mit ihr liebgewordener Unterhaltung wie jene von Moskau oder Charkow. Immer wieder bedachte sie Kinder und kleine Hunde mit beiläufigen billigenden Blicken, und jetzt gähnte sie im Gehen, so setzte ihr die spannungsgeladene Luft des Vorfrühlings zu. Ein schrecklich unglücklicher Mann mit einer unglücklichen Nase und einem schrecklichen alten Filzhut ging vorüber: ein Bekannter irgendwelcher Bekannter von ihr, die immer wieder von ihm sprachen, und jetzt wußte sie alles über ihn – daß er eine geisteskranke Tochter hatte und einen verächtlichen Schwiegersohn und Diabetes. Als sie einen bestimmten Obststand erreichte (sie hatte ihn im letzten Frühjahr entdeckt), kaufte sie eine Staude wunderschöner Bananen; dann wartete sie in einem Lebensmittelladen ziemlich lange, bis sie an die Reihe kam, während sie unverwandt das Profil einer dreisten Frau im Auge behielt, die später gekommen war als sie, sich aber trotzdem näher an den Ladentisch gedrängelt hatte: Es kam ein Moment, da das Profil sich wie ein Nußknacker öffnete – aber an dieser Stelle unternahm Jewgenia Isakowna die nötigen Schritte. In der Konditorei suchte sie sich sorgfältig ihre Kuchenstücke aus, nach vorn gelehnt, auf Zehenspitzen wie ein kleines Mädchen und einen zögernden Zeigefinger hin und her bewegend – mit einem Loch in der schwarzen Wolle des Handschuhs. Sie war kaum wieder draußen und hatte sich nebenan in eine Auslage von Herrenhemden vertieft, als ihr Ellbogen von Madame Schuf gepackt wurde, einer lebhaften Dame mit einem etwas übertriebenen Make-up; woraufhin Jewgenia Isakowna, den Blick ins Leere gerichtet, behende ihr kompliziertes Gerät anschloß und erst dann, als die Welt wieder hörbar war, ihre Bekannte mit einem erkennenden Lächeln begrüßte. Es war laut und windig, Madame Schuf beugte sich vor und bemühte sich mit völlig schiefem rotem Mund, mit der Spitze ihrer Stimme genau in das schwarze Hörgerät zu zielen:

«Haben Sie – eine Nachricht – aus Paris?»

«Aber ja doch, sogar ganz regelmäßig», erwiderte Jewgenia Isakowna sacht und fügte hinzu: «Warum kommen Sie mich nicht besuchen, warum rufen Sie nie an?» – und ein Schmerzstoß kräuselte ihren Blick, da die wohlmeinende Madame Schuf zu schrill zurückschrie.

Sie verabschiedeten sich. Madame Schuf, die noch nicht Bescheid wußte, ging nach Hause, während ihr Mann in seinem Büro immer wieder «ach» und «ts» machte und den Kopf schüttelte, an den er den Hörer drückte, während er sich anhörte, was ihm Tschernobylskij am Telephon sagte.

«Meine Frau ist schon zu ihr gegangen», sagte Tschernobylskij, «und gleich gehe ich selber hin, obwohl ich nicht ums Verrecken weiß, wie ich anfangen soll, aber meine Frau ist schließlich eine Frau, vielleicht schafft sie es irgendwie, sie darauf vorzubereiten.»

Schuf schlug vor, sie sollten allmählich sich steigernde Mitteilungen auf Zettel schreiben und ihr zu lesen geben: «Krank» – «Sehr krank» – «Sehr, sehr krank».

«Ach, daran habe ich auch gedacht, aber das macht es

nicht einfacher. Was für ein Unglück, nicht? Jung, gesund, besonders begabt. Und ich selber war es, der ihm diese Stelle beschafft hat, ich habe ihn finanziell unterstützt! Was? Naja, das ist mir schon klar, trotzdem machen mich diese Gedanken noch wahnsinnig. Also gut, wir sehen uns sicherlich dort.»

Grimmig und gequält bleckte er die Zähne und warf das fette Gesicht zurück, bis er schließlich den Kragen befestigt hatte. Er seufzte, als er sich auf den Weg machte. Er war schon in ihre Straße eingebogen, als er sie von hinten erblickte, während sie mit gefülltem Einkaufsnetz ruhig und vertrauensvoll vor ihm ging. Da er nicht wagte, sie zu überholen, verlangsamte er den Schritt. Gebe Gott, daß sie sich nicht umsieht! Diese pflichtschuldigst gesetzten Füße, dieser schmale Rücken, der immer noch ahnungslos ist. Ach, er wird sich beugen.

Sie bemerkte ihn erst auf der Treppe. Tschernobylskij sagte nichts, da er sah, daß ihr Ohr immer noch bloß war.

«Wie nett von Ihnen, einmal vorbeizuschauen, Boris Lwowitsch. Nein, nicht nötig – ich habe meine Last lange genug getragen, um sie nun auch noch nach oben zu schaffen; aber bitte, halten Sie doch den Schirm, dann schließe ich die Tür auf.»

Sie traten ein. Madame Tschernobylskij und die warmherzige Pianistin hatten bereits ziemlich lange gewartet. Jetzt begänne die Hinrichtung.

Jewgenia Isakowna hatte Besuch gern, und ihre Bekannten kamen oft, so daß sie jetzt keinen Grund zur Verwunderung hatte; sie war nur erfreut und begann sogleich, sich gastgeberisch zu betätigen. Es wurde ihnen schwer, ihre Aufmerksamkeit auf sich zu lenken, während sie hierhin und dorthin eilte und ihren Weg in abruptem Winkel änderte (der Plan, der seinen Glanz in ihr ausbreitete, war der, ein richtiges Essen zu bereiten). Schließlich fing die Musikerin sie im Korridor am Ende ihres Schals, und die anderen hörten, wie die Frau ihr zuschrie, daß niemand, niemand zum Essen bleiben würde. Also holte Jewgenia Isakowna die Obstmesser hervor, placierte die Waffeln in einer kleinen Glasschale und die Bonbons in einer zweiten... Praktisch nur mit Gewalt wurde sie dazu gebracht, sich zu setzen. Die Tschernobylskijs, ihr Untermieter und ein Fräulein Osipow, das inzwischen irgendwie aufgetaucht war – eine winzige Person, fast eine Liliputanerin – nahmen alle ebenfalls an dem ovalen Tisch Platz. So war wenigstens eine gewisse Gruppierung, eine gewisse Ordnung hergestellt.

«Um Gotteswillen, fang an, Boris», bat seine Frau und vermied den Blick Jewgenia Isakownas, die begonnen hatte, die Gesichter um sie her sorgfältiger zu mustern, ohne indessen den glatten Fluß der freundlichen, rührenden, völlig wehrlosen Worte zu unterbrechen.

«*Nu, schto ja mogu!* (Wie mache ich es nur!)» rief Tschernobylskij, stand krampfhaft auf und begann, im Zimmer auf und ab zu gehen.

Die Türklingel läutete, und die ernste Wirtin ließ in ihrem besten Kleid Ida und Idas Schwester ein: Ihre schrecklichen weißen Gesichter drückten eine Art konzentrierter Gier aus.

«Sie weiß es noch nicht», sagte ihnen Tschernobylskij; er öffnete alle drei Knöpfe seines Jacketts und knöpfte es sofort wieder zu.

Mit bebenden Augenbrauen, aber immer noch einem Lächeln auf den Lippen streichelte Jewgenia Isakowna die Hände ihrer neuen Gäste, setzte sich wieder und wendete ihren kleinen Apparat, der vor ihr auf der Tischdecke stand, einladend bald diesem, bald jenem Besucher zu, doch die Laute kippten, die Laute stürzten zusammen. Plötzlich kamen auch noch die Schufs herein, dann der lahme Lipstein mit seiner Mutter, dann die Orschanskijs und Lenotschka und (rein zufällig) die alte Madame Tomkin – und sie alle redeten miteinander, darauf bedacht, ihre Stimme nicht an sie zu richten, obwohl sie sich tatsächlich in finsteren, bedrohlichen Gruppen um sie sammelten, und einer war bereits zum Fenster gegangen und kämpfte dort mit den Tränen, und Dr. Orschanskij, der neben ihr am Tisch saß, betrachtete aufmerksam eine Waffel und paßte sie wie einen Dominostein an eine andere an, und Jewgenia Isakowna, jetzt ohne ihr Lächeln und statt dessen mit einer Art Groll, schob ihr Hörgerät immer wieder ihren Gästen hin – und schluchzend brüllte Tschernobylskij aus einer fernen Ecke: «Was gibt es da zu erklären – tot, tot, tot!», doch sie hatte bereits Angst, in seine Richtung zu sehen.

Eine russische Schönheit

Olga, von der wir jetzt sprechen wollen, wurde im Jahr 1900 geboren, in einer reichen, sorgenfreien Adelsfamilie. Sie war ein bleiches kleines Mädchen in einem weißen Matrosenanzug, trug ihr kastanienbraunes Haar mit einem Seitenscheitel, hatte so fröhliche Augen, daß jeder sie darauf küßte, und von Kind auf galt sie als Schönheit. Die Reinheit ihres Profils, der Ausdruck ihrer geschlossenen Lippen, die Seidigkeit ihrer Zöpfe, die ihr bis ins Kreuz hinabhingen – alles dies war in der Tat zauberhaft.

Ihre Kindheit verging so festlich, geborgen und froh, wie das in unserem Land von alters her üblich war. Ein Sonnenstrahl, der auf dem Familiengut den Umschlag eines *Bibliothèque Rose*-Bandes traf, der klassische Rauhreif in den städtischen Parks von St. Petersburg... ein Vorrat solcher Erinnerungen bildete ihre einzige Mitgift, als sie Rußland im Frühjahr 1919 verließ. Alles geschah in voller Übereinstimmung mit dem Stil der Epoche. Ihre Mutter starb an Typhus, ihr Bruder vor einem Erschießungskommando. Alles das sind natürlich Standardformeln, der gewöhnliche triste Klatsch, aber genau so trug sich alles zu, es läßt sich nicht anders sagen, und es hat gar keinen Zweck, daß Sie die Nase rümpfen.

Nun gut denn, 1919 sind wir eine erwachsene junge Dame mit einem breiten, bleichen Gesicht, dessen Züge ihre Ebenmäßigkeit geradezu übertreiben, aber jedenfalls sehr ansehnlich. Großgewachsen und mit einem sanften Busen, trägt sie immer einen schwarzen Jumper und einen Schal um den weißen Hals und hält eine englische Zigarette in ihrer schmalfingrigen Hand mit dem hervorstehenden Knöchelchen über dem Gelenk.

Dennoch hatte es, so gegen Ende 1916, eine Zeit in ihrem Leben gegeben, als so ziemlich jeder Schuljunge in einem Ferienort nahe dem Familiengut sich um ihretwillen zu erschießen erwog, als jeder Student... Mit einem Wort, es war ihr ein ganz besonderer Zauber eigen, der, wäre er denn von Dauer gewesen, bewirkt hätte, daß... ruiniert hätte, was... Doch irgendwie führte er zu nichts. Die Dinge gediehen nicht oder blieben doch ohne Folgen. Es trafen Blumen ein, die in eine Vase zu stellen sie zu faul war, es kam zu Spaziergängen mit dem oder jenem im Abenddämmerlicht, und sie endeten in der Sackgasse eines Kusses.

Französisch sprach sie fließend; ihr *les gens* (die Diener) klang, als reimte es sich auf *agence*, und *août* (August) zerlegte sie in zwei Silben (a-u). Das russische *grabeshi* (Raubüberfälle) übersetzte sie naiv mit *les grabuges* (Streitereien), auch benutzte sie einige archaische französische Wendungen, die in alten russischen Familien irgendwie die Zeitläufe überlebt hatten, doch die R's rollte sie wirklich überzeugend, obwohl sie nie in Frankreich gewesen war. Über ihrem Toilettentisch in Berlin steckte eine Postkarte mit Serows Portrait des Zaren, gehalten von einer Nadel mit einem falschen

Türkis als Kopf. Sie war gläubig, doch in der Kirche überkam sie bisweilen ein Kicheranfall. Mit der erschreckenden Leichtigkeit, die für junge russische Mädchen ihrer Generation typisch war, schrieb sie Gedichte: patriotische, komische, überhaupt jedwede Art.

Etwa sechs Jahre hindurch, das heißt bis 1926, wohnte sie in einer Pension in der Augsburger Straße (nicht weit von der Uhr), zusammen mit ihrem Vater, einem breitschultrigen Mann mit finsteren, buschigen Augenbrauen, einem gelblichen Schnurrbart und engen Hosen über den dürren Beinen. Er arbeitete bei irgendeiner optimistischen Firma, war geachtet für seine Anständigkeit und Güte und lehnte einen Schnaps nie ab.

In Berlin erwarb sich Olga mit der Zeit einen großen Freundeskreis, alles junge Russen. Ein gewisser flapsiger Ton machte sich breit. «Auf denn in den Kintopp», «da haben wir eine kesse Sohle aufs Parkett gelegt». Alle möglichen volkstümlichen Redensarten, Jargonsprüche, Nachahmungen von Nachahmungen waren sehr gefragt. «Diese Koteletts sind verheerend.» – «Wer sie wohl neuerdings küßt?» Oder mit heiserer, erstickender Stimme: *«Messieurs les officiers...»*

In den überheizten Zimmer der Kotows tanzte sie zum Klang des Grammophons hingebungsvoll Foxtrott, wobei sie die lange Wade nicht ohne Anmut versetzte und die soeben zu Ende gerauchte Zigarette von sich weghielt, und wenn ihre Augen dann den mit der Musik rotierenden Aschenbecher ausfindig gemacht hatten, drückte sie die Kippe hinein, ohne einen Schritt auszulassen. Wie berückend, wie vielsagend sie das

Glas Wein an die Lippen zu führen wußte, wenn sie insgeheim auf die Gesundheit eines Dritten trank, indes sie durch die Wimpern hindurch zu jener hinübersah, von der sie ins Vertrauen gezogen worden war. Wie gern saß sie in der Sofaecke und unterhielt sich mit dieser oder jener über jemandes Liebesaffairen, das Auf und Ab der Chancen, die Wahrscheinlichkeit einer Erklärung – alles dies indirekt und nur in Andeutungen –, und wie verständnisvoll lächelten dabei ihre Augen, reine, weit geöffnete Augen mit fast unsichtbaren Sommersprossen auf der dünnen, schwach bläulichen Haut darunter und daneben. Doch was sie selber anging, so verliebte sich niemand in sie, und darum mußte sie noch lange an den Lümmel denken, der auf einem Wohltätigkeitsball an ihr herumgefummelt und sich nachher an ihrer nackten Schulter ausgeweint hatte. Der kleine Baron R. hatte ihn zum Duell herausgefordert, aber er hatte sich geweigert. Das Wort «Lümmel» benutzte sie übrigens bei jeder Gelegenheit. «So ein Lümmel», sang sie im Brustton, hingegeben und liebevoll. «Was für ein Lümmel...» – «Sind das nicht Lümmel?»

Bald indessen verdunkelte sich ihr Leben. Etwas war zu Ende, die Leute standen schon auf, um zu gehen. Wie schnell das alles kam! Ihr Vater starb, sie zog um in eine andere Straße. Ihre Freundinnen sah sie nicht mehr, strickte die kleinen Mützen, die gerade in Mode waren, und gab in irgendeinem Damenverein billige Französischstunden. So schleppte sich ihr Leben dahin, bis sie dreißig war.

Noch immer war sie die gleiche Schönheit mit jener berückenden Schräge ihrer weit auseinanderliegenden

Augen und jenem überaus seltenen Strich der Lippen, in den die Geometrie des Lächelns von vornherein eingetragen scheint. Doch verlor ihr Haar seinen Glanz und war unvorteilhaft geschnitten. Ihr schwarzes Kostüm war schon über drei Jahre alt. Ihre Hände mit den glänzenden, aber ungepflegten Fingernägeln waren von Adersträngen durchzogen und zitterten aus Nervosität und von ihrem unglückseligen dauernden Rauchen. Und von dem Zustand ihrer Strümpfe schweigen wir besser...

Jetzt, da das seidene Innere ihrer Handtasche in Fetzen war (wenigstens konnte man immer hoffen, darin noch ein verirrtes Geldstück zu finden); jetzt, da sie so müde war; jetzt, da sie sich zwingen mußte, nicht an die Sohlen zu denken, wenn sie ihr einziges Paar Schuhe anzog, genau wie sie sich verbat, daran zu denken, wieviel sie im Tabakladen schuldete, wenn sie ihren Stolz hinunterschluckte und dort eintrat; jetzt, da nicht mehr die geringste Hoffnung einer Heimkehr nach Rußland bestand und der Haß etwas so Gewöhnliches geworden war, daß er schon fast keine Sünde mehr darstellte; jetzt, da die Sonne hinter dem Schornstein verschwand, wurde Olga gelegentlich von dem Luxus bestimmter Reklamen gequält, die mit dem Speichel des Tantalus geschrieben waren, und stellte sich vor, sie wäre reich und trüge eben jenes mit drei oder vier frechen Strichen angedeutete Kleid, auf eben jenem Schiffsdeck, unter eben jener Palme, an der Balustrade eben jener weißen Terrasse. Und auch sonst fehlte ihr das eine oder andere.

Eines Tages kam ihre einstige Freundin Vera ihr aus

einer Telephonzelle wie ein Wirbelwind entgegengestürzt und rannte sie beinahe um, eilig wie immer, beladen mit Paketen und mit einem zotteläugigen Terrier, dessen Leine sich sogleich zweimal um ihren Rock wickelte. Sie fiel über Olga her, redete ihr flehentlich zu, sie solle sie doch in ihrem Sommerhaus besuchen kommen, sagte, das sei das Schicksal selbst, und wie ist es dir denn ergangen, und gibt es denn viele Bewerber? «Nein, meine Liebe, aus dem Alter bin ich heraus», antwortete Olga, «und außerdem...» Sie fügte ein kleines Detail hinzu, und Vera mußte laut lachen und ließ ihre Pakete fast zu Boden sinken. «Nein, ernsthaft», sagte Olga lächelnd. Vera redete weiter auf sie ein, zog an dem Terrier, drehte sich bald hierhin, bald dorthin. Plötzlich durch die Nase sprechend, lieh sich Olga etwas Geld von ihr.

Vera nahm gern die Dinge in die Hand, sei es eine Party mit Punsch, ein Visum oder eine Hochzeit. Jetzt war sie begierig, Olgas Schicksal in die Hand zu nehmen. «Die Heiratsvermittlerin in dir ist erwacht», witzelte ihr Mann, ein ältlicher Balte (Glatze, Monokel). Olga traf an einem Augusttag ein. Auf der Stelle wurde sie in eins von Veras Kleidern gesteckt, auch mußten sich ihre Frisur und ihr Make-up Änderungen gefallen lassen. Sie fluchte hingebungsvoll, gab jedoch nach, und wie festlich knarrten die Bodenbretter der kleinen Villa! Wie blitzten und funkelten die kleinen Spiegel, die im grünen Obstgarten hingen, die Vögel zu verscheuchen!

Ein Deutschrusse namens Forstmann, ein begüterter, sportlicher Witwer, Autor von Büchern über die

Jagd, kam, um eine Woche bei ihnen zu verbringen. Lange schon hatte er Vera gebeten, eine Braut für ihn zu finden, «eine richtige russische Schönheit». Er hatte eine massive, kräftige Nase mit einer dünnen rosa Ader auf dem Rücken. Höflich, schweigsam und zu Zeiten fast mürrisch, verstand er es dennoch, auf der Stelle und ohne daß irgend jemand es merkte, mit einem Hund oder einem Kind ewige Freundschaft zu schließen. Nach seiner Ankunft wurde Olga schwierig. Lustlos und reizbar machte sie alles falsch und wußte, daß es falsch war. Wenn das Gespräch auf das alte Rußland kam (Vera versuchte sie dazu zu bringen, mit ihrer Vergangenheit zu prahlen), kam es ihr vor, als sei alles, was sie sagte, eine Lüge und als wisse jeder, daß es eine Lüge sei, und so weigerte sie sich hartnäckig, die Sachen zu sagen, die Vera ihr zu entlocken suchte, und war überhaupt nicht im mindesten kooperativ.

Auf der Veranda knallten sie die Spielkarten auf den Tisch. Zusammen brachen sie zu einem Waldspaziergang auf, doch Forstmann unterhielt sich vorwiegend mit Veras Mann, und wenn die beiden sich an irgendwelche Jungenstreiche erinnerten, röteten sich ihre Gesichter vor Lachen, und sie blieben zurück und warfen sich ins Moos. Am Abend vor Forstmanns Abreise spielten sie wie an den übrigen Abenden auf der Veranda Karten. Plötzlich spürte Olga, wie sich ihre Kehle zusammenkrampfte. Trotzdem brachte sie es fertig, zu lächeln und ohne ungehörige Eile auf ihr Zimmer zu gehen. Vera klopfte an ihre Tür, doch sie öffnete nicht. Nachdem sie eine Menge schläfriger Fliegen totgeschlagen und ununterbrochen geraucht hatte, bis sie nicht mehr atmen konnte, ging sie gereizt, deprimiert und voller Haß auf sich selber und die anderen in den Garten. Dort zirpten die Grillen, die Zweige regten sich, gelegentlich fiel mit dumpfem Laut ein Apfel zu Boden, und auf der weißgetünchten Mauer des Hühnerstalls machte der Mond Freiübungen.

Früh am Morgen kam sie wieder heraus und setzte sich auf die bereits erhitzte Stufe der Veranda. Forstmann setzte sich in dunkelblauem Morgenmantel neben sie, räusperte sich und fragte, ob sie seine Gemahlin werden wolle – das war das Wort, welches er benutzte, «Gemahlin». Als sie zum Frühstück erschienen, vollführten Vera, ihr Mann und seine unverheiratete Cousine in tiefstem Schweigen und jeder in einer anderen Ecke einen imaginären Freudentanz, und Olga sagte gedehnt und liebevoll «Was für ein Lümmel!», und im Sommer darauf starb sie im Wochenbett.

Das ist alles. Natürlich könnte es irgendeine Fortsetzung geben, aber mir ist sie nicht bekannt. Statt mich in Rätselraten zu ergehen, wiederhole ich in solchen Fällen lieber die Worte des fröhlichen Königs in meinem Lieblingsmärchen: Welcher Pfeil fliegt für alle Zeit? Der, der sein Ziel getroffen hat.

L. I. Schigajew zum Gedenken

Leonid Iwanowitsch Schigajew ist tot... Die Auslassungspunkte, üblich in russischen Nachrufen, stehen für die Fußspuren von Worten, die sich auf Zehenspitzen in ehrfurchtsvollem Defilée unter Hinterlassung ihrer Abdrücke auf dem Marmor zurückgezogen haben... Ich würde diese Begräbnisstille gleichwohl gerne stören. Bitte, erlauben Sie mir... Lediglich einige wenige, bruchstückhafte, ungeordnete, im Grunde unerbetene... Aber sei's drum. Wir lernten uns vor ungefähr elf Jahren in einem für mich katastrophalen Jahr kennen. Ich stand praktisch vor dem Ende. Stellen Sie sich einen jungen, noch sehr jungen, hilflosen und einsamen Menschen mit einer permanent entzündeten Seele vor (sie scheute die geringste Berührung, sie war wie rohes Fleisch), der außerstande war, die Qualen einer unglücklichen Liebe zu bewältigen... Ich werde mir die Freiheit nehmen, einen Augenblick bei diesem Punkte zu verweilen.

Es war nichts Außergewöhnliches an diesem schmalen deutschen Mädchen mit ihrem Bubikopf, aber immer, wenn ich sie ansah, wenn ich ihre sonnengebräunte Wange, ihr üppiges blondes Haar sah, das ihr im Profil in leuchtenden, goldgelben und olivgoldenen Strähnen und feiner Rundung vom Scheitel in den Nacken fiel, war mir, als müßte ich heulen vor Zärtlichkeit, einer Zärtlichkeit, die nicht einfach und bequem Platz in mir fand, sondern sich in der Tür verkeilt hatte und sich nicht vor- noch zurückrücken ließ – sperrig und zerbrechlich wie sie war an den Kanten und ohne Nutzen für irgendwen, zu allerletzt für die Maid selber. Um's kurz zu machen: Ich fand heraus, daß sie mich einmal pro Woche bei sich zu Hause mit einem ehrbaren Paterfamilias betrog, der nebenbei so höllisch ordnungsliebend war, daß er seine eigenen Schuhspanner mitbrachte. Das alles endete mit dem zirkusreifen Knall einer saftigen Ohrfeige, mit der ich die Betrügerin zu Boden streckte, die sich auf der Stelle, wo sie gestürzt war, zu einem Ball zusammenrollte, wobei ihre Augen mich durch ihre gespreizten Finger anfunkelten – alles in allem recht geschmeichelt, glaube ich. Mechanisch suchte ich nach etwas, um es nach ihr zu werfen, sah die Porzellanzuckerdose, die ich ihr zu Ostern geschenkt hatte, nahm das Ding unter den Arm und machte mich, die Tür hinter mir zuwerfend, davon.

Eine Fußnote: Dies ist lediglich eine der denkbaren Versionen unserer Trennung; ich hatte viele dieser unmöglichen Möglichkeiten erwogen, als ich mich noch in der ersten Glut meiner Raserei befand, stellte mir bald die grobe Genugtuung einer Tracht Prügel, dann den Schuß aus einer alten Parabellum vor, auf sie und auf mich, auf sie und auf den Paterfamilias, nur auf sie, nur auf mich; dann zu guter Letzt eine eisige Ironie, edle Trauer, Schweigen – oh, die Dinge nehmen ihren Lauf auf so vielerlei Art, und ich habe seither längst vergessen, wie sie wirklich verliefen.

Mein Hauswirt zur damaligen Zeit, ein sportlicher Berliner, litt ständig an Furunkulose: An seinem Nacken war ein ekelig rosarotes Heftpflaster mit drei sauberen Löchern zu sehen – für die Luftzufuhr vielleicht oder für den Abfluß des Eiters. Ich arbeitete in einem Emigrantenverlag bei zwei Individuen, die aussahen, als könnten sie kein Wässerchen trüben, die aber in Wirklichkeit derart durchtriebene Halunken waren, daß ordentliche Leute bei ihrem Anblick eine solche Atemnot bekamen, als wenn sie einen Gipfel über den Wolken bestiegen. Als ich dann öfter zu spät kam («systematisch zu spät», wie sie es nannten) und der Arbeit fernblieb, oder in einem derartigen Zustand ankam, daß man mich nach Hause schicken mußte, wurde unsere Beziehung unerträglich, und schließlich wurde ich mit vereinten Kräften und unter begeisterter Beihilfe des Buchhalters und eines Unbekannten, der mit einem Manuskript vorbeigekommen war, hinausgeworfen.

Meine armselige, meine erbärmliche Jugend! Ich stelle mir lebhaft die grausige Kammer vor, die ich für fünfundzwanzig Mark im Monat gemietet hatte, die grausigen Blümchen auf der Tapete, die grausige Lampe mit nackter Birne an ihrer Strippe, deren manisches Licht manchmal bis in den Morgen hinein glühte. Es ging mir dort so elend, so unanständig, ausschweifend elend, daß die Wände bis auf diesen Tag durchtränkt sein müssen mit Unglück und Fieber, und es ist unvorstellbar, daß ein glücklicher, pfeifender, summender Mensch nach mir dort gewohnt haben könnte. Zehn Jahre sind verstrichen, und selbst jetzt habe ich noch eine Vorstellung davon, wie ich damals war, ein bleicher Jüngling, der mit aschgrauer Stirn, schwarzem Bart, zerrissenem Hemd vor dem schimmernden Spiegel saß, Fusel soff und mit seinem Spiegelbild anstieß. Waren das Zeiten! Nicht nur, daß niemand auf der Welt mich brauchte, ich konnte mir auch keinerlei Umstände vorstellen, unter denen irgendwer auch nur ein bißchen Anteil an mir nähme.

Die anhaltende, beharrliche, einsame Trinkerei trieb mich in die vulgärste aller Visionen, die russischste aller Halluzinationen: Ich begann Teufel zu sehen. Ich sah sie jeden Abend, sobald ich aus meinen Tagträumen auftauchte, um mit meiner schäbigen Lampe das Zwielicht zu verjagen, das uns schon umgab. Ja, deutlicher als ich jetzt das unablässige Zittern meiner Hand sehe, sah ich diese köstlichen Eindringlinge und gewöhnte mich mit der Zeit sogar an ihre Anwesenheit, da sie größtenteils unter sich blieben. Sie waren von kleinem Wuchs, aber ziemlich füllig, von der Größe einer übergewichtigen Kröte – friedfertige, schlaffe, schwarzhäutige, mehr oder weniger warzige Monsterchen. Sie bewegten sich eher kriechend als gehend fort, aber trotz ihrer vorgeblichen Unbeholfenheit entgingen sie allen Fangversuchen. Ich erinnere mich, daß ich mir eine Hundepeitsche zulegte, und sobald sich eine ausreichende Zahl von ihnen auf meinem Schreibtisch versammelt hatte, versuchte ich, ihnen eins überzuziehen, aber wunderbarerweise entgingen sie dem Hieb; ich schlug wieder zu, und einer von ihnen, der mir am nächsten hockte, blinzelte und verzog die Augen zu einem schrägen Schlitz wie ein geduckter Hund, den man von einem verlockenden Haufen Unrat wegzuscheuchen versucht. Die anderen trollten sich mit nachgezogenen Hinterbeinen davon. Heimlich rotteten sie sich aber wieder zusammen, während ich die auf dem Tisch verschüttete Tinte aufwischte und ein auf den Boden gefallenes Portraitphoto aufhob. Im allgemeinen war ihr am dichtesten bevölkertes Habitat die unmittelbare Umgebung meines Schreibtischs; dort unten irgendwo nahmen sie Gestalt an und kamen in aller Gelassenheit und mit Bäuchen, die gegen das Holz schlappten und schwappten, die Schreibtischbeine hoch – wie in einer Parodie kletternder Matrosen. Ich versuchte es mit Vaseline, die ich auf ihre Wege schmierte, aber das brachte nichts, und nur wenn es mir zufällig gelang, dies oder jenes besonders aparte Miststück, das sturheil nach oben kraxelte, auszusondern und ihm mit Peitsche oder Schuh eins überzuziehen, plumpste es wie eine fette Kröte zu Boden; aber schon eine Minute später war es wieder da und machte sich von einer anderen Ecke aus auf seinen Weg nach oben, und seine violette Zunge hing ihm vor Anstrengung heraus, und war es dann über die Tischkante weg, gesellte es sich zu den anderen. Sie waren zahlreich, und zunächst schienen sie mir alle gleich auszusehen: dunkle, kleine Wesen mit gedunsenen, im Grunde gutmütigen Gesichtern; sie saßen in Gruppen von fünf oder sechs auf dem Schreibtisch, auf diversen Papieren, auf einem Band Puschkin und sahen mich gleichgültig an. Eins von ihnen kratzte sich vielleicht mit dem Fuß hinterm Ohr, machte ein grobes Scharrgeräusch mit der langen Klaue und erstarrte dann, das gehobene Bein noch in der Luft, zur Bewegungslosigkeit. Ein anderes döste vor sich hin und machte sich dabei so breit, daß es seinem Nebenmann auf die Pelle rückte, der allerdings in dieser Beziehung nichts schuldig blieb: die gegenseitige Rücksichtslosigkeit von Amphibien, die in den kompliziertesten Körperhaltungen in einen Torpor versinken können. Nach und nach unterschied ich sie jedoch, und ich glaube, ich habe ihnen je nach ihrer Ähnlichkeit mit Verwandten von mir oder mit verschiedenen Tieren sogar Namen gegeben. Es ließen sich größere und kleinere Exemplare erkennen (keins war allerdings mehr als eine Handvoll), einige waren widerlicher, andere angenehmer anzusehen, einige hatten Beulen und Tumore, andere waren ganz glatt. Ein paar hatten die Angewohnheit, sich gegenseitig zu bespucken. Einmal brachten sie ein neues, junges Männchen mit, einen Albino von aschiger Farbe, der Augen hatte wie Körner roten Kaviars; er war sehr schläfrig und verdrießlich und kroch schließlich davon. Mit einiger Willensanstrengung gelang es mir, den Bann einen Augenblick lang zu brechen. Es war eine qualvolle Anstrengung, mußte ich doch ein schreckliches Eisengewicht von mir stoßen und fernhalten, dem mein ganzes Sein als Magnet diente: Ich brauchte nur meinen Griff zu lockern, nur im geringsten nachzulassen, schon stellte sich dies Trugbild wieder ein, wurde klar, wurde stereoskopisch, und ich empfand ein verführerisches Gefühl der Erleichterung – leider nur die Erleichterung der Verzweiflung –, wenn ich mich wieder der Halluzination überantwortete und wenn wieder einmal die schleimige Masse dickhäutiger Gnome vor mir auf dem Schreibtisch saß und mich schläfrig, aber auch irgendwie erwartungsvoll ansah. Ich versuchte es nicht nur mit der Peitsche, sondern mit einer wohlbekannten, altehrwürdigen Methode, über die mich auszulassen mich einige Überwindung kostet, besonders da ich sie falsch, ganz und gar falsch angewandt haben muß. Das erste Mal jedoch wirkte sie: Mit gebündelten Fingern und angemessener Langsamkeit führte ich ein hochheiliges Zeichen, das einem besonderen religiösen Kult zugehörte, wenige Zoll über der geschlossenen Gruppe von Teufeln aus und berührte sie damit wie mit einem rotglühenden Eisen, so daß es auf eine zugleich angenehme und widerwärtige Weise saftig zischte; woraufhin meine Rackerchen, die sich wegen ihrer Verbrennungen vor Qualen wanden, auseinanderliefen und geräuschvoll zu Boden plumpsten. Als ich aber das Verfahren bei einem neugebildeten Haufen wiederholte, war die Wirkung geringer, und später reagierten sie dann gar nicht mehr, das heißt, sie müssen sehr schnell eine gewisse Immunität erworben haben... Aber genug davon. Mit einem Lachen – was blieb mir denn sonst noch? – stieß ich ein «*tjfu!*» aus (das einzige Expletiv übrigens, das die russische Sprache dem Wörterbuch des Teufels entnommen hat; vergleiche dazu auch das deutsche «pfui Teufel») und legte mich angezogen zu Bett (das heißt, ich legte mich natürlich auf die Decken, da ich befürchtete, auf unwillkommene Bettgenossen zu stoßen). So gingen die Tage dahin, wenn man das überhaupt Tage nennen kann – es handelte sich nicht um Tage, sondern eher um einen zeitlosen Nebel –, und als ich wieder zu mir kam, rollte ich in fester Umklammerung mit meinem strammen Zimmervermieter in einem Durcheinander von

Möbeln auf dem Boden herum. Mit einem verzweifelten Ruck kam ich frei und floh aus dem Zimmer und von dort auf die Treppe, und dann weiß ich nur noch, daß ich die Straße entlangging, zitternd und übel zugerichtet, und an meinen Fingern klebte ein widerliches fremdes Stück Pflaster, mein Körper schmerzte, mein Kopf dröhnte, aber ich war fast völlig nüchtern.

Und da nahm mich L. I. unter seine Fittiche. «Was ist denn los, mein Alter?» (Wir kannten uns schon oberflächlich; er hatte ein russisch-deutsches technisches Taschenwörterbuch kompiliert und kam regelmäßig in das Büro, wo ich arbeitete. «Nun warten Sie doch mal, Alterchen, wie sehen denn Sie aus?» An jener Straßenecke (er kam gerade aus einem Feinkostladen mit seinem Abendbrot in der Aktentasche) brach ich in Tränen aus, und ohne ein Wort zu verlieren, nahm L. I. mich mit zu sich, bettete mich auf das Sofa, fütterte mich mit Leberwurst und Kraftbrühe und breitete einen gesteppten Mantel mit abgetragenem Astrachan-Kragen über mich. Ich schlotterte und schluchzte und schlief bald ein.

Um's kurz zu machen: Ich blieb in seiner kleinen Wohnung und lebte da ein paar Wochen, dann nahm ich mir nebenan ein Zimmer, und wir sahen uns weiter Tag für Tag. Und gleichwohl, wer hätte wohl gedacht, daß es etwas Gemeinsames zwischen uns gab? Wir waren in jeder Beziehung verschieden. Er war beinahe doppelt so alt wie ich, verläßlich, umgänglich, stattlich, trug in der Regel einen Cutaway, war reinlich und sparsam wie eben die Mehrzahl unserer ordentlichen älteren Junggesellen im Exil: Es war schon ein Ereignis, zuzusehen und insbesondere zuzuhören, wie methodisch er morgens seine Hosen ausbürstete: Das Geräusch dieses Bürstens ist jetzt eng mit ihm verbunden, spielt in meiner Erinnerung an ihn eine hervorragende Rolle – besonders der Rhythmus der Prozedur, die Pausen zwischen zwei Phasen des Rubbelns, wenn er innehielt, um eine verdächtige Stelle unter die Lupe zu nehmen, mit dem Fingernagel an ihr herumkratzte oder sie gegen das Licht hielt. Oh, diese «Unaussprechlichen» (wie er sie nannte), die an den Knien des Himmels Azur durchscheinen ließen, seine Unaussprechlichen, die durch die Erhebung in unaussprechlicher Weise an Spiritualität gewannen!

Sein Zimmer zeichnete sich durch die naive Sauberkeit der Armut aus. Er pflegte Adresse und Telephonnummer mit Hilfe eines Gummistempels (eines Gummistempels!) auf seine Briefe zu drucken. Er konnte eine *botwinja*, eine kalte Suppe aus roten Beeten kochen. Er war imstande, einem stundenlang irgendwelchen Plunder vorzuführen, den er für einen Geniestreich hielt, einen kuriosen Manschettenknopf oder ein Feuerzeug, das ihm ein beredter Trödler verkauft hatte (L. I. war wohlgemerkt Nichtraucher), oder seine Haustierchen, drei winzige Schildkröten mit häßlichen Altweiberhälsen; eine von ihnen ging in meiner Anwesenheit ein, als sie von einem runden Tisch stürzte, an dessen Kante sie sich unaufhörlich wie ein eiliger Krüppel entlangbewegt hatte, als befände sie sich auf einem geraden Wege, der sie weit, weit wegführe. Noch etwas fällt mir gerade mit ähnlicher Klarheit ein: An der Wand über seinem Bett, das so glatt war wie die Pritsche eines

Sträflings, hingen zwei Lithographien: eine Ansicht der Newa von den Rostralsäulen aus und ein Portrait Alexanders I. In einem Augenblick der Trauer um das Zarenreich hatte er sie sich zugelegt, eines nostalgischen Gefühls, das er vom Heimweh nach dem Land seiner Geburt unterschieden wissen wollte.

L. I. hatte überhaupt keinen Humor und stand den Künsten, der Literatur und dem, was man Natur zu nennen pflegt, gleichgültig gegenüber. Wenn das Gespräch sich beispielsweise der Dichtkunst zuwandte, beschränkten sich seine Beiträge auf Feststellungen wie: «Du kannst sagen, was du willst, aber Lermontow steht uns irgendwie näher als Puschkin.» Und wenn ich ihn drängelte, eine, nur eine Zeile von Lermontow zu zitieren, zerbrach er sich sichtlich den Kopf, um sich irgend etwas aus Rubinsteins Oper *Der Dämon* einfallen zu lassen, oder antwortete wohl auch: «Hab ihn lange nicht mehr gelesen, ‹all dies sind Taten längst vergangener Tage›, und du solltest mich jedenfalls, lieber Victor, in Ruhe lassen.» Es war ihm übrigens nicht bewußt, daß er aus Puschkins *Ruslan und Ljudmila* zitierte.

Im Sommer fuhr er Sonntag für Sonntag ins Grüne. Er kannte die Umgebung von Berlin erstaunlich genau und bildete sich etwas darauf ein, viele «wunderbare Stellen» zu kennen, die anderen verborgen geblieben waren. Dies war eine reine, selbstgenügsame Freude, verwandt vielleicht der Freude von Sammlern, den Orgien, in die sich die Liebhaber alter Kataloge stürzen; andernfalls wäre nicht zu erklären gewesen, warum er sich auf all das einließ: sorgsam die Route festzulegen, mit verschiedenen Transportmöglichkeiten zu jonglieren (hin mit dem Zug, dann hierher zurück mit dem Dampfer, von da mit dem Bus, und soundsoviel kostet's, und keiner weiß, noch nicht einmal die Deutschen, daß es so billig ist). Wenn er und ich aber dann im Wald waren, stellte sich heraus, daß er eine Biene nicht von einer Hummel, Erlen nicht von Haselnußsträuchern zu unterscheiden wußte und seine Umgebung ganz konventionell und kollektiv wahrnahm: Grünzeug, schönes Wetter, Federvieh, Krabbeltiere. Er war sogar gekränkt, wenn ich, der ich auf dem Lande aufgewachsen war, aus schierem Spaß auf die Unterschiede zwischen der Flora um uns herum und einem Wald in Mittelrußland hinwies: Ihm zufolge gab es da keinen besonderen Unterschied, und was zählte, waren nur die gefühlsmäßigen Assoziationen.

Er liebte es, sich an einem schattigen Fleck im Gras auszustrecken, sich auf seinen rechten Ellenbogen zu stützen und sich des längeren über die internationale Lage zu verbreiten oder Geschichten über seinen Bruder Peter zu erzählen, der anscheinend ein schmissiger Geselle war – Weiberheld, Musikant, Raufbold – und in prähistorischen Zeiten eines Sommerabends im Dnjepr ertrank – ein höchst glanzvolles Ende. In der Wiedergabe durch den guten alten L. I. jedoch kam das alles so fade heraus, so umständlich, so platt, daß ich, wenn er etwa bei einer Rast im Wald mit freundlichem Lächeln plötzlich fragte: «Hab ich dir eigentlich schon erzählt, wie Peter auf der Ziege des Dorfpopen ritt?», am liebsten geschrien hätte: «Ja doch, hast du, verschone mich bloß!»

Was gäbe ich nicht darum, könnte ich ihn sein langweiliges Garn spinnen hören, könnte ich seine zerstreuten, lieben Augen sehen, seine von der Hitze rosa überlaufene Glatze, seine grau werdenden Schläfen. Was nur war das Geheimnis seines Charmes, wenn alles an ihm so abgedroschen war? Warum mochte ihn alle Welt, warum hängten sich alle so an ihn? Wie nur stellte er es an, daß alle ihn mochten? Ich weiß es nicht. Ich weiß mir keine Antwort darauf. Ich weiß nur, daß ich mich unwohl fühlte während seiner morgendlichen Abwesenheiten, wenn er zu seinem Institut für Sozialwissenschaften gegangen war (wo er die Zeit damit verbrachte, über gebundenen Jahrgängen der *Ökonomischen Welt* zu hocken, aus denen er in sauberer, winziger Schrift Stellen exzerpierte, die in seiner Sicht überaus bedeutungsvoll und beachtenswert waren) oder zu einem älteren Ehepaar und dessen Schwiegersohn, denen er seit undenklichen Zeiten Russischstunden gab; seine Bekanntschaft mit diesen Leuten verführte ihn dazu, viele falsche Schlüsse über deutsche Lebensart zu ziehen – auf diesem Gebiet halten sich die Angehörigen unserer Intelligenz (das Völkchen, das sich auf der Welt am wenigsten aufs Beobachten versteht) für Autoritäten. Ja, ich fühlte mich unwohl, als hätte ich eine Vorahnung von dem gehabt, was ihm dann in Prag zustieß: Herzversagen mitten auf der Straße. Wie glücklich war er doch gewesen, als ihm diese Stelle in Prag angetragen wurde, wie hatte er gestrahlt. Ich habe eine ganz ungewöhnlich klare Erinnerung an den Tag, an dem wir Abschied von ihm nahmen. Man denke doch: Ein Mann bekommt die Gelegenheit, Vorlesungen über sein Lieblingsgebiet zu halten! Er hinterließ mir einen Stapel alter Zeitschriften (nichts veraltet so schnell, wird so schnell staubig wie eine Sowjetzeitschrift), seine Schuhspanner (das Schicksal verfolgt mich mit Schuhspannern) und einen brandneuen Füllfederhalter (als Andenken). Er war in großer Sorge um mich, als er abreiste, und ich weiß, daß er auch späterhin, als unser Briefwechsel irgendwie dahinwelkte und schließlich einschlief und das Leben wieder in tiefes Dunkel stürzte – ein Dunkel, in dem Tausende von Stimmen heulen und dem ich kaum je werde entkommen können – weiter an mich dachte, Leute nach mir ausfragte und indirekt zu helfen versuchte. An einem wundervollen Sommertag fuhr er ab; einigen, die gekommen waren, um sich von ihm zu verabschieden, stiegen ständig die Tränen in die Augen; eine kurzsichtige junge Jüdin mit weißen Handschuhen und Lorgnette brachte einen ganzen Strauß von Mohn- und Kornblumen; L. I. roch laienhaft daran und lächelte. Kam mir der Gedanke, daß ich ihn zum letzten Mal sah?

Natürlich kam er mir. Das ist es ja, was ich dachte: Ich sehe dich zum letzten Mal; das ist es, genau besehen, was ich immer denke, bei allem, bei jedem. Mein Leben ist ein ständiger Abschied von Dingen und Menschen, die nur zu oft meinem bittern, kurzen, irrsinnigen Gruß nicht die geringste Aufmerksamkeit schenken.

Zu dieser Ausgabe

Soweit heute bekannt, hat Vladimir Nabokov zwischen 1920 und 1951 insgesamt 70 Erzählungen geschrieben. Diese Ausgabe strebt zwar Vollständigkeit an, aber drei der russischen Jugenderzählungen fehlen ihr: Sie sind entweder unter den nachgelassenen Papieren nicht wieder aufgetaucht oder wurden nicht zur Veröffentlichung freigegeben. Es ist nicht ganz ausgeschlossen, daß in Archiven und Bibliotheken mit russischer Exilliteratur eines Tages weitere ans Licht kommen, von denen heute niemand etwas ahnt.

Nabokovs Erzählungen entstanden in drei Sprachen: russisch (59), englisch (10), französisch (1). 47 der russischsprachigen wurden vom Autor allein oder von seinem Sohn Dmitri Nabokov in Zusammenarbeit mit ihm ins Englische übertragen. Dabei machten sie gelegentlich leichte Veränderungen durch (am stärksten «Berlin, ein Stadtführer» und «Ein Märchen»). In jedem Fall handelt es sich bei den englischen Übersetzungen um die spätere Textfassung, die als die definitive gelten kann und darum bei ihnen allen zugrunde gelegt wurde. Bisher zwei Texte wurden von Dmitri Nabokov nach dem Tod des Autors aus dem Russischen ins Englische übersetzt («Die Schlägerei» und «Der Zauberer», eine Art Vorstudie zu «Lolita»); auch hier bildete die englische Fassung die Übersetzungsvorlage.

Zwei der Erzählungen («Mademoiselle O», «Erste Liebe») gingen unverändert als selbständige Kapitel in Nabokovs Memoiren «Erinnerung, sprich» (1951) ein. Bei deren späterer Bearbeitung und Erweiterung (1967) veränderten sie sich so stark, daß ihre Erzähllinie verwischt wurde. Darum wurden sie hier in ihrer ursprünglichen Gestalt aufgenommen; im Memoirenband finden sie sich in ihrer späteren Gestalt. Zwei Stücke («Ultima Thule» und «Solus Rex») waren eigentlich Kapitel eines russischsprachigen Romans, der nie vollendet wurde; Nabokov hat sie selber in einem Sammelband unter die Erzählungen aufgenommen.

Bibliographische Nachweise

Einzelnachweise:

Die Nachweise nennen Originaltitel und Originalsprache, wo immer möglich Zeit und Ort der Entstehung, Erstveröffentlichung, Aufnahme in Sammelbände, gegebenenfalls die englische Übersetzung (Titel, Übersetzer) und den Sammelband, in dem sie enthalten ist, den deutschen Übersetzer der vorliegenden Fassung und gegebenenfalls frühere deutsche Buchveröffentlichungen. Nachdrucke in Zeitschriften werden in keiner Sprache verzeichnet; deutschsprachige Vorabdrucke ebenfalls nicht.

Bei den Zitaten, die in vielen Fällen jeweils am Ende des Nachweises stehen, handelt es sich – mit Ausnahme der beiden Zitate zu «Der Zauberer» – um die Vorbemerkungen, die Vladimir Nabokov seinen Geschichten in den drei letzten englischsprachigen Sammelbänden voranstellte. Manchmal wiederholen sie nur die bibliographischen Angaben, meist aber geben sie auch den einen oder anderen Hinweis zu den Geschichten selber. Da solche Hinweise oft so eng in die reinen bibliographischen Angaben verwoben sind, daß sie sich nicht herausoperieren lassen, wurden die Vorbemerkungen ganz wiedergegeben und Wiederholungen in Kauf genommen; weggelassen wurden lediglich Angaben über etwaige Zeitschriften-Vorabdrucke der englischen Fassungen.

(18) Osterregen
Russisches Original: «Pas-chalnyj doshd»
Geschrieben 1925
Erstveröffentlichung: «Russkoje Echo», Berlin, Nr. 15, 12. April 1925, Seite 9–12
Das wahrscheinlich einzige erhaltene Exemplar dieser exilrussischen Wochenzeitung befindet sich in der Deutschen Bücherei, Leipzig

Aus dem Russischen von Rosemarie Tietze

(19) Die Schlägerei
Russisches Original: «Draka»
Erstveröffentlichung: «Rul», Berlin, 26. September 1925, Seite 2–3

Englisch: «The Fight», übersetzt von Dmitri Nabokov
Erschienen in «The New Yorker», New York, 18. Februar 1985, Seite 34–36

Aus dem Englischen von Blanche Schwappach und Dieter E. Zimmer

(20) Tschorbs Rückkehr
Russisches Original: «Woswraschtschenije Tschorba»
Erstveröffentlichung: «Rul», Berlin, 12. November 1925, Seite 2–3; 13. November 1925, Seite 2–3
Enthalten in der Sammlung «Woswraschtschenije Tschorba», 1930

Englisch: «The Return of Chorb», übersetzt von Dmitri Nabokov und Vladimir Nabokov
Enthalten in der Sammlung «Details of a Sunset», 1976

Aus dem Englischen von Dieter E. Zimmer

«Erstveröffentlichung in zwei Ausgaben der russischen Emigrantenzeitung ‹Rul› (Berlin), 12. und 13. November 1925. Nachdruck in der Sammlung ‹Woswraschtschenije Tschorba›, Slowo, Berlin 1930.

Eine englische Fassung von Gleb Struve (‹The Return of Tchorb› by Vladimir Sirin) erschien in der Anthologie ‹This Quarter› (Band IV, Nr. 4, Juni 1932), die in Paris von Edw. W. Titus publiziert wurde. Bei der neuerlichen Lektüre jener Fassung aus einem Abstand von vierzig Jahren fand ich sie leider zu zahm im Stil und im Sinn zu ungenau für meinen gegenwärtigen Zweck. In Zusammenarbeit mit meinem Sohn habe ich die Geschichte vollständig neuübersetzt.

Sie wurde nicht lange nach der Beendigung meines Romans ‹Maschenka› geschrieben und ist ein gutes Beispiel für meine frühen Konstruktionen. Der Schauplatz ist eine deutsche Kleinstadt vor einem halben Jahrhundert. Ich stelle fest, daß die Straße von Nizza nach Grasse, die die arme Frau Tschorb in meiner Vorstellung entlangwanderte, um 1920 noch ungepflastert und voller Kalkstaub war. Den schwergewichtigen Namen und Vatersnamen ihrer Mutter, ‹Warwara Klimowna›, der meinen angloamerikanischen Lesern nichts bedeutet hätte, habe ich weggelassen.»

(21) Berlin, ein Stadtführer

Russisches Original: «Putewoditel po Berlinu» (Führer für Berlin)
«Geschrieben Dezember 1925 in Berlin»
Erstveröffentlichung: «Rul», Berlin, 24. Dezember 1925, Seite 2–3
Enthalten in der Sammlung «Woswraschtschenije Tschorba», 1930

Englisch: «A Guide to Berlin», übersetzt von Dmitri Nabokov und Vladimir Nabokov
Enthalten in der Sammlung «Details of a Sunset», 1976

Aus dem Englischen von Dieter E. Zimmer
Enthalten in der Sammlung «Stadtführer Berlin», 1985

«Im Dezember 1925 in Berlin geschrieben, wurde ‹Putewoditel po Berlinu› am 24. Dezember 1925 in ‹Rul› gedruckt und später in die Sammlung ‹Woswraschtschenije Tschorba›, Slowo, Berlin 1930, aufgenommen.

Obwohl er so schlicht wirkt, ist dieser ‹Stadtführer› eins meiner kniffligsten Stücke. Seine Übersetzung haben meinen Sohn und mich eine Unmenge gesunder Mühe gekostet. Um der faktischen Klarheit willen sind ein paar verstreute Sätze hinzugefügt worden.»

(22) Das Rasiermesser
Russisches Original: «Britwa»
Erstveröffentlichung: «Rul», Berlin, 19. Februar 1926, Seite 2–3

Aus dem Russischen von Rosemarie Tietze

(23) Ein Märchen
Russisches Original: «Skaska»
«Geschrieben Ende Mai oder Anfang Juni 1926 in Berlin»
Erstveröffentlichung: «Rul», Berlin, 27. Juni 1926, Seite 2–3; 29. Juni 1926, Seite 2–3
Enthalten in der Sammlung «Woswraschtschenije Tschorba», 1930

Englisch: «A Nursery Tale», übersetzt von Dmitri Nabokov und Vladimir Nabokov
Enthalten in der Sammlung «Tyrants Destroyed», 1975

Aus dem Englischen von Dieter E. Zimmer
Enthalten in der Sammlung «Frühling in Fialta», 1966, in einer Übersetzung von Wassili Berger

«‹Ein Märchen› (auf russisch ‹Skaska›) wurde Ende Mai oder Anfang Juni 1926 in Berlin geschrieben und in Fortsetzungen am 27. und 29. Juni selbigen Jahres in der exilrussischen Tageszeitung ‹Rul› (Berlin)

veröffentlicht. Es wurde nachgedruckt in meiner Sammlung ‹Woswraschtschenije Tschorba›, Slowo Verlag, Berlin 1930.

Eine ziemlich artifizielle Sache, ein wenig hastig niedergeschrieben, mehr auf die knifflige Handlung als auf die Bildersprache und den guten Geschmack bedacht, bedurfte die englische Fassung hier und da einiger Aufmöbelung. Erwins Harem jedoch blieb unangetastet. Ich hatte meine ‹Skaska› seit 1930 nicht mehr wiedergelesen und war spukhaft überrascht, in dieser vor fast einem halben Jahrhundert entstandenen Geschichte einem irgendwie altersschwachen, aber unverkennbaren Humbert zu begegnen, der sein Nymphchen eskortiert.»

(24) Entsetzen
Russisches Original: «Ushas»
Geschrieben um 1926 in Berlin
Erstveröffentlichung: «Sowremennyje Sapiski», 30/1927, Seite 214–220

Enthalten in der Sammlung «Woswraschtschenije Tschorba», 1930

Englisch: «Terror», übersetzt von Dmitri Nabokov und Vladimir Nabokov
Enthalten in der Sammlung «Tyrants Destroyed», 1975

Aus dem Englischen von Jochen Neuberger

«‹Ushas› wurde in Berlin um das Jahr 1926 herum geschrieben, eins der glücklichsten Jahre meines Lebens. Die exilrussische Literaturzeitschrift ‹Sowremennyje Sapiski› in Paris veröffentlichte die Erzählung 1927. Sie wurde in meine Kurzgeschichtensammlung ‹Woswraschtschenije Tschorba›, Slowo, Berlin 1930, aufgenommen. Sartres Roman ‹La Nausée› (‹Der Ekel›), mit dem sie gewisse gedankliche Schattierungen gemein hat, ohne auch nur einen seiner fatalen Fehler aufzuweisen, ging sie um mindestens ein Dutzend Jahre voraus.»

(25) Der Mitreisende
Russisches Original: «Passashir»
«Geschrieben Anfang 1927 in Berlin»
Erstveröffentlichung: «Rul», Berlin, 6. März 1927, Seite 2–3
Enthalten in der Sammlung «Woswraschtschenije Tschorba», 1930

Englisch: «The Passenger», übersetzt von Dmitri Nabokov und Vladimir Nabokov
Enthalten in der Sammlung «Details of a Sunset», 1976

Aus dem Englischen von Jochen Neuberger

«‹Passashir› wurde Anfang 1927 in Berlin geschrieben, im ‹Rul› vom 6. März 1927 veröffentlicht und in die Sammlung W. Sirin, ‹Woswraschtschenije Tschorba›, Slowo, Berlin 1930, aufgenommen. Eine Übersetzung ins Englische von Gleb Struve erschien in ‹Lovat Dickson's Magazine›, herausgegeben von P. Gilchrist Thompson (mein Name auf dem Umschlag lautete V. Nobokov[sic]-Sirin), Band 2, Nr. 6, London, Juni 1934. Die Geschichte wurde in ‹A Century of Russian Prose and Verse from Pushkin to Nabokov› nachgedruckt, herausgegeben von O. R. und R. P. Hughes und G. Struve (Originaltext en regard), New York, Harcourt Brace 1967. Aus den gleichen Gründen, die mich auf sein ‹Tschorbs Rückkehr› (man vergleiche die Vorbemerkung dazu) verzichten ließen, sah ich mich außerstande, Struves Version in den vorliegenden Band aufzunehmen.

Der ‹Schriftsteller› in der Geschichte ist kein Selbstportrait, sondern das verallgemeinerte Bild eines Durchschnittsautors. Der ‹Kritiker› jedoch ist die freundliche Skizze eines Mit-Emigranten, des wohlbekannten Literaturkritikers Julij Ajchenwald (1872–1928). Zeitgenössische Leser erkannten dessen präzise, feine, kleine Gesten und seine Vorliebe für das Spiel wieder, daß er in seinen literarischen Kommentaren mit euphonisch verschwisterten Begriffen trieb. Am

Ende der Geschichte scheinen alle das abgebrannte Streichholz im Weinglas vergessen zu haben – heute ließe ich derlei nicht mehr durchgehen.»

(26) Die Klingel
Russisches Original: «Swonok»
Erstveröffentlichung: «Rul», Berlin, 22. Mai 1927, Seite 2–4
Enthalten in der Sammlung «Woswraschtschenije Tschorba», 1930

Englisch: «The Doorbell», übersetzt von Dmitri Nabokov und Vladimir Nabokov
Enthalten in der Sammlung «Details of a Sunset», 1976

Aus dem Englischen von Jochen Neuberger

«Der Leser mag mit Bedauern zur Kenntnis nehmen, daß das genaue Datum der Erstveröffentlichung dieser Erzählung nicht zu ermitteln war*. Sie erschien mit Sicherheit in ‹Rul›, wahrscheinlich im Jahre 1927, und wurde in die Sammlung ‹Woswraschtschenije Tschorba›, Slowo, Berlin 1930, aufgenommen.»

(27) Ein Ehrenhandel
Russisches Original: «Podlez» (Der Schuft)
Geschrieben August–September 1927
Erstveröffentlichung in der Sammlung «Woswraschtschenije Tschorba», 1930

Englisch: «An Affair of Honor», übersetzt von Dmitri Nabokov und Vladimir Nabokov
Enthalten in der Sammlung «A Russian Beauty», 1973

---

* Es wurde dann doch ermittelt.

Aus dem Englischen von Dieter E. Zimmer
Enthalten in der Sammlung «Frühling in Fialta», 1966, in einer Übersetzung von Wassili Berger unter dem Titel «Der Schuft»

«‹Ein Ehrenhandel› erschien unter dem Titel ‹Podlez› (‹Der Schuft›) um 1927 in der russischen Emigrantenzeitung ‹Rul›** und wurde in meine erste Sammlung ‹Woswraschtschenije Tschorba›, Slowo, Berlin 1930, aufgenommen...

Die Geschichte entwickelt im schäbigen Emigrantenmilieu eine verspätete Variation über das romantische Thema, dessen Niedergang mit Tschechows großartiger Novelle ‹Das Duell› begonnen hatte.»

(28) Eine Weihnachtserzählung
Russisches Original: «Roshdestwenskij rasskas»
Erstveröffentlichung: «Rul», Berlin, 25. Dezember 1928, Seite 2–3

Aus dem Russischen von Thomas Urban

(29) Pilgram
Russisches Original: «Pilgram»
Geschrieben 1930
Erstveröffentlichung in «Sowremennyje Sapiski», 43/Juli 1930, Seite 191–207
Enthalten in der Sammlung «Sogljadataj», 1938

Englisch: «The Aurelian», übersetzt von Vladimir Nabokov und Peter Pertzov
Enthalten in den Sammlungen «Nine Stories», 1947, und «Nabokov's Dozen», 1958

** Mit Sicherheit erschien «Podlez» nicht in «Rul» und laut Brian Boyd vor der Buchveröffentlichung von 1930 sehr wahrscheinlich in keiner Form.

Aus dem Englischen von Dieter E. Zimmer
Enthalten in der Sammlung «Frühling in Fialta», 1966, und
«Stadtführer Berlin», 1985

(30) Kein guter Tag
Russisches Original: «Obida» (Die Kränkung)
«Geschrieben Sommer 1931». Gewidmet Iwan Bunin
Erstveröffentlichung: «Poslednije Nowosti», Paris, 12. Juli
1931, Seite 2–3
Enthalten in der Sammlung «Sogljadataj», 1938

Englisch: «A Bad Day», übersetzt von Dmitri Nabokov und
Vladimir Nabokov
Enthalten in der Sammlung «Details of a Sunset», 1976

Aus dem Englischen von Dieter E. Zimmer

«‹Kein guter Tag› (im Russischen ‹Obida› betitelt, was die lexikalische Bedeutung ‹Beleidigung›, ‹Kränkung› hat) wurde im Sommer 1931 in Berlin geschrieben. Sie erschien in der Emigrantentageszeitung ‹Poslednije Nowosti› (Paris, 12. Juli 1931) und wurde mit einer Widmung für Iwan Bunin in meine Sammlung ‹Sogljadataj› (Paris 1938) aufgenommen. Der kleine Junge der Geschichte lebt zwar in einer Umgebung, die so etwa auch die meiner eigenen Kindheit war, unterscheidet sich jedoch in mancherlei Hinsicht von meinem erinnerten Selbst, das hier in Wahrheit auf drei Burschen verteilt ist, Peter, Wladimir und Wassilij.»

(31) Ein beschäftigter Mann
Russisches Original: «Sanjatoj tschelowek»
«Geschrieben 17.–26. September 1931 in Berlin»
Erstveröffentlichung: «Poslednije Nowosti», Paris, 20. Oktober 1931, Seite 2–3
Enthalten in der Sammlung «Sogljadataj», 1938

Englisch: «A Busy Man», übersetzt von Dmitri Nabokov und
Vladimir Nabokov
Enthalten in der Sammlung «Details of a Sunset», 1976
Aus dem Englischen von Jochen Neuberger

*«Das russische Original (‹Sanjatoj tschelowek›) wurde zwischen dem
17. und 26. September 1931 in Berlin geschrieben, erschien am 20.
Oktober in der russischen Emigrantenzeitung ‹Poslednije Nowosti›
(Paris) und wurde in die Erzählungssammlung ‹Sogljadataj›, Russkije Sapiski, Paris 1938, aufgenommen.»*

(32) Terra incognita
Russisches Original: «Terra incognita»
Geschrieben vor November 1931
Erstveröffentlichung: «Poslednije Nowosti», Paris, 22. No-
vember 1931, Seite 2–3
Enthalten in der Sammlung «Sogljadataj», 1938

Englisch: «Terra incognita», übersetzt von Dmitri Nabokov
und Vladimir Nabokov
Enthalten in der Sammlung «A Russian Beauty», 1973

Aus dem Englischen von Dieter E. Zimmer
Enthalten in der Sammlung «Frühling in Fialta», 1966

*«Das russische Original von ‹Terra incognita› erschien unter dem
nämlichen Titel am 22. November 1931 in ‹Poslednije Nowosti›, Paris, und wurde in meiner Sammlung ‹Sogljadataj›, Paris 1938, nachgedruckt...»*

(33) Das Wiedersehen
Russisches Original: «Wstretscha» (Die Begegnung)
Geschrieben Dezember 1931 in Berlin
Erstveröffentlichung: «Poslednije Nowosti», Paris, 1. Januar
1932, Seite 2–3
Enthalten in der Sammlung «Sogljadataj», 1938

Englisch: «The Reunion», übersetzt von Dmitri Nabokov und Vladimir Nabokov
Enthalten in der Sammlung «Details of a Sunset», 1976

Aus dem Englischen von Jochen Neuberger

«‹Wstretscha› wurde im Dezember 1931 in Berlin geschrieben, in der russischen Emigrantenzeitung ‹Poslednije Nowosti› (Paris) veröffentlicht und später aufgenommen in die Sammlung ‹Sogljadataj› (Paris 1938).»

(34) Mund an Mund
Russisches Original: «Usta k ustam» (Lippe auf Lippe)
Geschrieben Dezember 1931
Zur Erstveröffentlichung vorgesehen in «Poslednije Nowosti», Paris, aber dort nicht erschienen
Enthalten in «Wesna w Fialte», 1956

Englisch: «Lips to Lips», übersetzt von Dmitri Nabokov und Vladimir Nabokov
Enthalten in der Sammlung «A Russian Beauty», 1973

Aus dem Englischen von Dieter E. Zimmer

«Mark Aldanow, der den ‹Poslednije Nowosti› (mit denen ich während der dreißiger Jahre eine lebhafte Fehde austrug) näher stand als ich, ließ mich irgendwann 1931 oder 1932 wissen, daß diese Geschichte ‹Usta k ustam› (‹Lippe auf Lippe›), die schließlich zur Publikation angenommen worden war, im letzten Augenblick doch wieder abgesetzt wurde. ‹Rasbili nabor› (‹Sie haben den Satz zerbrochen›), murmelte mein Freund düster. Sie wurde erst 1956 vom Chekhov Publishing House, New York, in meiner Sammlung ‹Wesna w Fialte› veröffentlicht, zu einer Zeit, als alle, die man im Verdacht haben konnte, den Figuren der Geschichte von ferne zu ähneln, sicher und ohne Erben tot waren ...»

(35) Meldekraut oder Unglück
Russisches Original: «Lebeda» (Melde)
Geschrieben Januar 1932
Erstveröffentlichung: «Poslednije Nowosti», Paris, 31. Januar 1932, Seite 2–3
Enthalten in der Sammlung «Sogljadataj», 1938

Englisch: «Orache», übersetzt von Dmitri Nabokov und Vladimir Nabokov
Enthalten in der Sammlung «Details of a Sunset», 1976

Aus dem Englischen von Dieter E. Zimmer

«‹Lebeda› erschien erstmals am 31. Januar 1932 in ‹Poslednije Nowosti›; und dann in der Sammlung ‹Sogljadataj›, Russkije Sapiski, Paris 1938. ‹Lebeda› ist die Pflanze Atriplex. Durch einen wundersamen Zufall ergibt ihr englischer Name, ‹orache›, in geschriebener Form das ‹ili beda›, ‹or ache›, das der russische Titel suggeriert. Durch das rearrangierte Muster der Geschichte werden Leser meiner Autobiographie ‹Erinnerung, sprich› viele Details des Schlußteils von Kapitel Neun erkennen. Inmitten des Fiktionsmosaiks finden sich einige echte Erinnerungen wie der Passus über den Lehrer ‹Beresowskij› (Beresin, ein populärer Geograph jener Zeit) und auch die Prügelei mit dem Schulrowdy. Der Ort ist St. Petersburg, die Zeit um 1910.»

(36) Musik
Russisches Original: «Musyka»
«Geschrieben Anfang 1932 in Berlin»
Erstveröffentlichung: «Poslednije Nowosti», Paris, 27. März 1932, Seite 2
Enthalten in der Sammlung «Sogljadataj», 1938

Französisch: «Musique», übersetzt von Vladimir Nabokov
Veröffentlichung in «Les Nouvelles Littéraires», Paris, 14. Mai 1959, Seite 7

Englisch: «Music», übersetzt von Dmitri Nabokov und Vladimir Nabokov
Enthalten in der Sammlung «Tyrants Destroyed», 1979

Aus dem Englischen und Französischen von Dieter E. Zimmer und Blanche Schwappach
Enthalten in der Sammlung «Frühling in Fialta», 1966

«‹Musik›, eine bei Übersetzern ungemein beliebte Bagatelle, wurde Anfang 1932 in Berlin geschrieben. Sie erschien in der Pariser Emigrantenzeitung ‹Poslednije Nowosti› (27. März 1932) und in meiner Geschichtensammlung ‹Sogljadataj›, die 1938 von der Firma Russkije Sapiski in Paris herausgebracht wurde.»

(37) Vollkommenheit
Russisches Original: «Sowerschenstwo»
«Geschrieben Juni 1932 in Berlin»
Erstveröffentlichung: «Poslednije Nowosti», Paris, 3. Juli 1932, Seite 2–3
Enthalten in der Sammlung «Sogljadataj», 1938

Englisch: «Perfection», übersetzt von Dmitri Nabokov und Vladimir Nabokov
Enthalten in der Sammlung «Tyrants Destroyed», 1975

Aus dem Englischen von Blanche Schwappach und Dieter E. Zimmer

«‹Sowerschenstwo› wurde im Juni 1932 in Berlin geschrieben. Sie erschien in der Pariser Zeitung ‹Poslednije Nowosti› (3. Juli 1932) und wurde in meine Sammlung ‹Sogljadataj›, Paris 1938, aufgenommen. Obwohl ich in meinen Exiljahren Jungen Privatunterricht gab, dementiere ich jede Ähnlichkeit zwischen mir und Iwanow.»

(38) Ein flotter Herr
Russisches Original: «Chwat»
Geschrieben: 21. April bis 5. Mai 1932 in Berlin
Erstveröffentlichung: «Segodnja», Riga, 2. Oktober 1932, Seite 4; 4. Oktober 1932, Seite 2
Enthalten in der Sammlung «Sogljadataj», 1938

Englisch: «A Dashing Fellow», übersetzt von Dmitri Nabokov und Vladimir Nabokov
Enthalten in der Sammlung «A Russian Beauty», 1973

Aus dem Englischen von Dieter E. Zimmer

«‹Ein flotter Herr›, auf russisch ‹Chwat›, wurde in den frühen dreißiger Jahren erstmals gedruckt. Die beiden führenden Emigrantenzeitungen ‹Rul› (Berlin) und ‹Poslednije Nowosti› (Paris) lehnten sie als ungehörig und brutal ab. Sie erschien in ‹Segodnja› (Riga), das exakte Datum bleibt noch zu klären*, und wurde 1938 in meine Kurzgeschichtensammlung ‹Sogljadataj› (Russkije Sapiski, Paris) aufgenommen...»

(39) Die Nadel der Admiralität
Russisches Original: «Admiraltejskaja igla»
«Geschrieben Mai 1933 in Berlin»
Erstveröffentlichung: «Poslednije Nowosti», Paris, 4. Juni 1933, Seite 3; 5. Juni 1933, Seite 2
Enthalten in der Sammlung «Wesna w Fialte», 1956

Englisch: «The Admiralty Spire», übersetzt von Dmitri Nabokov und Vladimir Nabokov
Enthalten in der Sammlung «Tyrants Destroyed», 1975

Aus dem Englischen von Jochen Neuberger
Enthalten in der Sammlung «Frühling in Fialta», 1966, in einer Übersetzung von Wassili Berger

---

* Ist inzwischen geschehen.

«*Obwohl diverse Einzelheiten der Liebesgeschichte des Erzählers in mancher Hinsicht mit denen übereinstimmen, die man in meinen eigenen autobiographischen Werken finden kann, sollte man sich unbedingt vergegenwärtigen, daß die ‹Katja› der vorliegenden Geschichte ein erfundenes Mädchen ist. ‹Die Nadel der Admiralität› wurde im Mai 1933 in Berlin geschrieben und erschien in den ‹Poslednije Nowosti›, Paris, vom 4. und 5. Juni desselben Jahres. Sie wurde in die Sammlung ‹Wesna w Fialte›, Chekhov House, New York 1956, aufgenommen.*»

(40) Der neue Nachbar
Russisches Original: «Koroljok» (Der kleine König, Der Geldfälscher, Blütenmacher)
«Geschrieben Sommer 1933 am Grunewaldsee in Berlin»
Erstveröffentlichung: «Poslednije Nowosti», Paris, 24. Juli 1933, Seite 2
Enthalten in «Wesna w Fialte», 1956

Englisch: «The Leonardo», übersetzt von Dmitri Nabokov und Vladimir Nabokov
Enthalten in der Sammlung «A Russian Beauty», 1973

Aus dem Englischen von Dieter E. Zimmer
Enthalten in der Sammlung «Frühling in Fialta», 1966, in einer Übersetzung von Wassili Berger

«*‹Der neue Nachbar› (‹Koroljok›) wurde im Sommer 1933 am Kiefernufer des Berliner Grunewaldsees geschrieben. Erstveröffentlichung in ‹Poslednije Nowosti›, Paris, am 23. und 24. Juli 1933. Enthalten in der Sammlung ‹Wesna w Fialte›, New York 1956.*

Koroljok (wörtlich: kleiner König) ist – wirklich oder angeblich – ein russischer Jargonausdruck für ‹Geldfälscher›. Ich bin Professor Stephen Jan Parker sehr dankbar, daß er mir ein entsprechendes amerikanisches Untergrundslangwort vorgeschlagen hat, ‹leonardo›, auf dem wunderbar der königliche Goldstaub des Namens des Alten Mei-

sters glitzert. Auf Deutschland lag zu der Zeit, als ich mir jene beiden Schlägertypen und meinen armen Romantowskij ausdachte, Hitlers grotesker und bösartiger Schatten.»

(41) Der Kreis
Russisches Original: «Krug»
Geschrieben vor März 1934
Erstveröffentlichung: «Poslednije Nowosti», Paris, 11.März 1934, Seite 3; 12. März 1934, Seite 3
Enthalten in «Wesna w Fialte», 1956

Englisch: «The Circle», übersetzt von Dmitri Nabokov und Vladimir Nabokov
Enthalten in der Sammlung «A Russian Beauty», 1973

Aus dem Englischen von Dieter E. Zimmer

«Mitte 1936, nicht lange, ehe ich Berlin endgültig verließ und den Roman ‹Dar› (‹Die Gabe›) in Frankreich zu Ende schrieb, muß ich mindestens vier Fünftel seines letzten Kapitels fertig gehabt haben, als sich an einer Stelle ein kleiner Satellit vom Hauptkörper des Romans zu lösen und um ihn zu kreisen begann. Psychologisch mag die Verselbständigung entweder durch die Erwähnung von Tanjas Baby im Brief ihres Bruders oder durch seine Erinnerung an den Dorfschullehrer in einem verhängnisvollen Traum ausgelöst worden sein. Technisch gehört der Kreis, den das vorliegende Korollar beschreibt (dessen letzter Satz implizit vor seinem ersten existiert), zu dem gleichen Typ der sich selber in den Schwanz beißenden Schlange wie das vierte Kapitel von ‹Dar› (oder auch das später entstandene ‹Finnegans Wake›). Die Kenntnis des Romans ist nicht unerläßlich, um etwas von dem Korollar zu haben, das seine eigene Kreisbahn und sein eigenes farbiges Feuer besitzt, doch könnte dem Leser praktisch mit der Information geholfen sein, daß die Handlung der ‹Gabe› am 1. April 1926 einsetzt und am 29. Juni 1929 endet (sich also über drei Jahre im Leben von Fjodor

Godunow-Tscherdynzew erstreckt, einem jungen Emigranten in Berlin); daß die Hochzeit seiner Schwester Ende 1926 in Paris stattfindet; und daß ihre Tochter drei Jahre später geboren wird und im Juni 1936 erst sieben ist und nicht ‹so um die zehn›, wie Innokentij, der Sohn des Dorflehrers, (hinter dem Rücken des Autors) vermuten darf, wenn er im ‹Kreis› nach Paris kommt. Hinzufügen könnte man, daß die Geschichte bei Lesern, die mit dem Roman vertraut sind, einen angenehmen Effekt indirekten Wiedererkennens, sich verschiebender, mit neuer Bedeutung angereicherter Schatten hervorrufen mag, ausgelöst durch den Umstand, daß die Welt nicht durch Fjodors Augen gesehen wird, sondern durch die eines Außenseiters, der ihm weniger nahe steht als den idealistischen Radikalen des alten Rußland (welchen, beiläufig sei es erwähnt, die bolschewistische Tyrannei ebenso verhaßt war wie liberalen Aristokraten).

‹Krug› wurde 1936 in Paris veröffentlicht, doch das genaue Datum und das Periodikum (vermutlich ‹Poslednije Nowosti›) ist in der bibliographischen Rückschau bisher nicht ermittelt worden*. Sie wurde zwanzig Jahre später in meiner Kurzgeschichtensammlung ‹Wesna w Fialte›, Chekhov Publishing House, New York 1956, nachgedruckt.»

(42) *Die Benachrichtigung*
Russisches Original: «Opoweschtschenije»
Geschrieben Anfang 1934
Erstveröffentlichung: «Poslednije Nowosti», Paris, 8. April 1934, Seite 2
Enthalten in der Sammlung «Sogljadataj», 1938

Englisch: «Breaking the News», übersetzt von Dmitri Nabokov und Vladimir Nabokov
Enthalten in der Sammlung «A Russian Beauty», 1973

Aus dem Englischen von Dieter E. Zimmer

---

* Es ist inzwischen geschehen.

«‹Die Benachrichtigung› erschien unter dem Titel ‹Opoweschtschenije› um 1935 in einer Emigrantenzeitung und wurde in meine Sammlung ‹Sogljadataj› (Russkije Sapiski, Paris 1938) aufgenommen.

Milieu und Thema entsprechen denen von ‹Zeichen und Symbole›, einer zehn Jahre später auf englisch geschriebenen Geschichte...»

(43) Eine russische Schönheit
Russisches Original: «Krassawiza» (Die Schöne)
Geschrieben vor August 1934
Erstveröffentlichung: «Poslednije Nowosti», Paris, 18. August 1934, Seite 3
Enthalten in der Sammlung «Sogljadataj», 1938

Englisch: «A Russian Beauty», übersetzt von Simon Karlinsky und Vladimir Nabokov
Enthalten in der Sammlung «A Russian Beauty», 1973

Aus dem Englischen von Dieter E. Zimmer

«‹Eine russische Schönheit› (‹Krassawiza›) ist eine amüsante Miniatur mit einem unerwarteten Ausgang. Der Originaltext erschien am 18. August 1934 in der Emigrantentageszeitung ‹Poslednije Nowosti›, Paris, und wurde in ‹Sogljadataj› aufgenommen, die Erzählungssammlung des Autors, die 1938 von Russkije Sapiski, Paris, herausgebracht wurde.»

(44) L. I. Schigajew zum Gedenken
Russisches Original: «Pamjati L. I. Schigajewa»
«Geschrieben Anfang 1934 in Berlin»
Erstveröffentlichung: «Illjustrirowannaja Shisn», Paris, 29/27. September 1934, Seite 4–5
Enthalten in der Sammlung «Wesna w Fialte», 1956

Englisch: «In Memory of L. I. Shigaev», übersetzt von Dmitri
Nabokov und Vladimir Nabokov
Enthalten in der Sammlung «Tyrants Destroyed», 1975

Aus dem Englischen von Jochen Neuberger
Enthalten in der Sammlung «Frühling in Fialta», 1966, unter
dem Titel «Dem Andenken L. I. Schigajews» in einer Übersetzung von René Drommert

«Andrew Field sagt in seiner Bibliographie meiner Werke, es sei ihm nicht gelungen, das genaue Publikationsdatum für ‹Pamjati L. I. Schigajewa› festzustellen, das in den frühen dreißiger Jahren in Berlin geschrieben wurde und vermutlich in ‹Poslednije Nowosti› erschien*. Ich bin sicher, daß ich die Erzählung Anfang 1934 schrieb. Meine Frau und ich teilten mit ihrer Cousine Anna Feigin deren hübsche Wohnung in einem Eckhaus (Nummer 22) der Nestorstraße in Berlin-Grunewald (wo auch ‹Einladung zur Enthauptung› und ein Großteil von ‹Die Gabe› entstand). Die recht reizvollen Teufelchen gehören zu einer Subspezies, die hier zum ersten Mal beschrieben ist.»

Vladimir Nabokov

Zum 100. Geburtstag von **Vladimir Nabokov** erscheinen seine Werke im Rowohlt Taschenbuch Verlag in neuer Ausstattung.
Nachfolgend die ersten zwölf Bände. Weitere Bände in Vorbereitung:

Die Venezianerin *Erzählungen*
(rororo 22541)

Der neue Nachbar
Erzählungen
(rororo 2542)

Lolita *Roman*
(rororo 22543)

Pnin *Roman*
(rororo 22544)

Das wahre Leben des Sebastian Knight *Roman*
(rororo 22545)

Maschenka *Roman*
(rororo 22546)

Erinnerung, sprich
Wiedersehen mit einer Autobiographie
(rororo 22547)
«Ein Buch über Tradition und Revolution, über Liebe und Entsagung, über Literatur und Leben, über Heimat und Exil. Das sind große, oft behandelte, allgemein bekannte Themenbereiche; doch bei Nabokov liest sich alles wie zum erstenmal.»
Basler Zeitung

Der Zauberer *Erzählung*
(rororo 22548)

Einladung zur Enthauptung
Roman
(rororo 22549)

Lushins Verteidigung *Roman*
(rororo 22550)

Die Gabe *Roman*
(rororo 22551)
«Es wäre aber vor allem die Frage zu beantworten, woher genau diese Verzauberung herrührt, die Nabokovs Prosa immer wieder in uns auslöst. Schweben wir lesend wie auf Wolken, weil Nabokov ein ewiger Glückssucher ist? Weil er Schönheit, wo er sie nicht findet, wenigstens erfindet? Verdanken wir unser Leseglück seiner Fähigkeit, seine Sätze so mit Lebenssinnlichkeit aufzuladen, daß sie magisch glühen?»
Urs Widmer, *Die Zeit*

König Dame Bube *Roman*
(rororo 22552)

Ein Gesamtverzeichnis aller lieferbaren Titel von **Vladimir Nabokov** finden Sie in der *Rowohlt Revue*. Vierteljährlich neu. Kostenlos in Ihrer Buchhandlung.

Rowohlt im Internet:
www.rowohlt.de

rororo Literatur

Vladimir Nabokov
Gesammelte Werke
Herausgegeben von
Dieter E. Zimmer

Maschenka. König Dame Bube. Frühe Romane 1. *Band 1*
Deutsch von
Klaus Birkenhauer und
Hanswillem Haefs
600 Seiten. Gebunden

Lushins Verteidigung. Der Späher. Die Mutprobe. Frühe Romane 2. *Band 2*
Deutsch von Dietmar Schulte
Dieter E. Zimmer und
Susanna Rademacher
784 Seiten. Gebunden

Gelächter im Dunkel. Verzweiflung. Camera obscura. Frühe Romane 3. *Band 3*
Deutsch von
Renate Gerhardt,
Hans-Heinrich Wellmann,
Klaus Birkenhauer u. a.
816 Seiten. Gebunden

Einladung zur Enthauptung *Roman. Band 4*
Deutsch von
Dieter E. Zimmer
272 Seiten. Gebunden

Die Gabe *Roman. Band 5*
Deutsch von Annelore
Engel-Braunschmidt
800 Seiten. Gebunden

Das wahre Leben des Sebastian Knight *Roman. Band 6*
Deutsch von
Dieter E. Zimmer
304 Seiten. Gebunden

Das Bastardzeichen *Roman. Band 7*
Deutsch von
Dieter E. Zimmer
352 Seiten. Gebunden

Lolita *Roman. Band 8*
Deutsch von Hellen Hessel,
Maria Carlsson,
Kurt Kusenberg u. a.
704 Seiten. Gebunden

Pnin *Roman. Band 9*
Deutsch von
Dieter E. Zimmer
304 Seiten. Gebunden

Erzählungen 1. 1921 – 1934
Band 13
Deutsch von Gisela Barker,
Jochen Neuberger,
Blanche Schwappach u. a.
712 Seiten. Gebunden

Erzählungen 2. 1935 – 1951
Band 14
Deutsch von
Renate Gerhardt,
Jochen Neuberger
und Dieter E. Zimmer
632 Seiten. Gebunden

Lolita. Ein Drehbuch *Band 15*
Deutsch von
Dieter E. Zimmer
352 Seiten. Gebunden

Nikolaj Gogol *Band 16*
Deutsch von
Jochen Neuberger
216 Seiten. Gebunden

**Vladimir Nabokov
Gesammelte Werke**
Herausgegeben von
Dieter E. Zimmer

Deutliche Worte *Interviews - Leserbriefe - Aufsätze.*
Band 20
Deutsch von Kurt Neff,
Gabriele Forberg-Schneider,
Blanche Schwappach u. a.
Mit einem Vorwort von
Dieter E. Zimmer
576 Seiten. Gebunden

Erinnerung sprich *Wiedersehen mit einer Autobiographie.*
Band 22
Deutsch von
Dieter E. Zimmer
560 Seiten. Gebunden

Briefwechsel mit Edmund Wilson 1940 – 1971. *Band 23*
Deutsch von Eike Schönfeld.
Essay von Simon Karlinsky
768 Seiten. Gebunden

Außerdem als gebundene
Ausgaben lieferbar:

Ada oder Das Verlangen *Aus den Annalen einer Familie*
Deutsch von Uwe Friesel und
Marianne Therstappen
736 Seiten. Pappband

Sieh doch die Harlekins!
Roman
Deutsch von Uwe Friesel
280 Seiten. Gebunden

Der Späher *Roman*
Deutsch von
Dieter E. Zimmer
128 Seiten. Gebunden

Der Zauberer *Roman*
Deutsch von
Dieter E. Zimmer
144 Seiten. Gebunden

Lushins Verteidigung *Roman*
Deutsch von Dietmar Schulte
264 Seiten. Gebunden

Das wahre Leben des Sebastian Knight *Roman*
Deutsch von
Dieter E. Zimmer
232 Seiten. Gebunden

Der schwere Rauch
Gesammelte Erzählungen
Herausgegeben von
Dieter E. Zimmer
Deutsch von Wassili Berger,
Renè Drommert,
Renate Gerhard u. a.
Mit einem Nachwort von
Dieter E. Zimmer
352 Seiten. Gebunden

**Literaturmagazin 40
Vladimir Nabokov**
Herausgegeben von
Martin Lüdke und
Delf Schmidt unter
beratender Mitarbeit von
Dieter E. Zimmer
192 Seiten. Kartoniert

Vladimir Nabokov

Ada oder Das Verlangen *Aus den Annalen einer Familie*
(rororo 14032)

Das Bastardzeichen *Roman*
(rororo 15858)
Mit aller Präzision seines Stils zeigt Nabokov hier die totalitäre Welt als das, was sie ist: eine «bestialische Farce», ein Gemisch aus Lächerlichkeit und Grauen. Auch in diesem seinem düstersten Buch erweist sich Nabokov als ein Meister des Grotesken.

Briefwechsel mit Edmund Wilson 1940 – 1971
(rororo 22159)
Es war eine merkwürdige Freundschaft zwischen Vladimir Nabokov und dem gefürchteten Literaturkritiker Edmund Wilson. Diese 323 Briefe aus einunddreißig Jahren dokumentieren sie von ihren enthusiastischen Anfängen bis zu ihrem traurigen Ende. Sie bieten überdies die seltene Möglichkeit, einen etwas privateren Nabokov kennenzulernen.
«Hochspannend – nicht nur für Nabokovianer.»
Die Woche

Durchsichtige Dinge *Roman*
(rororo 15756)

Der Späher *Roman*
(rororo 13568)

Die Mutprobe *Roman*
(rororo 22383)
Melancholische Erinnerungen an die russische Heimat Vladimir Nabokovs.
«Ein Meisterwerk.»
FAZ

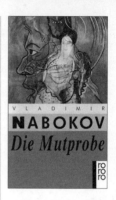

Armin Mueller-Stahl liest
Vladimir Nabokov
Der Zauberer
2 Toncasetten im Schuber
(Literatur für Kopf Hörer 66005)

Vladimir Nabokov
dargestellt von
Donald E. Morton
(bildmonographien 50328)

«Seine Werke sind ein Gebäude, bei dem sich der Blick in jede Ecke lohnt.»
John Updike

Ein Gesamtverzeichnis aller lieferbaren Titel von **Vladimir Nabokov** finden Sie in der *Rowohlt Revue*. Vierteljährlich neu. Kostenlos in Ihrer Buchhandlung.

Rowohlt im Internet:
www.rowohlt.de

rororo Literatur

Ernest Hemingway

Zum 100. Geburtstag von **Ernest Hemingway** am 21. Juli 1999 gibt es zehn seiner bedeutendsten Werke in schöner Ausstattung bei rororo:

Der alte Mann und das Meer
(rororo 22601)

In einem anderen Land Roman
(rororo 22602)

Fiesta Roman
(rororo 22603)
Bereits mit seinem ersten Roman – 1926 unter dem Titel «The Sun Also Rises» in den USA erschienen – erregte Hemingway literarisches Aufsehen.

Schnee auf dem Kilimandscharo
6 Stories
(rororo 22604)

Paris – ein Fest fürs Leben
(rororo 22605)
Erinnerungen an die glücklichen Jahre in Paris, als er mit Gertrude Stein, Ezra Pound, James Joyce und Scott Fitzgerald zusammenkam.

Der Garten Eden Roman
(rororo 22606)

Insel im Strom Roman
(rororo 22607)

Die grünen Hügel Afrikas
Roman
(rororo 22608)
Der wirklichkeitsgenaue Bericht über eine Safari wird durch äußerste sinnliche Anschauung über alle literarische Erfindung hinaus zur Dichtung.

Tod am Nachmittag Roman
(rororo 22609)
Hemingways berühmtes Buch über den Stierkampf, den er selbst in den Arenen Spaniens und Mexikos erlernte.

Wem die Stunde schlägt
Roman
(rororo 22610)

Die Wahrheit im Morgenlicht
Eine afrikanische Safari
Mit einem Vorwort von Patrick Hemingway
Deutsch von Werner Schmitz
480 Seiten. Gebunden

Ernest Hemingway
dargestellt von
Hans-Peter Rodenberg
(monographien 50626)

Ein Gesamtverzeichnis aller lieferbaren Titel von *Ernest Hemingway* finden Sie in der *Rowohlt Revue*. Vierteljährlich neu. Kostenlos in Ihrer Buchhandlung.
Rowohlt im Internet:
www.rowohlt.de

rororo Literatur

Henry Miller

Henry Miller wuchs in Brooklyn, New York, auf. Mit dem wenigen Geld, das er durch illegalen Alkoholverkauf verdient hatte, reiste er 1928 zum erstenmal nach Paris, arbeitete als Englischlehrer und führte ein freizügiges Leben, ausgefüllt mit Diskussionen, Literatur, nächtlichen Parties – und Sex. In Clichy, wo Miller damals wohnte, schrieb er sein erstes großes Buch «Wendekreis des Krebses». Als er 1939 Frankreich verließ und in die USA zurückkehrte, kannten nur ein paar Freunde seine Bücher. Wenig später war Henry Miller der neue große Name der amerikanischen Literatur. Immer aber bewahrte er sich etwas von dem jugendlichen Anarchismus der Pariser Zeit. Henry Miller starb fast neunzigjährig 1980 in Kalifornien.

Eine Auswahl:

Insomnia oder Die schönen Torheiten des Alters
(rororo 14087)

Frühling in Paris *Briefe an einen Freund*
Herausgegeben von George Wickes
(rororo 12954)

Joey *Ein Porträt von Alfred Perlès sowie einige Episoden im Zusammenhang mit dem anderen Geschlecht*
(rororo 13296)

Jugendfreunde *Eine Huldigung an Freunde aus lang vergangenen Zeiten*
(rororo 12587)

Liebesbriefe an Hoki Tokuda Miller
Herausgegeben von Joyce Howard
(rororo 13780)
Die japanische Jazz-Sängerin Hoki Tokuda war Henry Millers letzte große Liebe. Seine leidenschaftlichen Briefe bezeugen die poetische Kraft und Sensibilität eines der großen Schriftsteller des 20. Jahrhunderts.

Mein Fahrrad und andere Freunde *Erinnerungsblätter*
(rororo 13297)

Wendekreis des Krebses
Roman
(rororo 14361)

Wendekreise des Steinbocks
Roman
(rororo 14510)

Ein Gesamtverzeichnis aller lieferbaren Titel von **Henry Miller** finden Sie in der *Rowohlt Revue*. Vierteljährlich neu. Kostenlos in Ihrer Buchhandlung.
Rowohlt im Internet:
www.rowohlt.de

rororo Literatur